フォークナーと日本文学　目次

第Ⅱ部

第III部

序章

回顧と展望

諏訪部浩一

1　はじめに

『フォークナーと日本文学』というぃかにも大雑把な、そしてアンバランスにも響くタイトルを冠した本論集の目的を一言でいうなら、アメリカを代表する小説家、ウィリアム・フォークナー（一八九七―一九六二）の作品を念頭に置きながら日本の小説を読むと、いったい何が見えてくるのかを探ってみようということである。

あらかじめ断っておけば、本書は創設二〇周年を迎えた日本ウィリアム・フォークナー協会による企画であり、論者のほとんどはフォークナーを主たる研究対象としてきたアメリカ文学の研究者であって、いわゆる日本文学の専門家ではない。また、各執筆者がフォークナーに対して抱く関心のあり方も異なっており、それぞれの関心に即して日本の作家を選び、自由に論じるというスタイルがとられている。

したがって、本書は日本の近代文学全般を一貫したパースペクティヴのもとに論じようとするものではない。通読していただいたとしても、読者が抱く「日本文学」のイメージが大きく変わることなど望むべくもないだろう。さまざまな日本の作家と並べてフォークナーを読むことで、フォークナー文学の多様性をあらためて確認することを目指すとでもいっておけば――そうした意図があることは間違いないのだから――あるいは無難であるのかもしれない。

しかしながら、表題に「日本文学」という語を含む書物が（そして森鷗外から今村夏子までを論じているそれぞれの論文が）、フォークナーに関心のある読者にだけ向けられたものであっていいはずはない。日本文学に関心のある読者にいくらかなりとも刺激を与えるようなものにならないのなら、こうしたプロジェクトの存在理由はほとんどなくなってしまうはずだ。そしてそれはすなわち、フォークナーがいま日本で読まれるべき意味が失われていることを――フォークナーに関心のある研究者でさえ、その意義を示せないことを――意味してしまうはずなのである。

そう考えてみると、フォークナー協会がこのような書物を世に問うというのは、かなり危険な、ほとんど暴挙と見なされかねない行為であるように思えるのだが、それにもかかわらずこれだけの人数が本企画に加わった事実は、そうしたリスクを冒すだけの価値が、あるいはそれに見あうだけの魅力が、「フォークナーと日本文学」というテーマにはあることを示すのだろう。

その「魅力」が何であるのかは、もちろん執筆者によって異なるというしかないのだが、編者という立場としては、ほとんど時代錯誤にも思われかねないような理想を夢見させるものであるといってみたい。「フォークナーの読者が日本文学を読むとどうなるのか」を示そうという越境的なプロジェクトは、日本文学の読者からの応答を期待する――本論集の各論に対する批判だけではなく、「日本文学の読者がフォークナーを読むとどうなるのか」を聞いてみたいという――点において、本質的に双方向的なものであるのだから。

2　「フォークナーと日本文学」の起源――大橋健三郎の仕事

いささか冗長な前口上となってしまったが、いま「理想」といったような点に関しては、かつては――一九八〇年代あたりまでは――くだくだしい説明など不要だった。これは一つには、自戒をこめていえば、かつてはアメリカ文学の研究者がもっと日本の小説を熱心に読んでいたと思われるということもあるのだが、より重要な理由は、日本の作家がフォークナーを熱心に読んでいたことである。

その明白な証拠は、一九六七年に刊行が開始された『フォークナー全集』（一九九七年に完結）の巻末エッセイとして残されている。一九九五年に寄稿した柄谷行人は、「この三十年間に、思想的・文学的な風景は一変した。かつては「フォークナー全集」には熱っぽい期待が集まった。今そういうものはない。フォークナーを読む人がいるのかどうかもわからない」と述べている（三五七）。事実、『フォークナー全集』の巻末エッセイにおいては、六〇年代末から七〇年代の前半は特に、多彩な作家がそれぞれ自分の文学活動に引き寄せるような形で熱のこもった文章を寄稿しており、当時の「熱っぽい期待」を強く感じさせるものとなっている〈註1〉。

そうした「熱っぽい期待」が存在していた理由はいろいろ考えられるはずだが、最もわかりやすいのは、当時の日本の作家にとって（そして読書人にとっても）、フォークナーが「同時代作家」であったことだろう。フォークナーは一九六二年に没しているので、『フォークナー全集』の刊行とは若干の時間差がありはするが、一九三二年の詩人春山行夫による最初の紹介がどれほどのインパクトを与えたかはともかく、戦後文学のマニフェスト的な『1946・文学的考察』では福永武彦がフォークナーに繰り返し言及しているし、一九五〇年のノーベル文学賞受賞、一九五五年の来日など、フォークナーを当時の文学者にとって身近な存在にする機会は多くあった。戦後の日本にアメリカ文化が勢いよく流れこんだことに加え、ノーベル賞の効果もあったと思われるが、一九五〇年からはまさに続々と翻訳が出ているのである〈註2〉。

こういった時代背景に鑑みれば、「フォークナーと日本文学」というテーマが、かつては十分に「リアル」なものであったことはもとより、そのテーマへのフォークナー研究者の接近が、フォークナーを同時代作家として意識しつつ活動した作家に対するアプローチとして始まったのは、必然だったといえるだろう。そうした研究者の代表として念頭に置かれているのは、いうまでもなく大橋健三郎である。本書にも「補論」として大橋の論文を収録しているので参照されたいが、ここではこのテーマに関して大橋がまとめて書いたものが、「日米の文学と近代」という副題を持つ『「頭《ヘッド》」と「心《ハート》」』に収められていることに触れておかねばならない〈註3〉。

同書で大橋が言及している作家は多岐にわたるが〈註4〉、ほとんどは「戦後派」から「内向の世代」、つまりフォークナー文学が日本に紹介されるようになった時期に、あるいはフォークナーを読んだ上で、本格的に活動を開始した小説家である。その考察に「第三の新人」が含まれていないことは興味深いが（小島信夫をどう考えるかは微妙なところだが）、これは「第三の新人」が、一般に短編と私小説をそのフィールドとしたことを思えば、ひとまず自然というべきなのだろう。

大橋は、フォークナーの有名なノーベル賞受賞演説──「人間はただ耐え忍ぶのみではなく、勝ち栄えるだろうと信じます」というくだり（Faulkner 一二〇）──を引用したあと、次のように続ける。

> 彼は、このような理念を根底とする、一つ間違えば観念的な抽象劇に陥りかねない、いわばぎりぎりの文学的企てを、アメリカ南部という、近代化の道を突き進む現代にあってなお前近代的なものを抜き去りがたく身につけ、しかもその二重性においてみずからの存在を主張しなければならぬ地域の現実をしかと見すえることによって、多大の迫力と真実さをもって果した。けだし、これは、先に述べた、近代化の不可避な潮流と、それへの同様に不可避な反近代的逆流との接点ということと明らかに重なるところであり、実にその重なりということによってこのアメリカ作家フォークナーは、徐々に日本の新しい小説家に大きな影響を与えていったと考えられるのである。（一六八）

このようにして、抽象的な観念と具体的な現実、あるいは近代と前近代がぶつかりあうところにフォークナー文学の核を見た大橋は、それを戦後日本に登場した作家が直面せざるを得なかった大きな問題として粘り強く論じていく。詳しくは大橋の著書（および本書所収の論文）をお読みいただきたいが、これはフォークナーを「参照枠」とすることで説得性が増す「大風呂敷」のように思える。とりわけ井上光晴、大江健三郎、そして中上健次といった、フォークナーの影響が明らかな作家達の戦後日本文学における重要性はもとより、そうした作家達の個性については、フォークナーとの差異によって自ずと示される仕組みになっているのだから、比較文学的なアプローチとして、非常に有効なものであったといっていいだろう。

3　避けられぬ精緻化に向かって

このようにして先鞭をつけられた「フォークナーと日本文学」というテーマをどのように発展させていくべきか。さまざまなやり方があるとしても、当然最初に考えられるのは、大橋が広げた「大風呂敷」を検証し、必要に応じて精緻化する作業ということになるだろう。だが、これは容易な仕事ではなかった。そのことは、このテーマが過去三〇年、それほど探究されてこなかったという事実にあらわれている。小説のタイプ原稿やコンコーダンスが利用可能となり、伝記や手紙といった資料もおおむね出揃った八〇年代以降、フォークナー研究は(アメリカ文学研究全般と同様)「テクスト」を産出する(歴史的・文化的な)「コンテクスト」への関心を深めることで急速に精緻化されてきたが、それだけに研究者は、「コンテクスト」を共有しない日本文学の作家をフォークナーに接続して論じることに、ためらいをおぼえてきたのかもしれない。

しかしながら、この三〇年のうちに、そう簡単に「フォークナー」と「日本文学」を並べて論じるわけにはいかないという認識がもたらされたとするなら、それは取りも直さず、比較文学的な基盤が整えられ、いよいよ本格的な――単なる印象論のレヴェルをこえる――研究の機が熟したともいえるはずである。そうした観点からは、前節で触れた「同時代作家」というカテゴリー自体も問い直されることになるだろう（それはすなわち、「同時代作家」のみを特権的な比較対象にする必然性がないことをも意味するだろう）。実際、歴史的な文脈を意識すれば、フォークナーが「同時代」の日本の作家に与えた「影響」にしても、どこかねじれを含んだものであったことに、自ずと気づかされるように思われるのだ。

同時代的にフォークナーに影響を受けるということは、例えば「日本の若者たちへ」と題された文章からのよく知られた一節、つまり敗戦後の日本からは「日本の真実」ではなく「普遍的な真実」を語る作家達があらわれるだろうという言葉に影響を受けることでもあっただろう（Faulkner 八三―八四）。誤解を避けるべく強調しておけば、個々の作家がこの言葉を真に受けて、普遍的な真実を語ろうとしたなどといいたいわけではない。大橋は戦後日本に「近代と前近代のぶつかりあい」を観察したが、こういった「近代化」がそれ自体として「普遍的」な構造を備えていると見なされても、当時としてはおかしくなかったということである。もっとも、現時点で考えてみても、「近代化」が進む過程には「前近代（あるいは反近代）」との対立が観察されるという見立て自体は妥当であるともいえそうなのだが、しかし今日の文学研究の水準では、「近代」という枠組みを召喚するのはよいとしても、やはりもう少し具体的に検証する作業が必要になってくるだろう。

実際、フォークナーの場合にも、「敗戦」と「近代」という二つのキーワードは、それほど簡単につながりはしないはずである。「敗戦」とはもちろん南北戦争の敗戦を指すが、フォークナーが文学活動を開始したのはその半世紀以上あとであり、一八六五年から（一九二〇―三〇年代あたりに始まったとされる）「サザン・ルネサンス」のあいだに優れた南部作家が次々に出現したという事実もないのだから〈註5〉、第二次世界大戦が終わって一〇年後に日本を訪れた作家が、数年後には日本にも世界が耳を傾ける「普遍的な真実」を語る作家達があらわれるという見立てをおこなう根拠は、決して自明とはいえない。南北戦争後と第二次世界大戦後とでは「近代化」のスピードがまるで異なるとはいえるだろうが、それならばなおさら、そう簡単に同じ「戦後」という形で括れるのかということになるはずだし、さらにいえば、フォークナーが「近代化」を意識することになったのは、第一次世界大戦後のモダニズムの時代に作家活動を開始したことと無縁とは思えないのだ。

いずれにしても、フォークナー文学における「敗戦」や「近代」の持つ意味は、この三〇年のあいだにそれぞれ精査されてきたのだから、フォークナーを参照枠として日本の戦後文学、あるいは近代文学全般を再考する際も、「同時代」的に考えていた頃と比べ、議論が精緻化・複雑化することは避けがたいだろう。その避けがたい「精緻化・複雑化」が、ともすればそうした美名のもとに研究の「蛸壺化」をもたらし、本書のようなプロジェクトを阻害するように――それを「時代錯誤」に感じさせるように――機能してきたことを強烈に意識させられつつも、である。そうした「避けがたさ」に、本書の執筆陣がどの程度真摯に向かいあえているかについては、読者に判断していただかなくてはならない。

4　本論集の構成・各論文について

本書の構成自体については、述べておくべきことは多くない。論文は、扱われている日本人作家の生年順に並べられており、第Ⅰ部はフォークナーより年長の作家、第Ⅱ部はフォークナーと活躍した時期が重なる作家、第Ⅲ部はフォークナーの作品が日本に本格的に紹介された頃から活動を開始した作家、そして第Ⅳ部はフォークナーの没後に生まれた作家となっている〈註6〉。通読していただけば、日本における近代小説の流れが（穴だらけではあるものの）一応は感じられるかもしれないが、各論考は独立したものであり、どのような順でお読みいただいても結構である。そうした読者の参考までに、前節までの話と絡める形で、内容についても少しだけ紹介しておきたい。

まず、右で触れた「精緻化」ということでは、大地真介の横溝正史論（第五章）が典型的な例だろう。これは「金田一サーガ」が戦後の日本をどう描いたかについて、「ヨクナパトーファ・サーガ」に描かれた戦後社会と比較して見ていくという、いわば直球の比較文学論である。花岡秀の倉橋由美子論（第一一章）における「インセスト・モチーフ」や、金澤哲の大西巨人論（第八章）における「父の言葉」に関する比較などもそうだが、こういった個別テーマに関する検証は、今後さまざまな作家に即しておこなわれることが期待されるところだろう。また、アメリカでこれからのフォークナー研究を牽引することが期待されているクリストファー・リーガー氏から、三島由紀夫論（第九章）――二人の作品にあらわれるジェンダーの問題を、「自然」を絡めて論じる手堅い議論――を寄稿いただけたのは望外の喜びである。

「戦後」に向けられた小説家の目ということでは、笹田直人による武田泰淳論（第七章）と、中野学而による青山真治論（第一四章）を、続けてお読みいただいてもよいだろう。笹田論文は、武田泰淳が司馬遷の歴史に複数の中心を持つ楕円形の世界観を発見し、戦後の混沌とした世界を見つめることで、「中心」そのものの「正当性」についての思索へ向かったとするもの、中野論文はサバイバーズ・ギルトを抱えた主人公の物語が、戦後日本の寓話になっているというものである。泰淳が「戦後」を同時代として生きたのに対し、青山は「戦後」を振り返ることになっているが、あわせてお読みいただけば、フォークナーにとって「戦後」とは同時代であると同時に振り返る対象でもあったことが見えてくるはずだ。また、竹内理矢の太宰治論（第六章）は、フォークナーも太宰も「敗戦／近代化」で失われた「母」を「育ての母」という形で想像的に回復しようとしたと論じる。あとで触れる後藤論文と併読していただければ、フォークナーの初期作品が、戦後の南部、つまり敗北した社会で生きることの意味を、じっくり検証しようとしていることが感じられるだろう。

フォークナーくらいの作家になると、「近代」を扱っても「ポストモダン」的な問題がどうしても入ってくることになるはずだし、金澤の論考などを読むと、大西巨人よりもフォークナーの方がポストモダン的なのではという気にもさせられるのだが、日本の戦後作家はもちろんフォークナーよりも「あと」に出てきているので、フォークナーを読みこんでいればいるほど、その「先」に進まねばならないことになる。もっとも、その方法は作家により異なり、藤平育子の大江健三郎論（第一〇章）が大江の作品世界がフォークナーを読んだ経験によって豊かなものになったことを示すのに対し、田中敬子の中上健次論（第一二章）は、中上文学における「路地」の消滅を、ヨクナパトーファを愛でるような態度を示したフォークナーをパロディ化したとして論じる。千石英世の津島佑子論（第一三章）や諏訪部浩一の阿部和重論（第一五章）は、それぞれの作家の変容に注目し、ポストモダン＝「ポスト・フォークナー」の時代における「小説」の可能性を考察している。

ここまで触れてきた作家達は、基本的に戦後作家であり、そうした作家に関する考察は、大橋の議論の延長線上にわかりやすくあるといえそうだが、新田啓子による森鷗外論（第一章）や小林久美子による徳田秋声論（第二章）といった、日本近代文学史の初期に位置する作家をフォークナーと並べる発想は、フォークナーが現役の作家だったときには浮かびにくかっただろう。だが、鷗外の「歴史離れ」や秋声の「現実其儘」の姿勢を扱うこれらの論を読んでみれば、大橋が「同時代作家」を扱うにあたってフォークナー文学の核に「抽象的な観念と具体的な現実」の対立を見たことの正当性が、あらためて実感されるはずである。

そうした「実感」は、後藤和彦の島崎藤村論（第三章）を読めばさらに強まるかもしれない。後藤はフォークナーも藤村も「敗北」を生きた人間で、「敗北」を機に断続した文化を生きた「父」を、次世代との葛藤をもたらす「家」という舞台において描くことになったと論じる。南部作家にとっての「敗戦」は、日本の「戦後」だけではなく「開国」にまで遡って比較できるほどのテーマだというのは、後藤がかねてより繰り返してきた主張だが、自然主義文学において「家父長制」はもとより重要な問題であり（奥野 六五―六六）、また、日本の近代小説は自然主義から本格的に出発したという、小説一般の歴史ということではかなり特殊な始まり方をしたという通説に鑑みればなおさら、フォークナーというアメリカ（南部）作家を、日本近代文学の創成期にぶつけてみるというのは、そもそも「ロマンス」を特徴とするアメリカ小説自体がユニークな発展を遂げているだけに、刺激的な議論となりそうに思える。

このように見てくると、本書に収められた論文は、フォークナーを参照枠にすることによって、日本の近代小説史全体をかなりカヴァーできることを一定程度は実証しているといえるかもしれない。実際、阿部公彦は谷崎潤一郎と今村夏子を同時に扱い（第四章）、発展の過程で登場人物の「内面」を描くことが自然なものとなっていった近代小説の慣行をあぶり出してみせるが、谷崎と今村を並べて論じるというやり方に読者が違和感をおぼえないとすれば、その理由の一つはフォークナーが「参照枠」とされていることにあるのではないだろうか。フォークナーの小説には、近代／小説なるものが切り拓いてきた可能性も、それが抑圧してきた可能性でさえも、ふんだんに存在しているのである。

5　論じられなかった作家達――フォークナーと横光利一

もちろん、論じるべき作家が他にもいるという感想を持つ方もいるだろう。大橋が論じなかった「第三の新人」がやはり入っていないこともあるし、中上や津島のあと、青山まで飛んでしまっていいのかとか、村上春樹や、あるいは小野正嗣を入れなくていいのかとか、遺漏はいくらでも指摘できるに違いない。

そうした指摘に対しては、「フォークナーと日本文学」というプロジェクトが性格的に未完のものでしかあり得ず、ここで論じられていない作家に関しては、今後の課題とさせていただくとともに、読者の参加を待ちたいと答える他ないのだが、編者としてとりわけ気になるのは、一八九七年生まれのフォークナーと正確に「同時代」の作家が論じられていないこと、つまり、「モダニスト」と呼べる作家が(せいぜい谷崎くらいしか)扱われていないことである。フォークナーという一般的には北米モダニズムを代表するとされる作家を参照枠とする以上、谷崎(一八八六―一九六五)と横溝(一九〇二―八一)のあいだは、率先して埋めていく必要があるように思われる。

そこで、以下、限られた紙幅ではあるが、そのような作業の一例として、一八九八年生まれの横光利一について、フォークナーと比較して考えてみたい。よく知られているように、一九二三年に「カメラ・アイ」的な視点が導入された短編「蠅」などによって注目の新人作家となった横光は、重要な短編を続けて発表し、「新感覚派」の旗手となった。文学史では、一九三〇年の有名な「機械」で「新心理主義」へと移行したともいわれるが、大枠としては「モダニズム」といって差し支えないだろうし、実際、横光という作家は、一九四七年に没するまで、ずっと「モダニスト」だったといってよさそうに思える。常に新しさを求めつつ、集大成となるはずだった『旅愁』(連載は一九三七年から四二年まで断続的に続けられ、未完で終わる)では無残な日本回帰に向かってしまったことを含め、「文学者」

として「近代」の波に乗った、あるいはそれと格闘し続けた作家だったといえるだろう。

そういった横光の初期作品は、とりわけはっきりとモダニスト的であり、それは例えば「蠅」とほぼ同時に出て評判となった「日輪」(一九二三)の卑弥呼が、「新しい女」のイメージを与えられているように思えることや、最初の長編『上海』(単行本としての出版は一九三二年)が、海外で暮らす「expatriate」の人々の群像劇になっているというように、文化的な事象レヴェルにおいてからしてそうなのだが、フォークナーとの関係でいえば、『上海』の主人公(参木)が、ホレス・ベンボウを思わせる、無力なインテリとして造型されていることが興味深い。

こうした人物を、以後も横光は繰り返し用いるのだが、それは「機械」以降の心理主義的傾向とあいまって、彼らを自意識によって自縄自縛に陥らせることになり、これもフォークナー的といえるだろう。菅野昭正は、「そこに登場させられる人物たちは、他人の心理を動かす構造のメカニズムを見通す能力があるために、自分のなかで動く心理の起伏をみずからしだいに複雑にしてゆくという、厄介な特性をかかえこんでいる」と指摘している(一六一―六二)。アメリカ文学の研究者にはヘンリー・ジェイムズの人物を想起させるところだが、横光の場合は複数のキャラクターに視点を与え、それぞれにそうした「特性」を与えるところが、モダニスト的といえるかもしれない。

もっとも、登場人物の全員が自意識過剰だと物語が進まなくなってしまうためか、横光は『寝園』(一九三二)や『紋章』(一九三四)といった三〇年代の代表作では「イノセント」な人物を配し、他の人物達の自意識を相対化しつつ、恋愛小説のストーリーを進めていく。『家族会議』(一九三六)で株相場を操る仁礼文七なども、同様の役割を担うといっていいだろう。イノセントなキャラクターにしても、資本主義の原理と一体化するキャラクターにしても、やはりフォークナーを思い起こさせるが、「近代」の「知識人」の問題を扱おうとした横光が、初期フォークナーに類似したキャラクターの配置をおこなったのは、モダニスト作家の自意識を考える上で示唆に富む。「負けて勝つというのは、昔は大阪人の云うことだったが、今は東京人のモットーなんだ」などといってしまう『家族会議』の重住高之の姿には（二七五）、初期フォークナーに濃厚な「負けるが勝ち」的な「敗北主義」のトーンが読みとれるはずだ。

重要なのは、そういった「近代」における「自意識」を、横光が単に描いたということではなく、それを小説の「原理」に組みこんでいったことである。それは有名な「純粋小説論」（一九三五）においても表明されている。これは何をいっているのかよくわからないことでも有名なエッセイで、当時はとにかく純文学の衰退をどうにかせねばという状況論的な言葉として受けとめられたようであるが（黒田 六一）、「一人の人間が人としての眼と、個人としての眼と、その個人を見る眼と、三様の眼を持って出現し始め」た時代に（『愛の挨拶』二七〇）、そうした自意識を持った近代人を相対化するような、ポリフォニックな文学（このエッセイにはドストエフスキーへの言及もある）を目指す姿勢がその根底にあるのは確かだろうし、そうした姿勢は、代表的な長編小説のすべてが複数の主人公を擁しているという、やはりフォークナーを彷彿させる構造にあらわれているように思える。

そういった「小説家」的な姿勢は、ヨーロッパに渡った人物達を描く『旅愁』においても発揮されるべきであったはずだし、実際、渡欧後に日本伝統主義者となる八代耕一郎と、ヨーロッパの合理的精神にコミットする久慈を対比的に配置した作者の意図もそのようなものだったと推測されるのだが、作品の後半になると、そうしたバランスは大きく損なわれ、盛大な失敗作となってしまう。『響きと怒り』のあと、南部の負の現実を探究していき、ついにはクエンティン・コンプソンの中に南部への深いアンビヴァレンスを埋めこむに至った『アブサロム、アブサロム！』の作者とは大きく異なってしまったわけだが、『旅愁』の「第三篇」が一九四二年に連載されたことを思えば、時代の流れを意識し続けた横光は、それがあだとなって「近代」との距離をとり損なったのかもしれない。フォークナーとの違いは、やはりフォークナーが「敗戦」後、長い時間をかけて「近代化」が進んできたあとで登場してきたことが大きく思えるのだが、しかしそのフォークナーにしてもが、公民権運動が高まってくると迂闊な発言をしてしまったという事実を想起すれば、「近代」の中に埋めこまれた「反近代」の力は、やはり相当に強力だというべきなのだろう。

一作家を例としたこのような短い概観では、フォークナーと日本のモダニズム作家の比較が有効であることを説得的に示せたかどうか心許ないのだが、いずれにしても、「フォークナーと日本文学」というテーマの発端から注目されていた「近代（文学）」の問題は、まだまだ掘り起こす余地のある、豊かな鉱脈であるとはいっておきたい。本論集の執筆者達の死角に入りこんでいる主題の発掘を含め、読者諸兄姉による活発な議論をお願いする次第である。

6　終わりに──謝辞

巻末の初出一覧が示すように、本書に収められた論考は、ほとんどがフォークナー協会の機関誌『フォークナー』に掲載されたものである（大半の論者が、本書への収録にあたって、程度の差はあっても加筆修正をほどこしている）。その意味において、「フォークナーと日本文学」というリレー連載企画が始まった当時（二〇一二年）からの『フォークナー』編集室担当の諸先生──大橋健三郎、平石貴樹、田中久男、新納卓也の各氏──のご尽力に本書が大きく拠っていることは記しておかねばならない。また、常日頃より協会の活動を支えてくださっている会員諸氏にも、僭越ながらこの場をお借りして篤くお礼申しあげたい。

本書の編集は、機関誌と同様、松柏社の森有紀子氏にご担当いただいた。松柏社には二〇年以上にわたる機関誌の発行をはじめ、創立一〇周年時の『フォークナー事典』（二〇〇八）刊行など、さまざまな形で支援をいただいている。その支援がおそらくは「フォークナーがいま日本で読まれるべき意味」への信である以上、その暖かくも厳しい期待に応えられるべく、深い謝意とともに先に進んでいかねばならないという思いを、編者としてはますます強くしている。

【註】

1『フォークナー全集』に付された巻末エッセイの、一九六〇年代後半から七〇年代前半の執筆者は、井上光晴・篠田一士（一九六七）、中田耕治・江藤淳・中村真一郎・福永武彦（一九六八）、小島信夫・橋本福夫・荒正人

（一九六九）、三浦朱門・木島始（一九七一）、野島秀勝（一九七三）、小川国夫（一九七四）。

2 『フォークナー全集』刊行までの主な翻訳（単行本の初訳のみ）は、『サンクチュアリ』・『野性の情熱』（一九五〇）、『墓場への闖入者』・『騎士の陥穽』（一九五一）、『兵士の給与』（一九五二）、『響きと怒り』・『空の誘惑』（一九五四）、『アブサロム、アブサロム！』（一九五八）、『死の床に横たわりて』（一九五九）、『寓話』（一九六〇）、『八月の光』（一九六一）、『自動車泥棒』（一九六二）、『サートリス』（一九六五）、『征服されざる人々』（一九六七）――つまり、訳されていないのは、『蚊』、『行け、モーセ』、そしてスノープス三部作くらいだったのである。

3 『「頭《ヘッド》」と「心《ハート》」』は一九八七年に刊行されたが、その中の「フォークナーと日本の小説」と題された章は、一九八一年に『英語青年』に連載されたものである。

4 生年順にあげておくと、春山行夫、小島信夫、中村真一郎、福永武彦、井上光晴、小川国夫、三枝和子、大庭みな子、後藤明生、大江健三郎、坂上弘、古井由吉、中上健次、津島佑子。

5 通説に従えば、アメリカ南部文学における近代小説は、エレン・グラスゴー（一八七三―一九四五）の『ヴァージニア』（一九一三）あたりが嚆矢であり、南北戦争の終結から半世紀近くが経過していることになる。

6 今村夏子論に関しては、もちろん第Ⅳ部に入るべきだが、谷崎潤一郎とあわせて論じられているため、第Ⅰ部に含めている。

【引用文献】


Faulkner, William. *Essays, Speeches and Public Letters*. Ed. James B. Meriwether. New York: Modern Library, 2004.

大橋健三郎『「頭《ヘッド》」と「心《ハート》」——日米の文学と近代』研究社出版、一九八七年。

奥野健男『日本文学史——近代から現代へ』中公新書、一九七〇年。

柄谷行人「フォークナー・中上健次・大橋健三郎」ウィリアム・フォークナー『フォークナー全集二七』(大橋健三郎他訳、冨山房、一九九五年)、三五五—六五。

菅野昭正『横光利一』福武書店、一九九一年。

黒田大河『横光利一とその時代——モダニズム・メディア・戦争』和泉書院、二〇一七年。

横光利一『愛の挨拶・馬車・純粋小説論』講談社文芸文庫、一九九三年。

——『家族会議』講談社文芸文庫、二〇〇〇年。

第I部

第一章

「歴史離れ」の方途
――フォークナーと森鷗外

新田啓子

1　鷗外とアメリカ文学

森鷗外は一九二二年に没しており、最後の小説の刊行は一九一七年のことである。これはフォークナーが最初の長編小説『兵士の報酬』（一九二六）を出す一〇年も前のことであるから、ある程度重なった年月を生きたとはいえ、二人を同時代作家ということは不可能である。鷗外はフォークナーより一世代以上前の作家であり、その人生を厳密に歴史化すれば、むしろヘンリー・ジェイムズ（一九一七年に死後出版された『象牙の塔』が絶筆）、あるいはイーディス・ウォートン（生年が同じ一八六二年）と比較されるのが適当な作家ということができる。しかし作風を踏まえると、彼らとの比較はしっくりこない。ひるがえって、なぜ鷗外とフォークナーを並置することに意味があるのか。まずここから論を起こしてみたいと思う。

二人の創作年代が少しでも重なっていたら、鷗外は必ずやフォークナーを見つけ出し、その作品を——おそらく短編とはなるだろうが——精力的に翻訳しただろうと想像せずにはいられない。周知のごとく軍医であった鷗外は、四年のドイツ留学を終えて帰国した翌年の一八八九年、バイロンやシェイクスピアなど一七編の訳詩を雑誌『国民之友』に発表し、文学者としての第一歩を踏み出した〈註1〉。その詩は後に『於母影』としてまとめられ、新体詩の確立に大きな貢献を果たしたといわれる(加藤三九五―九六)。

同時に彼は、弟の三木竹二とともに西洋文学の紹介を趣旨とした『しがらみ草子』を発刊し、そこにドイツ、英米、フランス、ロシアなど西洋の作品の翻訳を矢継ぎ早に収録した。発刊の年である八九年には早速、ワシントン・アーヴィングの『リップ・ヴァン・ウィンクル』が「新世界の浦島」として、フランシス・ブレット・ハートの"Notes by Flood and Field"が「洪水」として訳出された。これらの訳業にはやがて、ポーの「鐘楼の悪魔」が「十三時」として、「モルグ街の殺人」が「病院横丁の殺人犯」として、そして「大渦巻への落下」が「うづしほ」として加わっていく。それらは後年、他の二二作品とともに『諸国物語』(一九一五)という単行本に集成された。鷗外とアメリカ文学の関係は、さらに彼自身が一九〇九年に創刊し、のちに顧問となった雑誌『スバル』で始めた海外時評、「椋鳥通信」にも記されていった。

「椋鳥通信」は、政府高官として、シベリア鉄道経由で届いたヨーロッパの新聞や、ドイツの通信社の情報にいち早くアクセスできた鷗外の、いわば特権の賜物であった。彼はそこで、恐るべき速度で、ヨーロッパ文化や風俗についての話題を伝えたが、復刻された記事を見ると、マーク・トウェインのニュースを好んで紹介していたことがわかる〈註2〉。ヨーロッパでプレゼンスを強めるアメリカという国が、彼の目にも留まったのだろう。アメリカ南部の事情に触れた形跡までは見つからないが、同国で展開する文学の動きを選択的に追っていたほか、その同時代史は頭にあったと窺える。あるエッセイでは、一九一五年の「安寿と厨子王」を書いた意図を、「奴隷解放」という言葉から解説している。ちなみにこれに関していえば、一八九〇年代には日本の黒人研究が、国策と近いところですでに開始されていた。

このように、鷗外は、フォークナーと創作年代が重なっていたら何が起きたかということに対し、想像を膨らますことが十分できる状況のなかに生きていた。そして二人は、奇しくもともに歴史のうちに「書くべきこと」を見出していたほか、歴史の語り方について工夫を重ねていたのである。本稿は、フォークナーを拠り所として、主に鷗外について語っていくという試みとなる。それを通し、想像力と歴史的事実の拮抗に対する作家の意識が、小説の完成度に本質的に係わってくるという事態について、考察を進めてみたいと思う。

2　小説のクオリア

本章のタイトルにある「歴史離れ」とは、鷗外が一九一五年に出したエッセイ「歴史其儘と歴史離れ」の主題を表す印象的な言葉である。これは、作家がおのれの創作行為についてみずから分析した論考であるが、その趣意は、明治天皇が崩御し、時代が大正に変わった一九一二年以降、歴史小説に取り組み始めた鷗外の、経験に即した小説論と要約できる。

わたくしの近頃書いた、歴史上の人物を取り扱つた作品は、小説だとか、小説でないとか云つて、友人間にも議論がある。しかし所謂 normativ な美学を奉じて、小説はかうなくてはならぬと云ふ学者の少くなつた時代には、此判断はなかなかむづかしい。（中略）わたくしは史料を調べて見て、其中に窺はれる「自然」を尊重する念を発した。そしてそれをみだりに変更するのが厭になつた。これが一つである。わたくしは又現存の人が自家の生活をありの儘に書くのを見て、現在がありの儘に書いて好いなら、過去も書いて好い筈だと思つた。これが二つである。（中略）わたくしの作品は概して dionysisch でなくつて、apollonisch なのだ。わたくしはまだ作品を dionysisch にしようとして努力したことはない。（中略）わたくしは歴史の「自然」を変更することを嫌つて、知らず識らず歴史に縛られた。わたくしは此縛の下に喘ぎ苦んだ。そしてこれを脱せようと思つた。（「歴史其儘」二八九–九〇）

熱心な史料研究をもとに歴史ものに取り組んでいた鷗外が、歴史と文学の差異という課題に突き当たったのは当然の成り行きと考えられる。まさにそうした渦中で書かれたのだ、この論文であったようだ。著作の文学的な深まりの鍵を端的に「歴史離れ」と呼んでいるが、単に私的な小世界としての

「自然」ではなく、時代や社会の写生を目指しているからこそ、歴史が超克の対象となるのだ。

しかしその実践に関しては、彼にはある種の苦手意識があったらしい。このくだりの後段、彼はさらに続けている。「わたくしが山椒大夫を書いた楽屋は、無遠慮にぶちまけて見れば、ざつとこんな物である。伝説が人買の事に関しているので、書いているうちに奴隷解放問題なんぞに触れたのは、やむことを得ない。兎に角わたくしは歴史離れがしたさに山椒大夫を書いたのだが、さて書き上げた所を見れば、なんだか歴史離れがし足りないやうである」(一九一二)。「山椒大夫」とは、もとは中世の「説経節」の演目で、浄瑠璃にもなっていた。この人買いの物語を小説化した際、「歴史離れ」の一つの工夫は、近代的あるいは世界史的と呼んでもよい奴隷解放とも呼応するモティーフとして結実した。これは興味深い裏話である。前段で触れた件であるが、これはつまり、古い伝説にある種のアナクロニズムを吹き込んで、現代の読者に語り直したということである。しかしこの随筆は、それだけで「歴史離れ」は果たせなかったという一言で閉じられている。

果たしてこの告白は、鷗外の作風には文学性が弱いとする批評の流れに根拠を与えてきたようだ。林達夫は彼を「小説を書くのに甚だ適當しなかつた大作家」と呼び(八九)、「藝術的生産のほんたうの苦しみや喜び」を知らない「うまず女」とさえ評しながら(九三)、彼の現実の「處理の仕方は小説家的といふよりもむしろ歴史家となってゐる」(九一)とまとめている。また中野重治も『ヰタ・セクスアリス』(一九〇九)を例に取り、その弱さを指摘している。つまりこの作品では、性が人に与える意味が深められるというよりも、性の発現に関する知識の叙述が極まってしまうために、「藝術作品としての豊かさ、水々しさを失つて」いき、「一種の『お談義』になつ」てしまったと総括されているのである（一九五）。

鷗外自身の説明に返れば、このような評価に彼は慣れていたようにも見える。しかしフォークナーを補助線にすると、彼のいう歴史離れの実相を、改めて検証する手掛りを得られるのではないか。端的にいえば、「アクチュアル」を「アポクリファル」に昇華させるというおなじみの創作観念が（*LG* 二五五）、歴史離れの意識と重なってくるのである。では、フォークナーのいうアポクリファとはどのようなものだったか。以下の談話にわかりやすく表れている。「スノープス一家はジェファソンを乗っ取ってしまうのでしょうか」という読者からの質問に答え、フォークナーはこのように語っていた。

> 「スノープス家」というのは——あれは作家の特権の所産です。つまり、真実を語るため、誇張したり、強調したり、膨らませたりする事実のことです。スノープス一族なるものは、おそらく私自身のアポクリファをおいては、ミシシッピを探しても一人としていないでしょう。彼らは闘う人間の話をするための、私の創案に過ぎません。（*FU* 二八二）

基本的には、フォークナーはアポクリファに、フィクションという当たり前の意味を込めたといえば足りる話かもしれない。しかし、そのような加工——二人の言葉を合成するなら——「自然」から「真実」へ向かう加工を尽くすことでもたらされる創作の完成度の問題を、鷗外は、日本近代小説の揺籃期に提起したといえるのである。

歴史に基づく想像力が実際高度に機能した時、フィクションの真理はどれほどの強度で人の感覚に作用するのか。それを奇しくも例示するのが、この対話ではなかろうか。スノープス的人物の跋扈に対する読者の心配は、まさに作家の表現力が、人が社会に薄々抱く不安や欲望を言い当てたことを証拠づける反応であろう。仮にこの虚構の家系に歴としたモデルがなかったとしても、そのような人物を産出しうる方向に南部の歴史は流れていたのだ。そのような現実をフォークナーは示し、同時に読者は受け入れた。歴史自体がそれを顕在化させる以前に、物語という形式で示された社会意識は、逆に歴史理解を促すペースメーカにすらなる。このような物語の創発の作用が、このやり取りには表れている。

他方で、知の巨人として「テエベス百門の大都」と呼ばれた鷗外にあっては、たとえおのれの創作がその境地にいたっていないという方向でも、同じ原理を射抜いていたに違いない。先に引いた「歴史其儘」からの一節には、「歴史離れ」と「ディオニソス的なもの」との比較があった。ニーチェによれば、ディオニソス的なものとは、「不協和音の人間化」、つまり「躍動する個別化の世界」を指している。これが「壮麗な幻想」と競合した時、「アポロンの真の芸術意図」が果たされるという思想がある(ニーチェ 二〇〇〇)。それに対し、鷗外にあってのディオニソスとアポロンは、いくぶん二律背反的である。「歴史離れ」は解体であり、不協和であり、個別化であって、それが小説の進む道ということになる。

　するとここにも、フォークナーのいう「アポクリファ的昇華」とよく似たシナリオを見ることはできないだろうか。個別性の躍動をまず見据え、それらの生命を想像力で練り上げて、通常見える歴史的事実を突き破って生成する真理の要素を言語化するというプロセスを、アポクリファと解釈するのは可能だろうか。かつて大橋健三郎は、『アブサロム、アブサロム！』（一九三六）を紐解きながら、その書を形作る「『語り』のポリフォニー」そのものを「昇華」の具現であると説いた（大橋 五七二）。つまり、クエンティンがコンプソン氏、ミス・ローザ、シュリーヴとの間に繰り広げる対話をはじめ、多様な次元の「重層した『語り』」の皮を次々と剝いてゆけば、どこかで『アクチュアルなもの』に行きあたるはずなのだ。ただこの作品では、その『アクチュアルなもの』自体が問題なのではなく、むしろ現在に収斂されるその集約的な意味とそのイメージ化こそが問題なのである」（五七三）。

　この説明は図らずも、ディオニソスとアポロンが表す衝動の拮抗がなす文学の原理に近似している。さらに小説冒頭、ミス・ローザに召喚されたクエンティンは、ハーヴァードの学業を終えたのちは、文筆を生業とし、彼女の物語を作品化せよとの期待を早々に託される（*AA* 五）。北部による社会の収奪は、南部を若者が生き得ない土地に変えてしまった。そこから新たな未来に向かい、歴史を再開するためには、想像を駆使した過去の総括が必要であるということだろう。歴史離れの、またアポクリファルな虚構のヴィジョンをフォークナーの作品の構図に重ねると、このような例が立ち上がる。

それに対して、歴史の縛りを「脱せようと思つた」と吐露していた鷗外は、果たしていかに歴史離れを実践するにいたったのか。彼の歴史小説のうち、ある一連の作品群からそれを検証してみたい。

3 書き換えられた「遺書」

冒頭で少しく触れたように、西洋を知り尽くした鷗外が、徳川時代の武家社会を小説の主題としはじめたのは明治の終わりと重なっていた。直接の契機となったのは、乃木希典の殉死であった。

歴史小説を書きはじめたのは、明治天皇の死に続く乃木大将殉死（一九一二年九月）の直後である。歴史小説の第一作は、間接に、しかし明白に、乃木を擁護した『興津弥五右衛門の遺書』（同年一〇月発表）である。五〇歳の鷗外は、乃木の殉死に、『こゝろ』を書いた漱石とは、別のし方で反応した。『こゝろ』の主人公にとっては、天皇の死が「明治の人間」の役割の終わりを意味し、殉死はその意味を強めたにすぎない。鷗外にとっては、天皇の死は問題ではなく、旧武士の価値観の集中的表現として、殉死そのものが問題であった。（加藤 三九六―九七）

彼が乃木を擁護したのは、すでにこの頃、天皇への忠誠を死で表すという行為が、馬鹿げたものと批判されていたからである。乃木の息子に読書の助言を行ったこともある鷗外は（河合 九九）、事件後たった五日で『興津弥五右衛門の遺書』を書き上げて、『中央公論』に発表する。

物語は、熊本藩に仕える興津という侍が、君主細川忠興の十三回忌に自害を画策するにあたって、綴った遺書の形を取る。この遺書は、彼がなぜ一二年も経過してから追腹を切るのか、その理由を明かすものだ。具体的には、彼が細川に受けた恩の詳細と、その後継ぎである息子への奉公を続けるため、殉死が許されなかった経緯を伝える。その中心となっているのが、このような逸話だ。ある時興津は、長崎に高価な伽羅の香木を買いに行くという命を受け、伊達藩との争奪ののち、それを無事に入手する。しかしその時、武具ならまだしも香木などに浪費するのは、君主とはいえ浅はかだと言い捨てた同僚を斬ってしまう。しかし細川はその狼藉を容認し、むしろ興津を忠勤の鑑として重用する。興津のほうはずっと殉死の機会を待ちつつ、ついに本懐を遂げるにいたる。

鷗外はこれを、江戸時代の伝記集『翁草』を調べて書いたと注釈している。だが重要なのはその翌年、作品を改稿のうえ再出版していることだ。やや長くなるが、二つの違いが顕著な物語終盤を比較検討してみたい。

《初稿》

この遺書蝋燭の下にて認めおり候ところ、只今燃尽き候。最早新に燭火を点候にも及ばず、窓の雪明りにて、皺腹掻切候ほどの事は出来申すべく候。

万治元戊戌年十二月二日

興津弥五右衛門華押

皆々様

この擬書は翁草に拠って作ったのであるが、その外は手近にある徳川実記（紀）と野史とを参考したに過ぎない。皆活板本で実記(紀)は続国史大系本である。(中略)こんな作に考証も事々しいが、他日の遺忘のためにただこれだけの事を書き留めておく。

大正元年九月十八日

（『興津（初稿）』）

・・・

《改稿》

この遺書は倅才右衛門宛にいたしおき候えば、子々孫々相伝え、某が志を継ぎ、御当家に奉対、忠誠を擢ずべく候。

正保四年丁亥十二月朔日

興津弥五右衛門景吉華押

興津才右衛門殿

正保四年十二月二日、興津弥五右衛門景吉は高桐院の墓に詣でて、船岡山の麓に建てられた仮屋に入った。畳の上に進んで、手に短刀を取った。背後に立っている乃美市郎兵衛の方を振り向いて、「頼む」と声を掛けた。白無垢の上から腹を三文字に切った。乃美は項を一刀切ったが、少し切り足りなかった。弥五右衛門は「喉笛を刺されい」と云った。しかし乃美が再び手を下さぬ間に、弥五右衛門は絶息した。
仮屋の周囲には京都の老若男女が堵の如くに集って見物した。落首の中に「比類なき名をば雲井に揚げおきつやごゑを掛けて追腹を切る」と云うのがあった。

興津家の系図は大略左の通りである。

（『興津』一六五―六六）

文章はおのおの、遺書の最後の二行以下を引いたものである。初稿が「皆々様」宛なのに対し、改訂版は、より具体的に興津の嫡男に宛てられている。日付の違いは、鷗外の歴史考証を踏まえた修正であるため措くとして、問題なのはその後である。
新段落に続いているのは、初稿では史料の考証に関する作家自身の補遺であるが、改訂版では新たに語り手が登場し、当初はなかった切腹場面を客観描写しているのである（しかもその話法は遺書本体と違って現代語である）。それのみならず改訂版には、後日談も付記されている。この稿では、もはや興津は一人孤独に、私室で自害するのではない。切腹は介錯人を得て儀式的に、よりパブリックに行われる。しかも見物人による落首が、興津の最後が名も知れぬ人に感動を与えた証拠となって、手向けられてさえいるのである。

和歌とは散文テクストに、ある個人的な視点と感情を注入し、ポリフォニックな重層性を付与する修辞媒体である。よって、和歌で殉死が記憶されるということの変更は極めて重要だといえる。さらには、それに続いて新たに家系図も書き加わり、殉死の後も興津家が責めを受けることなく、栄えたことが示されている。しかしこうなると鷗外は、ひとまず急いで書いた初版に輪をかけて、あえて殉死を美化したようにも見えてくるが、この点はいかに読むべきであるのか。

齋藤茂吉は、この改訂版を「乃木大将の殉死とは無關係にも成立つことは無論であるが、先生の念中には、乃木大將の殉死が強い表現動機として存在してゐたものである。語をかへて云へば、乃木大將殉死の批判としてこの小説を書いてゐる」と解説している(二一一)。鷗外が時間を置いて深めた殉死への考察は、この物語をむしろ乃木の事件とは切り離すことになったうえ、逆に彼への批判となるべきニュアンスを加えることになったということである。この解釈は示唆的である。なぜならこのように読むためには、作家に書き換えを促した「強い表現動機」を考察する必要性にも意識を促すからである。『興津の遺書』の改稿は、『阿部一族』を書いた後に行われ、しかもこれら両作は、ともに『意地』(一九一三)という歴史小説集に収められた〈註3〉。この展開の意味をさらに検討したい。

4　意地と復讐

『阿部一族』は鷗外の代表作として知られるが、歴史小説第一作目の『興津』の系譜にある二作目だ。

同じく江戸初期の熊本藩を舞台とするが、こちらでは家臣の阿部弥一右衛門が、主君である細川忠利の死に際し、なぜか殉死を認められず恥をかかされる羽目になり、自害するというところまでが前半部となる。この悲劇的な展開が、さらに悲壮な後半を導く。弥一右衛門の死後、阿部一族の感情はこじれ、結局息子たちは抗議のために細川に楯突き屋敷に籠城。討ち取られたのち、一家は滅亡するという結末になる。

この作品は、『興津』に比べてより小説らしい小説であるということができるように思われる。まずもって文体がまったく違う。『興津』は武士の遺書から成るため、弥五右衛門が一人称で語るとはいえ、その全般が古典調、漢文体となっている。読者を楽しませるよりは、前近代の武家文化を支える時空を精確に伝える証言が、第一義となる形式であろう。対して『阿部』は現代語で綴られている。内容に関しても、阿部が殉死を許されなかったそもそもの理由が、武家社会の慣習や制度ではなく、登場人物の心理に起因しているのである。

この書も他の歴史ものと同様に、歴史書に残された実際の事件を典拠としている（河合 一五三）。しかし人物の心理描写は、すでに史実なるものに対する作家の応答の所産であり、フォークナーの顰に倣えば、その必然性を語り直す「特権」によっているものだろう。内心の動きが詳細に描き込まれている以上、この小説は、武家社会の「其儘」からは分析的に転回している。

悲劇のすべての発端は、藩主細川と家臣阿部の性格が合わないということである。阿部は優秀で、勤めのうえでは非の打ち所がないのであるが、陰気で粘着質とみえるたちで、とかく細川の気にさわる。表に出ない緊張は、両者の心にフラストレーションを植えつける。阿部もつい意地ばかりで奉公するようになることから、細川のほうにも憎しみが芽生える。もっとも主君は賢明であり、自分が家来への接し方を変えてやればよいことを頭のなかでは理解している。しかし彼の感情が、態度を変えることを許さず、おのれの最期が近づいた時も、彼に殉死を許可しそびれる（『阿部』一八四―八五）。

果たしてこの因縁は、阿部の一貫した性格のゆえに、次世代に着実に持ち越されていく。殉死の許可を得られなかったこの男は、「子供らの目前で切腹して」絶命するが、その時「おれの子に生まれたのは運じゃ。しょうことがない。恥を受けるときは一しょに受けい」と、あえて息子たちに、恨みを相続させるような一言を残して逝くのである（『阿部』一八八）。彼の切腹は、結局のちに殉死扱いとなりはする。だが、父の意地を受け継ぐと同時に、一種の処分で禄高を減らされた嫡男の権兵衛が、忠利の一周忌の法要の際、焼香で進み出た位牌の前で元結を切るという所業に出、新しい藩主光尚の新たな怒りを買うことになる。

権兵衛が武士にあるまじき縛り首に処されると、残された次男以下は絶望的な籠城に入り、討ち死に向かってひた走るしかない。こうした阿部家の「否運」の経過は、隣人である柄本又七郎の視点から一瞬客観化されている。だが、一家に同情する柄本とはいえ、文化的制約の外に出て状況を転覆することはできない。彼はこのあと、「情けは情け、義は義」と割り切っていち早く一家の征伐に加わり、最大の功労者として繁栄するとされている（『阿部』一九五）。

先に触れたように、この小説を『興津の遺書』とともに収録した作品集には、『意地』というタイトルがつけられた。張らなくてもよい意地を張り続けることで、失われなくてもよいはずの命が失われ、振るわれなくてもよい暴力が振るわれてしまうのが、文字どおり『阿部一族』の世界である。つまり、武家の精神として神聖化されてきたものの「外部」が、厳密に、その歴史的行為の必然性を描き切った作家だけの真実となるのだ。鷗外の歴史小説の「歴史離れ」は、このように遂げられているのではなかろうか。

もっとも彼は、阿部家の悲劇の描写にあたり、武家社会の倫理をより明白に外在化できる複雑な技法はもたなかった。ことフォークナーと比べれば、このようにいうほかないだろう。例えば、語りの都度に重層化され、進むのではなくその襞に隠された出来事の諸相を、次々に積み重ねる『アブサロム、アブサロム！』のクロノロジー。そしてクエンティンとシュリーヴの対話を通した、そのようなアーカイヴの解読作業——かたや鷗外には、こうした意匠で小説の時空を複層化し、一つの倫理をずらすべき方向を、より厳密かつ論理的に示すテクニックを駆使しようという発想は、まずなかっただろうと想像できる。武家出身の幕末生まれで、しかもその後、西洋文化を知り尽くし、外国語と日本語の翻訳に打ち込み、近代化の先鋒となった鷗外は、ただ主知的に、みずからの主観を構成する多声性を、事実重視の物語の平面に織り込んでいったのに違いない。

歴史小説を究めたのち、彼は『渋江抽斎』や『伊沢蘭軒』（ともに一九一六）など、江戸末期の学者の生涯を主題とした、所謂「史伝」の創作に進む。だがこれは、「歴史其儘」への回帰ではない。

史伝こそは、日本語で書かれながら「日本文化の外部」の読者を想定した、「脱中心化された記述」であるとする卓見がある（前田 一四六）。この智見にしたがえば、たとえ鷗外が、モダニスト作家と呼ぶには足りず、それを技巧に練り上げる着想からも隔たっていたと認めるにせよ、「脱中心」性は確かに彼の作品の、意図的な本質であったと見ることが可能となろう。『阿部一族』を、小説として円熟させるにいたった強みもそこから来ているのではないか。

こう見ると『興津弥五右衛門の遺書』の改稿が、『阿部一族』執筆後に行われたという順序の意義がはっきりするのではなかろうか。『阿部』の脱稿は一九一二年一一月の、『興津の遺書』の改稿は、一九一三年四月初旬のことであった（山崎 四）。つまり初稿では、武家社会の倫理を内面化した忠臣のモノローグともいえる「遺書」のみから成っていた作品が、改稿後は、興津以外の語り手の視点と、家系図が象徴する別の時間性、すなわち、興津の行為を省みる事後的な時間性から客観化されることになる。そうなれば、改訂版を紐解く者の読書行為は、ただ遺書に込められた興津の気持ちに思いをはせたり、乃木希典の殉死の論理を理解したりすることだけに留まるものではなくなるだろう。殉死を過去のものとして、しかも明らかに批判的な立場を帯びた『阿部一族』を経由に振り返る後発の視点は、齋藤が論じたように、乃木希典への個人批判とは確かに峻別されながら、殉死の位置する社会関係への批判的視座を、招じ入れたと考えられる。

ところで改訂版は、おおむね鷗外の事実主義、つまり「歴史其儘」の姿勢の現れとして理解されているようだ。「改稿にあたって鷗外は、『細川家記』などの新しいいくつかの史料にあたり、歴史考証的に厳正さを増している」(福沢 一〇八)。けれども、そのような改訂点でもひときわ目立つ家系図の加筆は、フォークナー読者には、むしろその逆の仕掛けとして映るのではないだろうか。事実鷗外は、改訂版ではこの家系図と連動し、当事者の子孫に係わる新たなプロットを加えている。

まず、興津が殺した同僚武士に当初はなかった名前を与え、横田清兵衛と書き直している。それに伴い、興津が持ち帰った名木に「初音」の銘をつけた細川が、彼の功労を称えると同時に、横田の嫡子と面会する場面を書き足しているのである。それはすなわち、父の代の恨みによる仇討ちを起こしたりしないよう、藩主が両家を仲介し、酒宴を開いて執りなすという場面であった(『興津』一六二)。つまり興津の家系図は、仮に史実に基づいてはいても、単なる史料ではないのである。家系図は、一つの時空の恥と名誉に囚われて、意地に走る侍の倫理に出口を設ける、むしろフィクションのための仕掛けとして読まれるべきであるのではないか。

5 サーガの意味と時効の空間

だが、我々がこのように解釈することができるのは、実に家系図や地図という情報に富むフォークナーの作品世界、ヨクナパトーファがあるからである。影響関係のないフォークナーと鷗外を比べる以上、この作業は、たまたまフォークナーを知っていた者の恣意に基づくという指摘を、本質的に避け得ない。とはいえその逭想だ、鷗外の小説の、仮に日本文学研究者にとっては重要でなかった面を映すものになれば、それなりの意義をもちうるだろう。また同時に、鷗外を鏡とすることで、改めて把捉できるフォークナーの創作における技巧や工夫のもつ意義も、あるだろうと思われる。

現に、改稿によって小説時空の複雑化をはかったり、作中人物の性格を展開させたり肉付けしたりという方法は、フォークナーの作品理解にも欠くことのできない要素である。時にそれは、『征服されざる人びと』(一九三八)や『行け、モーセ』(一九四二)のように、短編小説の集積を長編として編み直すという方法によって、また時にはさまざまな人物を異なった年齢と文脈のなかで想像し直し、そのデザインの根拠をより一層具体的に緻密化した派生的な物語によって実践される。そのような物語を包むヨクナパトーファという世界は、だから、一面においては、一瞬一瞬取り返しのつかない時の流れのただなかで、過ぎ去った時間を取り返したいという数世代にわたる思いを回帰させつつ、流れる時間と折り合って生き続けるという問題を、あくまで提示し続けるのだ。

強烈な喪失感を滞留させたジェファソンは、無論ベンジーのように、時の観念から疎外され、一八六五年の喪失の始源を、身をもって演じ続ける人物から創始されねばならなかった。さらにその『響きと怒り』(一九二九)の時点では、クエンティンも刻まれる時に耐えきれず、「すべての希望と欲望の墓碑」たる祖父の懐中時計を壊し(*SF* 七六—八四)、死を目的とした彷徨に出る。しかしオクスフォードなるモデルをもった虚構の地理的空間は、そのような時間だけに支配を受けているのではなかった。まさにその祖父の時計も、「時間を忘れないため」ではなく、それを「征服」する思いをこそ戒める贈与であったのである(七六)。果たして『アブサロム、アブサロム!』で蘇ったクエンティンは、サトペンを介した南部の宿命の物語を、「亡霊」的な領域から客観化する役目を引き受けた。

つまりサーガという、一元的であるとはいえ多層性をもつ創造の場で、決着のつかない出来事の記憶が浮上し続ける円環を、どう断ち切るかという問題を、作家は立ち上げたのではないか。ヨクナパトーファの地図とともに。

こうした念を抱いたのは、『興津の遺書』が、『阿部一族』を媒介として書き換えられたことの意味を考えていた途上のことだ。『阿部一族』と、それをかなめに再編された新旧『興津』の三作は、実に「熊本藩サーガ」と呼ぶにふさわしいものだと気づいたのだ。興津の殉死が乃木のアレゴリーから飛翔して、武家の精神の相対化までをも成し遂げることができたとすれば、それはひとえに、みずからの名誉に打撃を受けた人が囲う復讐の精神というべきものが、しぶとく回帰する過去とともに、構造的に姿を現したからであろう。『興津』にはそもそも、喪失感や復讐のテーマはなかったのだ。意地という意識すら希薄であったが、それを描いた『阿部』以後に、「名香初音」のエピソードとして、家系図とともに付け足されたのだ。しかもそれは、将来的に起こりうる「復讐」を未然に阻止する「和解」の物語として加えられた。

前段で論じたように、手法的には簡素と呼べる鷗外の小説に、唯一加えられ得たのは「改稿」という手段であった。だが、その方法で武家社会の外部の――つまりアポクリファルな――時間を描くことで、「歴史離れ」は行われた。そしてその連続的な試みの真価は、この三作を熊本藩が舞台のサーガと捉えることで、認識できるといえるのである。

この三作の連続性が、作家においても意図されていたことを確信できる一つの細部が存在する。『阿部一族』には、阿部家のみならず、彼らを征伐するよう命じられた家臣の側にも、主君との関係で無念さを抱く者が登場する。表門から討ち入ることを命じられた竹内数馬という重臣もその一人である。彼は先代藩主の死んだ際、みずから選んで殉死しなかった男であるが、阿部家征伐の先鋒の役がおのれに回ってくるにあたり、その理由が、その時の、いわば自死しなかったことの代償である可能性を訝っている。そのような人物が、心痛をかこちつつ死の支度をする場面で身にまとうのが、あの興津が持ち帰った初音の香り、つまり、改訂版の『興津の遺書』では、和解の象徴と書き換えられたアイテムである（『阿部』一一〇〇）。

武具ではなく、茶道具である香木に大金を払うことを非難され、興津は人を斬ったのであるが、つまるところ、武力と相対する香木の芳香が、武家社会の意地に駆られ、死を急ぐもう一人の男を包むという設定は、サーガの一角をなす改訂『興津』の意味の幅に、それ一作では表象し得ない含蓄を付与したのではないか。ちなみにこの竹内という人物は、討ち入りで死ぬことこそなかったが、物語の末尾には、のちにその家系が断絶したという情報が、さりげなく書き添えられている。

ここで改めて、本節の冒頭で触れたサーガの時間性についての問いを振り返りたい。つまりサーガとは、ある地理的空間を土台として、因果的時間を設定しやすい形式であるから、忘れられない喪失や無念やオブセッションを描くための格好の手法となりうるのである。『興津』が『阿部』を経由して、江戸初期における熊本藩の年代記の色を強めた時、あえて「復讐」のテーマを加えた「意地」の話になったことは、この性質を裏打ちしている。記憶や執着の媒体としてのサーガには、失ったものを忘れられず、歴史の再審を待ち望むパトスが似つかわしいともいえるかも知れない。

繰り返せば、フォークナーのヨクナパトーファも、過去の事跡が時効なく記憶され、行為している空間としての一面がある。そして、その時間性の極限的な表象としての「復讐の精神」は、ここにもなかば必然的に、いくつかの明確なイメージで現れている。例えば「納屋は燃える」のアブ・スノープスの狼藉は、旧家の権威の失墜が招いた流動性から形成された、南部貧乏白人なりの、その一つの表現であろう。父親の、ド・スペイン家への放火の企みを察知するサーティは、暴力の回路の外にはいるが、彼の行為のロジックを否認することは許されていない。その如何ともしがたさは、南部に流れる時間のうちに計り知れない「暴虐、蛮行、欲」を取り込み、その子のなかに流れ着いた「古い血」や「遺言」という言葉によって説明される（CS 一二）。

しかし彼は、父の企みをド・スペインに告げたあと、一人森に走り去り、因果の地から物理的に逃れていくのだ。アブの元を一過的に立ち去るのではなく、後のスノープシズムの遺伝からさえ、まるごとあらかじめ逃れ去って二度と小説世界に戻らないサーティは、連座しがたい因縁が断絶に向かう瞬間が、ヨクナパトーファに到来しうる事実をしるす。そしてこの、土地の呪いの円環を断ち切る能動性は、サーティがその名を貰い受けたサートリス大佐の死をめぐる物語、「ヴァビーナの香り」に最もドラマティックに描かれる。

レッドモンドへ血の報復を行わなかったベイヤードは、当初それを激しく望んだドルーシラが囁く「父の夢」の解釈をも変えている。父の夢とは、「彼が自分でもっていた何かではなく、彼が自分たちに遺してくれた何かなのだ」（*U* 二九一）。つまりここには、過去の遺産というだけでなく、自分自身が能動的・創造的に引き受けることを許された夢、換言すれば未来の契機が示唆されている。このような展望は、恨みの生じた始源への回帰とは違う時間性に対する期待を、原理的に許容する仕組みとなっている。『征服されざる人びと』は、南北戦争とその戦後を背景に、当初一二歳のベイヤードの成長を、祖母の仇討ちの物語（「ヴァンデー」）や、サートリスとドルーシラの婚礼の最中のバーデン殺害（「サートリス農園での小ぜり合い」）をはじめとした、この一族が率先するほとんど習俗とさえ呼べるような暴力の延長上に、はじめてこの物語を提示するのだ。

フォークナーの南部では、敗北をめぐる記憶に対して、忘却や断絶がより強い情動を帯びることはないだろう。他方鷗外は、サーガとよく似た取り組みから、小説に異なる時間性を吹きこんだ。「復讐」を「和解」に転換させる創意とは、この「歴史離れ」から生成したのだ。果たしてこの「和解」とは、生のための忘却の作用にほかならない。鷗外の歴史小説との比較によって改めて浮上するフォークナーへの切り口は、まずこの忘却の問題であるといえるだろうか。それはしかし、記憶の不在、あるいは消滅の謂ではなく、記憶と有機的に結びついた機制である。ヴァビーナの香りは「馬や勇気」、つまりはドルーシラの戦場の記憶の符牒であり、それらより強い唯一の香りであるからこそ、まとう価値があるとされた（*U* 二五三―五四）。

このように記憶と別様の関係を結ぶための創造的な忘却が、ヨクナパトーファの空間にはまだ眠っているはずである。とはいえ、たとえ創造的な企図ではあっても、それを根拠にフォークナーが、未来に向かって解消される過去を想定することはない。『行け、モーセ』は、みずからをマッキャスリン家から廃嫡するアイクを通し、過去の清算をドラマ化した。が、それはまさに、和解の意味での歴史離れの困難をこそ銘記する物語となったのである。二一歳になったアイクは、「悪をただし恥を消すのは不可能だが、少なくともその悪と恥を、少なくとも主義として拒むのは、少なくとも要するに、息子のために土地を拒むのは可能であると知ったのだった」(*GDM* 三三四)。

果たして、彼の父祖が黒人の「親族」に働いた「悪」を償うために供された「遺産」は、受け取られもせず、なんらの過去をも賠償し得ない。フォークナーの歴史離れはさらに進んで、政治的な決着などは逆に夢想ともいわんばかりの清算の困難、忘却のなしがたさを記しづけているのである。彼はそれを、実際は息子をすらもつことがなく、だれの父ともならないアイクが、クエンティンのように自害もせず、家父長の、男系の意味を内破させつつ、変化する時を生きながらえるその姿に託して描いたのであった。

【註】

1 鷗外の伝記的事実に関しては、河合・福田による評伝を参照した。

2 池内紀編注の復刻版、特に上巻を参照のこと。また、この時評の成立背景については、池内の解説に詳しい。

3 『意地』には改訂『興津の遺書』と『阿部一族』のほか、『佐橋甚五郎』という作品が収められている。ともに熊本藩を舞台とする前二作と違い、『佐橋』のほうは、徳川家康とその家臣であった標題の人物との因縁を題材としている。詳しくは稿を改めるしかないが、この作品に関しては、作家は史書等に依拠しながらも、歴史的考証とは離れ、かなり自由な想像を駆使して主従のドラマを作り上げているようである。

【引用文献】

Faulkner, William. *Absalom, Absalom*. (*AA.*) New York: Vintage, 1990.（フォークナー、ウィリアム『アブサロム、アブサロム！』藤平育子訳、上下巻、岩波文庫、二〇一一―一二年。）

——. *Collected Stories of William Faulkner*. (*CS.*) New York: Vintage, 1995.

——. *Faulkner in the University: Class Conferences at the University of Virginia 1957-1958*. (FU.) Ed. Frederick L. Gwynn and Joseph L. Blotner. Charlottesville: U of Virginia P, 1959.

——. *Go Down Moses*. (*GDM.*). New York: Vintage, 1990.（フォークナー、ウィリアム『行け、モーセ』大橋健三郎訳、フォークナー全集一六、冨山房、一九九二年。

——. *Lion in the Garden: Interviews with William Faulkner, 1926-1962*. (*LG.*) Ed. James B. Meriwether and Michael Millgate. Lincoln: U of Nebraska P, 1980.

——. *The Sound and the Fury*. (*SF.*) New York: Vintage, 1990.（フォークナー、ウィリアム『響きと怒り』平石貴樹・新納卓也訳、上下巻、岩波文庫、二〇〇七年。）

——. *The Unvanquished*. (*U.*) New York: Vintage, 1996.

大橋健三郎『ウィリアム・フォークナー研究』南雲堂、一九九六年。

加藤周一『日本文学史序説』下、平凡社、二〇一〇年。

河合靖峯『森鷗外』福田清人編、清水書院、二〇一六年。

齋藤茂吉「鷗外の歴史小説」中野『森鷗外研究』二〇三―三七。

中野重治「小説十二篇について」中野『森鷗外研究』一八四―二〇二。

――編『森鷗外研究』新潮社、一九五七年。

林達夫「鷗外における小説の問題」中野『森鷗外研究』八九―九六。

福沢榮司「鷗外と明治という時代」『人文科学研究』八六号（一九九四年）、一〇三―二九。

前田良三「文化の境界を越えた知識人鷗外――二一世紀初頭におけるそのアクチュアリティ」『ＡＳＰＥＫＴ』四八号（二〇一四年）、一三七―四八。

森鷗外『阿部一族』『森鷗外選集』第四巻、岩波書店、一九七九年、一六九―二〇七。

――『興津弥五右衛門の遺書』『森鷗外選集』第四巻、岩波書店、一九七九年、一五七―六七。

――『興津弥五右衛門の遺書（初稿）』『ちくま文庫版準拠　森鷗外全集』（四）キンドルリーダー。

――『椋鳥通信』上・中・下、池内紀注解、岩波書店、二〇一四年。

――「歴史其儘と歴史離れ」『森鷗外選集』第一三巻、岩波書店、一九七九年、二八九―九三。

山崎一穎「鷗外・『意地』論考」『跡見学園女子大学紀要』七巻（一九七四年）、一―一四。

第二章

小説と「フィロソフィー」
――フォークナーと徳田秋声

小林久美子

1　はじめに――秋声経由でフォークナーを再読する

「こんな形式の小説は、西洋にはない」――困惑もあらわに森田草平が評したのが、徳田秋声の『黴』（一九一二）である。漱石門下生らしく「小説の結構」にこだわる草平にとって、路地裏に住む地味な男女の生活模様を淡々とたどる本作は、いささか扱いかねる小説であった。「『黴』の批評……は私には不適任だと、自分でも思って居る」と認めつつ、草平は次のように本作を特徴付ける。「この小説には殆ど発展と云ふものがない。従つてまたクライマックスといふやうなものもない。それで長篇なんだから、先づ斯ういふ小説は西洋にあるかも知らんけれども寡聞で私は知らない」（八）。『黴』を読めばただちに了解されることだが、本作の発展性の欠如は、秋声が男女関係に焦点を当てたところにある。「とにかく男女の苦と、とりわけその取りとめのなさを描いては右に出る者もいないのではないかと思わせる作家である」と古井由吉が述べるように（二六〇）、秋声は男女関係を描くことを通じて、〈膠着状態〉という非‐発展的な——つまり非‐西洋的な——物語を生み出す作家となったのだ。いっぽう、フォークナーは血族や地縁に軸を定める作家ではあるが、彼もやはり『八月の光』において、「男女の苦」という主題に正面切って取り組んだことを忘れてはならない。大橋健三郎が指摘するように、『八月の光』の特殊性は、「すべてひとりぼっちの者たち」で主要登場人物が構成されているところにある（四二）。コンプソンやマッキャスリンといった統率的なファミリーネームが不在の本作において焦点が当てられるのは、ジョーとジョアナ、リーナとバイロン、ハイタワーとその妻といった「男女関係」である。『黴』を読んだ後に、『八月の光』に戻ると、われわれはあらためて、フォークナーもやはり、身を寄せ合う男女のさびしい姿に心ひかれた小説家の一人なのだという、ごく当たり前の事実を痛感する。

日本近代文学において、秋声はなかなか顧みられることのない作家であるため〈註1〉、本論ではフォークナーとの比較考察を手がける前に、まず秋声の小説世界の特徴を概括する。次に『黴』と『八月の光』を、「男女関係」という主題を共有する二作品として併読する。本論は、「非‐西洋的」と評される『黴』と『八月の光』が共鳴する部分を探り当てることで、ノヴェルや悲劇といった西洋的なジャンル区分には収まらない要素がフォークナーの小説に混入している可能性を検討する。その結果、われわれは必然的に、フォークナーが米国南部で小説を書いたことの意味についてあらためて思いを馳せることになるだろう。

2 「日陰者」と「庶民の女」

秋声の小説世界を把握するには、彼が「宿命化」という行いを通じて、自身の立場を定めたことに着目する必要がある。明治四年、廃藩置県の実施のさなかに金沢の下級武家に生まれた秋声は、自身の誕生が維新期であったことを宿命と捉える。通常、こうしたふるまいは、一種の自己劇化となるが、秋声の場合は、みずからを舞台裏へと追いやる仕草となる。彼が晩年に著した自伝的小説『光を追うて』(一九三九)の冒頭を飾るのは、次のような日陰者としての宿命観である。

向山等[=秋声自身をモデルとした主人公]がこの世へ出て来たのは、明治新政の漸くと緒につきはじめた頃で、武士階級といわず庶民階級乃至は農民といわず、この国の人達がみな一様に大変革後の余震のなかに置かれていた時分であった。

長いあいだこの小さな島国の民族を支配して来た封建制度が崩壊して、新らしい政治形体が産まれ出るまでの混乱と悩みは素より大きかったが、それがずっと裾の方の民衆の生活に及ぼした狼狽と不安の一層大きかったことも想像されないこともない。等は……その頃の大きな時代の波をかぶって方向に迷っていたであろう父や母や兄達の姿を思ふとき、飛んでもない時に産れて来たものだと、自身の誕生に皮肉な苦笑を禁じえないのだが、条件の割りの悪いことは、単に時代のそればかりではなかった。彼は……三番目に迎えられた妻に産まれた三人の子供の

一人として、宿命的に影の薄い生をこの世に享けて来たのであった。(五)

「大きな時代の波をかぶって方向に迷っていた」のは、あくまでも「父や母や兄達」であって、自分には運命の大波に翻弄されるドラマティックな生が約束されていなかった――そう述懐することで、秋声は、封建制度の崩壊および士族の没落という、社会と血縁のいずれの局面においても、劇的瓦解を直に体験しえなかった者として自己を定義する。

秋声が士族を小説の素材とするのを執拗に避け、「庶民」と呼ばれる、彼本来の出自とは異なる下層階級の人びとをもっぱら取りあげたのも、維新期における加賀藩武家社会という、いわば悲劇の正道に生まれた身であるにもかかわらず、傍流であるとの疎外感に起因したのだろう。吉田精一が指摘するように、明治期の「庶民」とは、西洋の市民社会が基盤とする自由意志を備えた主体的自己とは異なり、「社会」と「家庭」と「おのれ」の区分が不明瞭な、いわば「おぼろな自己」の集合体であり、封建社会の名残をとどめた近代日本的土壌だからこそ発生しえた階層であった(六―七)。武士道や西洋啓蒙思想といった強力な道徳律を後ろ盾としない「庶民」は、サムライでもインテリゲンチャでもない秋声にとって、もっとも親しみ深い存在であり続けた。

とはいえ、秋声はスタインベックのように庶民の代弁者として小説を書いたわけではない。秋声作品における庶民とは、あくまでも「近しい他者」であり、欲望の対象として描かれる。平たくいえば、秋声にとって「庶民を書くこと」は「女を書くこと」と同義であった。『足迹』(一九一〇)、『爛』

（一九一三）、『あらくれ』（一九一五）、そして『縮図』（一九四一）にいたるまで、秋声の主要長篇のヒロインは、たいていが主人公の男よりも下層の身分に属する「庶民の女」だ。

出世作『黴』は、秋声の分身とおぼしき笹村という男が、暴力的な夫から逃れてきた女と、なし崩しに所帯を構える様子を描いた私小説ふうの作品だが、その筆致は正宗白鳥が評するように、「特別に或る点を濃くしたり、或る点を淡くしたりすることがない……どこでも、同じやうに書かれて」おり（七）、写実の限界を突き詰めるものである。ただし、ヒロインのお銀が初めて笹村の前に登場するくだりは、めずらしく舞台めいた設えを呈している。生涯を共にする男女が出会う瞬間は、多少なりとも劇的な仮構に収めるべきという演出上の配慮のあらわれだが、秋声の場合、本来脇役にふさわしい男女を舞台の中央に据えることで、劇的でありつつ散文的でもあるような、宙ぶらりんの空間を創出するところが独自である。

お銀が初めてここへ来たのはつい此頃であった。ある日の午後、何処かの帰りに、笹村が硝子製の菓子器やコップのようなものを買って、袂へ入れて帰って来ると、茶の室の長火鉢のところに、素人とも茶屋女ともつかぬ若い女と、細面の瘦形の、どこか小僧気の取れぬ商人風の少い男とが、駢んでいた。揉上の心持ち長い女の顔はぽきぽきしていた。銀杏風の頭髪に、白い櫛を挿して、黒繻子の帯をしめていたのが、笹村のそこへ突立った姿を見ると、笑顔で少し前み出て丁寧に両手を支いた。

「……母がお世話さまになりまして。」(一三一一四)

「ある日の午後、何処かの帰り」と「邂逅」を描くにはあまりにも茫洋とした枠組みで始まる本場面において、主人公はみずからの住まいに洋食器という西洋的な事物を持ちこもうとする。だが、いざ茶の間に足を踏み入れると、そこに広がっていたのは、芸娼めいた見知らぬ女とその情夫とおぼしき和装の男が生み出す遊郭的な空間であった。引用部の末尾では、この男女が笹村の家政婦の子供たちであり、女は「茶屋女」としてではなく「長女」として訪問していたことが判明するのだが、身元が確定したからといって、「茶屋女かもしれない」という笹村の最初の直観がぬぐい去られるわけではない。長女として両手をつくというお銀の血縁的所作は、玄人女の媚態のように笹村を眩惑する。

お銀は、生活の場を西洋化せしめんとする主人公に拮抗するかのように、「庶民の女」として前近代の日本的風景を呈示する。花柳界のようでもあり、封建制度下の「家」のようでもあり、結局そのいずれともつかぬ、おぼろな空間を生み出すお銀は、つねにみずからの「素人らしさ」と「茶屋女らしさ」を等配分で示すことによって、「社会」と「家庭」と「自己」の区分が不分明な「庶民の女」であり続けるのだ。

冒頭で紹介した森田草平の評にあるように、本作に発展性がまるでないのは、まさしくこうしたお銀の宿命的な庶民性に起因する。本作において秋声は、その変貌ぶりを追うことで魅力が開花するような女をヒロインとして造型したのではない。お銀は、日常の各場面において、くるくると異なった相貌を示しはするが、そのつど、万華鏡のように安定した模様を形成するような女である。それは秋声が彼女の「表向き」と「内向き」の両面がつねに等しくむき出しになるように描くからだ。例えば次の場面では、お銀における「茶屋女」の要素が色濃く打ち出されているが、同時に「素人らしさ」も相応に強調されている。

「お銀に来て酌をしろって……。」笹村が言って笑うと、K――も顔を見合わせて無意味にニタリと笑った。

「おい酌をしろ。」笹村の声が又突走る。

夕化粧をして著物を著換えたお銀が、そこへ出て坐ると、おどおどしたような様子をして、銚子を取りあげた。睡眠不足の顔に著しく窶れが見えて、赤い目も弛み脣も乾いていた。K――は蟠りのない顔をして何時飲んでも美そうに続けて二三杯飲んだ。

「お前行く処がなくなったら、今夜――からK――さんの処へ行ってると可い。」笹村はとげとげした口の利方をした。

「うむそれが可い。己が当分引取ってやろう。今のところ双方のために其が一番可さそうだぜ。」

K――は光のない丸い目を睜って二人の顔を見比べた。

おどおどしたような目を伏せて、俛いて黙っていたお銀は、銚子が一本あくと、直に起って

茶の室の方へ出て行った。そしていくら呼んでも其限顔を見せなかった。（四〇）

「酌をしろ」と命じられることを予期していたお銀は、宵呑みの相伴にふさわしい出で立ちで登場するが、銚子を持つ態度はまったく堂に入っていない。おのれが男たちの酒の肴になることに耐えて、銚子が空くと即座にその場を離れる様子は、まるで直ちに代わりを用意せんとするような玄人的な気働きを感じさせるが、じっさいに戻ってくることはない。さらに、芸者の真似事に失敗したお銀の避難先が、笹村との邂逅を果たした「茶の室」であるのは、彼女がどこまでも「素人とも茶屋女ともつかぬ女」というみずからの立場から逃れえぬことを示す。

「睡眠不足の顔に著しく窶れが見えて、赤い目も弛み脣も乾いていた」という一節が示すように、お銀は、表舞台に出ている時点で、すでに舞台裏を露呈させている。舞台裏とはすなわち「素人」の場であるが、それは「生活の澱」としてお銀の顔面に現れる。充血した目、白っぽくかさついた唇。日常がまぶれついた庶民のお銀は、ロマンスのヒロインにはもちろん不適格であるし、西洋流の自然主義文学のヒロインとなることもかなわない。お銀は『或る女』の葉子のように、おのれの生を「劇的な破滅」という形に昇華することもなければ、『明暗』のお秀のように、封建的な家制度を守ることに自らの生涯をささげるような克己もない。芸者という虚構の存在に自らを仕立て上げることで、お銀の顔からにじみ出るのは、妻としての「生活の疲れ」であり、それは自然主義的な「秘匿された本質の露呈」と形容するにはあまりにも些細なほころびにすぎない。まさにそれゆえにこそ、維新という悲劇の表舞台に立つことのなかった秋声にとって、お銀は格好のヒロインとなるのだ。

3　写実と「フィロソフィー」

『黴』において、ヒロイン性の薄い庶民の女と暮らす主人公の笹村は、「日陰者」秋声の分身である。お銀のおぼろな自己が、風貌やふるまいといった外見描写によって示されるのに対し、笹村の在り方は、彼の内面描写を通じて明らかとなる。本作の三人称の語り手は、笹村の頭の鈍さ、薄情で優柔不断な気質を洗いざらいに伝えるが、その写実性は、笹村を断罪したり、彼の人間性の向上を説くために発揮されるのではない。むしろ笹村自身をして、「自分はこれでいいのだ」と開き直りの機会を与えるものとなっている。

笹村は女が自分を愛しているとも思わなかったし、自分も女に愛情があるとも思い得なかったが、身の周の用事で女のしてくれることは、痒い処へ手の届くようであった。男の時々の心持は鋭敏に嗅ぎつけることも出来た。……不意に何処からか舞込んで来た慊うした種類の女と、爛合ったような心持で暮らしていることを、然程悔ゆるべき事とも思わなかった。（三〇）

この一節は、描出話法のような形式を用いることで、笹村による反芻の内実を地の文において詳らかにする。「愛」ではなく「身の周の用事」でお銀との関係性を捉える笹村は、あくまでも「暮らし」

という現状に密着し続ける。西洋のリアリズム小説であれば、反芻という行為は、ある種のエピファニーへと到るような、劇的なるものへの指向があるが、笹村は反芻しても「然程悔ゆる」ことがない。描出話法による主人公のうろんな反芻は、三人称の写実的な人物描写において、あらためて「断定」という形式で総括される。

笹村は荒んだお銀の心持を、優しい愛情で慰るような男ではなかった。お銀を妻とするに就いても、女を好い方へ導こうとか、自分の生涯を慮うとか云うような心持は、大して持たなかった。(三二一)

先の笹村の反芻とほぼ同内容の事柄が、わずか一頁ほどの間を置いて、あらためて断定調で述べられる。地の文を共有地として、未来のことなどろくに思いも馳せない主人公の中途半端な反芻が、未来への展望などまるで示さない語り手の堅牢な写実的描写によって反復強化されるのである。かくして主人公の笹村は、いわば正確無比な語り手の後ろ盾を得た上で、自己を向上させる道を進まずに、「自分は自分でしかない」という開き直りの態度を取ることが可能となる。

『黴』において、語り手と主人公は、異なる位相において、「現状そのまま」を貫く。秋声の最後の長篇『縮図』において、「泥沼のなかに育って来た人間は、泥沼のなかで生きて行くほかにないんだ」と主人公が語るくだりがあるが(二一三)、こちらは「開き直り」というよりも「達観」と形容すべき穏やかさをたたえており、晩年の秋声の境地が垣間見えるものとなっている。だが、やはりこの台詞も、宿命論的な構えを持つことで、いくら年齢を重ねようとも、人は「泥沼」すなわち「生活」を送り続けるほかはない、という展望《ヴィジョン》なき人生論として結実していることに注目せねばなるまい。

以上のように、秋声作品は、劇的変容とは無縁な「影の薄い」男と、前近代の名残を消去しきれぬ「庶民の女」を中心人物とし、代わり映えのしない日常をすごすことが宿命となるような世界を創出することで、西洋の本格小説の軛から解放されたのである。

この達成を「書きっぱなし」と評し、秋声の倫理意識の欠如のあらわれだと断じたのが、夏目漱石である。漱石は、「人生」を描写することにかけては秋声が「極度まで行って」おり、「これより先に、誰が書いても書く事は出来ますまい」と、最高評価を与えている。だが、小説はそれだけで終始するべきではないのだ、と漱石は続ける。

どうも徳田氏の作物を読むと、いつも現実味はこれかと思わせられるが、只それだけで、有難味が出ない。読んだ後で、感激を受けとるとか、高尚な向上の道に向かわせられるとか、何か或る慰藉を与えられるとか、悲しい中に一種のレリーフを感ずるような、只の圧迫でなく、圧迫に対する反動を感ずるような、悲しみに対する喜びというような心持を得させられない。……

況して、人生が果してそこに尽きて居るだろうか、という疑いが起る。読んで見ると、一応は尽きて居るように思われながら、どうもそれ丈けでは済まないような気もする。ここに一つの不満がある。徳田氏のように、嘘一点も無いように書いて居ても、何処かに物足りない処が出て来るのは、此為である。……

つまり徳田氏の作物は現実其儘を書いて居るが、其裏にフィロソフィーがない。尤も現実其物がフィロソフィーなら、それまでであるが、眼の前に見せられた材料を圧搾する時は、こう云うフィロソフィーになるという様な点は認める事が出来ぬ。フィロソフィーがあるとしても、それは極めて散漫である。然し私は、フィロソフィーが無ければ小説ではないと云うのではない。又徳田氏自身はそう云うフィロソフィーを嫌って居るのかも知れないが、そう云うアイデアが氏の作物に欠けて居ることは事実である。初めから或るアイデアがあって、それに当て嵌めて行くような書き方では、不自然の物となろうが、事実其儘を書いて、それが或るアイデアに自然に帰着して行くと云うようなものが、所謂深さのある作物であると考える。徳田氏にはこれがない。

徳田氏の作物が、「あらくれ」のみには限らぬが、どうも書きっぱなしのように思われるのは、此ためであろう。(三五六―五七)

この文章は『あらくれ』についての書評という体裁になっているが、実質、漱石が秋声作品全般に対して常日頃抱いてきた不満を一気に吐き出すものとなっている。江藤淳が「漱石とは秋声プラス精神である」と指摘したように（五一七）、漱石にとって小説とは、日常生活を描きつつ、読者に何らかの道を指し示すべきものであった。『黴』の創作録において、秋声は「自分の作は一切書き放しで、後で読んでみたものは殆どない」と述べているが（「跋」一二一）、漱石にはこの「書きっぱなし」の態度こそが許せなかったのだろう。ここまで現実を突き詰める写実力がそなわっていながら、どうしてその一歩先に進もうとしないのか——漱石の「書きっぱなし」という表現には、彼の考える「小説家としての使命」をなかば放棄するような姿勢を正そうとしない秋声への苛立ちがこめられている。

漱石にとって、小説における人生は、「現実其儘」とは峻別される。小説で表現されるべきものは、現実の人生の「圧搾」であり、その結実として「フィロソフィー」が抽出される。秋声の小説には、「圧搾」がないため、「フィロソフィー」があるとしても、それは極めて散漫」だと漱石には映るのである。「圧搾」と「散漫」という対立項は、小説世界を「人生の凝縮」と捉えるのか、それとも「生活の淡泊」と捉えるのかという問題へと直結する。フォークナーが『八月の光』において行ったことは、漱石と秋声の二者間に看取される、近代日本における小説創作の煩悶——「人生」と「生活」の相克——を、ジョーとジョアナという男女における痴情のもつれとしてドラマに仕立てあげることであった。

4　『八月の光』と米国南部におけるフィロソフィー

秋声が維新という一大転換期を生きたように、フォークナーも「敗戦」という断絶を経た再建期の米国南部に育った。そして、秋声が「庶民」という他者に出会うのとさほど変わらぬ時期に、フォークナーは「黒人」という他者に出会っている。二人の小説家の命運が分かれるのは、この「他者との邂逅」においてである。秋声にとっての「庶民」が、維新による決定的な断絶をゆるやかなものとするバッファのような存在であったのに対して、フォークナーにとっての「黒人」は、早急な変革を求める存在であった——「奴隷」という他者未満の存在からの完全な脱却を切実に希求する人びととして。つまり、フォークナーが自作の主要舞台として設定した世界とは、現状維持ではなく抜本的な改革を標榜する、極度に啓蒙志向のフィロソフィーが横溢した空間なのである。

そうした特殊な風土において、秋声的薄暮の世界を描きこもうとしたのが、『八月の光』におけるフォークナーのもっとも大胆な試みだといえる。秋声が「庶民の女」と「士族の男」の生活模様を描いたように、フォークナーは、「黒人とも白人ともつかぬ〈おぼろな自己〉を有した男」と「白人の女」が生活を共にする様子を辿った。

ジョーとジョアナの半同棲生活が破滅にいたるまでの経緯が綴られる第一二章において、語り手はもっぱらジョーの視点に密着することで、彼の黒人でもなければ白人でもない「生活人」としての思考回路を詳らかにする。本章内で「judicious」とくり返し形容されるように(*LA* 二六一、二七〇)、ジョーは酒の密売に手を出すものの、おおむね身の丈をわきまえた裏街道の住人として暮らしている——「彼自身の生活は、名も知らぬ女たちとでたらめに関係を持ってきたものの、健全かつ常に罪深い生活がたいていそうであるように、ありきたりのものだった」(二六〇)。ジョーが他のキャラクターとは比較にならぬほどに成長過程がていねいに辿られているのも、彼が「南部淑女を殺害した黒人暴漢」という米国南部特有の神話的存在ではなく、あらゆる近代社会に遍在する「下層階級の男」の一人にすぎないことを示すためだ。

事実、彼の初めての交際相手であるボビーとのなれそめはまさしく秋声的世界において展開される。「路地裏のみすぼらしい食堂のウェイトレス」としてジョーの前に姿をあらわすボビーは、「うつむき加減」で「骨格が目立つ」顔立ちをしており（一七二―七三）、お銀の「おどおど」して「ぽきぽきとした」見た目を彷彿とさせる、無骨で華やぎのない相貌の持ち主である。そしてお銀の最も重要な特徴である「素人とも茶屋女ともつかぬ」立ち位置を、ボビーは有している。たしかに彼女は娼婦の側面をじっさいに持っているが、マックスからジョーのことを詰問されたさい、彼女はジョーとの関係をあくまでも「勤務時間外」のものとし、「あたしがあの人を好きなのかもしれないじゃない、そんなこと、あんたは考えたこともないだろうけど」と主張することで（一九二）、少なくともジョーの前での彼女は、「素人とも玄人ともつかぬ女」と化す。

幼少時に「ひっそりとおとなしい」と形容されるジョーは（一二〇）、そもそもは影の薄い田舎者である。だからこそ平石貴樹が指摘するように、ボビーは「陰気で目だたない人物で、田舎町の売春婦として中程度にふさわしい（ただしジョーの恋の相手としては最高度にふさわしい）」（一〇四）。日陰者の男が、うつむきがちの地味な女と路地裏で出会い、惹かれ合うという状況は、まさしく秋声の独壇場だ。この二人が秋声の小説世界の住人であれば、われわれは彼らの行く末をこう夢想する――ドラマティックな成功も没落も存在しないフィロソフィー抜きの世界において、彼らは共に「生活の澱」をためこんでいくのだろう、と。

だが、フォークナーの世界にそのような筋立ては存在しない。「おぼろな日陰者」として吹きだまりに佇んでいると、「向上の道」に進むことを説く「フィロソファー」が現れるからだ。ジョーの場合、養父マッケカーンとジョアナがその役割をつとめることになる。マッケカーンは「孤児」を正しい方向に導く「聖書の教え」をジョーに叩きこみ、ジョアナは（白人中心の）市民社会における「模範的黒人」となることをジョーにくり返し説く。しかも、マッケカーンとジョアナは、どちらもそれぞれ「父」と「母」という立場においてジョーに「生きる道」を説くという共通点がある。秋声的世界の住人にとって「生活」とは、日陰者たちが身を寄せあう場なのだが、マッケカーンとジョアナにとって「生活」とは、「父」や「母」として、ジョーを教化せんと啓蒙的な行いをする場なのである。ただし、ここで注意すべきなのは、ジョーに対峙するさい、マッケカーンが「父親」として完成された存在であるのに対し、ジョアナは「母親」としてはきわめて脆い存在であるという点で、両者は決定的に異なっているということだ。

ジョアナの抱える特殊な母性を理解するにあたっては、彼女の生い立ちを確認する必要がある。黒人は白人にとっての「doom」であり「curse」であると父親から告げられたのは、彼女がわずか四歳の時点においてである。つまりジョアナは、クエンティンやロス・エドモンズのように、白人と黒人の人種的差異を、思春期における個人的な体験として認識する猶予が与えられておらず、生まれてすぐの段階で、父親から「呪い」や「運命」といった、きわめて観念的な言葉を通じて教えこまれている。その結果、彼女はヴィジョンしか有さない徹底的な「フィロソファー」と化す。

物心つく頃からずっと、わたしは黒人たちを見知っていた。雨や家具、もしくは食べ物や眠りを眺めるのと同じような感じ。でもそれからというもの、はじめて彼らのことを人間ではなく物として、一つの影として捉えるようになった。わたしが、わたしたちが、あらゆる白人が、あらゆる人たちが、その影の下で生きていくのだと。（*LA* 二五三）

敗戦後の南部に生まれ落ちたジョアナは、維新期の秋声のごとく、おのれを「影の薄い存在」と位置づけることが許されない。自分は決定的に影と袂を分かった存在なのだと認識することで、四歳のジョアナは、「幼女」や「少女」でもなければ「女」ですらない「母親」としての自己を幻視することになる。

わたしには、その黒い影が十字架の形に見えるような気がした。それで白人の赤ん坊たちは、まだ息を吸い始めさえしないうちから何とかしてその影から逃れようとするんだけど、その影は上から覆いかぶさってくるだけじゃなく、下にもあって、赤ん坊たちが両腕を広げているみたいに広がっていて――まるで赤ん坊たちが十字架に釘付けされているかのように見えたのよ。（二五三）

南部の歴史を「十字架形の影に磔にされた白人の赤子たちの連なり」と形象化するジョアナは、「子供に死なれた母親」という立場から歴史を振り返っている。こうした過去との向き合い方は、倫理的姿勢《フィロソフィー》としては臨界点に到達しているといっていいだろう。だが、ジョアナの場合、いささか錯綜しているように思われるのは、同様に「子供に死なれた母親」を正しい歴史認識の形象として挙げた小林秀雄の一節が想起されるからだ。過去を振り返るには愛惜の念が不可欠であるとする小林は、死んだわが子を悼む母親の姿にこそ範を取るべきだと述べる。

僕は、歴史哲学という様なものには、一向不案内であるが、僕等が日常生活のうちで、直覚し体験して保っている僕等の歴史に関する智慧が、不具であるという様な事を信ずる事は出来ませぬ。勿論、母親は歴史家ではないでしょう。併し、健全な歴史家の腕というものは持っていると考えられるのであって、母親は、自分に身近かな歴史に関して、それを少しも過つことなく使っているのであります……。（二一二）

子を亡くすという「自分に身近かな歴史」に愛情を注ぎ続けることで、母親は過去と現在を架橋する。小林にとって「母親」という存在は、「日常生活のうちで、直覚し体験して保っている僕等の歴史に関する智慧」、すなわち、何よりもまず生活智の最高の使い手であるのだが、四歳のジョアナに生活智などあるはずがない。彼女に与えられたのは、父親からの啓示的メッセージだけであり、それは「影」すなわち黒人を「育てる」ことをおのれの使命とするものであった——「おまえはもがき、立ちあがらなくてはならない。しかし、立ちあがるためには影も引っぱりあげなくてはならない」(*LA* 二五三)。育成者としての生を幼い時分で運命付けられた者には、当然、自身の成長という側面は捨象される。ジョアナの黒人への慈善活動は、「聖職者と銀行家と熟練の看護婦を兼ねた人物として、プラクティカルな助言を与える」というもので(二五八)、黒人の日常生活に深く関与する性質を持つのだが、この実践を支えるのは、母親的な生活智ではなく、四歳児の脳裏に焼き付けられた母親的なヴィジョンである。こうしてジョアナは精神的支柱《フィロソフィー》を極度に肥大させた状態で、ジョーと出会う。

フィロソフィーのみの女が、世間智に長けた男と関係を持つこと——これが『黴』における笹村とお銀の邂逅に比すべき、『八月の光』における運命的な男女のめぐり合いである。ちょうど『黴』のお銀が「素人とも茶屋女ともつかぬ」庶民の女として笹村の前に現れたように、ジョーは「白人とも黒人ともつかぬ」下層階級の男としてジョアナに対峙する。維新によって生じた断絶を埋め合わせる存在としてお銀が機能するように、ジョーはフィロソフィーしか持ちえなかったジョアナに「生活」をもたらす存在となる。「ありきたりの日陰者」として生きるジョーが、四歳児の段階で凍結していたジョアナの時計の針を一気に進める役目を果たすのだ。第一二章が複数の「段階(phase)」に区切られているのは、ジョアナが「恋人」から「妊娠」の段階を経て、「真の母親《フィロソファー》」に到達せんと矢継ぎ早に変容をくり返すためである。対するジョーは、すでに「日陰者」としての成長プロセスを完了した者として、本章内では無変化を保つ。

かくして第一二章では「無変化」が常態のジョーの庶民的世界観と、間断なき「変化」を志向するジョアナのフィロソファー的世界観という、二種の対照的な世界観が拮抗する。「女とは、他に男がいなければ、いずれ必ず機嫌を直すものだ」(二六七)、「おれに話があるんだろ。いつも終わってからのほうがうまく話せるじゃねえか」(二六八)——こうした一連のジョーの述懐や発言は、生活を通じて培われたソリッドな偏見である。ボビーのように、彼と足並みをそろえる「日陰者」にとって、これらは生活智として受け入れ可能なものかもしれない。だが、彼が生活を共にするのは、一つのヴィジョンに生涯をかける「人生派」ジョアナであり、日陰者の生活空間に「啓蒙」という光を照らして「変化」を呼び起こさずにはいられない存在なのだ。

破滅に達する直前、「見たことのない鉄縁の眼鏡」をかけたジョアナは、「あなたは彼らを闇の中から助け出すことになる」と告げて、自身のライフワークである黒人のための慈善活動を引き継ぐことをジョーに申し渡す(二七五―七六)。壊れた蓄音器のように、黒人のロールモデルとなることをジョーにくり返すジョアナは、その奇妙な眼鏡姿とも相まって、もはやフィロソファーの戯画と成り果てている。

二人の関係の最終局面において、ジョアナは「わたしたち、二人とも死んだ方がいいのかもね」とつぶやく場面がある(二七八)。彼女がフィロソファーの戯画であることを止める貴重な瞬間だが、いつ終わるともしれぬジョーとの膠着状態に「心中」という手段で決着をつけようとするのは、やはり「停滞するばかりの生活」を「悲劇的人生」へと昇華させようとする人生派のふるまいにほかならない。

「心中」という結末を迎えることで二人の関係性の「結構」を整えようとするジョアナは、悲劇の王道を突き進むわけだが、それに対し、「結構なき生活」を送ることを選ぶジョーは、「生活人であるがゆえの悲劇」という倒錯的な事態に陥ることになる。

〈まったくクソみてえに馬鹿な話だった。あの女はやっぱりあの女なんだし、おれはやっぱりおれなんだ。それでこうなるわけだ、あのクソみてえな馬鹿げた騒ぎのあとでな〉そして二人が今夜、この件を話の種に笑いあうだろうと考えた——のちほど、ことをすませて、静かに話し静かに笑うときになったら、いっさいのことを、互いのことを、自分たちのことを笑うだろうと。(二七二)

「あの女」も「おれ」も、所詮「おのれ」でしかありえず、「向上」などは夢物語として笑い飛ばすものだ——こうしたジョーの思考は、秋声的世界においては「現実其儘」を見据えたものとして機能したであろう。しかし、フォークナーが小説の舞台としたのは、秋声的リアリズムこそが絵空事となる米国南部という土地であった。そこでは、生活者としてのごくありきたりの男女関係の見立てが、かなわぬ夢にしがみつこうとする者特有の切実さを帯びた独白として立ち現れる。フィロソフィーの充満する米国南部において、ヴィジョンとは無縁の「生活」を持ちこもうとすることは、平坦な日常ではなく、決定的な破滅をもたらす悲劇的行為と化すのである。

他界する約一年前、秋声は最後の作者あとがきにおいて、自身が生まれながらにして薄暮の住人であると述べている。

生きる上に光が必要なことは当然である。ただ余りちかちかする光は、私の弱い目には目眩しすぎるのである。私は尫弱な少年の頃、小学校の教室から外へ出ると、強い太陽の光に、目がくらくらして、空を仰ぎ見ることができなかった。(「あとがき」[『徳田秋聲集』]一二三―一二三)

空を仰ぎ見るというロマン主義的振る舞いは、体質的に無理であるとの理由により、秋声はヴィジョンの獲得を放棄し、現状そのものへと視線をひたすら注ぐ。「弱い目」は成長して改善されるようなものではない、という宿命観を根底に据えた小説家は、強力なプロットの推進者として作品に君臨することもなければ、フィロソフィーの獲得までの道程を読者に指し示すような預言者的側面も持ちあわせていない。秋声が行ったのに、現状を「書きっぱなし」にすること、ヴィジョンに直結する「人生」へと収斂されない「生活」そのものに密着する非-西洋的な作風を貫くことだった。

5　おわりに——米国南部で小説を書くということ

うらぶれた東京の下町を舞台とする秋声的世界を経由して、フォークナーのヨクナパトーファに戻ってくると、われわれは、そこにも「日陰者」のための場所が存在することを確認する。だが、秋声にとってその場所は、いつ終わるともしれぬ「現実其儘」を示すのに対し、フォークナーにとっては、やがて悲劇へと収束する、つかの間にしか保持しえない中間地帯であった。

フォークナーは、あるいは秋声のように、薄暮の住人として小説を書くことができたのかもしれない――そう夢想させるところが『八月の光』にあるのは、その題名にもよるのだろう。そこにこめられたのは、フォークナーにとっての故郷の原風景であり、それは南部的な夏のさなかに不意に忍びよる影によって生み出されるものであった。

八月の中旬あたりでしょうか、ミシシッピでは、とつぜん秋の前触れを感じさせるような期間が、二三日続きます。肌触りがひんやりとして、陽光のきらめきが和らぎを帯びるのです。まるでその光が、今日だけではなく、太古より降りそそいできたことを示すかのように。そんなときは、ファウヌスやサテュロス、そのほかの神々が、ギリシャやオリンポスから訪れて、そこらへんにまぎれこんでいるのかもしれません。（*FU* 一九九）

太古の神々が跋扈する「過去」が「現在」にまぎれこむことで、「八月の光」は強烈な陽光の輝きをつかの間失い、陰りを帯びる。過去が現在に宿る瞬間を、影の浸食というイメージで捉えるフォークナーは、「ちかちかする光」だけで人は生きてゆけるものではない、と語る日陰者秋声と重なり合う。「泥沼のなかに育って来た人間は、泥沼のなかで生きて行くほかはないんだ」と秋声が自作の主人公に吐露させた宿命観は、フォークナーが造型した生活人ジョーの「あの女はやっぱりあの女なんだし、おれはやっぱりおれなんだ」という思いと地続きである。だが後者は「クソみてえな馬鹿な話《フィロソフィー》」によって葬り去られることとなる。

光と影に二分化された米国南部に生まれ育ったフォークナーにとって、フィロソフィーとは、小説を書くことを通じて抽出されるものではなく、おのれがこの世に生を受けるより前にすでに遍在しているものであった。秋声を読んだ後、われわれが『八月の光』で最終的にめぐり合うのは、「書きっぱなし」が許されない土地において、日陰者のための空間を確保しようと孤軍奮闘する小説家フォークナーの姿である。

【註】

1「時代はとうに秋聲を押し流してかえりみることはない」との専門家の言がある（紅野・大木 ii）。もちろん記念碑的な秋声論は存在する。伝記的アプローチでは野口冨士男著『徳田秋聲傳』、主題的分析については松本徹著『徳田秋聲』が挙げられる。両著からは、拙論も多くの示唆を頂戴した。

【引用文献】

Faulkner, William. *Faulkner in the University: Class Conferences at the University of Virginia 1957-1958.* (*FU.*) Ed. Frederick L. Gwynn and Joseph Blotner. Charlottesville: U of Virginia P, 1995.

――. *Light in August.* (*LA.*) New York: Vintage, 1990.（フォークナー、ウィリアム『八月の光』諏訪部浩一訳、上下巻、岩波文庫、二〇一六年。）

江藤淳「解説」『徳田秋声（二）日本の文学10』中央公論社、一九七三年、五一四―三〇。

大橋健三郎『フォークナー研究2――「物語」の解体と構築』南雲堂、一九七九年。

紅野謙介・大木志門「はじめに」紅野・大木編『21世紀日本文学ガイドブック⑥徳田秋聲』ひつじ書房、二〇一七年、ii-iv。

小林秀雄「歴史と文学」『小林秀雄全作品13』新潮社、二〇〇三年、一〇四―三一。

徳田秋声「あとがき〔徳田秋聲集〕」『徳田秋聲全集　第二十三巻』八木書店、二〇〇一年、二一九―二三。

――「黴」『黴・爛』講談社文芸文庫、二〇一七年、五―二一六。

――『縮図』岩波文庫、一九九二年。

――「跋〔岩波文庫『黴』〕」『徳田秋聲全集　第二十三巻』八木書店、二〇〇一年、二三九―四〇。

――『光を追うて』能登印刷出版部、二〇〇六年。

夏目漱石「『あらくれ』評」『徳田秋声集　現代日本文學大系15』筑摩書房、一九七〇年、三五六―五七。

野口冨士男『徳田秋聲傳』筑摩書房、一九六五年。

平石貴樹『小説における作者のふるまい――フォークナー的方法の研究』松柏社、二〇〇三年。

古井由吉「解説　世帯の行方」徳田秋声『新世帯・黴』福武書店、一九八三年、二五五―六三。

正宗白鳥「黴の批評」『新潮』一六巻二号（一九一二年二月）、七―八。

松本徹『徳田秋聲』笠間書店、一九八八年。

森田草平「黴の批評」『新潮』一六巻二号（一九一二年二月）、八―一〇。

吉田精一『自然主義の研究　上巻』東京堂出版、一九五五年。

第三章

家・父・伝説

——フォークナーと島崎藤村

後藤和彦

1 〈家〉の作家

内幕をあらかじめ言ってしまえば、そもそもウィリアム・フォークナーと島崎藤村を比較して考えてみたいという直観的な思い付きがあった。フォークナーと藤村を比較してみようと思い立ったようなひとがこれまであったかどうか知らないが、両者を比較したいと思うものはおそらくどちらの作家もが〈家〉の作家だという、〈家〉の重圧に呻吟しつつ、しかし同時に〈家〉の血と宿命の断続的様相を描くのに憑かれた作家だという、それ自体雑駁な印象から入ってゆくのではないか。

少なくとも私にはそれが自然の流れに思われたので、藤村の『家』とフォークナーの『土にまみれた旗』を読み比べてみることにした。〈家〉の呪縛とは、両作家にとって、ともに若き日の愛の成就の不可能を謳った抒情詩人時代以来常に、少なくとも潜在的に存在し続けていた主題だと私は考えているが、ふたりがこの主題にはじめて正面切って立ち向かった作品といえば、フォークナーにあってはヨクナパトーファ・サーガ第一作となる『土にまみれた旗』であり、藤村にあっては小説家としての完成期を画する小説『家』であろうからだ〈註1〉。

2 亡父の偏在

『土にまみれた旗』と『家』の両者において、〈家〉の家性のよってきたるところ、〈家〉が〈家〉であるその根拠に、いずれもおのおのの家の始祖たる死者がいることはまず見やすい共通点と言えるだろう。『土にまみれた旗』におけるジョン・サートリス大佐であり、『家』における小泉忠寛《ただひろ》のことである。そもそも〈家〉が基点をなすような想像力とは、祖先に対する畏敬の念が旺盛であるといった通り一遍のことではなく、この語のもっとも古めかしい意味合いにおいて「preposterous」なものでなければなるまい（むしろ祖先を尊びたいという物思いは、実のところ、死者は往々にして忘れられがちであるというあられもないこの世の真実に付随して起こるものだろう）。「preposterous」とは、オクスフォード英語辞典でこの語に最初にあてられている定義に「本来最初にあるべきものが最後にあること、あるいは位置や順が転倒していること（Having or placing last what should be first; inverted in position or order）」とあるが、その通り、今はすでに死に絶えて過去となったはずのものが、今を現に生きているものに先だって、生きているものを差し置いて、よりあざやかに、よりふてぶてしく存在しているという、理不尽に本末の転倒した事態を指し示す。

たとえばジョン・サートリス大佐は、すでにこの世を去って久しいにもかかわらず、『土にまみれた旗』の冒頭に早くもその不条理な存在をあらわにするのであった。

時間と肉体から解き放たれてはいたものの、ジョン・サートリスは、お互い耳が遠いことで過去の時代につなぎ止められ、余生も徐々に残り少なくなって、ひどくやせ細ってしまっている二人の老人よりも、はるかに手応えのある存在だった。現に今も、ジョン・サートリスは、あごひげを生やした、鷹のような顔をひっさげて、息子の頭上や周辺を徘徊し、いまだに部屋の中に立ちはだかっているように思われるのだ。(五)

『家』の小泉忠寛はどうか。小泉家は、藤村の実家がそうであったように近世期に木曽馬込の庄屋問屋本陣として名のある旧家であったが、明治維新後の新時代となって既得権益を新政府に蚕食され、一度は屋敷を火事で失ってしまったこともあって、かつての殷賑の跡を今に遺すものはほとんど何一つとしてない。しかし——

ただ、奥の方の壁に、父[忠寛]の遺筆が紙表具の軸となって掛かっている。そこには、まだそれでも忠寛の精神が残っていて、廃れ行く小泉の家に対するかのようである……(上二二二)〈註2〉

近代の新しい経済のあり方とそれに伴って変容した功利的な心の持ち様に完全に遅れをとって零落の一途をたどる小泉家、しかしながら、忠寛の息子達にとって〈家〉は生きた重圧であることを決してやめることはなく、〈家〉は、とはすなわち今はなき亡父は、その長い不在にもかかわらず、まさしく不合理な偏在性を帯びるかのように今の彼らには感じられている。藤村自身をモデルとした小泉三吉と次兄森彦との会話――

「だから、今度はもうけるサ。もうけるために働くサ。」

「ところが、それはあなたにはむずかしいと思います。あなたはやっぱりもうけるために働ける人ではないと思います――」

「いや、そんなことはない。今まではもうけようと思わなかったから、もうからなかった。これからは大いにもうけようと思うんだ――ナニ、いかないことはない。」

「どうもわたしは、今までと同じようになりやしないかと思って、それで心配してるんです……なんだか、こう、われわれには死んだ阿爺《おやじ》がつきまとっているような気がする……どこへ行っても、何をしても、きっと阿爺が出てくるような気がする……森彦さん、あなたはそんなことを思いませんかネ。」

兄は黙って弟の顔を見た。

「わたしはよくそう思いますが、」と三吉は沈んだ目つきをして、「橋本の姉さん［忠寛の長女、彼らの姉、お種のこと］があアしているのと、あなたがこの旅舎《やどや》にいるのと、わたしがまた、あの二階で考え込んでいるのと――それが、座敷牢の内《なか》にもがいていた小泉忠寛と、どう違いますかサ……われわれはどこに行っても、みんな旧い家を背負《しょ》って歩いているんじゃありませんか。」（下二二一）

亡父の偏在がひしひしと感じられるのは、ひるがえって今現在という時間に、『土にまみれた旗』の言葉を借りれば、「手応え」がないからであり、また『家』の引用の言うところの「もうけるために」生きる生き様に性根の部分で得心がいかないからである。そもそも小泉忠寛が、すぐ右の引用にあるごとく「座敷牢の内」でもがき苦しんだ末の狂い死にという陰惨な最期を遂げなければならなかったのは、すでに忠寛が生きている時から、夏目漱石が言うところの日本の「内発的」ならざる「外発的」な、つまり西欧の威圧に屈する形での近代への社会変革は始まっていたからであり、むしろ近代誕生直後の新しくひ弱な国家日本の混乱が、元から手がつけられないほど人一倍癇の強かった忠寛の、時代に比して鋭敏すぎた感受性をいよいよ容赦なく蝕んだ結果だったのである。忠寛は、言うまでもなく、藤村の実父島崎正樹を下敷きとした人物だが、藤村はやがて大作『夜明け前』において、幕末から維新の動乱期を生き狂死する青木半蔵に託して、この父正樹の半生を、とはつまり、現在の不如意の源基にあることで、死後も死に絶えることなく現在に黒々とした翳りを落とし続ける過去の亡霊の実体を、その執着的な正体を、つぶさに追わねばならない。

3　到来する〈近代〉

したがって『土にまみれた旗』と『家』両小説においては、生きてゆかねばならぬひとびとにとって、今現在は、死してなお存在を止めぬ〈父〉ないし零落してなお威圧的な〈家〉を身にしみて感じる感受性を分有するものの目には、それらとはまるきり逆の意味で、いわば箍《たが》が外れたような、それこそ「preposterous」なものと映らねばならないはずだ。なぜなら彼らのそのような感受性は、今や亡き父が矍鑠《かくしゃく》たる存在であったころ、〈家〉が依然として繁栄と栄華に浴することの可能だったころ、他ならぬその〈父〉によって植え付けられ、その時代によって育まれたものだったからだ。時代が、彼らと彼らの精神だけを取り残して、近代への後戻りのできない道を突き進んでいってしまったからだ。

こうして時代とひとの精神の乖離が起こらねばならなかったのは、『土にまみれた旗』の舞台となるフォークナーの南部も、『家』の背景であり、やがて『夜明け前』で剔抉《てっけつ》される藤村の日本も、等しく文化の内在的脈絡を絶ち切られ、内在における美学と正義を言語道断のアナクロニズムと不義とに一変させられてしまうような、外部による時代の圧倒的な蹂躙を経験しなければならなかったからである。それはもはや言うまでもなく、フォークナーの南部における南北戦争の敗北のことであり、藤村の日本における維新開国といういずれも民族的・文化的敗北のことだった。

たとえば『家』において〈家〉というものの今の零落ぶりは、父忠寛にもっとも深く長々と影響を受け、小泉家と並んで古い在郷の薬種屋橋本家に嫁いだ長姉お種によって、時代の無残な推移としてもっとも哀切に感じられている。ちなみにお種の容貌は「沈鬱な、厳粛な、忠寛の容貌《おもばせ》をそのまま見るよう」だとも称されている（上 六四）。

「こんな山の中にも電燈がつくようになりましたかネ」と三吉が言った。

「それどころじゃないぞや。まあ、おれと一緒に来て見よや。」

こうお種は寂しそうに笑って、庭伝いに横手の勝手口の方へ弟を連れて行った。以前土蔵へ通った石段を上がると、三吉は窪《くぼ》く掘り下げられた崖を目の下にして立った。

削り取った傾斜、生々《なまなま》した赤土、新設の線路、庭の中央を横断した鉄道の工事などが、三吉の目にあった。以前姉に連れられて見て回った味噌倉も、土蔵の白壁も、達雄［お種の夫］の日記を読んだ二階の窓も、なかった。梨畠、葡萄棚、お春［橋本家の女中］がよく水くみに来た大きな石の井戸、そんな物はみんなどうかなってしまった。お種は手に持った箒で、破壊された庭の跡を弟に指して見せた。（下 二三五）

しかし、なかでもお種の〈家〉由来の古い感性にもっとも堪えたのは、近代社会がもたらした人間関係のあからさまな世知辛い変容だったようだ。

朝飯には、橋本の家例で、一同炉端に集まった。高い天井の下に、拭き込んだ戸棚を後ろにして、主人から奉公人まで順に膳を並べてすわることも、下碑が炉ばたにいて汁を替えることも、食事をしたものは各自《めいめい》膳の始末をして、茶椀から箸まで自分自分の布巾できれいにふくことも——すべて、この炉ばたの光景《さま》は達雄の正座についたころと変わらなかった。しかし、席の末にかしこまって食う薬方《くすりかた》の番頭も、手代も、もう昔のような主従の関係ではなかった。みんな月給を取るために通って来た。

「ごちそう」

と以前の大番頭嘉助の伜《せがれ》がおもしろくもないような顔をして膳を離れた。この人は幸作「かつての手代、今は薬方を取り仕切る」と同じ年期を勤めた番頭である。幸作は自分の席から、不平らしい番頭の後ろ姿を見送って、「するだけのことをすれば、それでいいじゃないか」という目つきをした。

にぎやかな笑い声も起こらなかった。お種は見るもの聞くもの気に入らないふうで、嘆息するように家の内を見回した。その朝、彼女は箸も執らなかった。(下 一三六)

もちろんフォークナーの南部にあっては、古い感受性にとってほとんど字義通りに「preposterous」にさえ感じられた人間関係の秩序の変容は、南北戦争後、早くもフレンチマンズ・ベンドからジェファソンの街をわらわらと浸食し始めた貧乏白人スノープス一族のひとりが、ついにはサートリス家の開いた銀行の副頭取にまでおさまってしまう新時代の不可逆の推移とともに（一八一）、あるいはそれよりもまして、戦後急速に白人のパターナリズムが無効化し、ノブレス・オブリージがその実を失って形骸化してしまった——そして間もなく単なる人種差別の指標へと堕してしまう——現状に見出されねばならないだろう。

「The Great War」と呼び慣らされた第一次世界大戦は、『土にまみれた旗』に重大なドラマの転機を提供している。アメリカ合衆国はこの戦争の勝者となったが、おそらく一八九八年の米西戦争に引き続き、南北戦争に敗北の辛酸をなめた南部人たちは、あるいはその辛酸の記憶を幼い心に刻み込まれ、もはや遠くに去ったはずのあの戦争（南部人にとって南北戦争はいつまでも「The War」である）を巡る、「年を経るごとに葡萄酒の芳醇な輝きを帯びる」（一四）にさえ至った昔話に、ついに倦み果てた敗者南部の息子や孫は、これを捲土重来の戦と見、あるいは大義ある戦を戦った父祖とはじめて肩を並べられるかもしれぬと、勇躍戦地に向かったはずである。自分の曾祖父であるより、もはや南部ジェファソンの街共有の伝説と化したジョン・サートリス大佐のひ孫、若きベイヤードもまたそうであったに違いない——そして、おそらく作家になる前の青年ビル・フォークナーもまた……

そしてそれは痛々しいような幻滅の体験として終わったのであった。生きていることをあざ笑うかのような振る舞いをして、サートリス大佐の弟キャロライナのベイヤードのごとく、無意味な、しかし無意味であるがゆえにほとんどすがすがしいとさえ言える死を死んだ双子のジョニーは、生きて帰った若いベイヤードにとって、遠く遠く手を伸ばしても決して届くことのない、曾祖父らあの戦争の死者たちが住むことを許された、聖別された戦士の魂のみが集うという伝説のヴァルハラに仲間入りを果したとも羨まれた。若きベイヤードにとって、この新しい戦争体験は、これが他ならぬ戦争の体験であるがゆえに、戦争に生きて死ぬ気概だけを存分すぎるほどに受け継ぎながら、あの戦争の死者達と自分とのあいだにはいかにしても回復不能の断絶があることを思い知らされる経験だった。それでも口惜しい若きベイヤードはあの戦争について「あんなちっぽけな戦争」と口にしてみる。しかし、これに対するあの戦争の語り部、サートリス大佐の妹ミス・ジェニーの「お前があの飛行機でやってのけられる以上のことを、馬一頭でやってのけたわ」の台詞は（二五九）、少しも道理にかなっていないのに、いやこの世の条理などからは軽やかに自由であるからこそ、キャロライナのベイヤードやジョニーの死の瞠目すべき無意味な爽快さと同じ、自分がこれから地を這うようにして生き延びていかねばならぬこの世界に比して、彼らだけが住む世界の合理を超えたほとんど神秘的なまでの質の違いを奇しくも言い当ててしまうように聞こえるのだった。

かくして、あの戦争に間に合うには生まれるのが遅すぎて〈家〉の歴史の創成に直接あずかることを許されず、〈家〉の歴史的重圧に感応する感受性のみを持つことを宿命づけられた南部白人男性は、この大戦争によって男性としての覇気を決定的に消耗せざるを得なかったのである。しかし、黒人男性達はそうではなかった。男性としての威厳から、あるいは人間としての尊厳からさえ、あまりにも長く歴史的に隔離されてきた彼らもまた、この大戦争を捲土重来ないしは解放飛躍の絶好の機会と見なしていた。そして白人達と違い、彼らはそれを一定程度実現してみせたのである。だから若きベイヤードが進んで身を投じたのと同じ新しい戦争にあって、「徴兵にとられ、フランスに送られ、労働大隊の一員として」働いたキャスピーは（六二）、サートリス家にかつては奴隷として、戦後は召使いとして代々奉仕し続けてきた黒人一家の青年なのだが、「戦争で黒人は口がきけるようになったんだ」と言い（六三）、実際、サートリス家の頭領老ベイヤードにおずおずと、しかし果敢にもたてついてみせさえする。

「あの雌馬に鞍を置いてくれるんだろうな」と、ベイヤードは詰め寄った。

「やらねえこともねえやな、じいさん」と、キャスピーは、聾者のベイヤードの耳元で答えた。

「なんだと？」

「ほんに、まあ、キャスピーったら！」エルノーラは、呻き声をあげた。アイサムは、自分の場所と決めた隅っこにうずくまった。キャスピーはすばやく眼をあげて、ベイヤードの顔を眺めやると、網戸を開けた。

「やらねえこともねえ、と言ったのよ」と、彼は声をはり上げて、繰り返した。サイモンが踏み段の下にセッターと並んで立ち、二人を見て、歯のない口をあんぐり開けている。老ベイヤードは、手を伸ばして近くの箱からストーヴ用の薪を一本抜き取ると、キャスピーを開いているドアから、踏み段下の父親の足下に殴り倒した。（八六―八七）

今キャスピーはこうして老ベイヤードによって即座に叩きのめされ、父サイモンに「幾度も言うたじゃろうが、戦争帰りのおめえの、そんな新式の考えなんぞは、この屋敷じゃ通用しそうにねえって……黒んぼの自由なんて話はあとで町の衆にでも聞かせるがええ」と諭されさえするのだが、それでもなお彼は、黒人種が南北戦争前の奴隷制度とその後の人種隔離制度を経、今や戦争を白人とともに経験し、だから未来にわたって白人に唯々諾々と従属し続けるだけの存在であることは決してないと、将来の公民権運動において爆発するその反抗の小さな、しかし確かな兆しを身をもって示してみせたのである。「キャスピーは祖国に戻ったものの、社会学的に言えば、全くの損失となった」、とある(六二)。キャスピーがみずから進んで「社会学的に損失となった」事実は、彼がかつての彼の父祖らがそうしなければ生きていられなかったようには、白人の温情の庇護下にあってその忠実なしもべであることにもはや甘んじてはいないことの、そして白人が自身のために歴史的に捏造してきた黒人との疑似親子関係のフィクションをもはや信じてはいない黒人が間違いなく存在することの証左でもあった。

4　断続の因果

しかし、一方で生意気に吹き上がる黒人キャスピーを、サートリス家の当主、今はもう耳はろくに聞こえず、ピーボディ医師の見立てによれば、そしてそれは結果として的確な見立てでもあったのだが、心臓に致命的な欠陥をかかえ、もはやすっかり尾羽打ち枯らしたかに見える在郷きっての旧家の最後の守り主、老ベイヤードが、薪一本の一撃でものの見事に叩きのめしたとき、爽快感とあからさまには言わずとも、一種の小気味よさを読者は感じるのではないだろうか。そしておそらくそこにこそ、ともに〈家〉の作家たる藤村とフォークナーとの決定的な違いを解く鍵があるのだと私は見ている。

この「小気味よさ」のよってくるところは、その答を先回りしてとりあえず言っておくとすれば、〈家〉がそもそも現在にあって重圧を形成するに足る存在である根拠、家の始祖たる〈父〉が長々と揺曳するアウラ、すなわちその〈伝説〉を、近代日本の藤村に比して、南部のフォークナーは少なくとも刮目すべきものと見ている点である。あるいはフォークナーは、藤村に比べ、その〈伝説〉の継承ないし延命により積極的に荷担している。さらに端的に言えば、フォークナーは、藤村より、〈父〉を愛している――

〈家〉の主題の伏流水的な存在は、彼らが抒情詩人であった時代にもすでにあった可能性を示唆しておいたが、『土にまみれた旗』および『家』はいずれもその主題に本格的に取り組んだ最初の小説であったので、両作家が当該作以降にもさらに小説家として成長変化していったことによって、右の雑駁な印象は幾分の留保ないし修正を必要とするかもしれない。フォークナーの〈家〉、〈父〉および〈伝説〉へのより親密なる傾斜は、『アブサロム、アブサロム!』の南部プランター神話への疑義へ、また『行け、モーセ』におけるアイク・マッキャスリンの遺産相続拒否へ、小説家としてのキャリアのいずれも道標的作品における主要モチーフの設定によって、厳しく相対化されていったことは明白である。また藤村の同じものへの傾斜についても、姪島崎こま子との道ならぬ恋のゆくえを告白した問題作『新生』には、切羽詰まって逃げ出した異国フランスの地で「この侘びしい冬籠もりの中で、岸本［藤村自身がモデル］の心はよく自分の父親の方へ帰って行った」の一節より始まり、「彼［岸本］は亡き父の前に自分を持って行って、『この命を取って下さい』とも祈った」の一節に締めくくられる亡父のための長い長い一節を含んでいたり（上二三二―四六）、またすでに述べたとおり、彼が小説家としての最終到達点において国の動乱の直中を生きた父島崎正樹の半生を『夜明け前』に描き抜いたのであるから、これもまた疎遠から親密への比重の移動が起こったことに間違いはない。大まかにいえば、フォークナーと藤村、〈家〉の主題を軸に、一方は親密から疎遠へ、他方は疎遠から親密へと小説家としての軌跡が交差している。しかし、いずれもそれは相対化ないし比重の移動であって、決して質的な変化ではないことも改めて言い添えておきたい。

さてこの『土にまみれた旗』と『家』における〈家〉の主題への親疎の差は、思うに、〈家〉の血統上の真の後継者ではなく、しかしながら〈父〉の記憶に常によりそい、そして〈伝説〉の証人ないしはその継承者となったふたりの人物の差にもっとも端的に表現されている。すなわち両作品においていずれも注目すべき女性達、『土にまみれた旗』における始祖ジョン・サートリス大佐とは年が一六も離れた妹ヴァージニア・サートリス・デュプレ（ミス・ジェニー）、そして『家』における小泉忠寛の長女お種のことである。〈家〉と〈父〉に威圧を感じ、〈伝説〉に翻弄されるのは往々にして息子達、必ずしもそうでないのが娘達――いや、それではあまり単純すぎるかもしれない。威圧を感じ、翻弄されることをほとんど主体的にみずからの生きる道として選択するのはより多くは息子達、と言い換えたほうが適切かもしれない。したがってこのことは〈家〉や〈父〉によってその犠牲となるのは、必ずしも息子達ばかりではないという事実と決して矛盾しない。むしろ主体的にその道を選んで没落の道をたどるものたちより、そうでないものたちのほうがより純粋な犠牲者と呼びうるだろうからだ。

ミス・ジェニーは「二年間を人妻、七年間を未亡人として過ごし」、三〇歳となったとき、とはつまり南北戦争が終わって四年の一八六九年、「着た切り雀の衣装」と母の形見の「彩色ガラス板」の入った「藁を詰めた柳行李」を肌身離さず、故郷のサートリスの家に戻ってきた(一三)。その後、一九二九年、九〇歳で亡くなるまでの実に六〇年間、サートリスの家を守り続け、始祖ジョン・サートリス大佐から、その息子老ベイヤード、その息子で米西戦争帰還後、「黄熱病とスペイン軍の銃弾による古傷」のため一九〇一年に没するジョン(九三―九四)、そしてついにその双子の息子ジョニーと若きベイヤード、四世代のサートリスの男達を葬ってきた女性である。

一方のお種はすでに述べておいたとおり、小泉の家と並ぶ木曽の旧家橋本家に嫁いだのだが、「ちょうど橋本から縁談があった当時」、「小泉に嫁《かたづ》いてきた老祖母《おばあさん》の生家《さと》の方でも、お種をほしいということで、せっかく好ましく思った橋本の縁談も破れるばかりになったこと」があったが、お種はみずから首を掻き切り「自害して果てるほどの決心」で橋本達雄と夫婦となった、そんな性根の烈しい女であった(上二〇一)。しかし、夫の達雄は、お種自身はそれを「代々橋本家の病気」と呼ぶのだが、「女のことではたびたび失敗《しくじり》」を犯しており、今回もまた入れあげた新橋の芸妓と手に手をとって出奔、その後、女にも捨てられ、おのれを恥じた達雄は満州に骨を埋める覚悟で家を出、ついにお種はひとりぼっち、薬種屋を営み続ける古い家に取り残され、夫の帰りをむなしく待ちつつ、時代とともに零落し、とともに（先にも述べた通り）古き床しさを近代風の世知辛さが駆逐するばかりの家を寂しく守り続ける。お種は藤村の実姉、島崎（嫁して高瀬）園子をモデルとするのだが、小説『家』以降、この姉は夫の放蕩から得た梅毒が脳をいつか冒し、小泉忠寛と、とはつまり父島崎正樹と同じく、哀れ狂い死にする――この姉の最期は『家』から一〇年後、一九二一年に出された「ある女の生涯」につまびらかにされる（この中編作品ではお種＝園子は「おげん」という名となる）。

もちろん問題は、ふたりの女の女としての生涯の悲惨さの程度ではないし、またその悲惨をいかに悲惨ととらえるか、彼女たちのひととしての気質の違いでもない。彼女自身の人生が悲惨だから、勢い父を見、語る口調が必要以上に重苦しく懐疑的になるといったことは確かに考えられないではないのだが、しかしながら、その不幸そのものが他ならぬそれぞれの〈父〉と〈家〉によって宿命づけられてそうなっているのかもしれぬし、第一、右に略述したところをもって、ふたりの境涯のうちどちらが悲惨であったのか、実のところ、にわかには定めがたいではないか。だからミス・ジェニーはつまるところ女としては幸せだった、などとは簡単に言い捨てることのできないのと同様、お種はミス・ジェニーに比べて、辛くとも辛がらない、そういう女としての健気な忍耐に欠けていたのだなどとも決して断定できはしない。彼女たちはいずれも定められたように生きたのだ。そしてこの物言いは単に比喩なのであって、彼女たちはそれぞれの境遇にあって主体的に生きたのだ、といえば、それは結局同じことを別の比喩で言ったのに過ぎない。

ミス・ジェニーのサートリスの男にまつわる昔物語は、先にも簡単に触れたように、「みんなに話して聞かせているが（八〇歳になった今でも、時に場所柄も考えずに、その話をやらかす）、彼女が年をとるについて、その話自体も、ますます内容が豊かになり、葡萄酒のような豊潤な輝きを帯びてゆく、という（一三一―四）。そして「その声は、土にまみれた軍旗のように、誇らしげで落ち着いていた」、ともいう（一三二）。この小説のタイトルがこのミス・ジェニーのサートリス家を語る声に由来するのは、この小説における〈家〉の主題の少なくとも欠くべからざる倍音として、敗北の屈辱とともにしか思い出すことのできない〈家〉の物語を、それがほかならぬ私の家の物語だからというただそれだけの理由で、慈しみつつ語り、語りつつ慈しみ、そしてついに恩讐を超えたところにしかない静謐の境地に至った声の響きが確実に存在することを示唆していると思う。

小説はミス・ジェニーを「ほんものの楽天主義者」だと呼ぶ（一二九）。「ほんものの楽天主義者」とは、一切の悲しみに目をつぶって威勢ばかりよいひとのことを言うのでは決してあるまい。みずからをこの悲しみの底に陥れた巡り合わせを見つめ続け、それは他の誰のものでもない、私のもの――私の〈家〉、私の〈父〉――だと、最初は尻込みする自分を無理矢理鼓舞するように、しかしやがてはみずから進み出るように、そしてしまいにはその悲しみと手を取り合いまるで睦み合うように、あの〈父〉の血を引いた歴代のサートリスの男達を狂わせてきた、今もひ孫にも等しい若いサートリスをひとり狂わせ続けている、この〈家〉にまつわり、したがって自分にも伝わる何ものかの姿を、完全に見定めたひとのことだろう。

だからたとえば兄ジョン・サートリスの戦友フォールズ老人が、甥の老ベイヤードの顔にできた吹き出物を、街の新しい開業医アルフォード先生は今すぐ手術をして切除すべきだと言い（一〇一）、在郷でもっとも古い名物医、サートリス大佐の連隊付属の軍医をつとめ、老ベイヤードの心臓の弱さを誰よりも早く的確に見分けたピーボディ先生でさえ、その吹き出物に何もしてはいけない、ただほおっておきさえすればいい、と請け負ったにもかかわらず（一〇五）、チョクトー・インディアンに祖母が教わったという黒い塗り薬を吹き出物に塗りつけて、「七月の九日にそいつはぽろりと落ちる」と予言すると（二四七）、まったくその通り七月の九日に腫れ物はきれいに剥がれ落ち、その跡には「赤児の皮膚に劣らずにバラ色で美しい皮膚が見えた」とき、ミス・ジェニーはしぶる甥をわざわざ汽車に乗せてメンフィスの専門医にまで診せさせておきながら、自分の見立て違いを恥ずかしがる調子など少しもなく、メンフィスの専門医の請求書に嫌みをひとつこぼすのみで、「こういうことは起きる。起きなければならないことは、起きる」とでも言いたげに平然としていたのだった（二六六―六九）。

つまり、たとえばこのようなことが起こるのが『土にまみれた旗』に限らないフォークナーの世界なのだと私は思う。フォークナーが南米の作家達に影響を与えていたのがわかったとき、彼の文学におけるマジックリアリズムについてしばしば論究されるようになったが、このマジックリアリズムと呼ばれる作風は、それは比較的わかりやすい例を挙げるならガブリエル・ガルシア＝マルケスの『百年の孤独』にしても同じこと、せいぜい「起きることは起きる」としか言えぬ出来事を「起こるべくして起こる」出来事へと易々と範疇化する、因果の超越というより、超越的な因果への信仰がその礎にある。さらに「信仰」とは言っても、それは与えられたドグマへの盲目的服従のことではなく、おのれをおのれとして成り立たせている因果ないし宿命としか呼びようのないものに対して積み重ねられた忍耐の向こう側にある静謐の境地のことでなければなるまい。

5　〈伝説〉——呪詛と信仰

そしてこのようなことが一切起こらないのが島崎藤村の世界である——ひたすらリアルを低回する世界。それは当時の藤村を囲繞していた日本近代文学の文壇の潮流の影響でもあろう。近世期の戯作風を脱し、徹底した写実を旨として、個人の生活に起こったできごとを、それがいかなる出来事であろうとも包み隠さず、赤裸々に、しかし赤裸々であることで筆致が上ずったりすることを厳にみずからに戒めつつ、あくまで恬淡として描き続けてゆく——近代日本の自然主義文学の潮流のことである。フランスに起こったいわゆる自然主義が、かつて小林秀雄が言ったように、近代社会由来の決定力によってすっかり自発的自由を失った、すなわち社会に一度縊り殺された一生物としての人間の自然が、社会の諸力が及ばなくなったような真空の実験室的情況下でいかに振る舞うか、その様子を客観的に描き出そうとした、つまり爛熟の域に到達した西欧近代社会にそれへの反動として生まれ出でた、いわば人工性を宿した文学運動であるのに対し、社会史的背景を度外視して、人間の命の世知辛い根にあるものをこんこんと突き止めようとする部分のみを抽象してきた、ある意味では人生修業的倫理性さえ帯びた文学が、日本独自の自然主義文学であると言うこともできる。

藤村は自然主義文学の旗手と見なされることが多いが、最初の長編小説である『破戒』以来、彼には右に述べた「命の根を見極める」というこの文学の基本的な思潮に寄り添いつつも、この「命の根」を求めて、作家のより赤裸々な個人的体験を綴り続ける田山花袋型のいわゆる私小説や、作家個人の思いの一刻一刻の推移を彫琢するような志賀直哉型のいわゆる心境小説へと落ち着いてゆく日本文壇における傾向に対し、「命の根」を形成するものに個人を超えたもの、それが〈父〉であり〈家〉であり、さらに最晩年の作『夜明け前』、そして未完の遺作『東方の門』にあっては、〈国〉であり〈時代〉なのだが、そのような間口の広い視点を、自然主義の文壇的風潮に服《まつろ》うことのなかった夏目漱石とともに、有していたことにその特異性があったように思う。漱石夏目金之助の出た夏目家は、しかしながら、次々と跡継ぎとなるべき男を失って先細りとなっていった東京の家族で、島崎家のように独特の習俗に色濃く染め上げられた一地方に代々続く、いわゆる旧家・大家族ではなかったので、〈家〉という要素は、五男として生まれた漱石がついに夏目の家督相続者として家の経済の主たる維持者とならざるを得なくなって以降、つまり小説家たる彼の今を世知辛くさせる存在としてのみ目されていたように思う。一方、藤村には、〈家〉があった。まず藤村には〈家〉があったのである。だからこそこうしてフォークナーとの比較ということも思いつかれる。

そして藤村の目には、彼の〈家〉と〈父〉をもっとも長く見てきた、〈家〉と〈父〉が息子達〈藤村島崎春樹には秀雄、広助、友弥という三人の兄がおり、それぞれ実、森彦、宗蔵として亡父と家名の威圧下にあって呻吟する様が『家』に克明に描き出されている〉に垂直に及ぼしたその影響の埒外にあって傍観者たり得ながら、長男に後ろ手に縛り上げられ座敷牢で野垂れ死にした父とまったく同じように、兄弟達になだめすかされ、ついに精神病院に収容されて、狂い死にの最期を遂げた長姉園子こそ、〈家〉と〈父〉の最大の犠牲者であり、その実在の、とはつまり、それらの非在の実在性の真の証人であると映っていたようだ。

園子を下敷きとしたお種に、忍耐が足りなかったのではない。みずから首を掻き切ってまで結ばれた夫達雄の女癖は病的に悪く、ついに孫も生まれようかという年になってまで芸妓を請け出して家を出、身を隠して所帯を構えるような真似をしたときも、お種は達雄を夫として見限ってしまうこともせず、「貞操の女の徳であることを口の酸《す》くなるほど父から教えられた」ので、「自分の経験から割り出して、どうすれば男というもののきげんが取れるか、どうすれば他の女が防げるか、そういう女としての魂胆を――彼女が考えうるかぎり――事細かに嫁の豊世《とよせ》に伝えようと」思う人だった（上二〇八）。また「ですから今度だって旦那が思い直してくださりさえすれば……えゝえゝ、わたしはどこまでも旦那を信じているんですよ。豊世とも話したことですがネ。わたしたちの誠意《まごころ》が届いたら、きっと阿父《おとっ》さんは帰って来てくださるだろうよッて」と末弟三吉に語り聞かせる人だったのである（上二三五―二三六）。

お種は、と藤村たる三吉には思えた、忍耐が足りないのでは決してなく、おそらく自分が何に忍耐しているのかが見えていなかった。婚家の不如意に悩まされて、しょんぼり口惜しげに沈み込んでいるやら、自棄《やけ》になって神経質らしい笑い声をあげるやらする姉お種、三吉は思い立って「預かって置いた父の遺筆」を「姉の前に置いて見せた」。「父忠寛の歌集、万葉仮名で書いた短冊、いろいろあるが、ことにお種の目を引いたのは、父の絶筆である。漢文で『慷慨憂憤の士をもって狂人となす、悲しからずや』としてある。墨のあとも淋漓として、死にぎわに震えて書いたとは見えない」。この絶筆を見たお種は、父が座敷牢にはいったとき、すでに嫁いで橋本家の人間であったのだが、その異変を知って実家に駆けつけていた。そして実家を預かっている長男実も長男の嫁お倉も記憶のないことを、お種は記憶していたのである。

「大きく『熊』という字を書いて、父親《おとつ》さんが座敷牢から見せたことがあったぞや。」とお種は弟に微笑んで見せて、「みんな、寄って集《たか》って、おれを熊にするなんて、そうおっしゃってサ……」

「熊はよかった。」と三吉が言った。

「それは、お前さん、気分が種々《いろいろ》になったものサ。おかしくなる時は、アハハ、アハハ、ひとりでもう堪《こた》えられないほど笑って、そんなにおかしがっていらっしゃるかと思うと、今度はまた、急に沈んで来る……わたしは今でもよく父親さんの声を覚えているが、きりぎりす啼《な》くや霜夜のさむしろに衣かたしき独《ひと》りかも寝む、そう吟じて置いて、ワアッと大きな声でお泣きなさる……」

お種は激しくからだを震わせた。父が吟じたという古歌――それはやがて彼女のやる瀬ない心でもあるかのように、ことに力を入れて吟じて聞かせた。三吉は姉の肉声を通して、暗い座敷牢の格子に取りすがった父の狂姿を想像しうるように思った。彼はお種の顔をじっとながめて、黙ってしまった。（下 一六七―六八）

三吉がこのとき気づいていなかったことを、今、小説家としてこのときを振り返る藤村はおそらく気づいている。取りつく島もないほど沈み込んだかと思うと、狂的な笑いを笑って、家人には狂ったと言われ、本意ならず牢につながれ、そしてひとり寂しく死んでゆく――父が「狂死する前の忠寛は、目に見えない敵のために悩まされた。よく敵が責めて来ると言い言いし」、「薄暗い座敷牢の中で、忠寛の仕事は空想の戦いを紙の上に描くことであった。さもなければ、何か書いて見ることであった。あるとき、正成《まさしげ》の故事にならって、糞合戦を計画した。それを格子のところで実行した」（下 一四〇―四一）のなら、娘は、もはや老いた身、家のことは案ぜず、若い者にまかしたらよかろうと諭され、「いや、だからおれはなんにも言わんつもりサ――彼等《あれら》がいいようにしてもらってるサ」という穏当な調子のこともあるが、どうかするとその調子は非常に激してきて「お種は肩を怒らせて，襲って来る敵を待ち受けるかのように、表座敷を見た。『なんでも彼等《あれら》は旦那やおれのやり方が悪いようなことを言って――むやみに金をつかうようなことを言って――おればかり責める。若い者なぞに負けてはいないぞ。さあ――責めるなら責めて来い――』」と（下 二四二―四三）――それは父さんのことばかりでない、それは自分のことでもあると、なぜあなたにはわからなかったのですか、と藤村は今はもう亡くなった姉の魂に呼びかけている。あなたは、私と共に、いや私よりなお、狂い死にした父親《おとつ》さんの血を引いたひとです、あなたは親父の家の子なのです、と。

6　亡国の文学

フォークナーの『土にまみれた旗』と島崎藤村の『家』、いずれもある旧い家とその始祖としての父、その家名と亡霊の威圧される子等を描き出した小説がかくも異なる印象を与えるのは、それぞれに〈家〉と〈父〉とが〈伝説〉として昇華される一面が描き出されているか否かの違い、それぞれが〈伝説〉への懐疑のまなざしと同時に〈伝説〉への依存とを併せ持つか否かの違いと見える。その違いは、フォークナーの〈父〉ジョン・サートリス大佐が、今を苦吟のうちに生きる若きサートリスの曾祖父であり、藤村の〈父〉が小泉の子等にとって文字通りの父忠寛のことなので、つまるところそれは〈父〉が伝説化するのに必要な時間の有無に由来するのだろうか。そうかもしれない。

あるいは日本自然主義文学の潮流にあって藤村、花袋に後続し、その完成者たる徳田秋声に先行した、同文芸思潮の代表的人物のひとりに正宗白鳥がおり、白鳥は文芸評論家として辛辣な目利き《コニサー》の名をほしいままにしたひとでもあったが、白鳥なら戦友とも言うべき藤村を「小説を想像の大伽藍として絢爛に構築する力があったのは、日本文壇にかろうじて漱石か、あるいは谷崎がいたのみか——藤村は、他の自然主義文学者同様、そのような豊かな創作能力を有してはいなかった」と一刀両断にしたかもしれない（一五六など）。要するに〈伝説〉の実在と実生活における影響をもっともらしく書けるような作家など日本にいなかった、と――また、〈伝説〉といった所詮拵《こしら》えものに過ぎぬものに、少なくとも一方で深く依存的であるような作風など、文学と命のやりとりをするような真剣な文学者のものとは思われていなかった、自分もまたそう思っていた、と。そうかもしれない。

しかし、フォークナーの南部における南北戦争、藤村の祖国日本における明治維新、ふたりはそれぞれ生まれ落ちた土地の文化の敗北後を生きたひとだった。そして彼等は奇しくも共に、おのおのの〈国〉の文学は、それぞれの文化の敗北を契機とする国風の断続から説き起こさねばならないと考えたのであり、彼等の文学のモチーフは必然的にその断続を身をもって生きた〈父〉でなければならず、その断続がもたらす、先を行ったひとと後に続いたひとのあいだの親疎が、もっとも深いドラマを生むのは〈家〉という舞台でなければならないと、共に考えた作家達だったのである。

【註】

1　しかし、日本の作家との比較ということを念頭において、久しぶりに『土にまみれた旗』を読み直してみると、この小説のそこここに、藤村とも『家』とも無関係に、何がしか言ってみたくなるような箇所に目が移ろうのだった。たとえばナーシサ・ベンボウに懸想し思いが嵩じて、今でいうところのストーカーまがいのふるまいに及ぶバイロン・スノープスという男がいるが、いよいよナーシサが若きベイヤード・サートリスのものとなってしまい、もはや自分を振り向くことはあるまいと思い、思い余ってナーシサの部屋に忍び込んで「手探りでベッドのところに近寄り、うつ伏せにベッドに横たわり、頭を枕に埋めて身悶えしながら、咽喉を締め付けられた獣のような呻き声をあげ」るあたり（三〇〇）、私はどうしても田山花袋の『蒲団』のあの有名な結末部を思い出さざるを得なかった。また、たとえば自分の理性とは異なる部分で（それを日本の近代文学では「自然」と呼びならわしたのだが）他人の妻に懸想し、その女をわがものにしたのはよいが、彼をかくなる人物としてはぐくんだ社会環境からは処罰を受け、疎外と孤独の辛酸を嘗めねばならぬ人物に、ナーシサの兄ホレス・ベンボウがいる。彼のナルシシズム、戦争にいって戦場からガラス細工を溶製する坩堝とレトルトを持ち帰り、家に作業場をしつらえさせ、「完璧と言ってもよい、澄んだ琥珀色の花瓶」をこしらえて、これを「汝、いまだ穢れざる静寂の花嫁よ」と、あるいは愛する妹の名をもって呼びかけるような、繊弱な自己陶酔の質に（一九〇―九一）、たとえば夏目漱石の『それから』の代助――他人《ひと》の妻三千代を想って白百合の花束を買い求め、手ずから花瓶にあしらってみて「唇が弁《はなびら》に着くほど近く寄って、強い香を眼の眩《ま》うまで嗅いだ」りするような男（二三八）――のそれとまったく同じものを私は思わなくてはならなかったのである。

2　藤村『家』からの引用文には、通常は中略等を示すために用いる「……」が頻繁に現れるが、これらはすべて原文のママである。

【引用文献】


Faulkner, William. *Flags in the Dust*. New York: Vintage, 1973.

島崎藤村『家』上下巻、岩波文庫、一九六九年。

――『新生』上下巻、新潮文庫、一九五五年。

夏目漱石『それから』岩波文庫、一九八九年。

正宗白鳥『自然主義盛衰史』講談社文芸文庫、二〇〇二年。

第四章

主観共有の誘惑
――フォークナーと谷崎潤一郎・今村夏子

阿部公彦

1　はじめに

本論ではフォークナーと日本文学との関係をさぐるために、主観共有と感情移入の問題に焦点をあてて考察を行う。この問題の端緒として注目したいのは谷崎潤一郎の『細雪』である。日本のフォークナー研究者の中にもなぜか愛着を持つ人が多いと言われるこの作品を出発点とすることで、フォークナー作品において「人の心がわかる」とはどういうことかという、一見素朴ながらなかなか簡単には答えの出ない問題について、少しでも糸口をつけられればと思っている。主に言及するフォークナー作品は『響きと怒り』と『アブサロム、アブサロム！』。他に今村夏子の『こちらあみ子』も取り上げる。

2　『細雪』の冒頭部

『細雪』という作品を読んだことがあるという方は多いだろうが、さあ、じゃあ、『細雪』の話をしようとなったときに、ふと気づくのは、ストーリーそのものが今一つまとめにくい、ということである。『細雪』とはいったい何が、どう起きる小説なのか。

もちろん雪子のお見合いが失敗したとか、大雨が降って妙子が遭難しそうになったとか、牡蠣にあたって妙子が死にそうになったとか、ひとつひとつのエピソードは思い出されるのだが、それらはプロットというほどの骨格をつくるわけではなく、浮かんでは消え、浮かんでは消えするマイナーな事象という印象がある。もちろん最大の関心事は雪子の結婚であり、そのお見合いの行く末を見守るのがこの小説の最大のプロットだという意見もあるだろうが、このお見合いにしても――まあ、何しろお見合いだから当たり前だが――別に血湧き肉躍るような活劇的な展開があるわけではない。たとえばジェーン・オースティンの一連の作品はほとんどが「お見合い小説」のようなものだが、よくまあ、結婚するとかしないとかいうだけの話でこれだけ秘密の暴露だの裏切りだのスパイだの悪意だのをたっぷり盛りこむよ、と思うほど緊張感に富んだ展開になっている。そこからプロットらしさも生まれ出ている。『細雪』には、明らかにそうした構築性はない。

しかし、考えてみれば、この粗筋のまとめにくさこそが『細雪』の最大の特徴なのであり、もっといえば、〝売り〟だと言えるのかもしれない。その特質はすでに作品の出だし部分によく出ている。

「こいさん、頼むわ。――」

鏡の中で、廊下からうしろへ這入って来た妙子を見ると、自分で襟を塗りかけていた刷毛を渡して、其方は見ずに、眼の前に映っている長襦袢姿の、抜き衣紋の顔を他人の顔のように見据えながら、

「雪子ちゃん下で何してる」

と、幸子はきいた。

「悦ちゃんのピアノ見たげてるらしい」（上九、傍線は引用者）

「こいさん」とは大阪弁で良家の末娘を指すとのことなので、この場合は蒔岡シスターズの末娘の妙子のことになるのだが、このごく短い冒頭部のスペースの中に次女の幸子、三女の雪子、四女の妙子の名前がいっぺんに出て来て、さらに続くセリフでは幸子の一人娘の悦子まで登場している。この箇所をどう考えたらいいのか、つまり冒頭部をネタに『細雪』という語りにくい小説へのとっかかりにしよう、というのが私の最初のもくろみである。

ところで、フォークナー協会の刊行物でこうした論法をとると、かつて『名作はこのようにはじまる』という本の中で、ほかならぬこの『細雪』の冒頭を詳細に論じたフォークナー協会前会長の平石貴樹氏に喧嘩を売っているかのように見えてしまい、いささか具合が悪いということに私も気づいている。平石氏はすでに一〇年ほど前に、「お前が一〇年後に言うことなんかすべてお見通しさ。ばかめ」

とあざ笑うかのようなメッセージをこめ『細雪』論を展開しておられるのである。その鋭い洞察ぶりにはうならざるをえない。そこで平石氏が焦点をあてる「見る」「覗く」という行為にしても、谷崎の語り手の間接話法的な介入にしても、氏は私がこれから言おうとすることをとっくの昔に指摘されておられるのだ。

とはいえ、そんな一〇年前の平石氏の高笑いを横目で見やりつつも、やや迂回ぎみに話をもとに戻すことで話を前に進めたい。『細雪』の冒頭部では——とくに最初のセンテンスは——あらためて読み直してみても、とてもではないが意味がすっと頭に入るような書き方にはなっていない。その最大の理由は、文の主語であり、行為の主体である幸子が最後まで出てこないために、「見る」という行為がどのエージェントにも属さないまま浮遊してしまい、ここで行われているのがいったい誰の行為なのか、誰の視点のもとにまとめられるべきなのか、といったことが宙づりにされていることにある。

おそらくここに見られるのは主体性と行為の乖離である。つまり世界を認識する「目」と、世界に働きかける「手」とが連動していない。となると、『響きと怒り』のベンジー・セクションなどを想起する人もいるかもしれない。行為そのものが、その行為を行う主体によって必ずしも統御されていないような事態が、ベンジー・セクションではきわめて印象的に描かれている。有名な冒頭部でもそれははっきりと示されている。

くるくる巻いた花たちのすきまから、柵のむこうでその人たちが打っているのをボクは見ることができた。その人たちは旗があがるところへやってきていて、ボクは柵にそって歩いた。ラスターが花の木のそばで草むらの中を探していた。その人たちは旗を抜いて、打っていた。それから旗を戻し、テーブルに行って、一人が打ち、もう一人が打った。それから歩いていき、ボクは柵にそって歩いた。ラスターが花の木からやってきて、ボクたちは柵にそって歩き、その人たちは止まり、ボクたちも止まり、ボクが柵のむこうを見ていると、ラスターは草むらの中を探していた。(*SF* 八七九)

描かれる風景のひとつひとつはぶつ切れで、意味のある全体にまとまっているようには見えない。たとえ「I could see them hitting」という節が入っていても、あるいはだからこそ、「ぼく」がそれを何らかの形でまとめているという印象が薄い。「ぼく」はほんとうの意味ではこの風景を見ていないとも言える。離人症の患者に見られる症状とも類似していると言えるだろう〈註1〉。

このベンジー・セクションの場合は、ベンジーが知的障害を持っているという設定が大きな意味を持っているわけだが、他方で、同時代に活躍したガートルード・スタインの『やさしい釦』やT・S・エリオットの『荒地』、ジェイムズ・ジョイスの『ユリシーズ』をはじめ、モダニズム期の実験的な作品では、必ずしも知的障害を持ちこまなくとも、行為やことばを統一的な視点やわかりやすい「主体」から切り離し、ことばの暴走をゆるすかにさえ見える書き方をする作品が多く見られる。ときにはそうした描写法は、「ハードボイルド」と呼ばれるような、感情移入を抑える書き方や感情喪失、虚無といった心境の表現と連動しているように見えることもある。

しかし、あらためて谷崎に話を戻すと、言うまでもなく『細雪』に描かれる世界を「ハードボイルド」と呼ぶ人はまずいないだろう。むしろ『細雪』ほど「ハードボイルド」から遠く離れた世界はない。この小説では感情が抑制されるどころか、あきらかに感情が過多なのである。では、『細雪』で主体と行為が乖離することには、いったいどのような意味があるのだろう。

3 『細雪』の気分

このことを考えるために、もう一度『細雪』の冒頭部の書き方を見直してみたい。なぜ、誰が何をしたということがわからなくなるような書き方をするのか。日本語としてかなり無理があるので、正直言って読解力のテストでもされている気になる。しかし、こういう強引な書き方をすることで、語り手が妙子、雪子、幸子という重要人物をいっぺんに登場させることができるというのは大事なポイントである。

この描写は、明らかに『細雪』という小説の粗筋のわかりにくさとも連動している。『細雪』では、誰が中心にいるのかがとても見えにくい。関心の中心は雪子の結婚だが、雪子には『細雪』という長編のプロットはやや荷が重い。何しろ雪子はお見合い相手の橋寺に、「あのお嬢さんは内気で陰気な性質のように思われるが、その点はどうかしらん」などと言われ、間に入った井谷がとりつくろうように「正直云って、内気と云うことは云えるかも知れませんけれど、陰気ではいらっしゃいませんわ」

と説明せざるをえないような人なのである(下　一二六)。「内気かもしれないが、陰気ではない」というのは絶妙の形容だが、ともかく雪子がかなり不活発で影の薄い人なのは確かだ。

これに対し、四女の妙子は、雪子とは対照的にとても活発である。今や死語となった「おてんば」という語が合うだろう。男づきあいは派手で、頭の弱いぼんぼんにみつがせてきらびやかなファッションに身を包み、家族の目のとどかないところでさまざまな遊びを楽しんでいる。あげくの果てに牡蠣にあたったり妊娠したりと、きわめて冒険的で充実した生活を送っている。

そういう意味では妙子は『細雪』の影の主役なのである。しかし、私たちは彼女の行動を現在進行形で追うことはほとんどない〈註2〉。あくまで遅れて、そして間接的に知るだけ。『細雪』の世界では、妙子は中心にいることを許されないのだ。逆にいうと、妙子が主人公になったら、『細雪』はまったく違う小説になっただろう。谷崎がやりたかったのは、「内気かもしれないけど、陰気ではない」と言われるような雪子が表に立って、冒険的な生活を送る妙子が影でしか主役になれない小説世界を構築することだったのだ。

『細雪』の「今」を支配するのは次女の幸子である。幸子はほとんどの場面で視点人物となり、姉として雪子や妙子の行く末を心配し、そのふるまいにいちいちコメントしたり不満をもらしたりしながら、あれこれと動いて彼女たちの生活を支配してもいる。何と言っても特徴的なのは、「思いやり」という名の彼女の情緒性である。しかもその情緒は、幸子が視点人物ということもあり、地の文と分けがたく混じり合うことになる。冒頭部にもそれはよくあらわれている。さきほどのつづきは以下のように書かれる。

――なるほど、階下で練習曲の音がしているのは、雪子が先に身支度をしてしまったところで悦子に掴まって、稽古を見てやっているのであろう。悦子は母が外出する時でも雪子さえ家にいてくれれば大人しく留守番をする児であるのに、今日は母と雪子と妙子と、三人が揃って出かけると云うので少し機嫌が悪いのであるが、二時に始まる演奏会が済みさえしたら雪子だけ一と足先に、夕飯までには帰って来て上げると云うことでどうやら納得はしているのであった。

（上九、傍線は引用者）

下線を引いたように、「である」系の表現が頻出している。こういうふうに「である」という語の断定調の中に主人公の気分と語り手の判断とをあいまいにブレンドするのは日本の近代小説の大きな特徴で、英語の自由間接話法とも近い方法だと言える。何より大事なのはしばしばそれが情緒的な重なりや一体化の呼び水になるということだ。ちょうど英語の自由間接話法で、視点人物の態度が、それを読み取る語り手の微妙な「すり寄り」や「共感」や「断罪」などの態度とまじりあうように、日本語小説のあいまいな「である」には、人物の態度と、それを外から見守る視線とが混交している。こうして「である」ならではの、詠嘆や瞠目などのジェスチャーがそこに盛りこまれることにもなる〈註3〉。こ『細雪』という小説では、誰が行為をしているのか、プロットの中心は誰かといったことがあいまいにされ、主体性の所在は隠されたり、見えにくかったりする傾向がある。全般に主体性というものが抑圧されているのである。しかし、上記の「である」にもあらわれているように、「態度」や「情緒」が欠落しているわけではない。単にそれが誰の情緒なのかがはっきりしないだけなのである。そのため、「気分」は誰のものとも知れないガスのようなものとして全体に充満することになる〈註4〉。

4 『細雪』と病気

このことについて別の視点から確認してみよう。

『細雪』はプロットがはっきり見えにくい小説だということにはすでに触れたが、これはそもそも行為があまり行われないということでもある。少なくともこの小説では、行為が行為として描かれることは少ない。行為はこっそり行われていたりして、たいていすでに起きてしまっている。人物たちが直面するのは、そうした行為の結果や余波である。そもそも蒔岡家が没落商家であり、その栄華は過去の物にすぎないという設定にも、こうした傾向がよく出ている。すべては「後の祭り」なのである。

しかし、行為や出来事のかわりに、頻繁に「現在起きていること」として描かれるものがある。病気である。『細雪』のプロットがまったく思い出せないという人も、最後の場面で雪子が下痢をすることだけは覚えているだろう。長い小説の最後の最後で、主人公の女性に下痢をさせて喜んでいるというのはいかにも谷崎的だと言えるかもしれないが、このような体調不良にみまわれるのは雪子だけではない。雪子も、下痢以外の身体的な不具合にも見舞われる。人物たちの主な体調不良を以下に列挙してみる。

幸子〜黄疸。眼の不調。流産。
妙子〜B足らん。食中毒。死産。
雪子〜B足らん。顔のシミ。下痢。
悦子〜神経衰弱。
亡くなった母〜肺病。
板倉〜中耳炎と感染症、死。
お春の父〜痔。
国島夫人〜風邪をこじらせて肺炎。

この中でも図抜けて印象深いのは、板倉の悲惨な死に方かもしれないが、妙子の食中毒や死産もかなり強烈だ。なぜ『細雪』ではこれほどに病が蔓延しているのだろう。あるいはそのせいで『細雪』はどんな小説となっているのか。

まず言えるのは、先ほどの行為と主体性の抑圧ともセットになっているのだが、病を通して登場人物たちの受け身性が強調されるということである。『細雪』は受苦に満ちたパトスの小説として描かれているのだ。「もののあわれ」の情感とも通ずるような、共同的な苦しみの共有を土台としてこの小説は成り立っている〈註5〉。

これを踏まえると、さらに見えてくることがある。それは『細雪』では実は病そのものが多いのではなく、病が多いように見える、あるいは病のことが話題にのぼりやすいということである。

そもそも『細雪』という作品は情緒過多である。人物たちはつねに「いややわあ」などといいながら、社会に対して情緒的に反応するのが習いである。語り手もそれをけしかけて、一緒になって情緒的になっているように見える。だから小説中にはあふれんばかりの情緒が浮遊し、つねに行き場を求めることになる。そうした情緒がとくに向かいやすいのが、弱いものや不幸なものであり、病はその格好の磁場となる、ということのように思える。病人に対して憐れみやいたわりを示したり、あるいは板倉の場合であれば嫌悪や恐怖を感じたり、場合によっては病に不便さや忌まわしさをおぼえたり、というのが『細雪』に登場する人物たちの心の基本構造なのである。彼らは病におののくことでこそ、人となる。

こうした情緒には必ずしも明確な形が与えられているわけではない。それが「誰」のものかもあいまいだ。しかし、まさにこのように主体性のあいまいな気分の描き方において、この作品は傑出しているのである。プロットがあるのかないのかわからないにもかかわらず、なぜか作品として充足感や完結感があるとしたら、この不明朗な気分のおかげなのである。

そう考えると、『細雪』という作品は、一見行き遅れた娘の結婚に伴う悲喜こもごもを昔ながらの情感と共に描き出したきわめて通俗的な小説のように見えるかもしれないが、実際には、近代小説であたりまえのように実践されてきた、「登場人物の心理への立ち入り」という小説的慣行を上手にはぐらかしつつ、もっとちがうレベルに私たちを導こうとしているようにも思えてくる。近代小説では比較的抑えられてきたような、「気分の共有」をこそ実現しようとした作品ではないかということだ。

5 『こちらあみ子』と気分共有の危機

さて、この『細雪』をめぐる考察を頭にいれたうえで次に検討したいのは、今村夏子の『こちらあみ子』という作品である。主人公のあみ子は明示されてはいないものの、おそらく何らかの知的障害をもっている。秩序を守れず授業にいけない、風呂に入ろうとしない、靴をはかない、といった行動は発達障害を思わせるもので、さらに相手の意図や感情が読み取れず、うまくコミュニケーションがとれないといった症状も描かれる。あみ子と世界との間にはあきらかにギャップがあるのだ。しかし、小説はこのあみ子を視点人物にして展開されるので、小説を読む私たちとしては世界に感情移入できないでいるあみ子に感情移入するという、いささか珍しい回路で作品世界を理解することになる。ちょうど『響きと怒り』のベンジーにとって世界の見え方がいささかフラットだったのと同じように、あみ子にとっても世界の見え方は少し異っているのである。

あみ子の共感困難症がもっとも印象的に描かれるのは、母親が流産した直後の場面である。あみ子の家の庭には、プランタのはざまに『金魚のおはか』『、ムのおはか』といった木の札が立っている。あみ子はそのわきに、『弟の墓』と書いた木の札を立てて、落ち込んでいる母親に得意そうに見せるのである。そして「手作りよ。死体は入っとらんけどね」などと言う。母親はあみ子に背を向けたままその場にしゃがみこみ、声を上げて泣き出してしまう。

「これこれ」あみ子は立ちどまって指差した。

「なあに」母が腰を屈めて、娘が指し示す先を見つめた。

外は薄暗いけれど、文字が読み取れないほどではない。白いプタンタの中、『金魚のおはか』『トムのおはか』と並んで土に埋めこまれている木の札に、母が顔を近づけた。中腰になって背を丸めている母の後ろで、シューシューと吹けない口笛を吹きながら、あみ子は母の反応を待った。だがなにも返ってこなかった。冷凍されて固められたかのように、中腰になったままの母はぴくりとも動かない。

「きれいじゃろ」声をかけてみたが振り返ろうともしない。「ねえきれいじゃろ」すごいね、きれいね、と言ってもらえると思ったのだ。「手作りよ。死体は入っとらんけどね」

母はあみ子に背を向けたままその場にしゃがみこみ、声を上げて泣きだした。最初、咳をしてるのだと思った。高い音でコンコンと言っていたから。それが呻き声のようなものになったかと思うとすぐに確かな発声へと変化した。泣き声は大きく響き渡り、兄が玄関から飛びだしてきた。

「どうしたん。お母さんどうしたん。あみ子」(五一—五二)

母親はこれをきっかけに「やる気をなくし」、鬱病になってしまう。しかし、あみ子にはそれがどういうことなのかまったくわからない。

しかし、家族の「心」がわからないあみ子だが、では彼女に「心」がないのかというと、そんなことはない。それどころか、あみ子にも過剰なほど「心」はあり、感じたり、考えたり、意図したりしている。家族も含め、周りの人にはそれは計り知れないものなのだが、語り手はそのデリケートな持ち味をこわさない程度に翻訳して、私たちに伝えてくれる。

次に引用するのは、あみ子が同級生の男の子に告白したせいで散々なぐられ、歯が折れてしまったあとの場面である。

抜糸までは四日、抜糸を終えて三日が経つころには、あみ子はこれまでと同じようにしゃべることができるまでに回復した。縫ったあとの皮膚は引きつり、たまによだれが垂れることもあるが、不便だとは思わなかった。三本の歯は完全に抜けたわけではなくて、根っこが残っているから差し歯をお作りすることもできますよ、と担当医は言った。しかしあみ子は舌先でなぞったときに伝わる、歯茎と穴のでこぼこが気に入った。何度も繰り返すうちにそれは新しい癖となり、べつにもう歯はいらん、と担当医にそう伝えた。（一〇一）

このあたりの語り手の介入具合は絶妙だ。「不便だとは思わなかった」とか「歯茎と穴のでこぼこが気に入った」といった心理は、おそらく通常の常識では考えられないものである。しかし、あみ子ならあるだろうな、と思った時点で、私たちはすでにあみ子の「心」がわかりつつある。しかし、わかりつつあるとは言っても、理解できるとか、共感できる、というのとはかなりちがう。ぜったい自分ではそう感じないだろうとも思っている。ここではいったい何が起きているのか。おそらく私たちは、「心」というものは違和感があってよくわからないものだ、という気分とともにあみ子を理解している。つまり、むしろわからない、という感覚を確認することでこそ、あみ子という人物の実在感や質感のようなものをとらえている。しかもそれをあみ子の視点を通して行っているのだ。

『こちらあみ子』の持ち味は、まさにこの違和感にある。あみ子があちこちで私たちに対して引き起こすびりっと電気の流れるような違和感は、私たちに「心がわかる」と「心がわからない」の境界のようなものを思い出させる。おかげで私たちは心がわからないという事態に戦慄するとともに、どこか安心しもする。おそらくそれは、小説というジャンルが「心がわからないかもしれない」という緊張感のなかでこそ、精彩を放つものだからではないだろうか。

6 「人の心などわからないかもしれない」からくる情緒共有の予感

そこであらためてフォークナーの話になる。たとえば『死の床に横たわりて』にしても、『アブサロム、アブサロム！』にしても、あるいは『響きと怒り』にしても、誰が何を思っているかわからないどころか、誰が何を言っているのかさえ分からないことが非常に多い。なぜ、フォークナーはそんなところでわかりにくくするのだろう、というのが私の長年のナイーブな疑問だった。そこでわかりにくくしていったい何がおもしろいのか。何をおもしろがらせようとしているのか。

たとえば『アブサロム、アブサロム！』には次のような一節がある。コンプソン氏がローザの振舞いについていろいろ憶測をめぐらす箇所だ。

恐らく彼女は、父親が死に、その結果孤児ばかりか貧民になり果てたわけだから、近い血縁に衣食住と保護を求めなければならなくなった時――近い血縁と言っても、それは姉から救うようにと頼まれた姪のことなのだが――恐らく彼女は、この成りゆきに、運命が、姉の臨終の願いを叶える機会を自分に与えてくれたのだと理解したのだろう。恐らく、自分を報復の道具と見なしさえしたのだろう、たとえ彼と太刀打ちできるほど強力で積極的な道具ではなくても、せめて消極的な象徴となって、彼に、婚姻の契り床なる犠牲の石壇から、血の気をなくし、実体もなく立ち上る姉の姿を否応なく思い出させるようにしてやりたいと思ったのかもしれない。なぜなら、彼は一八六六年にヴァージニアから帰ってきて初めて、彼女がジュディスとクライティと一緒にその屋敷で暮らしているのを知ったのだが――（そうだ、クライティも彼の娘で、正式の名はクライテムネストラといった。彼がそう名づけたのだ。彼ら全部を、自分の子供たちも、みんな自分で名前をつけたんだ。ミス・ローザは、あの日、馬車に積んできた黒

人のうち、二人は女だったという話はしなかったかい？（AA 六一）

英語の「perhaps」はなかなか不思議な振る舞いをする語である。「たぶん」と翻訳してしまうと、単にあいまいさや不確かさを示すだけのように思えるかもしれないが、実際にはもっとえぐるような強気の推量を表明することがあるし、「perhaps」とともに発せられるコメントが、相手に強い同意を迫るような切迫感を伴うこともある。

ここでもまさに「恐らく（perhaps）」が連続して使われることでコンプソン氏の発言には熱がこもっているようだが、同時にそれを通して個という枠を越えた情緒の横溢のようなものも感じ取れる。つまり、発話者であるコンプソン氏にも、あるいはローザにも占有されないような、誰のものともつかない情緒、あるいは「心」。「もののあはれ」とまではいかなくとも、フォークナーはそうした共同的な受苦のようなものをとらえようとしていたのではないだろうか。そのためには心は特定の個人に属するよりは、そうした個の枠を越える必要があったのではないか。

しかし、そうした視点は当然ながら「心などわからないのかもしれない」「心などないかもしれない」といった緊張感なくしては到達できないものでもある。「心があるのは当然」「いくらでもその中はお見通し」というように個人の内面を自明視する世界では、個をこえた情緒などという視点は生まれ得ないからだ。

『アブサロム、アブサロム！』や『響きと怒り』といったフォークナーの作品に見られる視点の限定性は、「人の心などわからないのかもしれない」という緊張感を生み出すものである。でも、だからこそ、そこには誰のものともつかない情緒が横溢する。「わからないかもしれないもの」をわかろうとする強烈な姿勢の前で、情緒は個を超えてページ面にあふれだし、人物たちの間に蔓延するからである。そんな世界は、結果的に「人の心がわかりすぎる」ように見える『細雪』の作品世界の受苦の横溢と、どこか似通っているように思えてくる。一見対照的なフォークナーの世界と『細雪』の世界とは、ともに登場人物の視界が限定されることを通して、世界を共同情緒的なレベルで把握する術を示唆しているのだ〈註6〉。

しかし、くどいようだが、そうした情緒共有の予感のもとにあるのはあくまで「人の心などわからないかもしれない」という緊張感であることも忘れてはいけないだろう。だからこそ、それをわかろうとする欲望が生ずるのだし、また『こちらあみ子』で印象的に示されるように、「ひとの心」をめぐって鋭いズレが発生し、びりっと電気の走るような違和感を私たち読者も感じることになる。このズレは、『細雪』でもお見合い相手の男などをめぐってちらっと出て来るし、フォークナーの世界では扉の向こうにある得体の知れないものとして、ほとんどゴシック的な闇として描き出されている〈註7〉。フォークナーの南部と谷崎の大阪は遠いと思えるかもしれないが、「心の不在」を探求する場所としては両者は意外に近いところにあったのかもしれない。

＊本論の一部は、拙著『名作をいじる――「らくがき式」で読む最初の1ページ』（立東舎、二〇一七年）の谷崎潤一郎『細雪』を扱った章の議論と重なることを付記する。

【註】

1 この問題についてはさまざまな批評家がすでに指摘している。たとえばレオーナ・トーカーは、視点人物による「対象把握の困難」とか「陳述上の換喩（propositional metonymy）」といった言い方で説明し、そうした情報の欠如がむしろレトリックとして効果を生んでいるとしている（Toker）。

2 このあたりの姉妹の描写の違いについては、たとえば小田垣に丁寧な説明がある。

3 平野芳信は『細雪』の語り手が「作中人物の内面にたちいらず、かといって三人称の全知的客観的視点からでもなく、常にその場面で第三者的立場にいる作中人物の眼と声を借りて――あるいは重なって――、そのエピソードの中心人物の行動を描写したり心理を忖度したりしているのである」（八〇）と指摘している。

4 このあたりは九〇年代から「emotional contagion」という用語で話題にされることになった、個を超えた情緒の蔓延という状況を思わせる。

5 ちなみに柴田は、人物たちの病にさまざまな寓意を見て取っている。たとえば板倉については、アメリカでカメラの技術を学んだ「モダン」な部分と、伝統的な主従関係にしたがってもとの主人の奥畑の顔をたてようとする「前近代」の部分を共有しているとし、そうした分裂が板倉と妙子との「同質性」を示すとともに、それゆえ板倉は妙子の「死すべき運命」を引き受けることになった、というのである（一〇九）。最終的に板倉の悶死は、日本の滅亡と重ねられている、というのが柴田の読みである（一一六）。また雪子の下痢については、密かな〈家長〉

として生きてきた雪子が「旧来の〈家〉をご破算にする」ために「カオス的な状況に立ち返るべく最後に「下痢」を繰り返さなくてはならない」という解釈がなされる（二二二）。これは物語が前景化しないという小説の中で、いかに病が物語を担うか、という読みの可能性を示すとも言える。

6　『響きと怒り』や『アブサロム、アブサロム！』の境界逸脱に関してはすでに多くの評者がそれぞれの角度から論じている。最近ではたとえばチャールズ・ボンに焦点をあてたシュートや（Sciuto）、フォークナー作品全体を見渡した大地の研究がある。

7　フォークナーの語りのところどころに生ずる不明さが、「閉じられた扉」という隠喩でとらえられるという議論としてはRyanを参照。

【引用文献】

Faulkner, William. *Absalom, Absalom!* (*AA*.) New York: Random House, 1986.（フォークナー、ウィリアム『アブサロム、アブサロム！』藤平育子訳、上下巻、岩波文庫、二〇一一―一二年。）

——. *The Sound and the Fury*. (*SF*.) *Novels 1926-1929*. Ed. Joseph Blotner and Noel Polk. New York: Library of America, 2006. 877-1141.（フォークナー、ウィリアム『響きと怒り』平石貴樹・新納卓也訳、上下巻、岩波文庫、二〇〇七年。）

Ryan, Heberden W. "Behind Closed Doors: The Unknowable and the Unknowing in *Absalom, Absalom!*" *Mississippi Quartcrly* 45.3 (1992): 295-312.

Sciuto, Jenna Grace. "Postcolonial Palimpsests: Entwined Colonialisms and the Conflicted

Representation of Charles Bon in William Faulkner's *Absalom, Absalom!*" *Ariel* 47.4 (2016): 1-23.

Toker, Leona. "Diffusion of Information in *The Sound and the Fury*." *College Literature* 15.2 (1988): 111-35.

今村夏子『こちらあみ子』筑摩書房、二〇一一年。

大地真介『フォークナーのヨクナパトーファ小説——人種・階級・ジェンダーの境界のゆらぎ』彩流社、二〇一七年。

小田垣有輝「谷崎潤一郎『細雪』論——異なった語りのレベルによる物語」『大学院研究年報』四四号（二〇一五年二月）、一〇一—一一一。

柴田勝二『〈作者〉をめぐる冒険』新曜社、二〇〇四年。

谷崎潤一郎『細雪』上下巻、中央公論社、二〇一五年。（旧字旧仮名遣いは適宜変更した。）

平石貴樹「谷崎潤一郎『細雪』」『名作はこのように始まる〈2〉』中村邦生・千石英世編、ミネルヴァ書房、二〇〇八年、一一三—一二一。

平野芳信「『細雪』の〈語り〉——近代的手法としての物語」『山梨英和短期大学紀要』二四号（一九九〇年一二月）、六一—八四。

第Ⅱ部

第五章

アメリカ南部と日本のジレンマ
――フォークナーと横溝正史

大地真介

1　ヨクナパトーファ・サーガと金田一耕助サーガ

本論文では、アメリカの純文学の代表的作家フォークナーの作品と日本の大衆文学を代表する横溝正史の作品には一見何の接点もないようにみえるが実は非常によく似ているということをその理由と共に指摘したい。フォークナーは、ノーベル文学賞を受賞するなどアメリカの純文学作家の代表格だが、一方、横溝は、文庫本の売れ行きだけでも一九八一年の時点で「空前の五五〇〇万部」に達し(小嶋 九九、横溝『金田一耕助のモノローグ』一三六)、また、文藝春秋編『東西ミステリーベスト一〇〇』の新版(二〇一三)の国内編「作家別ベスト三〇」で他を大きく引き離して一位であり(一八五)、まさに日本の大衆文学作家の筆頭である。この互いに別世界に存在しているかのような両作家の作品には、意外に類似点が多い。横溝作品には、大きく分けて、金田一耕助もの、『蝶々殺人事件』(一九四六―四七)や『真珠郎』(一九三六―三七)に代表される由利麟太郎もの、人形佐七などの捕物帳、「鬼火」

（一九三五）や「蔵の中」（一九三五）などの耽美小説があるが、最大のヒット作である金田一ものについて論じていきたい。

約八〇作品からなる金田一耕助ものは、「金田一サーガ」（昭和探偵小説研究会 二〇二四）と呼ばれることもある。実際、金田一ものは、フォークナーのヨクナパトーファ・サーガと同じく、様々な一族の歴史を系図的に描いており、また、作品同士が有機的に結びついていて、ある作品の登場人物が別の作品にも登場したりしている。風間俊六、その愛人節子、久保銀蔵、山崎夫妻、磯川常次郎、等々力大志、島田警部補、岡田警部補、山川警部補、志村刑事、加納刑事、橘署長、多門修、宇津木慎策、作家Yがそうである。金田一ものというと、金田一が主人公の小説群のように聞こえるが、必ずしもそうではなく、『夜歩く』（一九四八–四九）、『八つ墓村』（一九四九–五〇）、『迷路の花嫁』（一九五四）、『三つ首塔』（一九五五）、「七つの仮面」（一九五六）などでは、金田一は脇役で出番も少ない。

この金田一耕助サーガとヨクナパトーファ・サーガは、実は同じテーマを扱っている――複雑な血脈、旧家や貴族の近親相姦、前近代的な慣習、封建的な世襲、敗戦、戦後の混乱、近代化の波、田舎の閉鎖的な共同体とよそ者の軋轢、新興勢力の台頭、旧家や貴族の没落や断絶などである。以下で具体的に見ていきたい。

まず、『アブサロム、アブサロム！』でも『犬神家の一族』（一九五〇–五一）でも、郷里を捨てて孤児となった人物（トマス・サトペン、犬神佐兵衛）が、たぐいまれなる才覚によって一代で莫大な財産を築きあげるが、結局、生き別れた息子（チャールズ・ボン、青沼静馬）が本家（サトペン家、犬神家）にやってきて殺人事件が起きている。『アブサロム、アブサロム！』も『犬神家の一族』も、さらには金田一サーガの『悪魔が来りて笛を吹く』（一九五一－五三）も、殺人事件の発端が複雑な血脈にあることを第三者が探り当てる物語である。そして、『アブサロム、アブサロム！』でも『犬神家の一族』でも、さらには金田一ものの『獄門島』（一九四七－四八）においても、封建的な世襲が殺人事件の核心となっている。

ヨクナパトーファ・サーガでは、『土にまみれた旗』、『響きと怒り』、『アブサロム、アブサロム！』など、旧家や貴族の近親相姦のモチーフが登場する作品が多いが、金田一サーガでも同様である。例えば、フォークナーの『行け、モーセ』の第五章「熊」と同じく『悪魔が来りて笛を吹く』は、貴族による近親相姦が原因で自殺者が出たことが明らかになる話である。『病院坂の首縊りの家』（一九七五－七七）では、五十嵐猛蔵が、義理の姪であると同時に義娘／養女である桜井（法眼）弥生と近親相姦を犯しており、猛蔵の曾孫（上 三五）――見方によっては義理の曾孫か玄孫――で五十嵐家と法眼家の唯一の相続人である法眼鉄也は、呪われた両家の相続権を放棄するが（下 三九九）、これは、「熊」のマッキャスリン家の唯一の末裔アイクが、近親相姦を犯した祖父の遺産の相続を放棄する話と酷似している。

また、ヨクナパトーファ・サーガでも金田一サーガでも、戦後――前者では南北戦争後、後者では太平洋戦争後――における警察も機能しないほどの混乱が描かれている。『サンクチュアリ』では、警察は、ヤミ酒を派手に売買するポパイを取り締まれないし、また、リー・グッドウィンへのリンチを阻止しようとするも果たせない（S三八二）。金田一ものの「黒猫亭事件」（一九四七）では、「警官諸公でさえ手に負えぬ」ヤミ屋の一団が「横暴をきわめ」る話が出てくる（三六二―六三）。ヨクナパトーファ・サーガでは、敗戦により、生活能力のない貴族が没落するなり断絶するなりして新興勢力が台頭するさまが描かれているが、金田一サーガでも同様である。没落貴族としては、『悪魔が来りて笛を吹く』の玉虫公丸伯爵、新宮利彦子爵、椿英輔子爵、「支那扇の女」（一九五七）の八木元子爵家が挙げられ、『仮面舞踏会』（一九七四）の笛小路元子爵家、『迷路荘の惨劇』（一九七五）の古館元伯爵家と天坊元子爵家に至っては、零落した上に断絶している。『悪魔の寵児』（一九五八―五九）においては、「貪婪」な「新興実業家」風間欣吾が、戦後落ちぶれた有島忠弘元子爵の館を手に入れて住み、昔仕えていた五藤元伯爵家の娘である「評判の美人」を妻にする（一八―二〇）。この話は、『村』において、新興勢力の貪欲なフレム・スノープスが、仕えていた大地主ウィル・ヴァーナーの美しい娘ユーラと結婚し、元貴族のド・スペイン家の館を入手して住んだことを彷彿させる。

その他の旧家の没落に関して言えば、『悪霊島』（一九七九―八〇）において、平家の落人の子孫で「島の支配階級」だった刑部家の「財産は危殆に瀕し」（上三四―三五、下三三五）、一方、刑部家から海賊の子孫の漁師と蔑まれ、アメリカに渡って財を成した越智竜平は「完全に刑部島の主権者にのしあが」る（下三三七）。なお、『八つ墓村』にも（尼子の）落人が登場するが、『響きと怒り』のコンプソン家の先祖が落人だったことと同様（"Appendix: Compson" 一一二八）、落人への言及は、最近の戦争――太平洋戦争（『響きと怒り』の場合は南北戦争）――での敗北を連想させる役割も果たしている。

また、よそ者である旅芸人が田舎の人間と性的に関係するなどして閉鎖的な田舎の秩序を乱すというモチーフが、『響きと怒り』と『八月の光』でも、『獄門島』と『悪霊島』でも登場しているが、特に、『八月の光』のドック・ハインズと『獄門島』の鬼頭嘉右衛門のケースは極めてよく似ており、二人とも、自分の子が肉体関係を持った旅芸人を結果的に死に追いやり、その旅芸人の子——すなわち自分の孫——を殺すように他の者たちを扇動している〈註1〉。

2 『響きと怒り』と『本陣殺人事件』の類似性

ここで、金田一ものの代表的作品『本陣殺人事件』(一九四六)を取り上げてヨクナパトーファ・サーガと金田一サーガの類似性を細かく見ていきたい。『本陣殺人事件』は、金田一耕助の初登場作品であると同時に、横溝の、そして日本の推理小説の最高峰の一つである。同作品は、文藝春秋編『東西ミステリーベスト一〇〇』の旧版(一九八六)でも新版でも日本の歴代推理小説のベスト一〇に入っており、「密室の構成が困難な純日本家屋でこのトリック〔密室トリック〕に挑み、かつその小道具も琴、日本刀、鎌、竹といった純和風のもので固めている点」(別冊宝島編集部 九)が特徴である。『本陣殺人事件』は、江戸川乱歩が述べているように、「論理の骨組がその背景、人物、トリックのメカニズムに至るまで悉く《ことごと》純日本的素材によって組立てられている」小説であるが(小林 一三〇)、にもかかわらずフォークナーの代表的作品『響きと怒り』の第二章、すなわちクエンティン・セクションと酷似している。むろん、同じ自殺者でも、クエンティンは妹を愛し、一柳賢蔵は殺人を犯すなどの相違点はあるが、両作品の核となるプロットは全く同じである――両作品とも、戦前の封建的な時代が終息し近代化の波が押し寄せる田舎を舞台としており、家柄に固執する母親や知的障害のある末子がいる旧家のインテリの長男が処女性に執着するあまり自殺し、結局一家は没落することになるという話である。以下で詳しくみていきたい。

『本陣殺人事件』の「事件」は、昭和一二年、すなわち満州事変から日中戦争を経て太平洋戦争に至るいわゆる一五年戦争の真っ只中に起きている。そして、事件によって総領の賢蔵を失った一柳家は、戦後の「財産税と農地改革とで（中略）没落の運命を避けることは出来ないであろうということである」（一九九）。実際、既に屋敷は、コンプソン邸と同じく荒れており（一〇）、「本陣の面影をそのままにうつしたといわれる、あの大きな、どっしりとした母屋の建物も、頽廃のかげが濃いように思われてならなかった」（一九九）とある。一柳家は「封建的」（一八）であり、特に賢蔵の母・糸子は、コンプソン夫人同様、階級や家柄にひどく拘泥している（二〇）。また、賢蔵の弟の三郎は、クエンティンの弟ジェイソンほどではないにせよ、「狡猾」（一七）で「意地悪」（二三、二七）なところがある。

クエンティンと同様、長男・賢蔵は、「封建的」（一六二）で「潔癖」（一六一）なインテリであり、最愛の女性と心中を図っている（*SF* 九九三―九四）。そして、クエンティンの場合と同じく賢蔵の自殺の原因は、最愛の女性が、近代的な自由恋愛によってよそ者と関係し「処女」を失ったことである（一六〇）。賢蔵の自殺は日本刀によるものだが、それは、クリアンス・ブルックスが、クエンティンの自殺を「ハラキリ」（Brooks 三二〇）に喩えたことを彷彿させる。

　ベンジー・コンプソン同様、末子・鈴子は、知的障害者であり、なおかつ本人だけがお参りする小さな墓を庭に持っている。『本陣殺人事件』の語り手は、鈴子は「両親の老境に入ってから産まれたせいか、日陰に咲いた華のように、虚弱で腺病質だった。知能もだいぶ遅れていた」と述べている（一七）。ここで注意すべきは、語り手が、鈴子に障害があるのは「両親の老境に入ってから産まれたせいか」もしれないといった具合に断定していない点であり、鈴子の知的障害には別の原因もあると考えられる。鈴子の障害についての文章のすぐ後で左記の文章が登場することから、彼女の知的障害は旧家における遺伝でもあると思われる。

> 賢蔵が結婚しようという相手は、当時岡山市の女学校の先生をしていた久保克子という婦人だが、この結婚に一族こぞって反対したのは、克子自身に申し分があったわけではなく、克子の家柄に難点があったのである。
> （中略）彼らのいうよい家柄とは、必ずしも優生学や遺伝学的見地から見た、よい血統を意味するのではないらしい。旧幕時代、代々名主を勤めたとか、庄屋であったとかいえば、たといその家から、遺伝による疾病が続出していても、よい家柄で通るのである。現在の革新時代においてすらそれだから、昭和十二年頃の、しかも本陣の家筋であることを、何よりの誇りとしている一柳家の一族が、いかに家柄の尊厳を重視したか、多くいうを要すまい。（一八）

フォークナーの読者であれば、この文章で自ずと「エミリーへの薔薇」の一節を思い起こすことであろう。すなわち、家柄に執着するエミリー・グリアソンの父親が彼女に言い寄ってくる若者たちをことごとく追い払ったことについての一節である。

私たちの町の人びとは、彼女［エミリー］の大叔母のワイアット老婦人がとうとう完全に気が狂ってしまったことを覚えていたので、グリアソン一族は自分たちの実態よりも少々お高くとまりすぎていると思っていた。ミス・エミリーのような女性に充分ふさわしい若者など一人もいなかった。（中略）一族には精神障害の傾向があった（中略）。私たちは、当時は、彼女が狂っているとは言わなかった。（CS 一二三―一二四）

この二つの類似した文章は、閉鎖的な田舎の旧家では、「お高くとまりすぎて」排他的なあまり親戚同士で結婚を繰り返すため血が濃くなって、すなわち近親相姦のようなことになって、障害を持った人物が生まれるケースがあったことを彷彿させる。そのケースが、鈴子、ワイアット老婦人、エミリー、ひいては家柄に固執するコンプソン家におけるベンジーの障害で暗示されていると考えられる〈註2〉。

以上みてきたように、『響きと怒り』も『本陣殺人事件』も、戦前の封建的な時代が終わったにもかかわらず家柄に執着する田舎の旧家が、総領を自殺で失って没落するさまを生々しく描いているのである。

3　金田一耕助とは何者か？

これまで、金田一サーガがヨクナパトーファ・サーガと非常によく似ていることを指摘してきたが、そもそも金田一耕助とは一体何者であろうか。真山仁は、次のように、金田一は戦前の日本に対するノスタルジーの体現者だと主張する。

戦後の復興が進み、豊かな国へと変化するなかで、日本人が捨てていったものをひとりで拾い続けているのが金田一耕助です。（中略）戦後の日本人が失ったものとは、家族や因習といった絆のようなものだと私は思います。かつて日本が強かったのは、目に見えない守るべきものがしっかりあったからでしょう。（中略）戦前まで綿々と続いて来たものをすべてなかったことにして、明日からアメリカになりましょうと言われても、ぎこちない西洋化しかできなかったのです。（中略）古いものを捨てようという時代の中にあって、実はそれらを捨ててはいけなかったのではないかという主張の象徴が金田一であり、あの貧相な身なりなのです。（五七―五八）

確かに、金田一は、戦後もずっと「貧相」な和服で押し通している。ただし、真山の主張は金田一の一面しかとらえておらず、金田一は、日本的な要素だけでなくアメリカ的な要素も多分に持っているということを以下で指摘していきたい。まず、金田一は、昭和一〇年にアメリカのカレッジを卒業しており(角川書店 九八)、『病院坂の首縊りの家』で最後の事件を解決したのち「第二の故郷」(下四〇四)であるアメリカに戻っている。また、『壺中美人』(一九五七)によれば、遅くとも昭和三四年五月の時点で金田一の朝食はアメリカ風である。「トーストでトーストを焼いて、卵の半熟に牛乳のカップ、気が向くとじぶんで野菜サラダくらいはつくるのだが、それもめんどうだと果物ですましてしまう。きょうはそのめんどうな日だったとみえて、かん詰のアスパラガスにいちごクリームで、朝の食事をはじめようとしている」(二一〇)。同年の夏が舞台の『スペードの女王』(一九六〇)においても、和食派の等々力警部と対照的に金田一の朝食はアメリカ式であり、「パンとコーヒーと半熟卵、それにミキサーでしぼった果物のジュースが、金田一耕助の毎朝の食事である」(二一三)〈註3〉。

そもそも、『不死蝶』(一九五三)で金田一も、「日本人の習慣からいえば、臭いものに蓋式に、当分のあいだなるべくならば、こんどの事件にふれないのをもってしてエチケットとするようです。しかし、それではぼくの役目がすみません」(一六〇)と言っているように、金田一が生業としている私立探偵は、非日本的なものであり、実質的にアメリカが生み出したものである。世界初の私立探偵はフランスのフランソワ・ヴィドックとされることもあるが、ヴィドックは、「したたかな犯罪人」でもあり、「実はその知識と顔で社会の暗黒面の捜査にたけていただけであり、探偵を誇りある一つの職業にした真の探偵の創始者は、アメリカのアラン・ピンカートンである」(『日本大百科全書』の「探偵」の項目)。探偵小説も、アメリカが中心であり、エドガー・アラン・ポーが創始し、(イギリスのアーサー・コナン・ドイルとアガサ・クリスティを経て)S・S・ヴァン・ダイン、エラリー・クイーン、ジョン・ディクスン・カー、ダシール・ハメットらが確立したものだといえる〈註4〉。また、横溝が、愛読した海外の作家について初めて綴った随筆「片隅の楽園」(一九五九)において、クリスティは名前が言及されているのみで(また、シャーロック・ホームズは言及されているがドイルは登場せず)、具体的に作品を挙げて語られているのは、ポー、ヴァン・ダイン、クイーン、カーのアメリカの推理作家である(二〇一一一五)。

「蜃気楼島の情熱」(一九五四)で金田一は、アメリカ時代からの後援者である久保銀蔵との会話で日米の文化について談じている。

「ああ、そう、そういうことはいえますな。アメリカのああいう、劃一《かくいつてき》的な缶詰文化の国からかえってくると、この国の非能率的なところが、かえって大きな魅力になるんですね」
「つまり束縛から解放されたような気になるのかな。耕さんのその和服主義なども、その現われのひとつだろうが……」(中略)
「べつに主義もへちまもありませんがね。このほうが便利ですからね。第一、洋服だとズボンをはいてバンドでとめる。ワイシャツを着てネクタイをしめる。(中略)これをもってしても、日本における洋装生活というやつが、いかに非能率的であり、かつ非衛生的だということがわかるじゃありませんか。おじさんなんぞもいまのうちに考えなおしたほうがいいですよ」
（一六五―六七）

ここで注目すべきは、金田一が矛盾したことを言っている点である。すなわち、最初は、日本の「非能率的」なところを評価しておきながら、洋装を「非能率的」なものとして切り捨てている。つまり、「非能率的」な日本をよしとしつつ、知らず知らずのうちに金田一は、「能率的」なものをよしとするアメリカ的な価値観で物を見ているのである。「能率的」という言葉は、『本陣殺人事件』でもアメリカと結びつけられており、「さすがにアメリカ仕込みだけあって、彼［久保銀蔵］は万事を能率的かつ精力的に取り運んだ」（三四）とある。マックス・ヴェーバーの『プロテスタンティズムの倫理と資本主義の精神』（一九〇四―〇五）でも引用されている、アメリカ資本主義を象徴するベンジャミン・フランクリンの「時は金なり」（四五）という言葉がまさに能率主義だということが想起されよう。

以上みてきたように、金田一は、戦前の日本に対するノスタルジーの体現者ではなく、日本的要素とアメリカ的要素を併せ持つ矛盾した人物なのである。だからこそ、金田一は、金田一サーガにおいて蝙蝠《コウモリ》に喩えられているといえる。「蝙蝠男」（一九六四）では、インバネスコート（二重回し）を着た人物が「蝙蝠男」と喩えられるが（二四一）、インバネスコートを着ていない状態の金田一が、「黒蘭姫」（一九四八）において、「まるで蝙蝠みたいなかんじのする貧相な男」とされ（一二三）、「蝙蝠と蛞蝓」（一九四七）でも、「蝙蝠にそっくりなんだ。（中略）なんとなくあのいやな動物を連想させのだ」と描写されている（二三八）。それ以外の金田一ものでは、『女王蜂』（一九五一―五二）の速水（大道寺）欣造のどっちつかずの「態度」（四三〇）が「蝙蝠」に喩えられていることからも明らかなように、金田一が喩えられる蝙蝠というのは、まさに、「動物の分類としては哺乳類に属するが、前肢が翼となって鳥のように空中を自由に飛行するので、古くからしばしば、似て非なるもの、都合で所属を変えるものなどのたとえに用いられる」蝙蝠（『日本国語大辞典』）のことである。

「頼りない探偵」とよく言われるほど金田一は連続殺人事件を阻止できないが、その理由は、探偵小説としては殺人が多いほうが面白いからだとされている（別冊宝島編集部 六―七）。しかしながら、その理由だけでは説明できないほど、金田一の「頼りなさ」は度を越しているといえる。『本の雑誌』編集部は、古今東西の六人の名探偵を選び、探偵が事件に関与してから解決するまでどれだけ被害者を出さないで済むかという「探偵の防御率」を発表しているが、金田一の防御率は最低である〈註5〉。

このように、金田一が数々の難事件を解決する名探偵であるにもかかわらず、しばしば連続殺人を阻止できないことは、アメリカ的でありながら日本的でもあるという彼の矛盾した姿勢と実は関係がある。金田一は、先ほど指摘した通り、「能率的」なものをよしとするアメリカ的な価値観を身につけているが、しかし同時に、「女怪」（一九五〇）によれば、「依頼者の持ち込む事件を、片っ端から能率的に、片付けていくというような才腕」もないのである（一七七、傍点は筆者による）。金田一は、前述したようにアメリカが生んだ〈私立探偵〉として事件を解決するが、連続殺人を防ぐことはできず、あたかも、戦前の日本をよしとする犯人――封建的な世襲の成就を狙う犯人――に配慮しているかのようである。文藝春秋編『東西ミステリーベスト一〇〇』の旧版でも新版でも日本の歴代推理小説の一位であり、横溝作品の中で『本陣殺人事件』と並ぶ最高傑作『獄門島』は、男の孫に家督を継がせたい鬼頭嘉右衛門が三人の孫娘の殺害を画策する話だが（三二―三三）、金田一は、嘉右衛門の孫である死に瀕した戦友・鬼頭千万太から、彼の妹たちの殺害を阻止することを託されていたにもかかわらず、一人も助けることができない（事件の解明はしているが）。文藝春秋編『東西ミステリーベスト一〇〇』の新版において『本陣殺人事件』と『獄門島』以外でランクインしている横溝の代表作『八つ墓村』、『悪魔の手毬唄』（一九五七―五九）、『犬神家の一族』については、犯人の動機がそれぞれ恋情と近親相姦回避である『八つ墓村』と『悪魔の手毬唄』は考慮の対象外として、『犬神家の一族』は、犬神佐兵衛の「長女」松子が、「総本家の跡取り息子」（一一三）である自分の息子が家督を継げるよう他の後継者候補たちを殺害していく物語だが、金田一は、若林豊一郎から連続殺人を未然に防ぐよう頼まれていたにもかかわらず（一七―一八）、松子が殺人を完遂するのを阻止できない（彼女が犯人であることを突き止めてはいるが）。あたかも金田一は、日本の封建的な因習に基づく犯行を容認しているかのようである。

実際、『病院坂の首縊りの家』と『悪魔の百唇譜』（一九六二）に〈私立探偵〉の金田一について次のような文章がある。「かれは事件解決に成功したとき決して得意ではいられない。得意どころかむしろその反対に、激しい自己嫌悪に陥る」（『病院坂の首縊りの家』下 四〇二）。「人の罪をあばくことをもって身のなりわいとしているじぶんというものに対して批判的になり、そこから自己嫌悪が生じるらしい」(『悪魔の百唇譜』一五一-一六)。金田一は、まさに、アメリカと日本の間でジレンマに陥った自己矛盾の人なのである〈註6〉。

4　クエンティンと一柳賢蔵のジレンマ

本論文の第1節と第2節で確認した通り、フォークナーの作品と横溝の作品は極めてよく似ているが、横溝はフォークナーから影響を受けたのであろうか？　もしそうであれば、日本の推理小説史を塗り替えるほどの大事件だが、横溝の蔵書リストにフォークナー作品はないし(江藤 二〇九-一一九)、横溝の随筆やインタヴューをくまなく調べてみても、横溝がフォークナーを読んだ気配もないことから、横溝はフォークナーの影響を受けていないと考えるのが妥当である。ただし、それにしては、横溝作品はフォークナー作品にあまりにも似すぎている。これが意味することは一つしかない。それは、横溝が描いた日本社会とフォークナーが描いたアメリカ南部社会が非常によく似ているということである。

日本のアメリカ文学研究においてはフォークナーの研究者が最も多いが〈註7〉、平石貴樹は、フォークナーが日本で早くから受容／評価されてきた理由として、「個人主義」のアメリカにおいて例外的にアメリカ南部の人びとが、「土地所有にもとづく農業生活を基盤とするので、代々おなじ土地に住みつき、家父長制などによって土地を相続することによって、家系と共同体を守ってきた」点で日本の人びとと似ていたからだと指摘している(三八九-九〇)。ここで述べられているアメリカ南部と日本というのは、戦争——それぞれ南北戦争と太平洋戦争——での敗北以前のアメリカ南部と日本と言えよう。「家父長制」に着目してさらに言えば、戦前の日本は強固な家父長制（父権制）の社会だったが、戦前の南部、すなわち旧南部も同様であり、黒人奴隷制度を正当化するために南部の白人は、妻子を庇護するように「愚かで無能な」黒人を守ってやっているのだと主張し（Wilson 一〇六、二〇三）、この父親的温情主義（paternalism）により家父長制が非常に堅固であった。敷衍して言えば——旧南部以外のアメリカを〈アメリカ〉と表記すると——〈アメリカ〉が「個人主義」ならば旧南部と戦前の日本は家族主義であり、家族主義の旧南部と旧日本は、個人主義の〈アメリカ〉との戦争に敗れ、大きなダメージを受けたのである。なお、個人主義の〈アメリカ〉では、古い慣習や因習に縛られない分、まさに「能率的」に行動できるといえる〈註8〉。

敗戦によるダメージに関してさらに言えば、随筆「日本の若者たちへ」においてフォークナーは、戦争の敗者として日本をアメリカ南部と重ねているが（*ESPL* 八二—八四）、両者は、〈アメリカ〉によって、多くの人が死に多くの土地が焦土と化し、戦後長年にわたって占領されたことに加えて、戦後の税制改革によって激変した点でもよく似ている。『アブサロム、アブサロム！』でも言及されているように戦後の再建期のアメリカ南部では重税が課されて多くの地主が没落したが（*AA* 一四九）、戦後の日本も同様であり、金田一サーガでも、本論文の第2節で『本陣殺人事件』から引用したように、地主が農地改革に加えて「財産税」によって落ちぶれたことが繰り返し描かれている（「蝙蝠と蛞蝓」二四一、『夜歩く』二一七、『迷路荘の惨劇』二一七）。

ただし、戦前の社会にも問題があり、地主が、アメリカ南部では黒人、日本では小作人を搾取して富を独占していた。旧南部では黒人は奴隷として差別されていたが、日本においても、『本陣殺人事件』で一柳家が小作人の娘の久保克子を見下していたように、「家柄」を鼻にかけた地主たちが小作人を差別していた。また、前述したように『獄門島』や『犬神家の一族』では封建的な世襲が事件の核心であり、フォークナー作品と同じく横溝作品は、過去（戦前）の悪しき慣習が現在にまで影響を及ぼしているさまを描いているのである。

フォークナーは、「南部の呪いは奴隷制度である」（*FU* 七九）と発言しているように、旧南部社会には致命的な問題があったことを痛感していたものの、当時没落していた元貴族の跡取りの立場としては、旧南部の崩壊を単純に喜ぶこともできず、ジレンマに陥っていたが、横溝も、没落した旧家の人間であると同時に（横溝『横溝正史の世界』一七六―七八）、アメリカの探偵小説に夢中になるなど板挟みの状態にあった。両作家のこの矛盾するような姿勢は、それぞれの作品に――横溝の場合は特に金田一の矛盾した姿勢に――反映されており、「〈アメリカ〉に惹かれるが、戦前の社会にも未練がある。〈アメリカ〉には問題があるが、戦前の社会にも問題があった」というジレンマがフォークナーと横溝の作品の核となっている。

『八月の光』、『行け、モーセ』と並ぶフォークナーの代表作『響きと怒り』と『アブサロム、アブサロム！』の両作品の主要人物であるクエンティン・コンプソンは、ヨクナパトーファ・サーガの最重要登場人物の一人だが、『アブサロム、アブサロム！』において、〈アメリカ〉を代表する大学のハーヴァード大学で学ぶ南部人クエンティンは、作品の最後でシュリーヴ・マッキャノンから、「君はなぜ南部を憎んでるんだ?」(AA 三一一)と聞かれて、「憎んじゃいない」と繰り返すことが端的に示すように、〈アメリカ〉と旧南部の間でジレンマに陥っている。本論文第2節でクエンティンとの類似性を指摘した横溝の代表的作品『本陣殺人事件』の一柳賢蔵は、「京都のある私立大学」の出身とあるが(一六)、それは同志社大学だと思われる。「相当知られた学者」とあるし(一六)、また、「封建的」な賢蔵が、一族全員の反対を押し切って、小作人の娘だが勉学に励んで教師になった久保克子と結婚しようとしたのも、(ハーヴァード大学と同じく)アメリカの会衆派教会の流れをくむ同志社大学の〈アメリカ〉的な自由主義・個人主義に触れたからだと考えられる。克子への恋情に狂うにしては、インテリすぎ、年も取りすぎているし(四〇歳)、克子も「いいきりょう」ではない(一三)。いずれにせよ、〈アメリカ〉的な個人主義によって身分違いの女性をめとろうとしたものの、〈アメリカ〉的な自由恋愛でよそ者と関係して処女を失った女性と結婚生活を送ることには耐えられなかったということで、クエンティンと同じく賢蔵も〈アメリカ〉的な価値観に対して矛盾するような姿勢を取っている。〈アメリカ〉的価値観と日本的価値観の間でジレンマに陥った賢蔵の事件を解明する探偵が、同じく両価値観の間で板挟みになった人物に設定されたのは偶然ではない。

フォークナーが日本のアメリカ文学研究者に最も好まれる作家であるという現象と、横溝正史が日本を代表する人気作家であるという現象には一見何の接点もないようにみえるが、これまで論じてきたことを考慮すれば、両現象は実は深いところでつながっているといえる。フォークナーと横溝の作品には、今なおアメリカと戦前の日本の間で板挟みになっている我々日本人に強く訴えてくるものがあるのである。

【註】

1 ゴシック小説を起源とする推理小説というジャンルに属する金田一サーガは、南部ゴシックのヨクナパトーファ・サーガと同様、多くのゴシック小説的要素を持っている。古い大きな屋敷、廃墟、過去の重荷、宿命、流血や殺人、近親相姦、心の闇、幽霊、恐怖や怪奇などがそうである。フォークナーの作品の中で最もゴシック色が濃厚なのは「エミリーへの薔薇」と『アブサロム、アブサロム！』であるが、両作品には、屋敷での逼塞・幽閉というモチーフがある。「エミリーへの薔薇」に関して言えば、エミリー・グリアソンがホーマー・バロンの死体を屋敷に隠して添い寝していたが、「死仮面」（一九四九）、「湖泥」（一九五三）、「生ける死仮面」（一九五三）、「花園の悪魔」（一九五四）、「睡れる花嫁」（一九五四）、「蠟美人」（一九五六）などの金田一ものにも死体愛好癖が登場している。『アブサロム、アブサロム！』に関しては、殺人を犯した、元貴族の跡取りヘンリー・サトペンは、実はサトペン屋敷に戻って隠れ住んでいたが、これは、『八つ墓村』において、名家の跡取りで殺人犯の田治見要蔵が田治見邸の地下の鍾乳洞に潜んでいたことを思い起こさせる。さらに言えば、要蔵は、ホーマー・バロンと同じく、屋敷（の下の鍾乳洞）で毒殺されて隠されミイラ化した状態で発見されている。

2 旧家の鬼頭家の物語『獄門島』の知的障害がある鬼頭三姉妹については、彼女たちの母親であるよそ者のお小夜が発狂しているが、注目すべきは、三姉妹の父親の鬼頭与三松が発狂していることである。また、ベンジーの知的障害が彼に特有のものではなくコンプソン家の〈血〉と関係している可能性があることは、ジェイソンの次の言葉でも示されている。「通りで俺は、帽子もかぶらず、こっちまで気が狂ってるみたいだった。当然誰でも思うことだろうが、兄弟の一人［ベンジー］が狂ってて、もう一人が入水自殺し、もう一人が夫に家から放り出されたのだから、残りの一人も気が狂ってないわけがない。町の連中が、鷹のように俺を見張ってて、「まあ、私は驚かないね。こんなことになるとずっと思ってたよ。あの一家は皆気が狂ってるのさ」と言う機会を狙っていることぐらい俺はずっと分かってたんだ」(*SF* 一〇五六)。

3 『壺中美人』と『スペードの女王』の舞台は、作品中では昭和二九年となっているが（『壺中美人』一四、『スペードの女王』一四二）、これは横溝が長編化する際に時代設定を変更し忘れたと考えられ、金田一が緑ヶ丘荘に住んでいることからしてみても作品の舞台は昭和三四年とするのが妥当とされている（角川書店 一〇八）。

4 コナン・ドイルの『恐怖の谷』（一九一四―一五）は、よく知られているように、ピンカートン探偵社が実際に扱った事件をモデルにしており、また、彼の「赤い輪」（一九一一）にはピンカートン探偵社の探偵が登場している。

5 「探偵の防御率」の算出法は、それぞれ主要一〇作品において「探偵が事件に関与してから解決するまでに起きた殺人事件を作品数で割る」というもので、モース警部が〇・七、エラリー・クイーンが〇・七、ファイロ・ヴァンスが一・二、神津恭介が二・〇、十津川警部が三・三であるなか、金田一は四・二である（小嶋 二三九―三〇）。

6 横溝正史の作品は、角川書店により、文庫化されて記録的に売れ、また、映画化されて映画も大ヒットしたが、一九七六年から一九八〇年までの初期の角川映画、すなわち大作主義時代の角川映画は、バブル景気前の日本経済の急成長を背景に、戦後の日本とアメリカの微妙な関係を色濃く反映していたと考えられる。『人間の証明』（一九七七）においては、アメリカの有名俳優を雇ってニューヨークで大々的なロケを敢行しており、また、アメリカ占領下の時代にアメリカ兵が日本人をレイプしたり殺害したりしたさまを描いた。『野性の証明』（一九七八）

と『戦国自衛隊』（一九七九）では、（日米安全保障条約を前提に組織されている）自衛隊の戦闘を描いている。『復活の日』（一九八〇）においては、アメリカの有名俳優を雇い、また、アメリカ兵と日本人の間に生まれた草刈正雄を主役に据えた。そして、『犬神家の一族』（一九七六［角川映画第一作］）、『悪魔が来りて笛を吹く』（一九七九）、『金田一耕助の冒険』（一九七九）の主人公である金田一耕助は、本論文で指摘したようにアメリカと日本の間で板挟みになっている人物である。

7　日本英文学会（関東支部）編『教室の英文学』には、研究社の『英語年鑑』のデータに基づく日本の主な英文学研究・教育関連団体の会員数が掲載されているが、日本アメリカ文学会の衛星学会としては、日本ウィリアム・フォークナー協会と日本ナサニエル・ホーソーン協会がいずれも二〇〇名ということで会員数が最も多い（三〇五—一一）。さらに厳密に言えば、二〇一七年六月時点での会員数は、フォークナー協会は一九二名で、ホーソーン協会はそれを下回っている。

8　家族主義がよいと単純に言えないのと同様、個人主義がよいと単純には言えない。今日アメリカでは二組の夫婦のうち一組が離婚しているが（『事典 現代のアメリカ』八七七）、一概に離婚がいけないとは言えないものの、異常な高さの離婚率である。この状況には、アメリカの（家族主義の対極にある）個人主義が関係していると考えるのが妥当であろう。

【引用文献】

Brooks, Cleanth. *William Faulkner: Toward Yoknapatawpha and Beyond*. New Haven: Yale UP, 1978.
Faulkner, William. *Absalom, Absalom!* (*AA.*) *Novels 1936-1940*. Ed. Joseph Blotner and Noel Polk. New

York: Library of America, 1990. 1-315.
——. "Appendix: Compson, 1699-1945." *Novels 1926* 1126-41.
——. *Collected Stories of William Faulkner*. (*CS*.) New York: Vintage, 1995.
——. *Essays, Speeches and Public Letters*. (*ESPL*.) Ed. James B. Meriwether. Rev. ed. New York: Modern Library, 2004.
——. *Faulkner in the University*. (*FU*.) Ed. Frederick L. Gwynn and Joseph L. Blotner. Charlottesville: UP of Virginia, 1959.
——. *Novels 1926-1929*. Ed. Joseph Blotner and Noel Polk. New York: Library of America, 2006.
——. *Sanctuary*. (*S*.) *Novels 1930-1935*. Ed. Joseph Blotner and Noel Polk. New York: Library of America, 1985. 179-398.
——. *The Sound and the Fury*. (*SF*.) *Novels 1926* 877-1124.
Wilson, Charles Reagan, ed. *The New Encyclopedia of Southern Culture*. Vol. 13. Chapel Hill: U of North Carolina P, 2009.
ヴェーバー、マックス『プロテスタンティズムの倫理と資本主義の精神』中山元訳、日経ＢＰ社、二〇一〇年。
江藤茂博、山口直孝、浜田知明編『横溝正史研究』第五号、戎光祥出版、二〇一三年。
角川書店編『横溝正史に捧ぐ新世紀からの手紙』角川書店、二〇〇二年。
小嶋優子、別冊ダ・ヴィンチ編集部編『金田一耕助 The Complete』メディアファクトリー、二〇〇四年。
小林信彦編『横溝正史読本』改訂版、角川書店、二〇〇八年。

『事典 現代のアメリカ』大修館書店、二〇〇四年。

昭和探偵小説研究会編『横溝正史 全小説案内』洋泉社、二〇一二年。

日本英文学会（関東支部）編『教室の英文学』研究社、二〇一七年。

『日本国語大辞典』第二版、小学館、二〇〇〇年。

『日本大百科全書』、『スーパー・ニッポニカ』DVD-ROM、小学館、二〇〇四年。

平石貴樹『アメリカ文学史』松柏社、二〇一〇年。

文藝春秋編『東西ミステリーベスト一〇〇』文藝春秋、一九八六年。

——『東西ミステリーベスト一〇〇』週刊文春臨時増刊号、文藝春秋、二〇一三年。

別冊宝島編集部編『僕たちの好きな金田一耕助』宝島社、二〇〇九年。

真山仁、横溝正史『真山仁が語る横溝正史』私のこだわり人物伝、角川書店、二〇一〇年。

横溝正史『悪魔の寵児』改訂版、角川書店、一九九六年。

——『悪魔の百唇譜』改訂版、角川書店、一九九六年。

——『悪霊島』上下巻、改訂版、角川書店、一九九六年。

——『犬神家の一族』改訂版、角川書店、一九九六年。

——「片隅の楽園」、『探偵小説五十年』講談社、一九七七年、一九九–二一五。

——『金田一耕助のモノローグ』第三版、角川書店、一九九七年。

——「黒猫亭事件」『本陣殺人事件』一八一–四〇七。

——「黒蘭姫」、『殺人鬼』改訂版、角川書店、二〇〇六年、九一–一五三。

――「蝙蝠男」、『七つの仮面』改訂版、角川書店、一九九六年、二三三―七三。
――「蝙蝠と蛞蝓」『人面瘡』二三五―六四。
――『獄門島』改訂版、角川書店、一九九六年。
――『壺中美人』角川書店、一九七六年。
――『女王蜂』改訂版、角川書店、一九九六年。
――「女怪」、『悪魔の降誕祭』改訂版、二〇〇五年、一七五―二二一。
――「蜃気楼島の情熱」『人面瘡』一六三―二三三。
――『人面瘡』角川書店、一九九六年。
――『スペードの女王』角川書店、一九七六年。
――『病院坂の首縊りの家』上下巻、改訂版、角川書店、一九九六年。
――『不死蝶』角川書店、一九七五年。
――『本陣殺人事件』改訂版、角川書店、一九九六年。
――『迷路荘の惨劇』改訂版、角川書店、一九九六年。
――『横溝正史の世界』徳間書店、一九七六年。
――『夜歩く』改訂版、角川書店、一九九六年。

第六章

近代と育ての〈母〉
――フォークナーと太宰治

竹内理矢

1 序

太宰治の小説『津軽』（一九四四）は、作者が三〇代半ばに故郷の津軽地方を三週間ほど旅行し書き上げた作品であるが、クライマックスにかけて太宰は、津軽鉄道の終点中里からバスで小泊に行き、「育ての親」タケの金物屋でタケの娘の節と会い、こう思う（『津軽』一九九）。

私は、たけの子だ。女中の子だって何だってかまわない。私は大声で言える。私は、たけの子だ。兄たちに軽蔑されたっていい。私は、この少女ときょうだいだ。（二〇三―〇四）

太宰は、自己存在を規定するのが、実父でも実母でもなく「育ての親」タケであり、兄たちから「軽蔑」を買おうとも、「たけの子」、「女中の子」であると自覚するのだが、この印象深い自己了解への到達は、いったい何を物語っているのだろうか。

小作人の年貢で蓄財し富豪にのし上がった津島家の六男であった太宰は、小作人の働いた金で自分が生まれ育ち生かされていることに嫌悪と後ろめたさを覚え、自己の出自と生家との疎隔に生涯にわたって煩慮していたように思われる。二一歳で上京したのちの一連の出来事、たとえば、非合法運動への資金援助、元芸妓の初代との同棲をめぐっての分家除籍、銀座の女給シメ子との鎌倉小動崎での心中未遂、さらに左翼運動に加担した件での取り調べと兄文治(父の他界後、家督を相続)との運動脱退の誓約などに鑑みれば、太宰の上京後の数年は、自己処罰衝動と故郷からの離脱の試みに特徴づけられるだろう。

しかし、そうした衝動と試みが完遂することはなく、太宰は、一九三二年に遺書として「思い出」を書きはじめ、自らの幼年・少年時代を回顧する。それゆえ、太宰文学の原点は、金木を中心とする奥津軽にあるといってよいのだが、その後、芥川賞落選、パビナール中毒、入院中の妻初代の不義、初代との心中未遂、井伏鱒二の紹介した美知子との見合い結婚などを経て「富嶽百景」や「女生徒」などの名作〈註1〉を上梓するものの、彼の内部では、小説家太宰治が世に識られることが、生家の兄たちに認められることとほぼ同義であったと推測できる。なぜなら、作品の表層に津軽が舞台として浮上しなくても、その底流には、金木の兄たちの代理としての権威者に対する反発と甘えがあり、あるいは、病身の実母に甘えられなかった幼少期の充たされぬ欲求とそれを反映した破滅的な女性関係があるからである。その意味では、一九四一年に一〇年ぶりに帰郷するまで、彼の文学には、故郷とのたゆまぬ対峙と対話があったといってよいだろう。一九四二年に実母タネの重態と危篤の報を受けて二度帰郷し、翌年の亡母の一周忌にも帰郷し、そして翌々年に書店の依頼で津軽地方を行脚し『津軽』を執筆する。その流れでいえば、小説『津軽』とは、「母の形見を縫い直して仕立てた縫紋の一重羽織と大島の袷」をもって旅に出た津島修治の、「津軽人としての私」と〈母〉をめぐる探求の道程であり、奥津軽の追憶から小説を本格的に書き出した太宰治の、原点回帰と再出発として位置づけられるだろう（三四、四九）。

こうした自己存在をめぐる「生みの親」と「育ての親」の共存と矛盾が、太宰の人生にあるいは作品にどのような影を落としているのか、それを明らかにするのが本稿の目的のひとつであるが、そのさい、黒人乳母に育てられたアメリカ南部作家のウィリアム・フォークナーが、白人男性たちの黒人女性への特別な感情（愛慕・思郷）と彼女たちとの精神的な別離への悲哀を描いている点に注目したい。太宰とフォークナーの比較研究として加島祥造と千石英世の論考があるが〈註2〉、本論文は、敗戦国あるいは敗北が近づく国にあって、〈母〉とはいかなる存在であり、下層階級に育てられた上流階級の息子が、成長するにつれて自らの特権に疑念をもちはじめ、やがてそれが剥奪されていく（その予感がひろがっていく）より民主的な近代の空間にあって、どのように自己の出自を確認し、自らを処するのか考察する。そうして、〈母〉の分裂と破綻をまえにした特権階級の息子の自罰的な精神状況を分析し、没落を宿命づけながら、しかし、凋落を赦し名状しがたい安堵さえもたらす近代の複層的力学を論証することになる。

2　母の近代への媚態──『響きと怒り』、黒人の〈母〉・文化的孤独

フォークナーは、一八九七年に父マリーと母モードの間に長男として生まれたが、母の厳しい躾と弟たちの矢継早の誕生もあり、おおよそ六〇代であった一家の黒人乳母キャロライン・バーを「第二の母」(Blotner 七六)として慕っていた。絵画の才があった実母とながらく同居し、離れて暮らしても手紙を送ったり訪れたりしているが、その一方で、戦前に奴隷として生まれ、フォークナー家の子供たちに愛情を傾け、善悪の道徳を教え、物語を語り聴かせたキャロラインに忘れがたい思慕の念を抱きつづけた(Sensibar 三四―一二五)。だが問題は、この黒人乳母への親和が、フォークナーに白人としての自我に対する疑念や罪悪感を抱かせた可能性である。リリアン・スミスを引証した平石貴樹の研究によれば、父権の弱体化が進む世紀の転換期に幼少期を過ごしたフォークナーは、「黒人乳母を差別する白人文化教育」を内面化しきれず、彼の無意識は、「一方で実母にたいするわだかまりを残しながら、乳母にたいする思慕・悲哀を長らえさせ、むしろ文化のほうを嫌悪しながら、結局は両方ともを両面感情的に嫌悪」する心理機制を形成させたと考えられる(一一〇)。

フォークナーの黒人女性への愛着とその喪失の傷は、たとえば、短篇「あの夕陽」の最終場面で、九歳のクエンティン・コンプソンが発する「うちの(our)洗濯物はこれからだれがするの、お父さん」(CS 三〇九)という問いかけに示されている。こう問いかけるとき、クエンティンは、黒人女性ナンシーの死あるいは狂気の結果、彼女がもはや洗濯の仕事を継続できないと判断したと考えられ

るが、同時に、その判断は、白人と黒人の主従関係を認識し白人としての自意識に目覚めた瞬間でもある。彼の抱く「our」の感覚はまさに、黒人を他者化した証であり、作品のタイトルは、ナンシーの命や精神の残照だけでなく、クエンティンの無垢の終わりと白人としての自我への歩みも暗示する。つまりクエンティンは、黒人家族の小屋で物語を聴くことに心の平安を感じていたが、そうした無垢な子供時代は、父と同じく黒人を置き去り精神的な別離を経験することで終焉したのであり、だから、その悲しい記憶を二四歳になって語りなおす原動力には、心の奥底に黒人への愛着を押し隠しながら、南部社会の人種差別構造に与して生きてきたことへの払拭しえない罪障感が働いているのだ。

さらに『響きと怒り』においてクエンティンは、ボストンの市街電車に乗り黒人の隣に座ると、次のような記憶を想起する。北東部に来てからクエンティンは、黒人が「人格というよりは一つの行動様式」であり「相手をしている白人側が自分をどう思っているか察知して、そのとおりの姿を見せてよこすのだ」と認識し、また、故郷の生家に仕える黒人たち（ロスカスやディルシーたち）を本当に懐かしく感じていたことに気がついたのは、クリスマス休暇で南部に列車で帰省する途中、ヴァージニア州の小さな駅でラバに乗った黒人農夫にむかって「クリスマス・ギフト」と呼びかけたときであったことを思い起こすのである（*SF* 八六–八七）。本来、先に呼びかけた者が呼びかけられた者からギフトをもらう習慣があるにもかかわらず、クエンティンは逆に黒人に二五セント硬貨を投げ与えるのであり、この行為は、「父親温情主義的イデオロギー」にもとづく白人と黒人の「伝統的関係の現実」の再確認（Davis 九九–一〇一）、「片田舎の南部における黒人の従属的地位」の具現（Weinstein

四六—四七）とも読めるが、彼の心情を思えば、そのような「行動様式」とは裏腹に、ロスカスとディルシーにはあたたかい「人格」があったことを思い返し、郷愁の念に駆られているのではないか。心の襞に濃やかに感応した情愛の記憶を追懐しているように思われる。

この場面に言及して加島は、クエンティンは「黒人の保護者」を演じるのではなく「黒人に保護を求めている」と主張する。「南部の知的・精神的荒廃」、「所有欲と虚栄、通俗道徳と体面」にとらわれた「南部の上流白人」に「絶望」したクエンティンは、黒人の「不動悠然たる姿」の奥にある「自在で本然的な生き方」に自己救済の道があると直感し、また、黒人乳母の「汚れた豊かさ、汚れた温かさ」を記憶する彼は、その「におい」に結びついた「黒人の生き方と人間観」を懐かしく思うが、しかし自死をとげてしまうのは、南部白人社会の「階級的偏見」に支配された彼の意識が「黒人たちの生き方」の選択をゆるさなかったからだ、と加島は解している（加島 四三—六八）。

南部白人としての自意識と黒人（乳母）に対する愛着のはざまで引き裂かれた青年が、旧来の価値の失墜に深く苦悩し、黒人に共感しつつも自殺するという加島の読みは多くの示唆に富むが、その解釈に、クエンティンの文化的孤独と、実母の愛の不在も加えて分析する必要があるだろう。

まず文化的孤独についてであるが、クエンティンが、北東部で生活し先進的な教育を通して近代思想を受容した結果、南部の伝統思想を相対化する眼を獲得し、文化的に孤立した中間者となった可能性に着目したい。工場の煙突が立ちならぶ無機質な「冷たい」北部の風景と対照的に、南部をおそろしいほどの自然の「肥沃さ」があふれ出る「怪物じみた」空間として捉えるように（*SF* 一一三）、クエンティンの感性は、日常的に北部の機械文明との摩擦を経験しており、また、鉄の列車は、駅ごとに無名の人間たちの接近と離散をくり返し、南部では稀有な黒人との空間的な近さを生み出しながら、逆に黒人との心理的な遠さを彼に意識させ、故郷と黒人との関係性を見つめなおす契機を与えていたと考えられる。

ここでナタリー・J・リングの研究を参照するならば、クエンティンがハーヴァード大学に在学していた一九〇九年秋学期、南部歴史家アルバート・ブッシュネル・ハートの授業が開講されていた。ハートは、二〇世紀初頭に南部諸州を歴訪し(一九〇七から一九〇八年にかけての冬の旅で実際にミシシッピ州オクスフォードを訪れ)、人種・性・暴力にとりつかれた土地として南部を痛烈に批判し論争を巻き起こした。かりに彼の授業をクエンティンとシュリーヴが履修していたとすれば、そこでふたりは「伝記的対象」の研究(クエンティンの場合、コンプソンの家系の調査)を通して「アメリカの歴史への個人的な同一化」を試みたはずであり、その経験が、『アブサロム、アブサロム!』での彼らの語りの手法と内容に影響を及ぼした可能性があるという(Ring 一九六―二〇六)。この授業を受講したにせよしなかったにせよ、少なくとも北東部の大学でクエンティンが、南部が歴史的問題を抱えた地域であるばかりか、国家的な議論の対象でさえある事実を痛感し、知的言説のなかで故郷を批判的に見る視点を内在化させたことは確かであろう。

こうしてクエンティンは、近代と南部のはざまで文化的苦境に立たされ、存在の不安に落としこまれる。なぜなら、南部の地において、実父への妹との近親姦の告白を通じて伝統的秩序の回復を目論むものの、父の否定により一家を統制する〈父〉の不在を痛感し、さらに妹が北部の男と結婚したことで北部の南部への侵蝕、南部の北部への迎合という象徴的現実が突きつけられたのだが、北部の地においては、南部に批判的な近代思想を学んだ結果、南部の伝統から自己を鋭利に切断する文化的な圧力を感じつつ、自らの伝統意識までもが近代意識に呑みこまれ、しだいに世界から失われていく現実を認識したからである。この認識のもとで、ハーヴァードでの第一学期を終えた冬に「クリスマス・ギフト」といい放ったのであり、そのとき、彼の心底には、近代からも故郷からも放逐された文化的浮遊者としての孤独、あるいは、悲哀が沈殿していたことを忘れてはならないだろう。フォークナーがこの場面をヴァージニア州に設定したのは、おそらくこうした理解を前提に筆を進めていたからである。北部の地でも、故郷ミシシッピの地でもない、帰省する途においてこそ、呼びかけられなければならなかったのである。帰属しうる土地を失った不安と淋しさのなかで、呼びかけさせたのである。

ここで興味深いのは、一家の長男であったフォークナーが、長男クエンティンに孤立の痛みを味わわせている点である。いうまでもなくフォークナー自身は北部の大学で学んだことはなく、北部で生活したのは一九二一年のニューヨーク滞在の一時期である。にもかかわらず、小説の登場人物に南部人が近代文化を身につける痛苦を負わせている。太宰の『津軽』における「私」が、あらゆる点ということでは、津島修治本人であるとはいえない事実や、クエンティンやフォークナーとはちがって太宰が嫡子ではない事実も考量すべきであるが、日本特有の「私小説」のように、作者の実生活の一部、または、作家自身の体験と密着した登場人物の生活や心境を述べることで、叙述の迫真性が生み出されるのとは対照的に、フォークナーは、小説の一人物に自らの了解を仮託し、近代を受容する南部知識人の孤立を浮き彫りにしながら、自らもその苦悩を追体験していくのであって、こうした小説家としての想像力の幅や奥行きという点で、フォークナーは測り知れない強靭力を発揮している。

それればかりではない。クエンティンの姿が、彼独自の体験でありながらも、近代がしだいに南部の伝統を侵蝕し広汎に影響を及ぼしていく近い将来をも予見させるとき、作者の心の内奥をふるわすおののきさえ、聴こえてくるかのようである。つまり、故郷の南部人の多くが文化的に遊離する怖れであり、そうした変容の現実と崩壊の予感を生きていく人間の悲しみをフォークナーはここで描いているのではないだろうか。小説それ自体が、作者／読者の体験の重みと実質となるばかりか、やがて訪れる世界の予示にさえなるのであって、フォークナーの小説家としての凄みは、こうした点にあらわれてくるように思われる。それは、アメリカ文学特有の「ロマンス」の伝統の枠では説明のつかないものである。フォークナーの時代の実像と趨勢を鋭く正確に見通す眼と、実体験と通底しながら豊かに増幅していく想像力の幸福な結合、あるいは、時代と才能が授けた僥倖とでもいえばよいのだろうか。円熟した社会が不在であるだけに、特定の時と場所で起こった裂け目をより意識的に、より現実的に捉える眼が鋭角化したのであり、その意味ではフォークナーという小説家は、自らの傷と時代の亀裂をさらけ出す、個人と歴史をめぐる巨大な現実主義者でもあったということである。

先の論点に戻れば、加島のクエンティンの解釈に加えて考察すべきもう一点は、実母の愛の不在である。母の愛の欠如が彼に与えた影響（特に妹への愛執）に関してはこれまで十分に議論がなされてきているのでくり返さないが、確認しておきたいことは、〈母〉の崩壊が、南北戦争後の南部貴族階級の没落と北部近代の浸潤という社会現象と密接に関わっている点である。

クエンティンが一八九〇年生まれであることから、母キャロラインは、南部再建期に生まれ、北部主導の近代化の波のなかで多感な少女時代を過ごし、コンプソン家に嫁いだと推測できる。キャロラインは、娘の頃に「レディ」か否かの教育を受けたと述べるように（*SF* 一〇三）、母から南部淑女としての行動規範——家長に従順な女性として慎み深い生活を送ること——を教わったと考えられるが、しかし、この女の伝統は、彼女のなかで綻びを見せている。実際、彼女は夫に従順どころかくり返し異義を唱え反発し、子に無償の愛を注ぐ家庭の母では決してない。戦後の南部貴族女性のなかには、最終的に結婚するものの、凋落しゆく南部男性をおだて気をひく役回りに違和感を覚える女性もいたとすれば（Goldfield 一〇三―〇四）〈註3〉、そうした時代の空気をキャロラインも娘時代に感知していたことは否定できない。そもそも彼女は、コンプソン氏に惚れて結婚したのではなく、南部全体の経済的衰退のなかでバスコム家も没落していき、一家よりも階層が上位のコンプソン家に嫁ぎ母とともに身を寄せたのである。母も連れ立っての結婚であるから、実のところ、バスコム家は男系が途絶え存続の危機に瀕していたのであろうし、兄モーリーも屋敷を構えて家族を養うのではなく、独身で経済的にコンプソン家に依存している。コンプソン家への嫁入りは、階級的劣等感をひきずりながらも、商売の点ではコンプソン家よりも秀でているという自負を抱いてなされたのだが、結婚して見えてきたのは、夫が弁護士の身分でありながら詩の創作と哲学的沈思にふけり、一家が没落の一途をたどっている現実である。結果、階級的劣等感は一転してコンプソン家に対する軽蔑心に変わり、時代に即応し実利の才を発揮すると信じるバスコムの血筋への誇りが強まり、バスコムの血を引くと信じる次男ジェイソンだけに愛情を示すのである。

とはいえ、こうした〈母〉の崩壊の背後にキャロラインの苦境もあることを看過してはならない。彼女は町の近代化とともに性道徳が徐々に衰退していく現実をまえに自己存在の不安を覚えるのだが、コンプソン家に嫁ぎ母親となった以上、残された唯一の道は、現実逃避と旧来の性規範への固執であった。事実、礼拝と墓参りを除いては、ジェファソンの町中を出歩かず（*SF* 二五九）、新しい価値観との接点を極力避けようとする。そして女の慣習の体現者として娘キャディに「レディ」の遵守を求め、娘の逸脱行為を激しく嫌悪するのである。それは、自分が耐えてきた因襲の重みを知らぬかのように自由に生きる娘、ありえたかもしれぬ人生を眼前でくりひろげる娘に対する羨望でもあるだろう。

しかしこの嫌悪の情には、旧弊の慣習への遵奉に反する彼女の心の奥にひそむ近代への憧れというさらなる矛盾が絡んでいる。娘がインディアナ州の保養地フレンチ・リックで銀行家ハーバート・ヘッドと出会い婚約するやそれまでの悲嘆が霧散したかのように結婚を心待ちにするのは、娘の婚約で世間に示しが立ったという安堵以上に、娘の結婚に自身の秘めた欲望を投影しているからでもある。結婚式前々日、彼女はクエンティンにハーバートを紹介したさい、「これはこの子の自動車なのよ　妹が町で最初の自動車の持ち主だなんて　光栄だと思わないこと　ハーバートよ　この人からのプレゼント《ヽヽヽヽ》なの」（九三）と述べ、娘が北部産業の象徴でもある「自動車」を町ではじめて所有する喜びを語る。娘の自由を強く否定することに感情の充足を求めながら、同時に、その自由が近代の男を魅了し町の先端を走ることに満悦するという二律背反がここにはある。ハーヴァード大進学は母の「夢」（一〇二、一七八）である以上、このとき、母はハーバートと同じ大学で学ぶ長男への期待——息子もまた出世し文明の風を南部に送り届けてくれるという期待——を込めつつ、颯爽と現れた北部男性に自らの「夢」を投影する。

田舎の人たちはかわいそうね　いままで自動車を見たことがないんだわ……こうなったらお父さんにも絶対自動車を買ってもらわなくちゃいけないわね　ハーバート　これをこちらまで持ってきていただいたこと　わたしは後悔しかけてますのよ　だってこんなに楽しいんですもの　もちろん馬車だってあるんですけど　わたしが出かけようと思っても　たいていいつも主人が黒んぼたちをなにかに使っていて　その邪魔をしようものなら　首をはねられてもおかしくないありさまなんですもの……あなたもわたしのかわいい娘をそんなふうにあつかうつもりかしら　ハーバート　でもあなたはそんなふうにはしないわね　ハーバートはわたしたちをそれはそれは甘やかしてくれているのよ　クエンティン……（九四）

「馬車」に頼るジェファソンの生活は、「自動車」という近代文明によって相対化され、その文化的遅滞と低迷が一層鮮明となる。さらに、近代がしだいに南部の田舎町にも革新性と流動性をもたらす予感から、彼女の地元の人々と夫に対する羞恥心は強まる。つまりこの恥の表明は、彼女の近代への憧れを映し出し、ハーバートという近代をまえにしてその抑圧された憧憬が溢れ出すのである。

さらに重要なことに、この恥の感覚の裏側には、彼女の北部文明への信頼と期待が張りついている。南部の心の情緒を保証する〈母〉は崩れ、むしろ、近代になびく女の性——娘の婚約相手への幻惑——が現出する。

……すべてが終わって　あなたがわたしのかわいい娘を連れ去っておしまいになったら　きっと反動で寝込んでしまうんですわ　「我が妹は持たざりき」僕がお母さん　と呼べさえしたら。お母さん

　僕が誘惑に駆られるあまり　代わりにあなたを連れ去ってしまったら話は別でしょう　コンプソンさんだって自動車には追いつけないでしょう。

　まあ　ハーバートったら　キャンダス　いまのおっしゃりようを聞いた　彼女は僕を見ようとしなかった　柔らかくかたくなな顎の線が振り返ることもなく　でもやきもちなんか焼く必要はありませんよ　この方がお世辞をおっしゃっている相手はただのおばあさんなんですからね　とっくに結婚してトウの立った娘ですもの　まったく　信じられないったら。

　なにをおっしゃるんですか　まるで若いお嬢さんのようですよ　キャンダスよりずっとお若

いですよ　頬の色つやなんかまるでお年ごろ……（九五）

婚前の娘に回帰したかのように、北部の若い男の煽てとお世辞にほだされ頬を染めている。冗談でも娘の嫉妬を案ずるのは、娘時代に果たしえなかった恋愛を幻想するからであるが、特筆すべきは、それを通じて恥ずかしい夫と離別し近代とともに歩む願望を瞬間的にかなえていることだ。近代のスピードに乗った自己は、「馬車」では「追いつ」けない夫を置き去りにし、そうして「妻」・「母」という役割から解放されるのである。だから娘の結婚に歓喜するのは、それが自らの「夢」の代償でありその実現を夢想しているからである。

　クエンティンにとって、こうした母の近代への媚態こそ〈母〉の不在という幼年以来の悩みを決定づける行為であったにちがいない。そればかりか、旧南部世界の終焉を象徴的に告げる行為でもあっただろう。病身の母が寝こむ家は、母が棄て去り出立したい家でもあって、南部の〈母〉が住まう家郷はもはや存在しない。彼は自殺当日もその痛みに苦しみ、ディルシーに哀切な〈母〉の影を見ようとする。先に引用したクリスマス・ギフトの場面のすこしあとで、祖母の葬式の場面を回想したとき、ディルシーへの想いが一瞬浮上する。

あたし　家出しちゃうもん。彼が泣き出した　彼女は彼のところに行ってさわった。おだまり。あたしは家出なんかしないから。おだまり。彼は泣きやんだ。ディルシー。（八九）

この場面について新納卓也は、「ベンジー・セクションではキャディが家出をする／しないという話をしたあとでロスカスがやってきて『ディルシーがみなで屋敷のほうに帰って来いって言ってるだ。みなを連れてくるだ、ヴァーシュ』（一九）と述べる。ディルシーが言及される一場面の記憶が *Dilsey.* のひとことに何らかの理由で『圧縮』されているのかもしれない」と解説する（新納一五二）。

クエンティンが妹に母の代替を求めたとすれば、彼女の家出の宣言は、母の（再）喪失を意味し、家と母をめぐる不安と怖れを喚び起こす。とすれば、その刹那に心の奥から湧出する「ディルシー」という声は、子供たちを屋敷に呼びよせる〈母〉、家族をつなぐ紐帯としての〈母〉へのクエンティンの秘かな呼びかけではないだろうか。

しかし、白人となったクエンティンは、黒人女性を「お母さん」とは呼べない。いやむしろ、そう意識することを文化的に禁じられている。祖母が死去したとき九歳であった彼は、「あの夕陽」での白人としての自意識に目覚める同い年の少年でもあるからだ。ディルシーを〈母〉として遣想する記憶を想起した瞬間、心の深所で黒人の〈母〉への思慕と禁止の痛みが疼くが、しかし、その複雑な想いを言語化できずに「ディルシー」という一語に「圧縮」して表出せざるをえない。だからそれは、「お母さん」とは呼べない／意識してはならないクエンティンの胸奥に秘められた、〈母〉恋いの一瞬の溢出でもある。それほどにディルシーの厳しい躾と温かい抱擁、つまり、不在の〈母〉の感触と実感こそが、クエンティンの存在の昏い底に沈んだ悲哀に一条の救済と慰藉の光を注いでいたのである。

こうして一家の没落と近代の侵蝕を背景にした〈母〉の崩壊が、クエンティンの幼少期の代理の母としての黒人乳母への親和、青年期以後の断ちきれない黒人女性との結ぼれを強化したのである。黒人女性に充たされぬ〈母〉の愛情を求め、そこでの安息をときに夢見るものの、しかし南部白人である以上、それは赦されず、そうして救われぬ哀しみと淋しさを抱えつつ、平穏と静謐をたたえた薄明の水底——人種の差異を融解し超越した存在の始源——に戻るほかなかったのである。〈母〉なる水に抱かれ、その深みに失われし旧家への祈りを捧げたのである。

3　病身の母の葛藤——『津軽』、〈母〉の被膜・自罰の起源

さて加島は、クエンティンだけでなく、「旧家の荒廃をわが身内に受け継」ぎ「自殺へと逃れたがる心性」を有した太宰もまた、タケに救いを求めていた可能性を示唆する（加島 七一—七二）。太宰がどれほど救済を希求していたかは議論の余地があるが、タケとの再会が、実母との死別が裂開した太宰の心の傷を包みなおす被膜を与えたことは確かであろう。

タケの娘に案内された太宰は、国民学校の運動場の掛小屋の前で再会を果たす。

「修治だ」私は笑って帽子をとった。

「あらあ」それだけだった。笑いもしない。まじめな表情である。でも、すぐにその硬直の

姿勢を崩して、さりげないような、へんに、あきらめたような弱い口調で、「さ、はいって運動会を」と言って、たけの小屋に連れて行き、「ここさお座りになりせえ」とたけの傍に坐らせ、たけはそれきり何も言わず、きちんと正座してそのモンペの丸い膝にちゃんと両手を置き、子供たちの走るのを熱心に見ている。けれども、私には何の不満もない。まるで、もう、安心してしまっている。足を投げ出して、ぼんやり運動会を見て、胸中に一つも思う事が無かった。もう、何がどうなってもいいんだ、というような全く無憂無風の情態である。平和とは、こんな気持の事を言うのであろうか。もし、そうなら、私はこの時、生れてはじめて心の平和を体験したと言ってもよい。先年なくなった私の生みの母は、気品高くおだやかな立派な母であったが、このような不思議な安堵感を私に与えてはくれなかった。世の中の母というものは、皆、その子にこのような甘い放心の憩いを与えてやっているものなのだろうか。(『津軽』二〇五―二〇六)

太宰はここで風景画のように運動会で走り回る子供たちを見つめ、幼少の自分を重ね合わせている。タケの「アヤメの模様の紺色の帯」は津島家に奉公していた頃に締めていたもので、「薄い紫色の半襟」も生家が与えたものであり、太宰の「思い出とそっくり同じ匂い」を漂わせているからだ(二〇七)。「匂いは最初の広がりが世界の根となり、幼少時代の真実となる。匂いは拡大しながら幼少時代の世界をわたしたちにあたえる」のであって(バシュラール 一三六)、太宰はタケの匂いに誘われて「幼少時代の世界」に還り「心の平和」と「不思議な安堵感」に包まれる。他人に「見事に裏切られ」たびたび「赤恥をかい」て「大人」になり、「愛し合っていても、用心して、他人行儀を守らなければならなくなった太宰が、タケにすべてをさらけ出し、身も心もゆだねるのである（『津軽』四一）。それは、自分のすべてを受け入れてもらえるという限りない甘えの表明であるが、同時に、太宰の心の奥底から浮上してくるのは、実母の愛の不在という積年の苦悩である。

母タネは、もとより小柄で虚弱体質であったが、政治家の妻としての煩雑な対人関係に追われ、村の婦人会や赤十字支部の責任者なども務め、三七歳で（第一〇子として）六男修治を産んだときには、「心身ともに疲労の極にあり、乳児の養育は殆ど不可能に近かった」（相馬 六〇）。そのため修治は生まれてすぐ乳母にあずけられ、一年足らずでその乳母が再婚した後は叔母キヱに養育された。そして三歳のときに同村の小作人の娘、近村タケが一四歳で子守として住みこむと、日中はタケと一緒に過ごし文字と道徳を教わり、夜は叔母から昔話を聴き抱かれて眠りについた。修治の幼年期、母タネは衆議院議員に当選した夫に同伴し東京の東大久保で過ごすことが多く、津軽に戻ったさいも胸部疾患の療養のため温泉に出かけ、三歳年下の末っ子礼治を可愛がり、修治は母に馴染む機会がほとんどなかった（五八―七〇）。それゆえ、実母の肌のぬくもりを知らず、自らのすべてを投げ出し「甘い放心の憩い」を感じたことのない太宰は、いや、そもそものような「憩い」を体験した子供は珍しいはずだが、そうした「憩い」の存在を信じるほどに実母の愛にふれたことのなかった太宰は、〈母〉という存在の意義を思考し、〈母〉の幻影を代理の女性たちに見出す傾向があった。

こうした母の愛の不在と〈母〉の幻想はしかし、父源右衛門の金貸業と政治活動と深く関わっているように思われる。源右衛門は木造村の豪農松木家からその利発さを買われ（自作農家から凶作続きの津軽地方で零細農民に高利貸をして担保流れの田畑をまき上げ新興商人地主にのし上がった）津島家の婿養子としてタネと結婚し、金融業で財をふくらませつつ、三〇歳で県会議員となり、三〇代前半で県内長者番付第四位に進出した〈註4〉。曾祖父惣助の死去後に名実ともに実権を握った源右衛門は、一九〇六年に周囲の反対を押しきり莫大な金を投じて和洋折衷の赤屋根大屋敷の建築に着手、翌年に落成した。だが、祖母イシは「婿の分際で勝手に家を新築」したことに「ひどく立腹」したとされ（三〇―三九）、このとき、母タネが実母の怒りと夫の進取の気性のあいだで苦しみ心労が重なったことは想像にかたくない。祖母にしてみれば、源右衛門が婿に来て一年後に夫惣五郎が病弱で三五歳で死去したのだから、源右衛門は夫の家督の座を奪いとった悪者のように映ったはずである。生家（津島家の分家）が雑貨商を営み村人の出入りが多く、勝気な性格と荒らしい言葉づかいで知られた「金木の淀君」イシにとって、実権を握るやふたりの娘を産み育てた旧宅を勝手に譲渡し屋敷を新築した婿養子の行為は、津島の興隆を支えた彼女の自負心を深く傷つけ認めがたかったのだろう。一方、源右衛門にとっては、義母をはじめとする旧家の者たちを押さえつけ津島の新当主として君臨するシンボルとして、また、日露戦争をはさみ近代化が進む日本の中央政界に進出するデモンストレーションとして、地元と東京の来客をもてなす鹿鳴館風のモダンな洋式応接間を備えた大邸宅の建築を急がねばならなかったのである。

こうした旧家の憤懣と近代の野望の板挟みにこそ、母タネは苦悩したのではないか。その争いの火種となった新屋敷で修治（新居での初子）を産んだのであり、病身のうえに心労が重なったそのとき、修治に対して母性愛を抱くことは困難であったのだろう。とすれば、太宰の母の愛の渇望とは、新興地主としての旧家を乗り越え日本近代の中枢へと躍進せんとした父の野心を淵源とし、その野心に父を駆り立たせた欧米列強との外交政策による国家の近代化という歴史の渦がとり巻いていたことになる。

太宰は、組合立明治高等小学校一年時の綴方「僕の幼時」に、「今でも叔母様やたけの事を思ふと恋ひしくてならない」と書いている（「僕の幼時」四八八）。自分を保護し可愛がってくれた叔母への思慕も看過できないが〈註5〉、太宰の上層階級への反発と嫌悪、堕ちていくことの甘受と快楽、下層階級への優しさと親近感を論ずるうえで、津島家に奉公したタケの存在はきわめて重要である。三歳から八歳まで自分を教育したタケを「自分の母」と思い、「故郷といえば、たけを思い出す」と書きつけるほどに、生涯にわたって深い愛着をもちつづけたが、タケとの突然の別離をこう回想している。

「或る朝、ふと眼をさまして、たけを呼んだが、たけは来ない。はっと思った。何か、直感で察したのだ。私は大声挙げて泣いた。たけいない、たけいない、と断腸の思いで泣いて、それから、二、三日、私はしゃくり上げてばかりいた。いまでも、その折の苦しさを、忘れてはいない」（『津軽』一八七－九〇）。

この子守との別れの「苦しさ」は、実母の愛の不在が育んだ女中への恋着を断ちきる辛さであり、母の代替としてのタケの出奔は、〈母〉との訣別のような悲しみとなったはずである。のちの太宰の筆にある種の女性嫌悪がにじむのは、この信頼していたはずの〈母〉に裏切られた体験が関係していると思われるが〈註6〉、ここで確かめたいことは、この辛苦と悲哀が、彼をしだいに自覚しはじめていた地主階級としての自己の確立へと促し、結果、試みても失敗しつづけた奉公人への同化を棄却し、タケへの愛着を抑圧しなければならなかった点である。しかし、地主階級としての自己は、奉公人への愛の抑圧のうえに立ち上げた不安定な像であり、抑圧された下層階級への愛は折にふれて回帰し、上層階級の自己像は揺るがされる。そればかりか、上層階級として生きる自己を偽りの自己とし、その階級を出自とする後ろめたさから、その自己をくり返し否定し、ときには自己を罰する行為をとらざるをえない。ここに太宰の自己処罰衝動の起源と水脈があったのではないか。

とはいえ、タケに連れられて運動場をあとにし竜神様の桜を見にいったとき、太宰にひとつの救いが訪れる。タケも再会を待ち望んでいたこと、小泊まで訪ねてきたことに「ありがたいのだか、うれしいのだか、かなしいのだか」(二一〇九)多様な感情を抱いていること、金木で自分と同じ年頃の子供を見ては自分ではないかと確認し歩いていたこと、つまり、タケも無言の別離を悲しみ再会を待ち望み自分を思いつづけていたことを知り、救われるのである。なぜなら、捨てられた子ではなかった、愛し慈しまれた子であったという認識は、二一年前の実母との永訣により自己存在の危うい皮膜が破れ、その奥に見えてしまった幼年からの癒しがたい傷痕を、あたたかい強靭な膜でふたたび被覆したからである。

そして太宰は、自分の育ちと性向の起源をタケに見出す。

「子供は?」とうとうその小枝もへし折って捨て、両肘を張ってモンペをゆすり上げ、「子供は、幾人」

私は小路の傍の杉の木に軽く寄りかかって、ひとりだ、と答えた。

「男? 女?」

「女だ」

「いくつ?」

次から次と矢継早に質問を発する。私はたけの、そのように強くて不遠慮な愛情のあらわし方に接して、ああ、私は、たけに似ているのだと思った。きょうだい中で、私ひとり、粗野で、がらっぱちのところがあるのは、この悲しい育ての親の影響だったという事に気附いた。私は、この時はじめて、私の育ての本質をはっきり知らされた。私は断じて、上品な育ちの男ではない。どうりで、金持ちの子供らしくないところがあった。見よ、私の忘れ得ぬ人は、青森に於けるT君であり、五所川原に於ける中畑さんであり、金木に於けるアヤであり、そうして小泊に於けるたけである。アヤは現在も私の家に仕えているが、他の人たちも、そのむかし一度は、私の家にいた事がある人だ。私は、これらの人と友である。(二一〇-一一)

「たけの子」と自認する以上、自分の〈母〉に自分の子についてたずねられることで、いわば奉公人の家系を仮想していくことになる。タケの「強くて不遠慮な愛情」は、太宰に地主の子ではなく奉公人の子として見ることを赦す。この赦しは、小学校入学以来の他の子供たちとの差異と実家との違和、上流階級の出自に対する後ろめたさ、そうした苦悶と鬱屈からの解放となる。使用人との友人関係を確認し、庶民との連帯と融合がもたらす心の平安に一時的にせよ浴するのである。

「さらば読者よ、命あらばまた他日。元気で行こう。絶望するな。では、失敬」（二一一）と、『津軽』が諧謔をまじえた快活さとともに読者への励ましで締めくくられるのは、ひとつには一九四二年六月のミッドウェー海戦以降の敗戦という忍び寄る予兆のなかで、つまり、自分もまたいつ絶命するかわからぬ不安のなかで、しかし、もし生きたならば、戦後に自分がしだいに奉公人の生活へと落ちていく予感、奉公人太宰の甘受と清々しさがあるからだろう。日本全体が没落し、没落した地点から再出発する予感、それは、「撰ばれてあることの恍惚と不安」（ヴェルレーヌ）から庶民として再出立することの赦しとなる。地主階級への自負はあっても、その虚偽と欺瞞を見抜き憎みもした太宰の、旧秩序の崩壊とともに落魄した庶民としての自画像、すなわち、近代という時代に処罰を受けた自己像を思い描いた太宰の一瞬の「恍惚」が垣間見えるのである。

さらに、一九四四年六月五日津軽旅行より帰京、六月一五日アメリカ軍の〈絶対国防圏の中核拠点に定められた〉サイパン上陸により戦局一変、同日『津軽』を起稿、七月七日サイパン島守備隊玉砕、そして七月末『津軽』完成——暗澹たる戦局に執筆過程を据えるならば、日本国という〈父〉の瓦解だけでなく〈母〉なる大地の破壊も迫る時局に、〈母〉（再）発見の物語がどれほどの勇気と慰藉を読者に与えうるのか、与えねばならないのか、太宰が意識しなかったはずはない。落ちて捕虜と化しても、自己を慈しみ育てた〈母〉なる大地への希望と祈りをこめてタケとの再会を描いたのである。そこに〈母〉が、叔母よりむしろタケに見出さなければならなかった事情が大きく関わっているのではないか。

たとえ作品と事実（旅程）にずれがあり、タケとの邂逅の場面に「虚飾」があった（運動会と竜神の場面でタケとの会話はなかった）としても、作者は自らの心の真実――〈母〉（再）発見――に「虚飾」はなく「読者をだましはしなかった」のである（二一一）。いや、心の真実にさえ、作者があえて否定せねばならぬほどの「虚飾」があったとしても、読者はだまされてよかった、だまされなければならなかったのである。それほどに時代は危機に瀕し、その暗がりに明滅した太宰の一瞬の至福に読者も平安を感じたのである。そして現代の読者の多くも、その幸福の一時性を知るゆえに太宰の甘えをゆるし受け入れるのではないか。その描写が時代精神の要請であり、たしかな文学的真実を反映しているからである。作者が告白するように、「信じるところに現実はあるのであって、現実は決して人を信じさせる事が出来ない」（五〇）のだから。

4　存在の始源と悲哀――『斜陽』、母を喰らう〈女〉・入水自殺

終戦から二年後の一九四七年、太宰は、戦後の貴族の没落を描いた『斜陽』を出版する。小説の

舞台は伊豆と東京であるが、津軽から送った井伏宛の手紙で「桜の園」に金木を喩えており、『斜陽』の世界は故郷の津軽地方と重なっている。主要登場人物四名はそれぞれの時期の太宰の分身であろうが、直治に焦点をあてるならば、直治は戦後民主主義の虚偽に満ちた擬制を嫌悪し、戦後を生き延びるための一切の成熟を拒否し、「最後の貴婦人」(『斜陽』一五二)であった母の死にいわば殉じて自殺をとげる。その殉死は、「民衆の友」になれず、戦前の貴族に回帰もできず、母への追憶とともに〈母〉なる大地への一体化を志向した自決でもある(一八三)。

戦後の農地改革により津軽地方の地主階級は、斜陽の一途をたどった。アメリカという近代が、つまり、実父が近づこうとした日本近代を凌駕し崩壊させたより巨大な近代が、本州最北の地に侵入し共同体を瓦解していった。実母の愛を奪った近代は、もはや抽象の域ではなく、地主の終焉、旧秩序の崩壊という圧倒的な現実を突きつけ、故郷の風景を蚕食し一変させていったのである。その現実を見つめた太宰は、その変容に耐えきれず旧秩序に殉ずる直治を描く一方で、かず子に『津軽』で形象した庶民としての自己像を投影し、〈母〉なる大地を信頼し、力強く戦後を生き延びてゆく再生の希望を託したのである。

ただし注意すべきことに、実母とかず子の関係性は、戦後日本における貴婦人の終焉と〈女〉の出立を映し出している。かず子にとって実母は、立ち居ふる舞いすべてに気品を放つ貴族の伝統の象徴であるが、しかし、戦後の世俗化の波が押し寄せるなか、その伝統がついえることの不安と怖れを、実母の死の兆しと重ね合わせ、しだいに自らがその母の命を喰らう〈女〉となっていく予感を抱くようになる。かず子は、自分が焼いた卵を探す母蛇を見つめたのち、「ああ、お母さまのお顔は、さっきのあの悲しい蛇に、どこか似ていらっしゃる」と思い、「私の胸の中に住む蝮みたいにごろごろして醜い蛇が、この悲しみが深くて美しい美しい母蛇を、いつか、食い殺してしまうのではなかろうか」と感じる(二〇―二一)。そして貴族の母を喰らう〈女〉としての自我に目覚めたかのように、「古い道徳」を捨て、それと闘いながら、弟の直治が慕った小説家上原二郎との私生児を産み育てていくのである(二〇一)。そこにはやはり、自らの手で貴族の母を破壊しながらも、しかし、庶民として、〈母〉なる大地が残された戦後日本に再生の希望を見出し切り拓こうとした太宰の「恍惚」が光芒のごとく揺曳しているだろう。

とはいえ、小説は、崩れていった世界のその後を、かず子がどのように生きていったのか明示しない。江藤淳が『斜陽』を評して、戦後に滅びた者がその闇に対峙し生きていく「屈辱」を描ききれていない小説とし、そこに「ある脆弱さと若干の軽薄さを感じる」と書いたのは(二二三)、生きることの辛苦にながらく思い悩んだとはいえ、耐え忍ぶことなく自死をとげた直治の末期ばかりでなく、この〈女〉の不分明な戦後の新生も意識してのことだろう。

だが、小説を緻密に分析するならば、かず子と直治と上原の三角関係には、テクストの奥深いところで錯綜する複雑な欲望がうごめいている。かず子が上原に惹かれたのは、彼の小説家としての才能だけでなく、その堕落した生活が「古い道徳」の唾棄とそれとの戦闘に挑む自らの決意と信念と共鳴するからでもあろうが、しかし同時に、上原との関係性が弟の上原への心酔がきっかけとなり発展した事実に着目すれば、彼女の欲望には、戦後の薄明りを生きられない弟の思いを代わりにかなえようとする無意識の衝動も底流しているのではないか。なぜなら、堕落を貴族から世俗におちた証として意義づける彼女にとって、上原との結ぼれは、世俗への転落の入眼、弟が成しえない俗世にまみれる無頼の実践でもあるからである。上原の子を身ごもった夜の翌朝に直治が自殺する以上、生まれいずる子はいわば、直治の生まれ変わりである。そうであるのなら、その出産とは、戦後についえそうになった弟のいのちを継承し生き永らえさせる秘儀でさえあるだろう。

かず子が上原宛の手紙のなかで彼の妻に嬰児を抱擁してもらうよう願い出るのは、まずは弟の上原の妻への愛を成就させ、その子を弟と婦人との仮想児とする隠然たる狙いがあるからであろう。しかしそればかりではなく、上原を媒介とした、弟と自己の仮想家族の樹立と存続を企図しているからでもないか。赤子は、貴族と世俗の血を揉みしだいた「革命」の結晶であり、その子が弟の恋した女性に抱かれるとき、戦後を生きぬく強靭さを宿す「聖母子」像が秘かに象られ、現出するのではないだろうか。そしてかず子という貴族の母を喰らった〈女〉はひるがえって、戦後にまみれた土俗の「聖母」となり、貴族と世俗の混淆した子を育てる「革命」の〈母〉へと変貌をとげるのである(二〇〇、二〇二)。

しかし、現実の作者太宰は、戦後の新生を託したかず子のように生きていくことができなかった。自罰衝動を抑えながら、擬制の空間(偽りの〈父〉)を忍苦し生ききることはできず、一九四八年、幽明境を接する存在の根源——失われゆく〈母〉の胎内——へと回帰する入水の道を歩むことになる。「屈辱」を引き受けきれなかった太宰の弱さが透けるのかもしれないが、偽りの〈父〉を生きることも自らがその〈父〉になることもできずに自殺するのは、戦死者への罪責も含めた、汚れた身体の浄化と融解でもあり、自らの文学の完遂でもあっただろう。

5　結

こうして近代化という歴史的潮流のなかで、実母の寵愛を得られなかった旧家を出自とする男――クエンティンと修治――は、身分差のある女性に〈母〉を見出し、自己像の分裂を経験しながら、最終的に存在の始源へと還っていくほかなかった。この小説と現実のあわい／交叉にこそ、歴史のただなかを生きた作者の切なる思いと時代を直視する力強さが刻印されているのであって、文学という虚構のかたちでしか表白できぬ、心の深淵に澱んだ存在の悲しみが、時を超えて立ち現われてくるのである。

【註】

1 「富嶽百景」には、「私の母とよく似た老婆」が「富士には一瞥も与えず、かえって富士と反対側の、山路に沿った断崖をじっと見つめ」、私は「あなたのお苦しみ、わびしさ、みなよくわかる、と頼まれもせぬのに、共鳴のそぶりを見せ」ると、老婆が「おや、月見草」といい「路傍の一箇所をゆびさ」し、「さっと、バスは過ぎてゆき、私の目には、いま、ちらとひとめ見た黄金色の月見草の花ひとつ、花弁もあざやかに消えず残った」（「富嶽百景」六八―六九）という場面があるが、ここには作者が実母の苦悩を思いやり、月見草のあざやかな花弁とともに〈母〉と共振する姿が描かれている。わびしくもあざやかにきらめく花の命に、消えゆく〈母〉の命運を思いつつ、その残映を心の奥深くに留めようとする作者の心性があらわれている。また「女生徒」において、父を亡くした東京の女学生が北海道の姉を思い、「過ぎ去ったことは、みんな懐かしい。肉身って、不思議なもの。他人ならば、遠く離れると次第に淡く、忘れてゆくものなのに、肉身は、なおさら、懐しい美しいところばかり思いだされるのだから」(「女生徒」一一二―一一三)と述懐するとき、作者は深い孤独のなかで、青森の長兄をふと懐古しているのだろう。長兄との対峙と疎隔、故郷の醜さと苦さのむこうに、それでも佇み思い起こされる郷愁の美しさを作者は想う。ただし、それはあくまで「遠く離れ」た望郷の念であって、のちに太宰は「庭」という一篇に、津軽に疎開してほどなく敗戦の玉音放送を聴いた翌日、兄と「草ぼうぼうの廃園」の草むしりをはじめたときの場景を描いている。庭の流儀を説き、利休を称賛する兄に対し、太宰はおそらく太閤と利休の対峙に、家の主人と居候、伝統の破壊者と守護者、階級の変動と不動、学/風雅の有無といった複雑に交叉する嫡男と自分の関係性を透かし、利休ではなく芭蕉に自らを重ねつつ、生家の「廃園」を必ずしも「悪くない」「美しい」終戦後の世界に見立てている(「庭」一三一―一三九)。

2　千石英世は、「実母から隔てられ、乳母に育てられた男子はみなQ・Cのようになる。みな太宰のようになる」(『9・11』一五四)と論じている。

3　事実、一八九五年までには「自己防衛」のために参政権を要求し「控えめな道徳保護者」としてのイメージを打破する「新しい南部女性」が現れていた(Wright 一三五―一三六)。

4　南北戦争後にフォークナーの曾祖父は、ミシシッピ州リプリーからテネシー州ミドルトンまで鉄道を敷設し、太宰の父は、奥羽本線から五所川原、金木、津軽半島の北端まで鉄道を敷く計画を立てたことがあり、近代の曙光を導き入れようとする意欲と姿勢が共通する。源右衛門は、一九二二年に貴族院議員に当選したが、在任わずか四ヶ月目に東京で不帰の客となった。

5　小泊でタケに再会したその夜に、自分は叔母の子ではないかと真顔でたずねたとされ（相馬 六〇―六五）、実母をめぐる疑念をながらく抱いていたようである。「思い出」によれば、愛想をつかした叔母が太宰を捨てて家を出て行く夢――「つぶつぶの汗」がしたたる「赤くふくれた大きい胸」に頬を寄せて、「そうしないでけんせ」と哀訴し涙を流す夢――を見る。叔母に揺り起こされたとき、「床の中で叔母の胸に顔を押しつけて」泣き、目が覚めても「まだまだ悲しくて永いことすすり泣いた」が、その夢のことは「叔母にも誰にも話さなかった」という（「思い出」三〇）。東郷克美は、この夢が「母なるものへの強い渇き」と「それを失うことへの不安と恐れ」の現れであると主張したうえで、夢の内容を他言しない点から「単純な母性思慕とちがって、どこか後ろめたさ――乳房を母以外に求めることの罪意識」を暗示すると指摘している（東郷 二二―二三）。たとえ叔母を母と思いこんでいたとしても、実母ではない事実は感知しており、それゆえ、東郷のいう「罪意識」とともに、いつ捨てられるか分からぬといった捨て子の恐怖が強まり、心の奥底につねに潜在していたのだろう。

6　千石英世は、太宰の「女を喜ばせ、女を誘惑するため、とみえる演技」が、じつは「自身の女性恐怖をなだめるための演技」である可能性を指摘し、太宰の描く女は「個性を帯びた一人の人間であるよりも、一つの類型、いや一つの階級として捉えられる」と論じる（「思ひ出」三四）。千石のいう、太宰の女に対する「恐怖と負い目の悪循環」（三四）には、〈母〉に捨てられたはずの自分こそが、じつは〈母〉を捨てたのだという自覚も伏流しているのではないか。

【引用文献】

Blotner, Joseph. *Faulkner: A Biography*. 2 vols. New York: Random House, 1974.

Davis, Thadious M. *Faulkner's "Negro": Art and the Southern Context*. Baton Rouge: Louisiana State UP, 1983.

Faulkner, William. *Collected Stories of William Faulkner*. (*CS.*) New York: Random House, 1950.

——. *The Sound and the Fury*. (*SF.*) New York: Vintage, 1990.

Goldfield, David. *Still Fighting the Civil War: The American South and Southern History*. Baton Rouge: Louisiana State UP, 2002.

Ring, Natalie J. "Massachusetts and Mississippi: Faulkner, History, and the Problem of the South." *Faulkner and History: Faulkner and Yoknapatawpha, 2014*. Ed. Jay Watson and James G. Thomas, Jr. Jackson: UP of Mississippi, 2017. 192-209.

Sensibar, Judith L. *Faulkner and Love: The Women Who Shaped His Art*. New Haven: Yale UP, 2009.

Weinstein, Philip M. *Faulkner's Subject: A Cosmos No One Owns*. Cambridge: Cambridge UP, 1992.

Wright, Emily Powers. "The New Woman of the New South." *The History of Southern Women's Literature*. Baton Rouge: Louisiana State UP, 2002. 133-40.

江藤淳「太宰治」『崩壊からの創造』勁草書房、一九六九年、二一二―二一三。

加島祥造『フォークナーの町にて』みすず書房、一九八四年。

千石英世「「思ひ出」について――虚構［女性名詞］を恐れよ」『國文學』三六巻四号（一九九一年）、三二一―三二八。

――『9・11／夢見る国のナイトメア――戦争・アメリカ・翻訳』彩流社、二〇〇八年。

相馬正一『増補 若き日の太宰治』津軽書房、一九九一年。

太宰治「思い出」『晩年』新潮文庫、二〇〇五年、二九―八三。

――『斜陽』新潮文庫、二〇一四年。

――「女生徒」『走れメロス』八三―一三八。

――『津軽』新潮文庫、二〇〇四年。

――「庭」『津軽通信』新潮文庫、二〇〇六年、一三一―三九。

――『走れメロス』新潮文庫、二〇〇五年。

――「富嶽百景」『走れメロス』五三―八二。

――「僕の幼時」『太宰治全集第十二巻』筑摩書房、一九九一年、四八七―八八。

東郷克美『太宰治という物語』筑摩書房、二〇〇一年。

新納卓也「フォークナー『響きと怒り』注釈（第二回）」『フォークナー』七号（二〇〇五年）、一四三―六三。

バシュラール、ガストン『夢想の詩学』及川馥訳、ちくま学芸文庫、二〇〇四年。

平石貴樹『小説における作者のふるまい――フォークナー的方法の研究』松柏社、二〇〇三年。

第七章

歴史の構想と体現
――フォークナーと武田泰淳

笹田直人

1　歴史観で相同する楕円世界

二度の勾留を経て左翼活動家から仏教と中国文学の徒へと転向した武田泰淳は、一九三七年に召集され、歩兵二等兵として上海に派兵された。己の親しんだ中国へ侵略の行軍をなさねばならないということ自体、絶望的なことだっただろう。そして、戦場体験は苛酷なものだった。

『司馬遷』の「初版自序」で、泰淳は、「私が、「史記」について考え始めたのは、昭和十二年［一九三七年］、出征してからである。はげしい戦地生活を送るうち、長い年月生きのびた古典の強さが、しみじみと身にしみて来て、漢代歴史の世界が、現代のことのように感じられた。歴史のきびしさ、世界のきびしさ、つまり現実のきびしさを考える場合に、何かよりどころとなり得るものが、「史記」には有る、と思われた」（一五）と書いている。泰淳は、翌三八年には、のちに小説「審判」で描かれることになる二つの殺人を行なうことを余儀なくされたのだとされており、「史記」は、そのような戦場での極限状況のなかで読み継がれ始め、思考の対象にされていったのである。やがて泰淳は三九年に召集解除となり、中国関係の執筆活動が旺盛に続けられるなか、四三年に『司馬遷』は、東洋思想叢書のうちの一巻として出版された。彼は「「史記」の世界構想」の冒頭で、こう書いている。

司馬遷の前にくりひろげられていた世界は、わたくしたちの前にくりひろげられている世界とは、くらべものにならぬ程狭いものであった。しかし、狭くても、それが漢代の世界であった。それが司馬遷の世界であった。そして司馬遷はやはり「世界全体」のことを考えたのである。……「全体」を考えると云うことの意味、「世界」を考えると云うことの意味、困難なかでも困難な意味が、こうして二千年前に明かにされたのである。（六三―六四）

司馬遷は、父の遺志をつぎ、宮刑を科せられ「行き恥さらし」ながらも、否だからこそ「徹底的に大きな事を考え」「史記」を書き遂げた。歴史を書くとは、「記録」することである、と泰淳は言う、「記録が大がかりになれば世界の記録になるし、世界の記録をなすものは自然、世界を見なおし考えなおすことになる」（二六）。泰淳が「史記」の読解から得たのは、これから見るように、その歴史観、世界観の特異性だった。そして、さらに言うなら、それは彼の体験にも深く根ざしていた。その意味では、司馬遷が、漢代を乱世なりと定めて「史記」を書いたように、泰淳も、当代を乱世なりと定めて『司馬遷』を書いたのかもしれない。

司馬遷は、父司馬談のあとをついで太史令となった。それは、文史星暦を掌る文官であり、文史星暦とは、「文書と天文、歴史と卜祝、過去と未来」（五〇）を中身とする。「自然現象と人間歴史が、一つに溶け合い、大きな神話を作っていた頃は、文史と星暦は、まだ分離していなかった」（五〇―五一）。司馬氏は、「天地を叙する」神聖な職にたずさわる家系だったのである。けれども司馬遷は、このような伝統をただ安穏と遵守していたわけではなかった。彼がいくつもの斬新で独創的な構想を立てたことに泰淳は注目する。

中国の歴史書は、孔子の著したとされる『春秋』がそうであったように、年月の順に従って記述する編年体を用いていたが、司馬遷はそれにかわり紀伝体の体裁を打ち立てた。それは、継起する時間の流れによってもっぱら歴史をつくる立場からの大胆な方針転換であった。皇帝の記録である一二の「本紀」のほか、諸侯王家を扱う三〇の「世家」、家臣や高官の生涯、刺客や匈奴など異民族の民を扱う七〇の「列伝」などを立て、個人の事績に焦点をあてた歴史叙述の方法が新たに切り拓かれたのである。

「本紀」は、「秦の始皇帝や項羽や漢の高祖や呂太后を大写しに写し出し、その個性的な特異な生き方をみつめることにより」（八〇）、「世界の中心」を占め歴史をつくり世界を動かした人間について綿密に述べていく。

「本紀」を読み、これらの絶対者の生活を知った人々は、世界と云う問題を解く鍵をあたえられたとも考えられようが、私としてはむしろ、それによって「問題」そのものがあたえられたのだと言いたい。歴史問題を、いくらでも醸し出せる程、「本紀」の濃度は濃く、深度は深い。

（八二―八三）

「歴史問題」のひとつは、歴史はどのように眺められ語られるかという問題だ。泰淳は、本来は天帝のみを扱う「本紀」に、天帝になることを果たせなかった項羽が「本紀第七」として扱われていることに注目する。漢にとっては敵であった項羽を、漢の歴史書の「本紀」として取り上げたことは、司馬遷の勇断に他ならないが、このことの意味に泰淳は注目する。項羽の宿敵だった高祖を扱うのが「本紀第八」だが、双方の本紀の関係が、ここで変容している。つまり、「本紀」は、それまでは縦に継承される世界を扱ってきたはずだったが、「「項羽本紀」と「高祖本紀」はたてに時間的につながっているのではなく、よこに空間的につながっている」（八八）。かくして絶対者個人から、項羽と高祖という二人の絶対者の関係の在り方に「本紀」の眼目は移っていく。「中心をつくりなす人間の連関」、中心と中心の関係の明示が目指されるようになる。つまり「史記」の世界は、もはや中心を占める個人について述べるというより、おのおの相手方によって照らし出されつくりあげられる「異様なる個人」の動態と相互作用を記述するように変貌していくのである。したがって「「項羽本紀」からは、「本紀」は立体的になり、中心そのものの運動がその内容となる」のである（八八）。

全体を左右する人間個人の運命から、全体を構成する二つの中心へと、考察は横滑りしていく。かくして「史記」は、互いに相容れない絶対者がそれぞれ中心を占める世界を描いていく。泰淳は、互いに斥け合い、対極をつくる二人の絶対者の対立の様態とともに、その二つの中心がつくる世界の見立ての独創性を発見し、感銘を受けた。「二つの物理的な力が作用しあう一つの宇宙的な「場」」（八八）、それは二つの焦点からの軌跡が描く楕円の世界でもある。それゆえ、正確に言えば、それらはもはや中心とは言えない。むしろ、焦点と呼ぶべきだろう。

このような楕円の世界観は、フォークナーのヨクナパトーファの世界にも本来的に見られる。初期の段階から、そこには、ジェファソンの町とフレンチマンズ・ベンド、二つの焦点が胚胎していた。郡役所のあるジェファソンの町はカウンティの中心であったはずであり、そこを占めるサートリスやコンプソンの系譜学がまずは追求されていったように見える。しかし、実は、ジェファソンとフレンチマンズ・ベンドはほぼ同時に構想され、その二つの焦点に、南部貴族、そして大地主や分益小作人がそれぞれ胚胎していたのである。フォークナーは、『館』の序文で、『館』は二五年に胚胎し始まった作品の結末であり総和であると位置づけており、ならば二六年に書かれたという『父なるアブラハム』に初出するスノープス一族は、実はもっと早く、つまり前年には彼の頭にあったのではないか。彼にとってはむしろ身近なテーマだったジェファソンでの南部貴族の頽廃よりかなり早く、ベンドの大地主や貧乏白人たちの蠢きが取り上げられていた可能性がある。いずれにせよ、フォークナーのヨクナパトーファの世界（作家がそう呼ぶようになったのはもっと後だが）では、ジェファソンの町とフレンチマンズ・ベンドが相前後して、ほぼ同時に胚胎していたことは間違いなく、アイロニーと高度な修辞性が横溢するそれぞれの地の詳細な由来の叙述は『尼僧への鎮魂歌』まで俟たねばならないが、『土にまみれた旗』においても『父なるアブラハム』においても、双方のトポスが布置されていた。このように胚胎したヨクナパトーファの世界は、五五年ジーン・スタインのインタヴューに答えて作家自身が述べたように「アポクリファ」としての「私だけの宇宙」（*LG* 二五五）である、つまり、それが、もとより正典でなく敢えて外典として構想されたヨクナパトーファの世界であってみれば、そこには依拠すべき所与の中心があるより、むしろ二つに分裂した焦点があったのだといえよう。それは、唯一の中心によって支配される正円のような調和と安寧の世界ではなかった。

そして、それは「他者」の意識の発見の回路にも通ずる。後藤明生は、泰淳の『司馬遷』を読んだあとに脳天を痛打されるような衝撃を受けた経験について『円と楕円の世界』で語っている。読後、世界は、おのれの価値観とはまったく相容れない価値観をもつ「他者」が中心を支配する世界によって分有されている楕円形の世界にみごとに変容したのだという（一一八―一一九、一三四―一三五）。この楕円世界は、自己と他者の葛藤（後藤の佳作「笑い地獄」では笑うか笑われるかの葛藤）を孕んだアリーナとなった。フォークナーの場合にも、たとえばヨクナパトーファの空間よりもジョー・クリスマスの内的世界の彷徨の方が前景化している『八月の光』についてみれば、空間における中心の分裂と二つの焦点は、ジョーの意識のなかでサルトルの云う対自と対他の相克の構図へと再コード化されている。ジョーは他者によって白人の自己同一性を賦与されるが、それはもちろん他者の視線に捉えられた限りの自己同一性であって、白人と黒人のあいだに引き裂かれた自己の動態とは容易に切り結ばない。ジョーは他者のまなざしに絡め取られた対他存在から絶えず逃げ続けるが、自己同一性を定立する可能性へと向かう云わば脱自の途を閉ざされた対自存在からも逃走しないではいられない、ジョーの内的世界でのそのような相克と遍歴の場は、ヨクナパトーファの楕円的世界の布置を転置したものであるといえる。

さて「項羽本紀」と「高祖本紀」で見られた二つの中心の関係への移行は、さらに諸侯を扱う「世家」そして刺客や匈奴などを扱う「列伝」になると、ますます輻輳していく。構成的にも「各「本紀」は時間的に継続し、かつ交替したが、各「世家」は空間的に並立し、一世界を構成している」（一〇五）のであり、中心は多数並立する。

　世界の中心が一つで無く、かつ静止していない以上、この世界に並立状態は不可避である。単一なるものに帰一したがるくせに、また一面たえず四方へ拡散したがるのが、この世界の習癖である。拡散すれば中心が多数並立するから、各中心の内容は不決定となり、形までが歪み易く崩れ易くなる。（一〇九）

数多ある中心。それらは次第に崩壊していく。だから、「世家」、「列伝」と展開するに従い、もはや、それを敢えて中心と呼ぶのは適切ではなくなる。「亜中心」、「次中心」（一九七）などと泰淳が呼び方を変えていくのはその為である。中心は否定されていく。ちなみに、「史記」以降、『漢書』から『明史』

まで、すなわち各王朝の二十三史には「世家」が編入されなくなっていくのだが、それは、国家の正史に脱中心化作用を及ぼすことが懸念されてのことかもしれない。泰淳はさらに「列伝」を語るにあたって、司馬遷は「世界の中心を信じなくなって」(一九五) いるとまで指摘する。かくして、歴史を動かしていくのは数多ある英雄豪傑だが、それらは本来は無名の人々「客」であり、無名の人々が歴史を担う契機が夥しくあるという司馬遷の隠された認識が仄見えてくる。「刺客列伝」にふれ、泰淳は言う。中心を倒した刺客は、中心を倒した「瞬間によって歴史に参加した」(二〇〇) のであって、本来は無名だ。中心が信じられていたときの「異様なる個人」ではない。これに相同する無名性として、私たちは、『アブサロム、アブサロム!』で、聴き手としての宿命から同じく歴史の語り部となったクエンティンの頭に鳴り響く相互交換可能な (interchangeable) 無数の名前のことに思い当たる。

一八三〇年代からおよそ八〇年間にわたるジェファソンの歴史、その亡霊たちについての大変な数の逸話を聴かされてクエンティンは育った。郡役所を挟んでフレンチマンズ・ベンドの向かい側にある百平方マイル領地に、ジェファソン近郊のサートリス・プランテーションをはるかに上回る大農園を完成させようとして果たせず、遂に中心を作りなすことのできなかったサトペンの悲劇は深い慨嘆を誘うが、サトペン家にまつわる亡霊たちだけが彼を悩ませていたわけではない。実際に「ライオン」や「昔の人たち」など多くの短篇において彼の聴き手としての役割が重視されてきたように、クエンティンにつきまとう開陳されざるヨクナパトーファの歴史が他にたくさんあることを、作家はここで念押ししているように思われる。その亡霊たちの「ただの名前は相互に交換可能であり、ほとんど無数であった」（AA 一二）。名前が交換可能とは、中心が数多あるなかで、おのおの名づけられている中心の実質（名前もその実質の一部をなす）それ自体は、関心の的を外れているということだ。むしろ中心から波及する関係に、その関係から生み出された影響そのものに関心が移動していることを示している。「神はなぜ、南部を敗北させ給うたのか」（一一）、この問いを巡りクエンティンにとって南部の頽廃に繋がると思われる亡霊たちの物語も、彼の歴史観に絶えず働きかけているのだ。だからクエンティンの「存在者（a being）ではなく、実体（an entity）でもなく、共和国（a commonwealth）だった」という謎めいた表現も腑に落ちてくる。ここで存在者から遊離したクエンティンが「commonwealth」と謂われるのは、彼の内部意識が「私」という絶対者の切り結ぶ帝国をではなく、司馬遷が耳を傾けずにはいられなかった無名の「客」の犇めく共和体を体現しているからにほかならない。それは「過去を振り返る頑迷な亡霊たちで一杯になったあばら家だった」（一一）のであり、その亡霊たちは彼の主体の存立を脅かすかの如く跳梁跋扈していた。

「本紀」の中心作用」（武田『司馬遷』一一四）と対照的に、云わば脱中心化作用が「世家」、「列伝」になるとますます強くなっていったことは、『村』に見られる変化を思い起こさせる。『村』は、リードが「フレッシュ・スタート」（Reed 二一八）を、カーティゲイナーが「重大な変化」（Kartiganer 一一〇）を見い出したように、フォークナーの作品史上での作風の変化を指摘されてきた。またクリアンス・ブルックスは「目も綾なお話・逸話の締まりのない収集」（Brooks 一七四）作品と『村』を評し、その挿話過多とエントロピーを敢えて増大化させるような散漫な印象を指摘した。そうした指摘とも響きあうが、『村』以降、三部作では脱中心化が目立った特徴となっていく。そればかりではなく、そもそも『父なるアブラハム』や『村』では族長フレムの貪欲な拝金主義や冷酷無情は何がしか神話的粉飾が施されているもののスノープス一族全般としては誰もが「同じ鋳型から切り出されたかのように」(*H* 八七八)とされ没個性が強調されるが、スノープス三部作が進行していくにつれ、個性の希釈化は進み、スノープス一族の無名性はますます色濃くなる。三部作において幾人かのスノープスたちが、カーネル・サートリス・スノープス、ウォールストリート・パニック・スノープスなど、ぞんざいに投げやりに名付けられた所以もそこにある。無名性を帯びた多数のスノープスの世界で、怪物フレムを倒すのは、「列伝」の顰にならっていえば、刺客ミンクである。

ニュー・サウス以降、ヨクナパトーファの世界には、サートリス家やコンプソン家などに断絶や衰微が見られ、代わってスノープスの勃興があったが、ヨクナパトーファの世界全体から見れば、連続性は損なわれない。同じく「世家」や「列伝」で中心化作用が減衰しても、「史記」的世界全体はそれによって崩壊するのではない、それを「宇宙の集合と消滅」、「再度の創造と放射と自己復帰」を巡るポーの『ユリイカ』の考察を援用しながら、泰淳は宇宙空間に擬える。

「世家」並立は、拡散したまま静止状態にあるのではない。一定の活動様式を以て、活動しているのである。私は史記的世界の「世家」並立状態について、瞑想にふける時、星体の運行する宇宙を想いうかべることが多い。(一一四–一一五)

泰淳は、部分においては非連続が繰り返されても、全体においては持続性が確保される、そうした史記の世界の雄渾な「絶対持続」を宇宙生成に擬えている。

2　歴史の此岸でおのおのが対峙したもの

泰淳の『司馬遷』は、「史記」の斬新な読み直しに基づく、云わばメタヒストリーの先駆的実践書であった。ある意味で、『司馬遷』の語り手泰淳は、歴史家司馬遷におのれを重ね合わせ共振しながら、歴史叙述の特異な秘儀を学んでいたようにも思われる。『司馬遷』での有名な書き出しで「生き恥さらした男」と呼んだ史家に、大学を中退し左翼活動家としても中途半端に挫折した経歴を持つメタヒストリーの語り部である泰淳自身をアイロニカルに重ね見ていたに違いないと思えてくるほどに。「史記」を読むことを通じて、泰淳は、司馬遷の独特の歴史叙述・歴史認識の方法を見出し、それがきわめて斬新な世界観とも繋がっていることを発見した。それは、これまで瞥見してきたように、「小さな郵便切手のような私の故郷」が「私だけの宇宙」(*LG* 二五五)に転化することを発見し、つくりあげたヨクナパトーファの世界になにがしか通じるものがあった。

けれども、ここで私が考えてみたいのは、「史記」の世界とヨクナパトーファ・サーガの世界が原理的にどのように相同しているかということばかりでなく、泰淳が発見した「史記」の世界の歴史観、世界観と近似したものによって泰淳はどのような小説を書き、フォークナーはヨクナパトーファの世界をいかに練り上げていったのかということ、そして恐らくはそれらを可能ならしめた混沌への対峙は、どのようになされていったのかということである。

四五年の敗戦の報を、泰淳は上海で聞いた。敗戦の前年に中日文化協会に勤務するため、上海に渡っていたからである。もとより、上海は各列強の租界に分割され、異文化、異人種の絶えざる交流が行なわれているトポスであった。そこで、日本を中心化しようとした世界の崩壊が起きた。さらに中華民国と中国共産党という中国での国を二分する焦点の現出、そして英仏の権利主張など、恐るべき混沌が澎湃として湧き起こった。まさに史記的世界の修羅場を現実に追体験するかのような趣だ。個別的非持続は、むしろ全体の絶対持続であるという史記的世界の「絶対持続」は観念上のこととて、泰淳個人としては「再度の創造と放射と自己復帰」が明確に始まるまでの膨大すぎる時間を待ちながら、この混沌と向き合わねばならなかったのである。「滅亡について」というエッセイでの回想によれば、彼の地で、泰淳は侵略者の突然の敗北に対する「世界各国の人々の喜びの声に耳をふたがんばかりにして、滅亡について」(四五五)思いを巡らし緊張していた。泰淳は「『聖書』をひらき、黙示録の世界破滅のくだりを読む。『史記』をひらいては、春秋戦国の国々が、滅亡して行く冷酷な、わずか数百字の短い記録を読」み、「滅亡は決して詠嘆すべき個人的悲惨事ではない。もっと物理的な、もっと世界の空間法則にしたがった正確な事実であ」り「世界という、この大きな構成物」(四四八)は、滅亡を糧におのれを維持しているのであって、中心が崩壊しようが、国家が崩壊しようが、世界は気に掛けはしないと考え、気を紛らわせていたのだ。中篇小説「蝮のすえ」は、このときの作者のおかれていた情況を基にして書かれている。泰淳と同じく日本敗戦後の上海に暮らす主人公＝語り手である杉の作品冒頭のあの有名な独白「生きてゆくことは案外むずかしくないのかもしれない」が出てくるのは、敗戦によって中心の崩壊が露わになった情況の下でのことだった。

吉田裕は、『詩的行為論』で、武田泰淳が、混沌をくぐりぬけてこそ『司馬遷』の続篇とみなしうる小説「蝮のすえ」を戦後書きあげた、そのいきさつを探っている。吉田は、「蝮のすえ」を中心崩壊のあとの混沌と無名性という司馬遷で示唆された問題群をより深く追求した作品と位置付けているのだ。たとえば「列伝」では刺客は無名な人間であっても、歴史と交わる瞬間には英雄豪傑になる。しかし、「無名の人間が遍在する歴史の力に触れ行為しながらも無名であり続ける」（吉田 一八）境位が、「蝮のすえ」では探られているのだという。まず吉田は、「生きてゆくことは案外むずかしくないのかもしれない」と独白する杉の生きざまを「史記」の「世家」「列伝」の終わりに示唆された混沌のもとでの無名者の無為なる生存と捉えるところから始め、『司馬遷』の終局と「蝮のすえ」の導入を接合する。泰淳の言葉として先に引用したように、歴史を書くとは記録することなのだが、しがない「代書屋」稼業の杉が、偉大なる「記録家」＝史家・司馬遷の卑小なパロディのようにも見えてくるかもしれない。そして吉田は、「歴史が帝王の命運のみによっては表現されえず、無名の無数の人間の上に負荷されて現れてくるという『司馬遷』が導き出そうとした瞬間」こそ、「歴史は思いがけない方法で個体の内にその意志の存在と動きを問いかけてくる」（一八—一九）と述べ、その問いかけが「蝮のすえ」にいかに投企されていくかを論じていく。無名の人間（とは、蝮の末裔たちの謂いであるにほかならない）に歴史と関わらせようとする歴史の絶対持続の力と意思が杉に働きかけるさまが「蝮のすえ」に辿られてゆき、泰淳は「蝮のすえ」で歴史全体と個人の相互作用を『司馬遷』の延長上に構想し、男と女のもつれあった人間葛藤劇に描いたのだとされる。

中心の崩壊が招く混沌への凝視が、吉田が指摘したような歴史生成と個人との相互関係の動態の考察へと導かれていったのは、フォークナーにあっても同断であろう。フォークナーが自己形成を始めた頃、南北戦争の敗北による中心の消滅の招き寄せた混沌は曖昧ながら一段落していただろうが、もとより南部では、かねてから別の混沌があり、それが南部敗戦以降の混沌にも何がしか繋がっていた。その宿痾にあっては、中心の崩壊はなくても、中心の分裂は広く認められたのである。つまり、プランター階級や家付き奴隷を所有する白人の家系にまま存在することのあった二つに分裂した家族である。こうした場合、白人家長には白人家族があると同時に黒人女性（奴隷）とつくる「影の家族」が存在しており、それは云わば公然たる秘密として扱われていた。白人女性には貴婦人の徳を求め、表向きは白人種の純潔＝純血を説き社会規範を守るべき立場にあった白人家長たちは、社会の表象を担いつつも必ずしもこの分裂を縫合できなかったことが多かったため、中心は定まらなかった。例えば、サトペンの悲劇は、「無垢」（AA 二二〇）であったからこそ、この分裂を「容赦なく」（二四〇）無理矢理縫合しようとし、「パイやケーキの成分と道徳の成分は同じように計量可能だ」（二六二）と信ずるこれまた「無垢」ゆえに、相応の補償をして離縁さえすれば縫合できると思い込んだことに始まったと言ってもよいが、フォークナーはこのような縫合が如何に無謀であり困難であったかを説得的に示している。綿密な調査を重ねたジョエル・ウィリアムソンによれば、フォークナーの曽祖父ウィリアム・クラーク・フォークナーには、このような「影の家族」（Williamson 二三一―二九）があったとされる。その事実を、フォークナーが知悉していた確証は勿論ない。しかし、敬愛おくあたわざる「老大佐」を取り巻く混沌に向かって、クエンティンと同じように想像力による探求をしないではいられなかった多感な時期がフォークナーにあったと考えてみても不自然ではない。クエンティンは一八八九年生まれ、フォークナーより八歳年上の設定とされている。同じく再建期の混乱が完全にはおさまりきらない時期に生を享けたフォークナーが、旧き良き南部を表象するエスタブリッシュメントの末裔としてアイデンティティを形成したクエンティンに、おのれの経験のなにがしかを反映させたということは、ありえないことではない。そのような混沌に向かう対峙があったからこそ、『アブサロム』では、南部の歴史がサトペンやクエンティンの個人的運命に働きかけてくる直截のアクチュアリティがなまなましく産み出されているように思われる。

『アブサロム』で、「通り抜けることができないでいたドア」（AA 一七二）をくぐりぬけてボン殺害の真実に辿りついたクエンティンに衝迫したのは、近親相姦ではなく雑婚の方を侵してはならない深刻な禁忌とみなさざるを得なかったヘンリーを通じて見えてくる南部社会の狂気の現実であるにちがいない。南部白人社会によって禁忌とされた雑婚、人類社会において広く禁忌とされた近親相姦、双方はそれぞれ血縁的に遠すぎる性的関係の禁止と、近すぎる性的関係の禁止であり、つまり互いに排斥関係にあるかにみえる禁忌は、ヨクナパトーファの原父ともいえるキャロザーズ・マッキャスリンの例に見られるように、重ねて侵せば頽廃がなお倍加される態のものであり、のみならず雑婚によって近親相姦が誘発される蓋然性が否応なく高まるものでもある。

しかし、階級を問わず雑婚の禁忌の侵犯は公然たる秘密であって、それは暗黙に了解されているにもかかわらず、表向き禁忌として祀り上げられていたのが現実だった。とりわけ、奴隷解放論が合衆国内で高まるにつれ、南部での雑婚の禁忌はますます墨守されねばならないものとなった。雑婚を何としても近親相姦の審級まで格上げしなければならなかった南部社会の歪んで混沌とした現実。その混沌の中には、人間社会への冒涜も厭わぬ近親相姦の矮小化も仄見える。そうした南部の擬制がいまだ終焉しないなか、妹の成熟したセクシュアリティを直視できず、南部の頽廃と妹の処女性の喪失を同一視し、近親相姦によって処女性を回復したいという妄想に囚われたとも見えるクエンティンの悲劇は、自ら成し遂げたサトペン家の悲劇をめぐる謎の解明によって、遂に自身の悲劇の発見がなされたところにある。『アブサロム』には、そう気がつかせしめるような仕掛けがある。そのことを自殺に結びつけようと結びつけまいと、歴史はクエンティンの内面にも思いがけなく大きな波及力を以て働きかけてきたことに、最後に読み手の気がつくよう仕組まれている。

3　中心の虚無の塞ぎ方

□心の崩壊の招き寄せた混沌への凝視は、中心そのものの正統性についての思索に繋がっていく。フォークナーと泰淳、二人の作家はそれぞれ円熟期の終わりに、中心の正統性について根底から考え抜くような試みをしている。泰淳の場合、それは、一九六八年に発表された中篇小説「わが子キリスト」で明確に志向される。泰淳は、そこで西欧文化の中心の根拠を徹底的に懐疑にまみれさせている。「わが子キリスト」は、ローマ人でユダヤ進駐軍兵士である語り手「おれ」がゴルゴダの丘に追い上げられるキリストを見ている回想の場面から始まる。語りの現在は、キリストが処刑され、キリストが復活し奇蹟を行なったあとにおかれている。「おれ」は、かつてマリアと肉体関係を結んだことから、自分がキリストの生物学上の父親である確信をもっている。実際、「おれ」とキリストは容貌や身体的特徴が似ている。あるとき彼は、ローマ総督の最高政治顧問官から、ユダヤ人の指導者になれるような人物を見つけ出し、その人物を通じてローマ帝国のユダヤ支配を盤石にする計画を打ち明けられ、その任に当たることになった。神の子とはみなされていなかったが、すでに預言者として人望を集め始めていたキリストに白羽の矢が立ち、彼らは、例えば「顔を殴られたら、黙って殴った相手から離れ去れ」というキリストの教えを愛に基づくよりよき教理とすべく「左頬を殴られたら右頬を差し出せ」という教えに改変して、それをキリストの教えとして民衆に広めることを画策、実行する。この例に見られるように、彼らの謀略は、キリスト教の真正な教義を作っていってしまう。次第に、「おれ」にも読者にも、誰が「神の子」なのか、「キリスト」なのか、不分明になっていくさなか、キリストが囚われの身になると、救世主であることを証し立てる処刑後の復活が画策され、ここにいたって、神の意思を本当に担うものは誰なのか、最高顧問官なのか、「おれ」なのか、マリアなのか、一切が宙吊りにされ、ますます定め難くなる。そして強烈なユダヤ民族愛に駆られたユダがユダヤ人の汚名を裏切り者として一身に背負うため自殺するから、自分の死とキリストの復活に立ち会ってくれと依頼してくるところから、混迷の度はいっそう深まる。キリストの処刑を見届けた「おれ」は、思いがけなく釘を踏み抜いてしまう。それをきっかけに、「おれ」は憑かれたように聖痕を手足に偽造する。そしてはからずも盲人たちに現実に奇蹟を成し遂げてしまった彼は、こう宣言して語りは終わる、「イエスよ、かくしてお前は復活した。そして神の子イエス・キリストになられた。誰がそれを疑うことができようか」(二一五)。

泰淳は、ここで、キリスト教の正統性を疑い抜いたことにより、西欧文化の中心の無根拠性を抉り出し、云わば脱構築を志向するような試みをなした。フォークナーも『尼僧への鎮魂歌』の「市の名前の由来」で同趣旨の試みを行なっている。そこでは、市の名前の由来とともに、町の、やがては市の「中心、焦点、中枢(hub)」(*RN* 四〇)となる郡役所の由来が訪ねられるが、巨大な「役立たずの」南京錠が、どのような過程を経て郡役所に「変容(transform)」していったかを語る荒唐無稽なほら話のようなものが展開される。道徳家への云わば口止め料として、その名ジェファソンを冠した町をつくり、それゆえ郡役所が必要となった、まさしく瓢箪から駒のような「偶然」から出来した中心、開拓民と山賊が同じ穴の狢でありうるような無秩序のなかから、いかに怪しげな手続きで「法と秩序」の中心が創出されていったか、その胡散臭い経緯もろともに語られていくのである。

泰淳は、『司馬遷』の昭和三五年版の「序文」で、こう書いている。

強いて、この書物の読みどころを一つあげれば、歴史なるものを、空間的に考えようとしている試みである点だ。一本筋に、縦につらなる歴史を、大切にすることが、日本人の習慣であった。この習慣は、日本人の道義心をたいへんせまい、きゅうくつなものとした。また日本の文芸思想にも、流れ入って、はかなく消えゆくものの美を、なつかしがるくせをつけた。（七）

一方、戦後になって削除されてしまった戦時中の昭和一八年初版の「結語」には、「司馬遷は、史記的世界を創り出したが、その結果、その中心が信じられなくなり、人間不信に陥った。日本人を優秀人間として絶対視している我々からすれば、これはとんでもない所業である。我々の場合は日本及び日本の中心を信ずることのみが、歴史に参加することになる」（一一三）とあり、ここに泰淳一流のアイロニカルな誉め殺しの反映を見るなら、戦後の序文にも続く一貫した皇国史観への批判が潜在してことを読みとれるに違いない。しかし、なんであれ、強調すべきは、単線的に繋がる歴史観は、なにもひとり日本人の習慣であったわけではない。予定調和的なものであれ、観念論的なものであれ、唯物的なものであれ、ある目的／結末に向かって時間の流れに従い直線的に進行する歴史観は、西欧の伝統でもある。「わが子キリスト」は、そのような観点からの云わば中心の脱構築の試みとも捉えることが出来るだろう。

『町』出版に際してヴァージニア州立大の学生がその構想をあたためていた期間を問うた質問に答えて、およそ三〇年前に『父なるアブラハム』として胚胎し今日まで引き続いたヨクナパトーファ・サーガの構想の着想を得たいきさつについて、フォークナーは「物語全体が、稲妻が地平全体（landscape）を照らし出し、すべてが見えた」（*FU* 九〇）かのように突如として隅々が見渡せるようにして訪れたエピファニックな経験として語っている。この発言は、ヨクナパトーファ・サーガが着想の段階から空間的に把握されたことを窺わせるが、ヨクナパトーファの歴史観も空間的なパースペクティヴのもとで培われてきたようにみえる。私たちの前に、その時空間の視覚的イメージが浮かぶのは、『アブサロム』の付録の地図のおかげもあるが、そのことばかりでなく、先述したように地政学的に『サートリス』のころから共時態としてジェファソンやベンドの布置はなされていたのであり、胚胎の時点からヨクナパトーファは空間として意識されていた。それは、再建期という南部未曾有の混沌に対する凝視から始まる。つまり、『父なるアブラハム』ではジェファソンの町でサートリス大佐がヒロイックな活躍をしつつも南部の伝統的価値が危機に瀕していた再建期、「現実に機能する人類のユートピアの夢が生んだ驚くべき私生児たちの生ける実例のような」（*FA* 一三）フレムがベンドでスノープス一族の胎動を始めるというのが、その胚胎の構図である。その夢とは「民主政治」であるとされるから、旧南部の「貴族政治」を倒壊させる近代の大衆民主主義の悪夢が、その胚胎にあたっては暗示されていたのだろう。また、たとえば「ミシシッピ」では、異例にも通時的歴史観に基づく展開があからさまであり、そこでは、歴史の進行に伴う人間世界の劣化と退化、頽廃と環境破壊などへの告発が目立って提示されているが、ヨクナパトーファ・サーガ全体についてみるなら、歴史の来し方行く末について、理念や目的がかくのごとくあからさまに語られることはほとんどない。こうした様態に対して没価値という評言が過言であるとするなら、近代の大衆民主政治の悪夢が語られるのと同じ位に、貴族政治の頽廃が語られているとはいえるだろう。

『土にまみれた旗』、『響きと怒り』、『アブサロム』は南部貴族の末裔の没落の物語である。これらの作品では、没落は結末と同義であることが、ある意味、予定調和的に仕組まれているのだといってもいいだろう。してみれば、ヨクナパトーファ・サーガはもっぱら結末という閉塞への道程をなぞり続ける物語になることもありえたかもしれない。しかし、ヨクナパトーファ・サーガは、南部貴族社会の頽廃という結末へとこぞって向かう歴史観のみが一元的に支配している目的論的世界ではなかった。そのことを証し立てているのが、起源の遡行に、中心の脱構築がなされているということなのだ。

歴史の目的／結末が念じられればこそ、起源が必要になる。そして、しばしば、歴史の起源は、歴史の目的／結末の視点から都合よく捏造されてきた。そして、中心は、その起源のなかで仕立て上げられる。南部貴族社会が構築されるなかで疑われることなく祀り上げられてきた中心の無根拠性・自明性は、「わが子キリスト」と同じように、『尼僧への鎮魂歌』で、まっとうに問い直されたのだといえよう。

【引用文献】

Brooks, Cleanth. *William Faulkner: The Yoknapatawpha Country*. New Haven: Yale UP, 1963.
Kartiganer, Donald M. *The Fragile Thread: The Meaning of Forms in Faulkner's Novels*. Amherst: U of Massachusetts P, 1979.

Faulkner, William. *Absalom, Absalom!* (*AA.*) New York: Random House, 1936.

——. *Father Abraham.* (*FA.*) New York: Random House, 1984.

——. *Faulkner in the University: Class Conferences at the University of Virginia 1957-1958*. (*FU.*) Ed. Frederick L. Gwynn and Joseph L. Blotner. Charlottesville: UP of Virginia, 1959.

——. *The Hamlet.* (*H.*) *Novels 1936-1940*. Ed. Joseph Blotner and Noel Polk. New York: Library of America, 1990. 727-1075.

——. *Lion in the Garden: Interviews with William Faulkner, 1926-1962*. (*LG.*) Ed. James B. Meriwether and Michael Millgate. New York: Random House, 1968.

——. *Requiem for a Nun*. (*RN.*) New York: Random House, 1951.

Reed, Joseph W. *Faulkner's Narrative*. New Haven: Yale UP, 1973.

Williamson, Joel. *William Faulkner and Southern History*. New York: Oxford UP, 1993.

後藤明生『円と楕円の世界』河出書房新社、一九七二年。

武田泰淳「司馬遷」（昭和一八年初版）『武田泰淳全集　第十一巻』増補版、筑摩書房、一九七八年、三―一二〇。

——『司馬遷——史記の世界』講談社文芸文庫、一九九七年。

——「滅亡について」『武田泰淳』ちくま日本文学全集42、一九九二年、四四三―五七。

——『わが子キリスト』講談社文芸文庫、二〇〇五年。

吉田裕『詩的行為論』七月堂、一九八八年。

第八章

軍隊の描き方
——フォークナーと大西巨人

金澤 哲

1 はじめに

本稿の目標は大西巨人による小説『神聖喜劇』が軍隊を描く方法をフォークナーの『寓話』における方法と比較することによって、両者それぞれの特徴を明らかにすることである。

まず『神聖喜劇』について、簡単に説明しておこう。大西巨人によるこの小説は、全八巻およそ四七〇〇枚におよぶ大長編であり、一九五五年の起稿後、二五年の歳月を経て一九七九年に脱稿、翌八〇年に最終第八巻が刊行され完結した。現在では光文社文庫から全八部五巻本として出版されており、これが作者認めるところの決定版となっている。

物語は一九四二年一月一〇日、主人公である東堂太郎が未教育補充兵として対馬列島の砲兵聯隊に入営するところから始まり、同年四月二四日、教育期間を終えそのまま臨時召集となった東堂が配属先へと出発するところで終わる。すなわち、この大長編は物語としては、たった三ヶ月と二週の期間を描いているにすぎない。その間、東堂は持ち前の記憶力を発揮し、「軍隊内務書」・「内務規定」などの条項・規定を盾に取り、軍隊システムの不条理な押しつけに抵抗を重ねる。軍隊システムとは、たとえば未だ教わっていないことであっても「知りません」ということを許さず、「忘れました」と答えることを強制する不文律であり、そのようにして上に立つものの責任を曖昧化し、すべての責任を下に押しつけてしまう体系のことである。東堂はこのような押しつけに抵抗し、「忘れました」という返答を拒むばかりか、このような慣行の根拠が軍隊内務書のどこに定められているのか上官・教官に問いただし、その恣意性を暴こうとするのである。

だがこの小説は、一教育兵の軍隊システムへの抵抗を描き、軍隊の非人間性を明らかにするだけのものではない。『神聖喜劇』の描き出す軍隊は、外側の一般社会から隔絶した特殊な世界ではなく、むしろ軍隊を含む社会全体の縮図としてとらえられている。小説の開始早々、同じ教育兵である冬木が東堂に漏らす言葉「営門を潜って軍服を着れば、裸かの人間同士の暮らしかと思うとったら、ここにも世の中の何やかやがひっついて来とる。ちっとも変わりはありゃせん。だけど僕だって、天皇陛下への人なみな忠義は尽くされるつもりですよ」(第一巻 九一)は、この認識の端的な表現である〈註1〉。

別な言い方をすれば、東堂が批判し抵抗するのは軍隊そのものではなく、軍隊に代表される日本社会なのである。東堂が作中思い出し引用するテキストが軍隊諸規定・細則にとどまらず、驚異的な範囲に及ぶのは、彼の批判の対象が広く日本社会一般であることの反映である。東堂の引用には有名無名多数の古典が含まれることを考えると、むしろ彼が批判しているのは、それまでの歴史の総体を含んだ「日本」そのものだと言うべきかもしれない。

一方この小説には、もう一つの枠組みがある。それは東堂太郎の成長である。先に述べたように、この小説が直接描くのは一九四二年の一月から四月にかけてのわずか三ヶ月あまりであるが、東堂はこの期間に大きな成長を遂げる。

この小説の冒頭、入営の時点で彼は二四歳と設定されているが、その時点の彼は一種の虚無主義に陥っており、「世界は真剣に生きるに値しない」とみなし、また「私は、この戦争に死すべきである」と思い定めていた。彼がそのような虚無主義にいたったのは、「国家および社会の現実とその進行方向とを決して肯定せず、しかもその変革の可能性をどこにも発見することができなかった」（第一巻 三一―三二）ためであった。だが、この小説が終わるとき、彼はその後に続くべき「新しい物語」の内容として、「我流虚無主義の我流揚棄、『私は、この戦争に死すべきである。』から『私は、この戦争を生き抜くべきである。』への具体的な転心」といったことを想定し、それは「別の長い物語り」ではあるものの、「その胚胎」は「一期三ヶ月間の生活に存在した」ことを認めている（第五巻 四九五）。すなわち、この時点で東堂は「我流虚無主義」を自分なりに「揚棄」したとは言えないが、少なくともそこからの脱出を展望したのである。それは小説冒頭からの大きな成長であり、そのような彼の成長を促したのは、軍隊システムとの絶えざる闘いであるとともに、彼が巡り会った人々との実に濃密な関係であった。その意味で、『神聖喜劇』全体を主人公の成長をたどった巨大な教養小説と見なすことは十分可能であろう。

以上、『神聖喜劇』の内容を大まかに説明してきた。本稿では、この巨大かつ濃密な小説の特に語りと文体に注目し、この小説が軍隊をどのように描いているか、フォークナーとの比較を交えながら検討していきたい。

2 『神聖喜劇』の方法——語りと文体の問題

『神聖喜劇』は主人公である東堂太郎による一人称小説である。この長大な小説はすべて東堂の視点から、東堂によって語られる。この方法は徹底しており、状況説明のために無名の語り手が登場することはない。この長い小説を通して、彼は教育兵としてさまざまな体験をすると同時に、その体験の意味を考察し、自らのあり方を反省していくのである。その際、彼はそれまでの人生の場面を思い出し重ね合わせ、さらに膨大なテキストを記憶から引用していく。この手法により、読者は東堂とともに三ヶ月あまりの軍隊生活をリアルに体験するのみならず、東堂の人生中節目となるエピソードを彼とともに回想・体験し、かつ彼が肉体化してきた膨大なテキストをともに読むことになる。かくして『神聖喜劇』という作品が読者に与える感覚は圧倒的であり、その濃密な広がりはまさに独特のものである。

東堂の想起するテキストは万葉集「東歌」から鴎外『うた日記』を経て茂吉・久女など近代短歌におよぶかと思えば、保元物語などの歴史物、あるいは田能村竹田・荻生徂徠といった江戸期詩人・文人による文章、犀星・重治の近代詩、さらには軍歌俗謡春歌など、実に多彩である。西洋のものでは、レーニンの書簡や第三インタナショナル大会における決議など共産主義運動に関わるものが登場するほか、第一次大戦の犠牲となったアメリカの詩人アラン・シーガーの作品「僕は死に神と会う約束がある……」がきわめて印象深く引用される（第二巻 八四―八五など）。これら多様なテキストの引用は『神聖喜劇』の最も目立つ特徴であり、その方法の核心をなすものである。

アメリカ文学において似たような作品を探すとすれば、最初に思い出されるのは、『モビィ・ディック』であろう。東堂の博識な引用は、イシュマエルの鯨学を思わせるものであり、「我流虚無主義」からの成長・脱却という東堂の物語もまた、イシュマエルの物語に相似している。さらにいえば、『神聖喜劇』はタイトルの明示するようにダンテの『神曲』を下敷きとしており、この点もまた『モビィ・ディック』と重なるものである。

一方、フォークナーについて考えると、東堂やイシュマエルのように博識な引用をする語り手や人物は見当たらない。また、『神聖喜劇』の中でフォークナーの名が言及されることもない（ジョイスやヘミングウェイ、ダシール・ハメットといった名前は出てくる）。

だが、両者を結びつける手がかりがないわけではない。まず、『神聖喜劇』各巻表題の裏ページには、『マクベス』からの引用（"Told by an idiot, full of sound and fury, / Signifying nothing."）が、さりげなく記されている。言うまでもなく、『響きと怒り』のタイトルの元となったセリフである。

さらに東堂の膨大な引用は、フォークナー的であると言えなくもない。というのは、東堂の引用は必ずしも意識的あるいは意図的なものではなく、むしろ自由連想に基づく無意識的なものが多いからである。

具体例を挙げよう。兵営生活が始まって間もない頃、東堂は日夕点呼の合間に次のような感慨を抱く。

どういう訳か、この小休止間の私は、秋山玉山が「鴻門の会」を詠じた漢詩の一句「謀臣語ラズ、目屢動ク」を、おおかたいつでも思い浮かべるようになっていた。それは、私が、班長を項羽に、班附を范増に、誰かと誰かとを劉邦と樊噲とになぞらえているということではなかったが。――

そういう小休止が第三班を訪れた。その間ここともおなじ形式の点呼が、第二班において、次いで第一班において、進行する。……

……私は、数分前の私の言い分、「これを軍隊外の事柄にかりそめに適用すれば、……」にひっかかっていた。ある連想が私を見舞った。しかし連想はそこで立ち止まらずに、次ぎへ移転した。それは、私にたいする「お前」という二人称の使用にかかわっていた。ここ軍隊では、「お前」と呼ばれることに、私は、初めからまったくこだわらなかった。私は、それを当然千万のこととして受け入れてきた。その事実を意識の一隅で新しく気づかせられながら、私は、客観的には二、三年前、主観的には遥かな過去の日、ある特殊な場所における出来事に私の連想を運んでいた。そこで私と相手方との間でやり取りをせられた特定の会話か口論かが、私の頭脳

の奥深くを（地底から時じくもさまよい出た亡霊のように）揺曳した。（第一巻 一四三–四四）

以下、テキストは東堂が二、三年前に体験した特高警察による取り調べの回想へと移っていく。その場面は取り調べのやりとりを戯曲のように直接話法で描き、途中、語り手東堂による若干の補足説明および点呼の場面（この小説中の現在の場面）が何度か挿入されるものの、回想は二度にわたる取り調べの場を一九ページにわたって描いていく。その過程では、取り調べの焦点となった「第二インタナショナル・ストットガルト大会における決議」のドイツ語原文が引用され、続けてその日本語訳が引用されるといった具合である。『神聖喜劇』のテキストはこのように重層的であるが、肝心なのは、ここで東堂が無意識的な連想によっているということである。東堂は自分でもなぜそのような連想が働くのか理解できず（右引用箇所冒頭の「どういう訳か」）、また取り調べの記憶がよみがえってくる様について「地底から時じくもさまよい出た亡霊のように」と注釈するのである。

『神聖喜劇』における東堂の引用の多くは、このように連想的なものである。東堂は自らの記憶の働きに時に当惑しながら、思い出したことに対し注釈を加え、また回想を手がかりに現在の自分のあり方について反省していく。右引用中の「その事実を意識の一隅で新しく気づかされながら」というコメントは、東堂の自意識の働き方をわかりやすく示している。

自問自答にも似たこのような回想と反省のあり方は、実はフォークナーにも指摘することができる。わかりやすい例は、『響きと怒り』および『アブサロム、アブサロム！』のクエンティン・コンプソンであろう。彼もまた「時じくもさまよい出た亡霊のように」よみがえってくる多くの記憶・回想をうちに抱え、密かに現在の自分のあり方を省みては自問自答を重ねていた。

また、引用の中にさらに別のテキストが引用されるという重層構造は、『アブサロム、アブサロム!』のほか、たとえば『行け、モーセ』にも指摘することができる。ただしフォークナー作品の場合、引用されるテキストは古典や公式の政治文書といったものではなく、主に個人の手紙や帳簿の記録であり、また誰かから語り伝えられた物語であった。この点についていえば、『神聖喜劇』の方法ははるかにブッキッシュであり、テキスト性が高いと言えるであろう。逆にフォークナーの方法は私的なものを偏愛すると同時に、周縁的テキストの持つ秩序転覆的(subversive)な力といったものを前景化すると言えるかもしれない。

また個々の作品ではなく、ヨクナパトーファ・サーガ全体を考えてみるならば、テキストの濃密な重なり合いという特徴は確かに指摘することができる。ヨクナパトーファ・サーガ最大の特徴は、そこに含まれるテキスト同士の矛盾・衝突であり、世界が果てしなく語り直される複数のテキストから成り立っているという認識であった。それに対し『神聖喜劇』の場合は、東堂が果てしなく引用される複数のテキストから成り立っていると言うことができよう。次々と引用されるテキストは東堂のいわば無意識から浮かび上がってくるものであり、東堂はテキストに注釈を加えつつ、無意識的自我を含んだ自己のあり方を意識的に理解しようと努力する。これが上に述べた自問自答であり、彼がこの作品を通じて成長を遂げるのは、このような精神の運動の結果であった。その意味で、彼のあり方は弁証法的であると言うことができるであろう。『神聖喜劇』が最終的に読者に積極的な読後感を与えるのは、このためであると思われる。

翻ってフォークナーの場合、東堂と似たような軌跡を描く登場人物は、『寓話』の連絡兵であろう。彼は一種の理想主義に基づき第一次大戦に参加したが、戦場の悲惨きわまりない現実を体験し虚無主義に陥る。だが伍長による反戦への試みは彼の中に眠っていた希望を呼び覚まし、彼は深い懐疑の念を乗り越え、ついに伍長の試みを引き継ぐべく行動を起こすのである。途中、伍長の試みが失敗に終わることを予感した彼が、マーロウの劇詩を思い出しながら涙を流す場面は、内に巣くった虚無主義と新たに目覚めた希望とに引き裂かれた彼が、希望が潰えるのを悟り自虐的に涙を流す姿を描いたものであり、彼の屈折したあり方を見事に表している（七四二）〈註2〉。

だが伍長の試みを引き継ぐべく彼が起こした行動は無残な失敗に終わり、一人生き残った彼は結末において半身焼きただれた醜悪な姿で登場する。その姿は彼の挫折と失敗の可視化であるとともに、それでも歩き続けていく不滅の力の表現であろう（一〇六六）。その彼が「動きかつまっすぐに立つ傷跡（a mobile and upright scar）」（一〇七〇）として元帥の国葬に乱入し、戦争と国家主義をどこまでも批判することを宣言するとき（一〇七二）、彼の成長は明らかである。その軌跡はまさに弁証法的であった。

3 「正しい言葉遣い」

『神聖喜劇』における東堂の戦いの大きな特徴が、「正しい言葉遣い」へのこだわりである。入営した彼は、軍隊独自の言葉遣いに大きな抵抗を覚え、時に上官の漢字の読み方を訂正しようとさえする。これは東堂流の軍隊システムへの抵抗の一環であるが、それ以上の意義を持っているように思われる。以下、詳しく検討したい。

まず東堂と堀江部隊長（中尉）とのやりとりを確認しよう。大根の葉と軍事機密をめぐる不条理な笑いに満ちた一幕の終わり近く、堀江は東堂に対し「『軍紀』とはどういうものか」と尋ねる。軍隊内務書綱領五を暗誦して答えた東堂に向かい、堀江は東堂の漢字の読み方を正そうとする。東堂が「弛張」という語を「シチョウ」と読んだのに対し、「チチョウ」が正しいというのである。

かねて堀江の字の読み間違い（「諸事正直」＝「ショジセイチョク」を「ショジショウジキ」と読むような類い）に軽蔑の念を抱いていた東堂は、「『シチョウ』の方が正しくあります」と言い返し、辞書に書いてあるとして自らの正当性を主張する。それに対し堀江は、それは「地方」（＝軍隊外の一般社会）の字引だろうとして、次のように言ってのける。

そうじゃろう。地方ではひょっとするとそうも読むかもしれんが、……軍隊では違うぞ。［中略］軍隊には軍隊の読み方がある。これだけではなく、ほかにもいろいろと特別な読み方が軍隊にはあるのじゃ。「チチョウ」と読む。いいか。（第一巻 三四九）

東堂はこれに対し、軍隊には「軍隊の字引」という「奇妙きてれつな代物」があるとでもいうのかと内心大いに反発する。反発は六ページを越える内的独白を生み——その中で東堂は万葉集の訓についての議論まで思い返し反芻するのだが——その中心部分で東堂は次のように考える。

いくらか改まって言えば、事は、卑近とはいえ、ついに学問上の問題なのである。ここ軍隊で、彼ら上官上級者が、彼らの誤読もしくは訛り言葉を正統とし、私の正確な読みを異端とし、しかも「軍隊と地方では、訳が違う」という論法に立って不条理千万な「軍隊の読み方」を私に強圧しようとするのならば、事はさらに人倫ないし社会倫理上の問題ともなろう。三十数年前に森鷗外が、ローマ帝国での故事を引いて、そのことを書いている。（第一巻 三五三）

かくして東堂は、たとえ「我流虚無主義」に悖ることになろうとも、自らの持てる知識その他を総動員して、そのような押しつけと戦うことを決意するのである。

東堂の軍隊システムに対する抵抗は、先に触れた「忘れました」の拒否とならび、この「軍隊の読み方」への拒絶から始まった。それは確かに「卑近」かもしれず、また瑣事であるかもしれないが、東堂にとっては「一事が万事」（第一巻 三五五）なのである。

また「知りません」禁止、「忘れました」強制について、東堂は冬木に向かい、それは「日本帝国と帝国軍隊との本質的性格を最も典型的に象徴する現象、言い換えれば高度な絶対主義の最も端的な露頭でなければなるまい」と説き、この問題が単なる受け答え方のレベルではすまないことを指摘している（第一巻二七四）。その結果、東堂の抵抗はちょっとした言葉遣いや字の読み方についての執拗なこだわりという形を取ることになったのである。ようするに東堂にとって軍隊のシステムとは独自の言語システムにほかならず、彼はその押しつけ強制を学問あるいは人倫・社会倫理の名において拒絶するのである。

一方、軍の言語体系の根拠を明らかにするのは、村上少尉である。彼は熊本旧士族の出身、第五高等学校でドイツ文学を中心に学び、その才能を高く評価されていながら、突如進路を変更し陸軍士官学校に入学した経歴の持ち主である。東堂の見るところの彼は、典型的な士官学校出身少壮将校であり、その双眼は「一種の理想主義的情熱に輝いているようにみえた」（第二巻一六）。また、東堂とおなじ内務班に属する村崎古兵は、村上のことを『戦陣訓』が説く「質実剛健」および「清廉潔白」の生きている見本とさえ見なしていた（同右）。

村上はまた知識・学問において、東堂に対抗できる例外的な存在であった。彼は「緒戦」を「チョセン」ではなく「ショセン」と正しく読み（第二巻五〇）、さらに『陸軍刑法』の条文につき東堂の記憶違いを指摘し、東堂に天狗の鼻を折られたような思いをさせる（第二巻三三二）。

要するに、村上は『神聖喜劇』の中で東堂と対をなす存在なのである。互いに引けを取らぬ知識・学問を持ちながら、かたや「我流虚無主義」において「自分は、この戦争で死ぬべきである」と思い定めた二等兵、かたや「聖戦」の理想に燃え一日も早く南方の戦場へと派遣されることを願う少尉として対峙する二人は、まさに同一のコインの裏表である。村上の戦争についての訓示を聞きながら、東堂が深い自省におちいり、かつ「鏡に映った私自身に瞳を凝らすような心持ちで、私は、村上少尉に瞳を凝らしていた」(第二巻 四九)のは当然であろう。

さて、この二人を何よりも分かつものが、その戦争観であり、言語観である。東堂の属する内務班の班長である大前田軍曹が、戦争の目的とは「殺して分捕る」ことであるという大演説をぶったとき、村上はそれを否定するために登場するが、その際に村上が拠り所とするのは、なによりも天皇の言葉である。

> 皇国の戦争が「殺して分捕る」を目的とすることは、断じて許されない。「殺して分捕る」を目的とするごとき戦争指導者、戦闘行動者が万一あったならば、彼らは、歴代上御一人の御意思にそむき日本古来の武士道に悖る奸賊、破廉恥漢として、誅戮されるに値するのだ。(第二巻 三三五)

戦争の正しさを保証するものは天皇の言葉にほかならず、ここで天皇はまさに秩序・権力の源泉としてとらえられている。これが村上の立場であり、彼はそれを建前ではなく本当に信じているように思われる(少なくとも、東堂はそのように疑う)。また、ここで村上が天皇の言葉を引く際、その短歌に依ることも見逃せない。ここで短歌は和歌にさかのぼる一種呪術的な力を持っているように思われる。

そして、『神聖喜劇』において天皇制の問題が扱われるのは、この箇所だけではない。例の「忘れました」強制の件について考察を進めた東堂は、次のような結論にいたり、「空漠たる恐怖」に捕らえられ戦慄を覚える。

……あの不文法または慣習法を支えているのは、下級者にたいして上級者の責任は必ず常に阻却せられていなければならない、という論理ではないのか。〔中略〕この（下級者にたいする）上級者責任阻却あるいは上級者無責任という思想の端的・惰性的な日常生活化が、「知りません」禁止、「忘れました」強制の慣習ではあるまいか。（第一巻二九七）

かくて下級者にたいして上級者の責任が必ず常に阻却せられるべきことを根本性格とするこの長大な角錐状階級系統〔中略〕の絶頂には、「朕は汝等軍人の大元帥なるぞ。」の唯一者天皇が、見出される。（第一巻二九八）

上からの命令どおりに事柄が行なわれて、それにもかかわらず否定的結果が出現する、というごとき場合に、その責任の客観的所在は、主体的責任の自覚不可能ないし不必要なZからYへ、おなじくYからXへ［中略］と順送りに遡ってたずね求められるよりほかはなく、その上へ上への追跡があげくの果てに行き当たるのは、またしても天皇なのである。しかるにその統帥大権者が、完全無際限に責任を阻却せられている以上、ここで責任は、最終的に雲散霧消し、その所在は、永遠に突き止められることがない。［中略］それならば、「世世天皇の統率し給う所にぞある」「わが国の軍隊」とは、累々たる無責任の体系、厖大な責任不存在の機構ということになろう。（第一巻二九九）

東堂の認識する軍隊は壮大な無責任の体系であり、その頂点に立つ天皇はあらゆる責任を超越した絶対者である。そしてその天皇はまた、すべての法および権力の源泉であり、「最上法源」である。軍の規定・命令をめぐるまた別の議論の中で、東堂はこの構造を幻視し恐怖を覚える。

私の内心の眼は、最上法源「朕は汝等軍人の大元帥なるぞ。」（『勅諭』）ないし「軍は天皇親率ノ下ニ皇基を恢弘シ国威ヲ宣揚スルヲ本義トス。」（『軍隊内務書』の「綱領」一）が軍隊諸法規の深奥に抜くべからざるごとく屹立するのを、恐怖をもって、もしくは憎悪をもって、ありありと映している。（第二巻三二三）

このような構造を前提とするとき、村上の戦争観の正しさを保証するものが天皇の言葉であるのは当然であろう。さらに言えば、村上が戦争目的について「『殺して分捕る』が目的ではない。」と断言して終わらず、あえて「――決して『殺して分捕るが目的』であってはならない」と付け加えたとき（第二巻二一五）、この力んだ言い方は現実を言葉に合わせる神秘の力を天皇の言葉に求める村上の言語観を物語っていることにもなるであろう。天皇は超越的な力を持ち、その言葉は必ず現実とならなければならず、また現実となるはずである。このような神秘主義こそが村上の戦争観・言語観あるいは日本の軍隊機構を裏打ちしていたのである。

一方東堂は、天皇のこのような力を信じることはできない。それゆえ彼は軍隊システムを無責任体系として批判し、軍隊内の言葉のあり方に抵抗し続ける。彼は自らの言葉の正しさを根拠に軍隊内の言葉と闘うのである。

だが、ここには一種のパラドックスがある。軍の言葉の正しさを裏付けるのが究極的には天皇の存在だとして、では東堂の言葉の正しさを裏付けるものは何であろうか。

『神聖喜劇』において東堂の生い立ちはそれほど詳しく説明されていないが、彼が父から強い影響を受けたことは確かである。その彼は、村上の訓話を聞き自問自答を進めるうちに、自らの中に「日本武士道」的な価値観が深く根付いていることを自覚していく。そしてそれは村上と共通する価値観であり、実は軍隊の言葉と親和性の高いものである。それゆえ東堂は、次のような認識にいたり、村上と自らの二重性を深く悟るのである。

……さらにいまにして私に、次ぎのような一つの恐れがある、――漠然たる「日本古来の武士道」は、成人後の私の内部にも脆弱でない命脈を保っているようである。「私は、この戦争に死すべきである。」という私の覚悟は、また「日本古来の武士道」総体の否定的側面と微妙に密接に相渉っているのではないのか。……（第二巻 四八）

別な言い方をすれば、そもそも天皇をバックにした軍隊機構あるいはその言語に、「正しい言葉」で対抗すること自体が矛盾なのである。なぜなら、自らの言葉の正しさを主張するとすれば、それは何らかの裏付けを持たねばならず、そのような存在とはどうしても天皇的な「父」となってしまうからである。すなわち、東堂もまた「父」の言葉の枠内にいるのであり、ここに東堂の闘い方の限界があったと言えよう〈註3〉。

4 『寓話』の方法

フォークナーが軍隊を全体的に、かつもっとも批判的に描いた作品は『寓話』である。そもそも「戦争への批判」として書き始められた『寓話』は、第一次大戦末期の西部戦線における兵士たちの反乱の顛末をメインプロットに据え、キリスト受難物語をそこに重ねるという方法で書かれている。具体的には、兵士たちの反抗を導く伍長がキリスト、伍長等による反乱を無効化し戦争を再開させる元帥がサタンにたとえられ、二人の対立が長大な小説を貫く軸となっている。以下では、『寓話』における言語のあり方と軍隊の描き方を『神聖喜劇』のものと比較し、両作者の採用した方法の違いを明らかにしてみたい。

まず言語のあり方から見ていこう。東堂が多彩な引用を行い、「正しい言葉」にこだわることで軍隊のシステムに抵抗するのに対し、『寓話』の伍長は実に寡黙である。最もわかりやすい例は、伍長と元帥が直接対決する「三つの誘惑」の場面であろう。その最後の誘惑において、元帥はミシシッピにおける死刑囚のエピソードを引用し、伍長に向かって命という希望を求めるよう誘い、平和という希望を捨て仲間たちを裏切るよう言葉巧みに誘惑する（九九〇―九二）。そもそも伍長が仲間を率い突撃命令を拒否したのは、命という希望を兵士たちに与えようとする試みであった。ここで元帥は伍長の試みを逆手に取り、命という希望と引き替えに、兵士たちによる戦争拒否という秩序転覆的な試みを無効化し、伍長に仲間を裏切らせようとしたのである。それはきわめて狡猾かつ詭弁的な誘惑であった。

そのような誘惑に対し、伍長は「まだ十人いる」と仲間の存在を強調した上で、「こわがらないで。こわがるべきものなんて、なにもない。それに値するものなんて、なにもない。」とだけ答える。伍長の簡潔な答えは、元帥の饒舌の下に権力者の孤独と民衆への恐怖を指摘するもので、元帥への根本的な批判であった。『寓話』という作品が、元帥の饒舌に比べて伍長の簡潔さを評価し、上位に置いていることは明らかであろう。

興味深いことに、『寓話』には元帥のほかにも、主計総監や連絡兵など饒舌な人物が目立つ一方、沈黙もまたきわめて印象的に描かれている。具体的に挙げれば、たとえばグラニョン将軍は兵士たちの反抗によってすべてを失ったことを悟った際、一人きりで大地に腹ばいとなり、心の奥底に眠っていた言葉を密やかに囁く。テキストは砲声が止んだ結果生まれた静寂を強調する一方、グラニョンの囁いた言葉は記さない（七〇五）〈註4〉。あるいは、伍長の妻マリアが一人ショーヌモンの広場に取り残されたとき、彼女はただ立ち尽くし、一言も発しない（六八三）〈註5〉。このような饒舌と沈黙・寡黙の対比は、『寓話』の大きな特徴である。しかも饒舌が元帥において極まり、また元帥の国葬における首相演説に代表される以上、『寓話』における饒舌とは権力と不可分であり、それに対する寡黙・沈黙は伍長に代表される民衆・反抗者の対抗手段なのである。

『神聖喜劇』との関連で言えば、村上の信じる天皇の超越的言語といったものを、むろんフォークナーは信じていない。フォークナーが信じるのは、むしろ言語を越えた沈黙の力なのであり、それは軍隊・国家の振るう権力を否定する可能性を秘めているはずなのである。

一方、東堂が幻視した軍隊の「角錐状階級系統」（＝ピラミッド構造）を、『寓話』はカタログ式に階層を次々と描いていくという手法で表現している。たとえばショーヌモンに集まる軍隊の全体を、語り手は頂点を占める「三つの旗とそれに仕える三人の最高司令官」（＝英米仏連合軍の最高司令官）から始め、次のように描いていく。

第一にそして頂点を占めるは三つの旗とそれに仕える三人の最高司令官だった。聖油を塗られ聖別された三人組で、はるかなる星座にして動かざること惑星のごとく、三位一体において大司教のように強力で、枢機卿のごとく壮麗な供を連れ、婆羅門のごとく無数の盲信者を従えていた。その次は、彼らの助祭であり司祭である将軍三千人、その後は順に彼らの家中の者、侍祭や聖体顕示台・聖餅・香炉の運び手たち。カバンや地図やメモの責任を負う大佐や少佐、カバンや地図を最新のものにする通信や伝令の責任を負う大尉や少尉、カバンや地図ケースを実際に運び命懸けで守り電話に答え伝令に赴く軍曹や伍長、午前二時三時四時にちかちか光る交換盤に座り雨や雪の中バイクに乗り星や小旗付きの車を運転し将軍や大佐や中佐や大尉や少尉の食事を作りベッドを整え髭を剃り髪を切り軍靴と金ボタンを磨く兵卒がいた。（八八七―八八）

このようなカタログ式描写が生み出す最も重要な効果は、おそらくその機械性から生まれる単調さであろう。テキストは凝った比喩やイメージを重ねながら順に対象を説明していくが、そこには機械的な単調さがつきまとい、長々と続く描写を読まされる読者は引き込まれるどころか、退屈さえしかねない。

従来このような文体は、おおむね『寓話』の欠点と見なされてきた。だが、先に触れた饒舌と寡黙・沈黙の対比と併せ考え、さらに『神聖喜劇』における東堂のパラドックスを考えると、『寓話』のカタログ的文体を次のように理解することもできるのではないだろうか。すなわち、この機械的な網羅性というものは、天皇あるいは「父」の権威に裏付けられた「正しい言葉」を解体するものなのである。単純化を恐れずに言えば、「父」の言葉が和歌・短歌的な詩か権威的な「法」の文体を用いるのに対し、『寓話』のカタログ的文体はまさしく散文的であり、集約的というよりは拡散的なのである〈註6〉。軍隊の階層性を語りながら、「父」の権威によらず、むしろ権威を拡散させること。それが『寓話』でフォークナーが採用した文体のねらいだったのである。

最後にもう一度、元帥に戻ろう。『寓話』における彼は権力を一身に集める存在であり、『神聖喜劇』で言えば天皇に当たる。だが「三つの誘惑」の場面における彼の言葉は、まさに饒舌の極みであり、その言葉は超越的な力を発する呪術的なものというよりは、言葉が言葉を生み、かえって真意がとらえがたくなるといった趣をもつ。つまり、彼の言語は名と実を直接結びつけるような「正しい言語」の対極にあり、むしろそのような超越性をパロディ化した詭弁的なものである。『寓話』における元帥はサタンになぞらえられているが、彼の言語はまさに神の言動をパロディ化する悪魔的なものであろう。一方、イエスに当たる伍長もまた、超越的な言葉は用いない。先に触れたように、彼は寡黙であり、簡潔な言葉によって饒舌な語りを否定するのである。『寓話』のこの言語のあり方は、『神聖喜劇』には見られないものであり、両作の際だった違いである。

5　おわりに

以上、大西巨人による大作『神聖喜劇』とフォークナーの『寓話』とを対比させ、軍隊の全体を描くという二人の試みを検証してきた。言うまでもなく、両作品ともにきわめて密度の濃い大作であり、拙論はその限られた側面について、ごく表面的に論じたにすぎない。『神聖喜劇』については、特にそのヒューモア、言語にたいする肉体の問題など、論じきれなかった点が多々ある。それらについては、他日を期したい。

最後に付け加えると、作家いとうせいこうは「多種テキストの使用と徹底したリアリズムによる脱リアリズムという、きわめてポストモダンなやり方で大西巨人は平板な近代文学のリアリズムをとっくの昔に突破していた」(三)と書いている。「多種テキストの使用」を「テキストの多層性」と読み替えれば、この評言は『響きと怒り』から『寓話』にいたるフォークナー諸作品にも当てはまるであろう。大西巨人の『神聖喜劇』はヨクナパトーファ・サーガに匹敵するだけの密度と広がりをもち、多分にフォークナー的な性質を持っているように思われる。両者の比較は、それぞれの文学に新たな光を当ててくれるであろう。

【註】

1『神聖喜劇』からの引用は、光文社文庫版により、巻数とページ数を本文中に記す。便宜上、振り仮名はすべて省いた。

なお、軍隊を一般社会から隔絶された特殊な世界ととらえるか、一般社会とつながったものととらえるかは、大西『神聖喜劇』と野間宏『真空地帯』の根本的な違いである。この点について野間を厳しく批判したのが、大西のエッセイ「俗情との結託」である。両作品の比較については、橋本「軍隊を描く」が大変有意義である。

2 連絡兵が引用するのは、マーロウの『マルタ島のユダヤ人』である。この場面の詳細については、拙著四五七—五九を参照されたい。

3 孔子に由来する「正名論」は、理想社会における名と実の一致を説くものであり、それゆえ東堂は正名論に基づいて軍隊批判を実行していたとひとまずは言えるであろう。

　だが日本における正名論の歴史を考えるとき、やはり東堂の戦略には限界があったように思われる。日本で正名論を提唱した儒学者の一人は藤田幽谷であり、その主張は江戸幕府を批判し天皇の権威復活を唱えるものであった。なお、正名論および東堂の言語観については、井口時男の論考が大変参考になる。

　また『神聖喜劇』の言語について論じるのであれば、大前田の用いる言語に触れないわけにはいかない。一言だけ述べておくと、大前田の言語は村上の天皇の権威に基づく言語とも東堂の正名論的言語とも違い、天皇＝「父」の権威に基づかない土俗的・肉体的な言語である。比喩的に言えば、村上・東堂の上からの言語に対し、大前田のものは下からの言語である。東堂が特に作品前半において大前田から多くのことを学ぶのは、彼の成長にとって不可欠のプロセスであった。

4 ノエル・ポークは、このときグラニヨンがささやいた言葉を「Mother」だとしている（Polk 二〇〇二）。

5 ただし、連絡兵はむしろ饒舌な存在であり、決して寡黙ではない。この点で彼はフォークナー作品に多く見られる寡黙で良心的な人物たちとは異なる。連絡兵への評価が現在に至るまで一定せず否定的な評価が多いのは、一つにはこのためであろう。

　だが、作品結末部で伍長の姉妹のもとを訪れた連絡兵は、感傷を乗り越え、自らの足で歩む人間とされており、明らかに肯定的に描かれている。その彼が最後に元帥の国葬に乱入し非難の言葉を叫ぶのは、フォークナーが沈黙・寡黙による抗議の先にある、より現実的な政治的意思表示や行動を考えていたからと議論することは可能であろう。『町』や『館』のラトリフやスティーヴンズなどのあり方と合わせ、フォークナー後期作品の政治性については、まだまだ議論の余地があるように思われる。

6 橋本あゆみ（「大西巨人」）は、一五年戦争時代の「うた」が「愛国的」な「合一感」を演出していたことを指摘している。

【引用文献】


Faulkner, William. *A Fable*. *Novels 1942-1954*. New York: Library of America, 1994. 665-1072.

Polk, Noel. *Children of the Dark House: Text and Context in Faulkner*. Jackson: UP of Mississippi, 1996.

井口時男『悪文の初志』講談社、一九九三年。

――「『正名と自然』再び」河出書房新社編集部 一四〇―四六。

いとうせいこう「リアリズムへの神聖喜劇」河出書房新社編集部 二一―四。

大西巨人『神聖喜劇』全五巻、光文社文庫、二〇〇二年。

――「俗情との結託」『新生 一九四六―一九五六』（大西巨人文選1）みすず書房、一九九六年、二一五―三一。

金澤哲『フォークナーの『寓話』――無名兵士の遺したもの』あぽろん社、二〇〇七年。

河出書房新社編集部編『大西巨人――抒情と革命』河出書房新社、二〇一四年。

橋本あゆみ「大西巨人『神聖喜劇』における戦争と〝うた〟――森鴎外『うた日記』引用を中心に」『早稲田大学大学院文学研究科紀要（第三分冊）』五七号（二〇一二年）、一二三―三五。

――「軍隊を描く／法をとらえる――大西巨人『神聖喜劇』・野間宏『真空地帯』比較」『昭和文学研究』六九号（二〇一四年）、七四―八六。

第Ⅲ部

第九章

自然とジェンダー、性と死
――フォークナーと三島由紀夫

クリストファー・リーガー
重迫和美 訳

ウィリアム・フォークナーと他の作家を比較する時、通例、批評家は、フォークナーの最もよく知られた語りの技法、すなわち、意識の流れの語り、複数の語り手、非単線的クロノロジー、複雑な構造、複雑な象徴性といった技法に似た実験的な語りの技法を使う作家を選ぶものである。確かに、こうした語りの技法は、フォークナー作品にとって重要であり、彼の作品のテーマ及び内容と多くの点で不可分でさえあるけれども、比較研究を目指す本稿においては、別の方法を取りたい。とりわけ私は、フォークナーの自然界の扱い方と、これが過去、伝統、歴史というテーマとどのように関連しているかを考察したい。これらの領域において、日本の作家である三島由紀夫と多くの類似点があるということを示したいのだ。両作家とも、自国文化に対する自らの関係と格闘しており、両者とも、尊敬はしているものの、時代遅れで問題があるとも見ている過去の伝統に、自らが囚われていると感じていることを提示したい。両作家が、過去に対する自らの態度を吟味する方法は、自然環境とジェンダー表象の両方の描写に密接に関係していることを論ずる。

二人の作家には多少伝記的な類似点がある。二人とも作家になった時に名前を変えたし、入隊を拒否された後も軍隊的なものに魅了され続け、幼少期に女性に強い影響を受けた〈註1〉。フォークナーが作品で繰り返し取り上げるテーマの一つに、個人と過去（個人的過去とその家族や文化の遺産の両方）との関係がある。先祖やある種の伝統に敬意を表する一方で、フォークナーは、過去の過ちや問題だとみなすもの、特に、アメリカ合衆国の南部の罪業と悪行に、厳しく焦点を当てることでも知られている。同様に、批評家ドナルド・キーンによると、三島の小説もまた文化的過去に批判的であるけれども、彼には「伝統への愛」（Keene 五四）があった。両作家とも、過去を壊し捨て去ろうとする衝動と同様に、それを敬い守ろうとする対立的な衝動とも格闘するのである。

自然は、いくつかの興味深い点で、このような過去への執着にぴたりと当てはまる。まず第一に、それは、周期的なパターンで古いものを捨てて、活性化あるいは再生することのモデルとなる。もちろん、季節の変化は、この一例であるが、蛇の脱皮や、新たな成長を導く森林火災、昆虫や微生物による死んだ動植物の分解が、次に新たな生命をもたらすことを思い起こしてもよい。『行け、モーセ』（一九四二）の中で、フォークナーが書いているように、「大地は事物をただ残そうと、蓄積しようとするだけじゃない。それらを再び使いたいのだ。種を、どんぐりを、埋めようとする時に腐肉にさえ何が起こるかを、見てみなさい。それもまた拒み、沸き立ち、もがき、なおも太陽を求めて、もう一度光と空気に達しようとする」(*GDM* 一七九)。もちろん、この輪廻という考えは、同一人物が新しい姿で蘇る『豊饒の海』四部作で、三島が用いたものである。

自然と環境の象徴的意味は、これらの作家たちにとって極めてよく似ており、自然の象徴性は、両作家の作品中いたるところに顕著に見られる、過去/現在や男性/女性という対立と直接関係がある。例えば、『春の雪』(一九六九)という三島の小説のタイトルは、季節が移り変わり、古いものが新しいものに変わりつつあるが、それにもかかわらず、古いものの中の何かが、まだ、しがみつき残っている時期を暗示している。小説の主人公、清顕は、特権階級の息子であるが、それでもなお、「自分の一家が、たちまち迅速な没落の兆しを示しはじめるだろうことを身を以て感じていた」(*Spring* 一五)。特に、日露戦争海戦の大きな地図の隣にある、軍服姿の清顕の祖父と二人の叔父の巨大な肖像写真は、先祖より劣った父と現在の彼自身に見られる世代をまたがった凋落を、清顕に気づかせる。「叔父たちの軍服と自分との間には相渉《あいわた》るものは何一つないような気がした。わずか八年前におわった戦争の写真であるのに、自分とその写真との距離は蒼茫としていた」(一一六)。このような、先祖の伝説的行為にふさわしい生き方をすることが不可能だという感覚は、『征服されざる人びと』でフォークナーのベイヤード・サートリスを苦しめる感覚である。彼の父、ジョン・サートリス大佐(そのモデルはフォークナーの曽祖父である)は、息子には実物より大きく見える、大胆不敵な戦争の英雄である。「彼[お父さん]は大きくはなかった。ただ、彼がしたこと、彼がしていたとぼくたちが知っていることが……ぼくたちの目に、彼を大きく映した」(*U* 九)。老大佐と呼ばれたウィリアム・C・フォークナー大佐は、フォークナーが尊敬し見習った、南北戦争の大胆不敵な英雄(後に小説家になる)であった。

『春の雪』の中で、清顕附きの書生である飯沼は、清顕の祖父の肖像に直接話しかける時、現代の文明は衰退していると、より辛辣に徹底的に批難する。

あなたの生きられたような時代は、どうしたら蘇《よみが》えるのでしょう。この軟弱な、情ない時代はいつまで続くのでしょう。……人々は金銭と女のことしか考えません。男は男の道を忘れてしまいました。清らかな偉大な英雄と神の時代は、明治天皇の崩御と共に滅びました。……人々はもう、全力をつくし全身でぶつかる熱情を失ってしまいました。葉末のような神経をそよがすだけ、婦人のような細い指先を動かすだけです。(*Spring* 七二)

この批判は、(自然に対立するものとしての)人工的現代社会に不平を言う時、清顕によって繰り返される。興味深いことに、人工的なものへの衰退は、少なくとも部分的には、より自然な秩序だと思われているものを堕落させる西洋の影響によるものである。すなわち、桜の花見の宴席が、伝統的な日本文化の衰退を表すのは、そこに西洋かぶれの男たちが加わる時である。「彼の生活様式は、万事イギリス人紳士のコピイ」(一一八)であり、「日本で二台目に購入された」(一一三)ロールスロイスを運転し、その一家の「洋館」(一一八)で酒を飲み、「ディケンズの小説を基にした」(一一九)外国映画を鑑賞するというわけである。清顕は、「先祖の素朴で剛健な活力」(一一六)、つまり、現在の頽廃に対する解毒剤としての「自然な」文化にあこがれるのだが、その現在は、「人工的な」ものとして、あるいは、新しい環境下では「不自然な」侵略的種族と同類なものとして表される西洋文化に、影響を受けてしまっているのだ。

さらにいっそう興味深い清顕と対になる人物は、フォークナーのクエンティン・コンプソンである。両者ともに、一九歳で、水のイメージと関係付けられ、自己の文化の規範の堕落を嘆き、死の亡霊につきまとわれ、童貞である。ここで、飯沼の長ったらしい批難を思い出そう。今や男は、あまりにも軟弱になっていると彼が不満を述べる時、彼の不満の中心は、男性性の、本当の男というものの、男らしさの喪失にあった。時の経過とともに、あらゆるものがより人工的に、より不自然になるにつれて、男らしさは失われ、そして、「先祖の素朴で剛健な活力」も失われたのである。とすれば、その解決策は、自然なもの、つまり、清顕とクエンティンにとって――三島とフォークナーにとって――女性と女性的なものと同一視される自然なものを敬うことである。

フォークナーの作品中、この結びつきと何度も出会う。『アブサロム、アブサロム!』と『征服されざる人びと』において、女性は南部の土地それ自体を表す。両者とも、外部の侵略者から守られねばならないものである。『死の床に横たわりて』では、デューイ・デルの名前が女性のセクシュアリティと自然を結びつけ、他方、『野性の棕櫚』では、もう一人の妊婦が沼地という未開の自然と結びつけられる。『行け、モーセ』では、アイザック・マッキャスリンの妻は自らの体を、異なる方法で土地と結びつけ、夫が相続した一家の土地を所有することと交換に、彼に性を提供する(*GDM* 二九九)。彼は、奴隷制によって汚されたと見える農場などは、自分の所有物として請求できないと主張する時、純粋な荒野という理想像と、「森が自分の恋人と妻になってくれるだろう」(三一〇)という考えで、自らを慰めるのである。アイクの考えでは、奴隷制という遺産に汚された土地は、罪とセクシュアリティに汚された女性の肉体と同じである。「彼女は、野営での男たちの話を傾聴し……耳にして……おれよりも多くを、すでに知っている。……彼女は迷ってしまった。生まれながらにして迷っていたんだ」(二九九)。多くのフォークナー作品の男たちが、純粋で無垢な永遠の女性という幻想を持ち続けるのとまさに同じように、彼は原始の荒野という幻想の方を好むのだ。例えば、『八月の光』のジョー・クリスマスは、月経の血を「定期的な汚れ」(*LA* 一八五)と呼び、その存在を知った後に森に行き、明らかに女性のセクシュアリティを理解しようとして、羊の血に手を浸す。『響きと怒り』では、クエンティンもまた、女性のセクシュアリティを不可解で汚れたものと考えている。キャディが処女を失った時にベンジーが泣くのは、彼女にもう木の香りを嗅ぐことができないからだが、クエンティンは彼女が純潔を失ったことを明らかにするために、彼女に泥をこすりつけるのである。クエンティンは、ミシシッピの彼の屋敷の周りのスイカズラの香りにたびたび圧倒され、その香りから逃げたいという脅迫的欲求を表明し、しかも、自死の準備をしつつ、二〇〇〇キロメートル以上も離れたボストンで、その香りをまだ嗅ぎ取っているのである。

三島の『春の雪』でもまた、花と植物が、女性と強く結びついている。清顕は、恋愛の対象である聡子を待って、満開の桜の木の下に隠れ、木の下で彼女にキスをする。聡子を愛していると初めて認める時、彼の咄嗟の反応は、窓を開け、近くの池の美しさに気づき、「すぐ鼻先に迫る欅若葉の匂いを吸い込む」(*Spring* 一七九)ことである。二人の最初の性体験において、語り手は、聡子の着物を「白藤」(一八七)の色に喩えており、彼女の体には「水と舟の進む舳先にしがみつく藻の抵抗」(一九一)が感じられる。

女性と水のつながりは、三島の『潮騒』(一九五六)に、もっとはっきりと表されている。この小説で、久保新治は、父が第二次世界大戦で殺された後、母に育てられている。彼が育てられている女性的な環境は、冒頭の数章で、歌島の自然界のみずみずしい描写が強調され、人間の自然環境との相互作用やその直感的理解が強調されるところに反映されている。女性たちには、アワビやその他の海産物を採るために海に深く潜るという歴史があり、三島による描写は、この活動の女性化を明らかにする。

男たちは漁へ出る。機帆船に乗ってさまざまな港へ荷を運ぶ。そういう世界の広がりとは縁がない女たちは、飯を焚き、水を汲み、海藻をとり、夏が来ると水に潜《かず》いて、深い海の底へと下りてゆく。海女のなかでも老練な母親にとって、海の底の薄明の世界が女たちの世界である。(*Sound* 六八)

この伝統的な構図においては、女性の活動にふさわしい場所は家庭の領域であり、一方、男性は公的な世界に出ていく。新治の母は、アワビを採るために勇敢に海の底深く潜っていくので、それは、家庭からの逃避を暗示するかもしれないが、文脈では、象徴的な内面性を、すなわち、外界への旅というよりもむしろ、彼女自身の精神の深みに潜っていくことを暗示している。この考えは、彼女の潜水と、新治の弟の宏による旅、すなわち、島から京都や大阪といった大都市への旅、家という母親の拘束的な保護から離れて「現実の」世界へ出ていく旅とが、小説の前章で並列されることにより確固なものとなる。女性登場人物たちを通して、作家たちは、先祖の英雄崇拝や過去の別の一面を暴き、伝統的な文化習俗の抑圧、限界、不正を明らかにするのである。

『春の雪』と『響きと怒り』において、未婚女性の意図しない妊娠が、聡子、キャディ、及びその家族の危機の原因になる。これらの女性たちは祭り上げられる。すなわち、彼女たちは、人間としてのアイデンティティが消されるまでに、文化によって純粋さと美徳の象徴に変えられるのだ。男性支配の文化は、必死になって、これらの女性を、彼らが汚れた文明として理解しているものに対する、純粋な解毒剤として理解しようとする。こうして、男たちは、女性の性の活動が男に不名誉をもたらすものになるということで、女性のセクシュアリティを管理する。聡子が妊娠した時、心配されるのは、彼女の婚約者が婚約破棄するかもしれないこと、「父親が世間から身を隠さねばならない」こと、そして、彼女の恋人の「将来」がめちゃくちゃになるということである（*Spring* 二六九）。同様に、キャディ・コンプソンが妊娠した時、兄弟たちの人生にもたらされる衝撃が、小説の主な焦点になる。つまり、ベンジーは失った姉の代わりにしようと、必死になって、近所の少女に襲いかかり、クエンティンは、妹の名誉が汚されたと思い、彼女を守れないことに苦しみ抜いて自殺し、ジェイソンは、自分の人生のあらゆる不幸を姉の妊娠のせいにする。

しかしながら、フォークナーと三島は、このような男性登場人物の考えを必ずしも共有しているわけではない。むしろ、私の考えでは、彼らは、現在でも進んでしがみつく者もいるが、過去の、時代遅れの家父長的規範によって引き起こされる被害や苦痛を暴露している。両作家とも、普通の人間のセクシュアリティに過ぎないものに運命づけられる女性登場人物に同情的である。女性は不純な男性に対する純粋な対立物であるべきだという考えは、女性を自然と結びつけることになる。すなわち、純粋な自然は、人工的で汚れた文化に対する解毒剤として構築されるのだ。拙著『皆伐されるエデン』で論じたように（Rieger）、荒野という概念は、もっとも純粋な形だと見なされる自然として、汚れた文明と釣り合いを取るおもりとして、非常にしばしば用いられる。しかし、この考えは、人間と自然の間の裂け目を強化するにしか過ぎない、純粋に文化的な構築物である。すなわち、荒野を、異質で「深遠なる他者」として措定することで、この枠組みでは、人間が、自然の一部として生きる道が全くなくなる〈註2〉。人間は、ただ自然から分離されて、文化という領域から逃れて自らを純化するために、時おり自然を訪れることしかできなくなるのである。この同じ誤った考えが、女性を男性文化に対する純粋で自然な対立物と位置付ける文化的な構築物に取り入れられている。

上に述べたように、聡子は『春の雪』の中で、植物や花と同一視される。クエンティンにとって、妹キャディは彼のセクシュアリティの感覚と同じように、スイカズラという植物に、特に、『響きと怒り』を通してずっと彼を圧倒する、その香りに関係付けられている。二人の女性の周囲の人々は、女性のセクシュアリティを汚れた、不純な、悪いものだとする考えを強要するが、聡子もキャディも（さらに言えば彼女の娘のクエンティンも）、自分のセクシュアリティの品位を下げるようなこうした意味づけを受け入れはしない。聡子は言う、「清様と私は怖ろしい罪を犯しておりますのに、罪のけがれが少しも感じられず、身が浄まるような思いがするだけ」（*Spring* 二四二）と。クエンティンは、「不潔な」（*SF* 一三三）とか「汚れた」（一三四）とかの単語を、性的特徴を与えられた女性に用いるが、キャディは、聡子同様、性を悪い汚れたものと考えるのを拒む。クエンティンが妹に、なぜ、少年にキスを許したのかを尋ねる時、彼女は、「許したんじゃないさせたのよ……それが何なの？」（一三三）と答える。これらの女性たちは、臆さず、現代的で、伝統文化への挑戦において勇敢である。実際、フォークナーは、小説全体が、梨の木に登って祖母の葬式を見ている少女というたった一つのイメージから始まったことを公言しているが、一方、彼女の臆病な兄弟たちは、木の下に残されたまま、彼女の汚れた下着を見上げているのである。

　この『響きと怒り』のイメージは、性と死の結びつきを示している。この結びつきは、両作家の作品中に広く行き渡っており、女性のセクシュアリティの男性に対する脅迫的な性質を明らかにする。フランス語の「la petit mort」はオルガスムを意味し、それは英語では「小さな死」と訳せる。この普通の表現に示される性と死の結びつきは、三島とフォークナー両方において、中心的なモチーフとなるものである。キーンは「死と愛は三島の想像の中で絡み合っていた」(Keene 五二) とさえ述べている。『響きと怒り』において、クエンティン・コンプソンは妹キャディに、彼女が性的関係を持った男たちについて、強迫的に質問する。彼は、彼女の不可解なセクシュアリティを理解できるように、彼女が男たちを愛していたと想像したいのであり、彼女の答えが性と死を結びつけるのである。「お前はあいつらを愛してたのかいキャディ愛してたのかい?　あの人たちが私に触れた時私は死んだの」(*SF* 一四九)。同様に、三島の『午後の曳航』(一九六三) で、船乗りの竜二が房子の裸体を見て圧倒される時、性が死と等しいことがわかる。「微風が伝えてくるすぐ近くの肉の汗ばんだ香水の薫りは、彼に不断に、死ね!　死ね!　死ね!　と言っているかのようだ」(*Sailor* 四二)。同作では、後に、この結びつきは、さらに一層はっきりする。「竜二にとっては、その接吻は死だった。かねて彼の考えていた恋の中の死そのものだった。女の唇のいいしれぬ滑らかさ、目をつぶっていても闇の中のその紅さがわかる口腔の無限の潤い、なまあたたかい珊瑚礁の海、藻のようにそよいでやまぬ女の舌、……これらの与える暗い恍惚には、直下の死につながるものがあった」(七七)。

フォークナーと三島の小説で、さらに一層直接的な類似点は、母親のような人物に性的感情を抱く息子たちである。クエンティン・コンプソンは、死んだ (ような) 父に体現される文化のニヒリズムを拒否し、その代わりに、不在の母の代理であり、スイカズラや木々に結び付けられるキャディの、母のような胸に慰めを見出したいと思う。房子の息子で、『午後の曳航』の主人公の登もまた、死んだ父を持ち、母が寝室で服を脱ぐ時、壁の穴から彼女をこっそり見張る。父親たちが死んだ (ような)

ので、二人の少年は、フロイト派の心理学用語で言えば、父の法をより簡単に拒絶でき、禁じられた近親相姦的欲望を思いきって探求していけるのである。キャディは、もちろんクエンティンの妹ではあるが、彼女は、ベンジーにとって一層明らかであるのと同様に、クエンティンにとっても母の役割を果たしており、彼の入水自殺は、子宮への回帰を暗示しているという意味で、特にぴたりと当てはまる。

フォークナーの小説における水のイメージは、三島の小説においても繰り返される。両者の物語で、水は象徴的に女性的なものと母なるものに結び付けられている。小説のタイトル（『午後の曳航』の英訳 *The Sailor Who Fell from Grace with the Sea*）の船乗りは、母の死後、父に育てられる。父も死んだ時に、竜二は母なる海への回帰を求める。「竜二の陸の生活の記憶とては、貧しさと病気と死と、はてしもなくひろがる焼野原しかなかったこと。船乗りになることによって、彼は陸から完全に解き放たれた人間になったこと。……こういうことを、女に縷々と話したのはこれがはじめてだった」（*Sailor* 四〇–四一、省略は原文による）。女性と海とのこの結びつきは、すぐに、より一層明らかになる。

鉄の船に閉じこめられたわれわれにとって、まわりの海は女に似すぎている。その凪、その嵐、その気まぐれ、夕ヨを映した海の胸の美しさは勿論のこと。しかし船はそれに乗って進みながら、不断にそれに拒まれており、無量の水でありながら、渇きを癒やすには役立たない。こう

まで女を思わせる自然の諸要素にとりかこまれながら、しかも女の実体からはいつも遠ざけられている。（四一）

この一節は、性的でも母性的でもあり、脅迫的でも慰めでもある自然への回帰に、慰めを見出そうとする男の欲望をよく表している。この一節に表れた欲望は、決して満たされ得ないものである。ラカンの心理学理論とジョン・T・アーウィンの解釈をもとにして、性への欲望は、前エディプス期の状態への、あるいはさらに、母親と一体化した前意識の状態への回帰を望む基本的願望の代理にすぎないと主張したい。このように、クエンティンや竜二のような登場人物には、性的欲望と母への欲望の混在が見られる。性の知識を消し去ることができず、クエンティンは川に身を投げることによって、子宮の羊水への象徴的回帰を選択するのである。もちろん、クエンティンの自殺は、自殺する（あるいは自殺したいと願う）三島の登場人物たちと、また三島自身及び彼の有名な公開切腹とも、いくつかの点で類似している。

両作家の作品にたびたび出てくる自殺に代わる選択肢は、クエンティンの衝動とはほとんど真逆の、父殺しの願望である。フォークナーと三島の小説は、象徴的にあるいは文字通り、すでに死んだ父親像や、息子が殺したがっている父親像に満ちている。父や父親像は文化を表象しており、また、すでに見てきたように、フォークナーと三島は、自分の文化の過去の伝統や信条に対して、アンビヴァレントな態度を表明している。このように、父の死を願うことは、ただ単に心理学的に、フロイト的意味にのみ、理解されるべきではなく、若者たちが束縛されていると感じ、窒息感さえ覚える過去を拒絶するものとして、文化的にもまた理解されるべきである。

こうして、『午後の曳航』の竜二と登の父や、『潮騒』の新治の父、『金閣寺』(一九五六)の溝口の父など、驚くほど多くの死んだ父親が見られる。フォークナーに関しては、死んだ、あるいは殺された父親のリストには、ジェイソン・コンプソン、ジョン・サートリス、アブ・スノープス(おそらく)、トマス・サトペン、シオフィラス(バック)・マッキャスリン、サム・ファーザーズ、ジョー・クリスマスの名前のない父(そしておそらく養父であるサイモン・マッケカーン)、ジョアナ・バーデンの父、ゲイル・ハイタワーの父、そして、リーナ・グローヴの父がいる。性と死の結びつきが、多くの男性登場人物にとって、脅迫的な女性の存在に帰着する一方で、父の死あるいは父殺しは、これに対して、別種の脅威、つまり、遺産の喪失によるアイデンティティの喪失という脅威となるのである。死んだ、あるいは行方不明の父は、指導もせずに息子を放っておき、あるいは別の言い方をすれば、息子に彼自身の、新しい道を自由に選ばせる。このように、三島とフォークナーの作品には、自分の父(あるいは代理の父親像)を殺したいと考える息子たちがしばしば見られるし、伝統と過去からの象徴的な決別を示すようなやり方で、不名誉な死を遂げる父親たちという重要な例もいくつか見られる。

ジェイソン・コンプソンは、かつての高貴な一家の没落を食い止めることができないので、酒を飲みすぎて死ぬアル中の緩慢で哀れな死に方をする。トマス・サトペンは、自分の息子にではなく、娘を守る別の代理の父親に殺される。ジョー・クリスマスは、何年も虐待されたことへの復讐行為として、椅子で養父を襲う。ジョーの血の繋がった父親は、ジョーの祖父に待ち伏せに会って殺され、そしてジョーは、自分自身が暴力的な死を迎えるまで、自身のアイデンティティと人生の意味を追求するように宿命づけられる。フォークナー作品に見られる、このような不名誉な死は、『午後の曳航』の登の代理の父親である竜二の卑劣な殺人と重なる。登と（全て男性の）彼の友人たちは、上の世代と過去の伝統への拒絶を象徴的に完結させる行為として、竜二を殺すために彼を騙して睡眠薬を飲ませる。特に、登には、ジョー・クリスマスといくつかの重要な共通点がある。

奇妙なことに、二人とも、子供の時に歯磨クリームに強く反応している。登は「山ほどの歯磨クリームを刷子に載せ、歯茎から血の出るほどに口のなかをかきまわす。……薄荷の匂いが彼の怒りを純粋なものにした」（*Sailor* 八一）。ジョー・クリスマスは、「目には見えないひんやりとした芋虫が指に巻きつき、それから素早く、自動人形のように、そして甘く、口の中へとねばつきながら入っていく」（*LA* 一一二）のが好きなので、歯磨クリームを、孤児院でのご馳走として盗むのだ。彼は孤児院の栄養士の部屋のカーテンに隠れて、女性の肌着にうずもれて、彼女と医者との性行為をもれ聞き、恐れおののきながら歯磨クリームを食べ過ぎ、嘔吐して、その結果、罰を受けることになる。この事件が、ジョーに対して嫌悪と恥辱と性を結びつけ、女性と性についての彼の考えを永遠に汚してしまう。登も同様に、隠れた場所から母と竜二を窃視することで性行為を目撃し、女性と性についての彼自身の考えが同様に汚されてしまったがために、そのことが、母を誘惑する男を殺す種を植え付けることになる。登は、自分の生物学的な父の死についての彼の考えに見られるように、「父の法」を拒絶したいと思っている。「父親や教師は、父親や教師であるというだけで大罪を犯していた。だから彼が八歳のときに父親が死んだのは、むしろ喜ばしい出来事であり、誇るべき事件だった」(*Sailor* 八)。竜二という姿をとった、この潜在的な新しい父親像は、束の間の、一時的で不適切な単なる構築物だと登がみなす文化的規範に彼を閉じ込めようとする新たな存在であるが、その一方で、母と母の体は永遠の自然と結びつけられるのである。ジョー・クリスマスは、人種という文化的構築物に囚われているが、それは、父親たち(男たち)が自らの権力を主張し維持するために作りあげた一つの虚構であることをフォークナーは暴露する。

クリスマスも登も、まず動物を殺して、人間を殺す準備をする。ジョーは、女性の月経のことを知ると、驚きのあまりに羊を殺して手をその血に浸し、性と死の結びつきを再び確立する。登は、子猫を殺し、その犠牲物から流れる血を見ながら権力の感覚を得る。「登は深い井戸のなかを覗き込むように、猫の屍体の落ちかかってゆく小さな死の穴を覗き込んだ」(五八)。一〇代の時にクリスマスが女性を襲い、ほとんど殺しかける時、フォークナーは、井戸を覗き込むという同じイメージを使う。「彼は黒々とした井戸を覗き込んでいるように見えた」(*LA* 一五六)。これらの事件は、二人の青年が別の人間を殺害する準備となる。すなわち、登の場合は代理父の竜二であり、『八月の光』のクリスマスの場合は、恋人兼愛人であるジョアナ・バーデンである。犠牲者は全く異なっているけれども、とりわけ彼ら双方に父が欠けているせいで、彼らがそれぞれ解放されたと感じている伝統的な生活、規則と法と社会構造の生活へと、犠牲者たちが彼らを連れ戻そうと脅していると二人は感じているのである。

二人の重要な違いは、クリスマスが、厳格な男性中心主義文化の犠牲者として、フォークナーによってはっきりと描かれているのに対して、登は、父の死後、安らかで落ち着いた子供時代を母と過ごしたと、三島によって示されていることである。実際には、父の死は、登が暴力と殺人に向かう隠れた動機であるように思える。彼の母、房子は、服飾界で仕事をし、人気女優と親しく、自分の店を経営しているので、実際にははっきりと（自然というよりは）文化に結びつけられている。彼女は「自然な」役割から（おそらく、死んだ父に取って代わろうとして）はるかに外れてしまっており、これが彼女の息子の行動の原因（あるいは少なくとも、一つの原因）であると微妙にほのめかされている。フォークナーのクリスマスにとっては、全ての女性が、彼が全く知らない母親の代理となり、ジョアナ・バーデンは、房子のように、自然というよりはむしろ文化に結びつけられる女性である。すなわち、彼女もまた、自分自身の事業を営み、アフリカ系アメリカ人の公民権推進に尽力し、ジョーをロースクールに行かせたがっている。この二人の若い男たちは両方とも、あまりにも文化的で、つまり、あまりにも男性的で、従って、不自然に見える女性たちを恐れている。フォークナーによっては、より直截に表現され、三島によっては、ただほのめかされているように、これらの主人公たちは、「男性的な」女性たちが、彼らをより女性的にするのを恐れるのである。男性性が脅かされたと思った時に、彼らが再びそれを主張しようと反応すると、暴力となってしまうのだ。

両作家にとって、過去からの断絶は肯定的かつ生産的であり得るが、しかし、両作家ともそれを潜在的に悲劇だと考えている。私の考えでは、もっとも大きな違いは、フォークナーが死を過去との関係と格闘する登場人物にとって、悲劇的な結果として描くのに対し、一方の三島は死を、時に、必然的解決策とみなすことである。もう一つの重要な違いは、フォークナーが、男性における、伝統的には女性的な側面を、必ずしも問題とみなすわけではないことである。彼は、自分の時代の文化には、そうした問題があると暗示しているが、実際彼は、伝統的な男性性とその優位を求めることのほうが、より問題であると描いている。『葉隠入門』（一九六七）の最初の章で、三島は、彼が「男性の女性化」と呼ぶものを、ただ単に文化的意味においてではなく、生理学的にも、男性が女性と区別し難くなっているという、医学的な証拠だということらしいものを提供してまで公然と批難している。彼はさらに、ロマンチックな恋愛と性的欲望を区別し、現代社会の問題の一つは、若い男性が自分の性的欲望を満足させるために娼婦を自由に利用できなくなっていることだと暗に主張し、愛する女性で自分の性の欲望を満たすのは間違っているとほのめかすのである。つまり、「それ［性的欲望のはけ口］なしには真の恋愛はつくり出せない」（*Way* 二三）と。

この三島の態度は、（ある）白人南部女性たちを祭り上げ、性的存在としての、それ故、現実の人間としての、彼女たちの地位を否定することとほとんど同一である。両作家の作品は、二つの異なる文化において、女性の文化的抑圧が「自然な」こととしていかに正当化されるかを明らかにする（三島のノンフィクションは、そのような態度を支持しているように思えるけれども）。両作家にとって、死を受け入れることは、自然への最終的回帰であり、文化の究極の否定である。三島は、『葉隠』の原典の常朝の言葉を、肯定的に引用する。「武士道といふは、死ぬ事と見付けたり……二つ二つの場にて、早く死ぬはうに片付くばかりなり。別に仔細なし。胸すわつて進むなり」（二二）。彼はまた、若者たちには、「そのために死ぬという目標」（二七）が必要だと主張する。この態度ほど、『響きと怒り』のフォークナーのクエンティン・コンプソンをうまく説明できるものはほとんどないであろう。クエンティンは穏やかに人生を終える決意をし、小説に見られるように、最後の一日を通して気を引き締めていくのである。実際、多くのフォークナーの男性登場人物は、進んで死を受け入れることを選択する。ジョー・クリスマス、『標識塔〈パイロン〉』のパイロットたち、チャールズ・ボン、『行け、モーセ』のサム・ファーザーズやライダー、『寓話』の伍長などである。

事実、三島由紀夫の政府に対するクーデターの企みと結果としての自殺は、父親殺しの壮大で挫折したジェスチャーとして、父に対してではなく、祖国に対する反乱行為として理解できるかもしれない。フォークナーのクエンティンやジョー・クリスマスが、父（祖国）の文化や法に挑む試みが失敗する時に、自分の居場所がない文化の中で、生の代わりに、喜んで死を選ぶのと同じように。フォークナーは、この考えを理解し、共感さえしているが、しかし、彼は、この死の甘受を、登場人物にとっての悲劇的運命として、つまり、文化の価値観と個人の価値観とを調和させることのできない男たちの絶望的行為として描いている。三島にとっては、この種の死は、義務であり、名誉でさえある。フォークナーは、ノーベル文学賞受賞演説で、最も明快かつよく知られた言い方で表明したように、この考え方を共有しはしない。

私は、人間の終わりを認めることを拒否します。……私は、人間は単に生き永らえるのではなく、勝利すると信じます。人間が不滅なのは、人間が生きとし生けるもの中で唯一疲れを知らぬ声を持っているからではなく、人間には魂が、憐れみを感じ、犠牲的精神を発揮し、忍耐することのできる精神があるからなのです。詩人に、作家に課せられた義務は、こうしたことについて書くことなのです。人の心を高めることによって、人間の過去の栄光であった勇気と名誉と希望と誇りと思いやりと憐れみと犠牲的精神を人に思い出させることによって、人が耐えることの手伝いをすることが、作家に与えられた特権なのです。詩人の声は、単に人間を記録したものである必要はありません。それは人間が耐え、勝利を得るための支えの一つ、柱の一つになることができるのです。(*ESPL* 一二〇)

【註】

1 幼少期に、フォークナーに最も大きな影響を与えた二人が、母と「マミー・キャリー(キャロライン・バー)」であった。三島は厳格な父親よりも母親と親密であり、幼少期のほとんどを祖母に育てられた。

2『皆伐されるエデン――南部文学における自然と牧歌』、特に第四章を参照。また William Cronon の "The

Trouble with Wilderness" も参照されたい。その中で、Cronon は荒野という概念の文化的形成を解明している。

【訳註】

本稿における三島由紀夫からの英訳引用の訳文は、三島の原著（新潮文庫）を尊重し、訳者の補足を［　］内に示した。

本稿におけるフォークナーからの引用の日本語訳は、「ノーベル文学賞受賞演説」林文代訳『演説、随筆、他』（冨山房、一九九五年）、『行け、モーセ』大橋健三郎訳（冨山房、一九九二年）、『八月の光』諏訪部浩一訳（上下巻、岩波文庫、二〇一六年）、『響きと怒り』平石貴樹・新納卓也訳（上下巻、岩波文庫、二〇〇七年）、『征服されざる人びと』斎藤光訳（冨山房、一九七五年）を参考にした。

【引用文献】

Cronon, William. "The Trouble with Wilderness; or, Getting Back to the Wrong Nature." *Uncommon Ground: Toward Reinventing Nature*. Ed. William Cronon. New York: Norton, 1995. 69-90.

Faulkner, William. *Essays, Speeches and Public Letters.* (*ESPL.*) New York: Random House, 1965.

——. *Go Down, Moses*. (*GDM.*) New York: Vintage, 2011.

——. *Light in August*. (*LA.*) New York: Vintage, 1990.

——. *The Sound and the Fury.* (*SF.*) New York: Vintage, 1990.

——. *The Unvanquished.* (*U.*) New York: Vintage, 1991.

Keene, Donald. *Five Modern Japanese Novelists*. New York: Columbia UP, 2003.

Mishima, Yukio. *The Sailor Who Fell from Grace with the Sea.* Trans. John Nathan. New York: Perigee, 1980.

——. *The Sound of Waves*. Trans. Meredith Weatherby. New York: Alfred A. Knopf, 1967.

——. *Spring Snow*. Trans. Michael Gallagher. New York: Alfred A. Knopf, 1972.

——. *The Way of the Samurai: Yukio Mishima on Hagakure and Modern Life*. Trans. Kathryn Sparling. New York: Perigee, 1983.

Rieger, Christopher. *Clear-Cutting Eden: Ecology and the Pastoral in Southern Literature*. Tuscaloosa: U of Alabama P, 2009.

第一〇章

森の谷間のヨクナパトーファ
――フォークナーと大江健三郎

藤平育子

1　序

日本の作家たちのなかでも、大江健三郎ほど海外の詩人や小説家の言葉を、時には原語によって小説に引用し、それらの言葉を小説の全体像の暗喩として提示した作家は珍しいのではないだろうか。古林尚編による「大江健三郎年譜」によれば、大江が「フォークナーを読む」（二一六一）と明記されるのは、一九五五年秋、大江が二〇歳、駒場の東大生の時である。この年の夏、フォークナーは長野セミナーに出席するため、アメリカの文化使節として来日していた。この同じ年、大江はすでに東大の機関誌などに短編や戯曲を発表し、「サルトルに関心を持ち始める」（同）とある。

以来、大江はマルカム・ラウリーやウィリアム・ブレイクなどに惹かれつつも、持続してフォークナーの読者であったと思われる。私は、『個人的な体験』（一九六四）後、三年近くをかけて発表された『万延元年のフットボール』（一九六七）にフォークナーの痕跡を見る。『「雨の木《レイン・ツリー》」を聴く女たち』

（一九八二）には、『野性の棕櫚』〈註1〉のハリー・ウィルボーンの言葉が、英語で引用されている。

本論では、大江にとって、フォークナー文学の読書体験がいかに大江の小説世界を持続的に豊かにしていったのか、辿っていく。まず、フォークナーへの傾倒が熱く語られるエッセイ『壊れものとしての人間』（一九七〇）から、『万延元年のフットボール』を読み解き、『「雨の木《レイン・ツリー》」を聴く女たち』へと引き継がれるフォークナーの世界を紐解くことにしたい。

2　ヨクナパトーファへの旅――《救済》はあるのか――『壊れものとしての人間』

大江健三郎は、一九六九年に『群像』に連載したエッセイ、「活字のむこうの暗闇」（『壊れものとしての人間――活字のむこうの暗闇』として刊行）において、ウィリアム・スタイロン、フランツ・ファノンらの読書体験について、死の恐怖と自己破壊への衝動、狂気などについて考察したあと、次のように述べる。

> ところがいまぼくはほかならぬ自分が積みかさねてきた活字のむこうの、まだ息づいているような暗闇から、突然に、まったく不連続的にとでもいうほかない唐突さで、**救済**という言葉が跳びだしてき、ぼくにまつわりつきはじめたのを認める……（『壊れものとしての人間』一九八、強調原文）

大江は、突如、「活字の向こうの暗闇に、溺死人を探す」（同）ようにして、「ぼくは当の自分が、救いとはなにか、救済とはなにか、ということをまともに考えてみなければならぬところに立って、じっと暗闇の水面を見おろしている」（同）自分に気づいたという。大江はしばし、《救済》という課題に戸惑いつつ、作家として自己の内面を掘り下げ続ける。

この救済、救いという言葉の、ぼくにおけるあらわれかたを再現するならば、次のようになる。アア、ソウイエバ、救済、救イトイウコトモアルンダッタ、コレカラハクリカエシ、ソレニツイテ考エツヅケルコトニナルダロウ。（二〇三）

その後、フランツ・ファノンが記録した黒人娼婦の狂気を超えていくにはどうすればよいのか思案しつつ、「そこで、逃れるようにしてまたは攻めこむようにして、ぼくはフォークナーを読みはじめる」（二〇四）と告白している。大江は、自己破壊や暴力、狂気への恐怖のなかに下降していった自分が、はたして《救済》というモチーフによって上昇しうるのか、と逡巡したのちに、フォークナーにのめり込んでいったというのである。

フォークナーの活字のむこうの暗闇をうずめている、情熱の極点にむかってまことに不毛きわまるパセティックな自己燃焼をはかるところの、いずれも不撓不屈《ふとうふくつ》な人間たちを、ぼくはくりかえし経験しはじめるのである。ヨクナパトファ・サガの、奇怪な情熱にとりつかれておのおのの生および死を鋭く強く発見する人たちのむらがりにむかってぼくは入りこんでゆく。そしてフォークナーが、まったくしばしば、あの男、あの人、かれ、彼女のこと克明に話しつづける第三者をつうじて、そのような情熱の過飽和状態を生きぬく者たち、あるいは情熱の圧力過剰のあまりに内側から爆発する死を激しく死にとげる人間たちを描写させるのを、自然ななりゆきだとあらためて認めるのである。（二〇四、傍線筆者）

大江はここで、過剰な情熱ゆえにまっしぐらに自己破壊に向かって突進していく人物を「第三者」が語ることに注目している。さらに続く。

そのような情熱の純粋結晶そのものによってなりたっている核《コア》をそなえた類の人間、……情熱だけを不均衡に大量にとりこんで、それよりほかの属性はすべて犠牲にしたような人間、かれらの情熱《パシオン》がすなわちそのままかれらの受難《パシオン》であるような人間は、わずかの決定的な言葉と行動よりほかには、くだくだしく自己表現する余裕をもたないし、また語り手のがわからいえば、そのような人間については、いつまで語っても語りつくしてしまうということがありえないからである。ぼくはその種のヒーロー、荒ぶる者と、語り部の構造関係について、およそフォークナーの名すら聞いたことのなかった、森の奥の谷間での幼年時の日々に、すでに熟知していた

と感じるものだ。（二〇四－〇五、傍線筆者）

「情熱の純粋結晶」のような人物たちをいつまでも語り続ける「語り手」の役割。「荒ぶるヒーロー」と「語り手」は、フォークナー文学を知るずっと以前から「森の奥の谷間」で、すでに熟知していた、と大江は気づく。「荒ぶるヒーロー」と「語り手」と「森の谷間」がここで連結される。

そしていま、ぼくはフォークナーの情熱と受難の渾然《こんぜん》たる融合体たる人間たちを、活字のむこうの暗闇に経験しながら、活字のこちらがわの明るみにいる自分が……予期しないがいったんやってくるとまさに待ちうけていた客にほかならないことが喜びとともに自覚される。少数の友人の訪れのような具合にあらわれるところの、アア、ソウイエバ、救済、救イトイウコトモアルンダッタ、コレカラハクリカエシ、ソレニツイテ考エツヅケルコトニナルダロウ、という醒めた認識を……あらためておこなっている自分に気づくのである。（二〇五、傍線筆者）

大江にとって、フォークナーの人物たちは、「予期しないが……まさに待ち受けた客」であり、かれらを自分のなかに受け容れながら、それを「喜びとともに自覚」している。この一節から大江がわれわれ読者に熱く語りかけている言葉を拾うなら、「情熱と受難の渾然《こんぜん》たる融合体たる人間たち」が住まう「ヨクナパトファ・サガ」の「語り手」たちは、「森の奥の谷間」であろう。そして、大江はあらためて、《救済》というモチーフを、フォークナーを手がかりに考えていこうとしている。

『万延元年のフットボール』初版出版から二〇年の時を経て加藤典洋が書いた講談社文芸文庫の卓越した解説は、優れた文学作品をあらためて読んだあとの興奮と感動に満ちたものである。加藤によるなら、『万延元年のフットボール』は、「『洪水はわが魂に及び』（一九七三）と共に、大江の小説の前期と後期を区切るその境い目にあって、両者を繋ぐ蝶番の役割を果たしている」と指摘し、さらに、『万延元年のフットボール』を皮切りに、大江の小説が「人間像の提示」というモチーフから……世界像の提示というモチーフへと転換する」（加藤 四六三）と述べている。

加藤の秀逸なる分析は続く。

『万延元年のフットボール』という作品は、単に大江の小説の二つのあり方の複合を示し、両者を架橋しているだけではない。それはもっと多様な、二つのもの、戦後の経験と明治以降の百年の経験、都会的なものと土着的なもの、西欧的なものとアジア的なものの結びつけの力、そうした二つのものの角遂を小説の動態としているからである。（四六三—六四）

私は、加藤が論じる大江文学のこの重要な「境い目」に、大江がヨクナパトーファの人間たちを喜びとともに招き寄せた客であったことが、大きな役割を果たしているのではないか、と考える。『活字のむこうの暗闇』において、大江が、たしかにその過剰なる情熱ゆえに受難を経験するジョー・クリスマスやトマス・サトペンのような個人名を挙げずに、そのような人間たちの「融合体」として「ヨクナパトファ・サガ」という神話的世界の名を記すことに、私はあまりにも深淵な意図を見出さずにはいられない。加えて、先に引用したように、大江がフォークナーに、攻めこむように逃れたとき、「救済」という言葉が降って湧いたように作家にまとわりついていたことを想起したい。「ヨクナパトファ・サガ」は、死の恐怖や暴力的な自己破壊からの《救済》が、はたして「森の谷間」の物語にもあるのか、と問いかけ、大江が新しい時空へと導かれる契機となったと思われるのだ。

3　森の谷間の贖罪羊──『万延元年のフットボール』

（一）贖罪羊となるジョー・クリスマスと鷹四

ミシシッピ州ヨクナパトーファという架空の神話的共同体には、過剰な情熱ゆえに受難を背負う主人公たちが、アメリカ南部の歴史のなかに時空を超えて生きて死に、蘇る。一例だけ挙げるなら、『八月の光』のジョー・クリスマスの物語は、一人の人間が人種的アイデンティティの追求に過剰なほどの情熱によって取りつかれた末に、白人女性を殺害した黒人として処刑されるまでを描いている。だが、それはひとりの個人の物語であるにとどまらない。クリスマスは、原語では大文字（Negro）（*LA* 二八八）の、《ニグロ》人種の総体の象徴として、南部奴隷制の歴史を背負い、リンチされるのである。殺害されるジョアナ・バーデンの一族もまた、メキシコをも含む一九世紀アメリカ大陸の歴史そのものを生き、そして死んだ。

『万延元年のフットボール』は、根所蜜三郎とその弟鷹四、そして障碍児を施設に預けたままアルコールに溺れる蜜三郎の妻菜採子をめぐる物語である。その背景となるのは、四国の森の谷間の小さな村である。兄弟の故郷の谷間での、一〇〇年前に遡る歴史的事件の指導者に取りつかれた鷹四が「本当の事」を告白して猟銃自殺を遂げる。

小説第一章は、「死者にみちびかれて」と題され、蜜三郎は「暗闇」のなかで、友人の縊死を見つめ、自らの死への衝動とともに、「白痴」(一五)の息子を施設に預けているという罪障感に苛まれている。一章において、「学生演劇団のメンバーとして」(一五)渡米中の弟鷹四のこと、一九四五年秋、戦争から生還した次兄が朝鮮人部落で殴り殺された事件(三七)、妹の自殺(三八)、谷間の村の寺にある「地獄絵」(四〇)、「万延元年におこった不幸な事件」(四〇)などが明かされる。蜜三郎は、帰国した鷹四に誘われて、菜採子とともに、「新生活」を始めるため、「青くて懐かしい匂いのする草の家」(六九)を求めて四国の森へ旅立つ。

一九六〇年安保闘争に参加した鷹四は、四国の村でフットボールの練習を介して朝鮮人所有になるスーパーマーケット襲撃の指導者となる。根所家には、万延元年の百姓一揆の指導者となった兄弟の曽祖父の弟、そして、終戦後生還したものの、朝鮮人部落で殴り殺されたS兄さんがいる。言い伝えによるなら、百姓一揆の首謀者らは、曽祖父の弟を除き、全員斬首されたが、曽祖父の弟は一人逃げおおせて、ジョン・万次郎の噂を聞いてアメリカに渡ったとすら伝えられている。

万延元年から一〇〇年後、鷹四は、心の暗闇に秘密を隠匿しつつも、異常な情熱に駆りたてられて英雄的な死を目指して突進していく。彼は民衆の指導者として、ヒロイックなカリスマ性を持っていた曽祖父の弟や、朝鮮人部落で、「贖罪羊」(一三三)となったS兄さんの身近な血縁として、自分も暴動の英雄的な首謀者として果て、名を残したいと夢見ている。戦後間もなく、朝鮮人部落で殴り殺されて無惨な死を遂げたS兄さんの事件については、様ざまな憶測がある。農地改革により農民たちは食糧難に苦しんでいた。殺された兄の遺体も見てはいない鷹四は、夢のなかで、S兄さんの「犠牲的ヒーロー」(一三五)像を膨らませていく。

いっぽう、蜜三郎は冷静に考える——「朝鮮人の闇屋集団が、村の農家の隠匿した米を摘発して地方都市に売りに」(一三三)行き、村が食糧難に陥ったため、村の有力者たちが、軍隊帰りの無法者グループに部落を襲撃させたものらしい。食糧の盗みが目的だったが、第一回襲撃ですでに朝鮮人が一人殺されてしまう。蜜三郎は、第一回襲撃において、盗みを働いたのみではなく、部落の「娘に悪辣なことをした」(三五五)ため、第二回襲撃で、S兄さんが殴り殺されるのだと想像する。襲撃グループで最年少だった彼は襲撃の指導者像からは程遠く、「贖罪羊」(一三三、三五四)の役割を自ら引き受けたのだ。

この物語の第三者の語り手である、寺の住職はS兄さんと同級生だった。住職は、万延元年の暴動の責任者グループのうち、曽祖父の弟のみが処刑を免れたことを気にかけていたS兄さんが、今度は自分一人だけ殺される役割を担ったのではないか、と「優しい解釈」(一九七)をする。蜜三郎は、鷹四の猟銃自殺ののち、万延元年の一揆の指導者だった曽祖父の弟の真実を啓示のように受けとめる。

スーパーマーケット襲撃を目指す鷹四は蜜三郎に言う——「万延元年の若者たちと自分たちの自己同一化の志向は……フットボール・チーム全員に伝播するだろう。おれはそれを谷間の人間全体に広めてやる。おれは百年前の先祖たちの一揆を谷間に呼び戻して、念仏踊りよりももっと現実的に再現したい」(二九九)と。この時すでに蜜三郎は、鷹四に「暴力犯罪者の背向」(二九二)を見出していた。

スーパーマーケットの朝鮮人所有者への借金に喘ぎつつも、おとなしく屈服している谷間の若者たちには暴動の指導者が必要であり、それは鷹四の役割だと、冷静な判断で知られる寺の住職さえ漏らしている——「曽祖父さんの弟がいま生きていたとすれば、鷹ちゃんのように行動したと思うなあ!」(三二八)。こうして、フットボール・チームが煽動するスーパーマーケットの略奪者たちは、「百年を跳びこえて万延元年の一揆を追体験する昂奮を感じている」(三二三—二四)。だが、万延元年の一揆の結末にも似て、フットボール・チームの叛乱は長続きせず、まもなくその勢いは衰える。

(二) 近親相姦と地獄の炎

『万延元年のフットボール』における鷹四と「白痴の妹」(三八八)との近親相姦と自殺のモチーフは、『響きと怒り』のクエンティンとキャディ、また『アブサロム、アブサロム!』のヘンリーとジュディスの関係に重ねることができる。『響きと怒り』第二章、クエンティンの独白において、自殺に向かう彼の心を占めているのは、妹キャディへの愛である。近親相姦の願望充足とともにクエンティンが思い描くのは、妹と二人で地獄に堕ちて炎に包まれる光景である。恐ろしい罪を犯して妹と二人で地獄に堕ち、二人きりで地獄の炎に包まれる夢（*SF* 七九、一一六、一一七）。この地獄の炎のイメージは自殺の日のクエンティンの胸中を幾度もよぎる。

その先にあるのが地獄だけだったら、いいのに。清らかな炎に焼かれて僕たち二人は死ぬ以上のことになって。そうなればおまえには僕だけしかいなくて　そうなれば僕だけで　二人で清らかな炎のむこうの　指弾と恐怖のただ中で……（*SF* 一一六）（七九、一一七にも類似文あり）〈註2〉

クエンティンの場合は、近親相姦は父への告白というかれの言葉のみの現実であるが、『万延元年のフットボール』の鷹四は妹をレイプする。知的障碍者の妹は誰かの庇護を受けなければ生きられない身であり、兄の性行為を拒絶するすべさえ知らない。鷹四はしかし、妹が二人の秘密を喋るのを恐れ、「中世の火刑」の図版を見せて妹を威す――「もしこれを兄妹でやっていることが他人に知られると、ふたりとも酷いめに合うんだといって、辞書から中世の火刑の図版をさがし出して妹に見せたりもした」（二九二）。

近親相姦の大罪を犯して地獄の炎に包まれるというクエンティンの夢想は、恐怖の夢想であると同時にそうすることによって地獄の炎で浄化されて妹と二人だけの関係を純粋に保つことができるというロマンティシズムに支えられている。いっぽう、鷹四の場合は、「火刑」の図版は弱者である妹を脅迫する道具であると同時に彼自身の恐怖を最も強烈に象徴するイメージである。

『万延元年のフットボール』には、谷間の寺に曽祖父が描かせて寄進したと言われている地獄絵があるが、鷹四にとっては、それは幼い時から恐怖を呼び起こすものでしかない。いっぽう、兄の蜜三郎は地獄絵の「炎の河」と「炎の林」（一一九、四三四―三五）の赤に慰めを見いだしている（四四四）。鷹四の猟銃自殺ののち、蜜三郎は弟がこの地獄絵に恐怖を感じたのではなく、その「優しさ」を「拒みたかった」（四三五）のだ、と理解する。クエンティンの「清らかな炎」には、清教徒的な浄化の要素が色濃く滲み出ている。いっぽう、寺の地獄絵はあくまで仏教的な救いのあるものなのだ。だが、鷹四が妹を威す道具に用いる「中世の火刑図」は、西欧的な過酷な処罰の絵である。

クエンティンが、「お父さん　僕は近親相姦を犯しました」（*SF* 七九）と言葉による虚偽の告白をし、真実というお墨付きを得ようともがくのは、すでに処女ではなく、妊娠した妹キャディを自分のもとに取り戻したい、と願うからにほかならない。父に向かって言葉に表して宣言すれば、父の権威によって承認されて公然たる事実に置き換わるだろう、と夢見るクエンティンの愛は切実である。

『万延元年のフットボール』の鷹四もまた、「朝鮮服の良く似合う……小娘」を「強姦しようとして」（三六八―六九）殺した、と兄の蜜三郎に向けて告白し、そう語ることによって、ニセの行為に《真実》の衣裳を纏わせ、暴力的な英雄であった曽祖父の弟との一体性を得ようとする。しかし、そのような弟の願望を兄は冷ややかに分析する。

きみはただ、そうした荒あらしく酷い死を遂げて、近親相姦とその結果ひきおこされた無辜《むこ》の者の死の罪悪感を償うにたる自己処罰を果たし、しかも谷間の人間には、『御霊』のひとりとして暴力的な人間たる記憶をかちえることを切望しているのみだ。(三九七)

『万延元年のフットボール』八章は、「本当のことを云おうか——谷川俊太郎『鳥羽』」と題されているが、鷹四が口癖のように繰り返す「本当のことをいおうか」とは、いったいどのような真実を含んでいるのか。

おれは、ひとりの人間が、それをいってしまうと、他人に殺されるか、自殺するか、気が狂ってみるに耐えない反・人間的な怪物になってしまうか、そのいずれかを選ぶしかない、絶対に本当の事を考えてみていた。(二五八)

鷹四のいう「本当の事」とは、蜜三郎が推測していた通り、妹の自殺についてである。嘘とニセの記憶、夢への逃避によって、かろうじて生き延びてきた鷹四にとって、妹の死の真実を語ることは、自らの命を放棄することに直結している。

『万延元年のフットボール』の主たる語り手蜜三郎は、〈真実を語る〉ことの代償として猟銃自殺を遂げた鷹四の勇気によって、自分は「生き残り続ける者らに向って叫ぶべき〈本当の事〉をなお見きわめていない!」(四四一)という敗北感をかみしめている。『アブサロム、アブサロム!』の語り手クエンティンは、自分自身の近親相姦願望を媒体としてヘンリーと自分を重ね合わせる。だが、ヘンリーは、妹ジュディスを護るために、妹との結婚を諦めない異母兄チャールズ・ボンを射殺し、行為者としてサトペン家の門から逃亡する。ヘンリーのボン射殺の光景を語りつつ、クエンティンは妹のキャディを孕ませたと信じるドールトン・エイムズを射殺することにも失敗し、父に向かって「ぼくは近親相姦を犯しました」と虚偽の告白をすることしかできない「非行為者」としての自身を再確認するほかないのだ。

鷹四の自己処罰的な猟銃自殺のあと、鷹四がスーパーマーケットの朝鮮人所有者に売り渡した倉屋敷の解体工事の途中で、不思議な地下倉が発見される。そして蜜三郎は、万延元年の一揆を指導した曽祖父の弟は、「仲間たちを見捨てて森を抜け新世界に出発したのではなかった」(四二三)という認識にいたる。一揆後、彼は新しい人生に繰り出したのではなく、ずっとこの地下倉で幽閉生活を送っていたらしいことが判明するからだ。曽祖父の弟は卑怯者ではなく、「生涯にわたって転向はせず、一揆の指導者としての一貫性を持続した」(四二三)まま生き、万延元年から一〇年後の「明治四年の一揆」(四二九―三二)の指導者としても(誰にも正体が不明であったが)、一度だけこの世に出たあと、ふたたび、地下倉に自身を幽閉して生涯を終えたことを蜜三郎は突きとめる。

そして、蜜三郎ははじめて鷹四の苦悩について理解し始める――「発見された曽祖父の弟のidentityの光は、鷹四がそれによってかれの「本当の事」の全体を、生き残る僕に誇示した壮絶な最後の冒険だったという新しい色彩に染める」(四三九)。そして蜜三郎は、「鷹四は自己統一をとげた」(四四二)ことを認める。それは蜜三郎と菜採子の再出発への方向づけを促すものとなった。鷹四の子どもを身ごもった菜採子は、鷹四の忘れ形見を生み育てる決意で、さらに施設から障碍児の赤ん坊を引き取り「ふたりでやりなおすことはできないか」(四四五)と申しでて、蜜三郎も同意する。

これまで「新生」(四四〇)を求める鷹四に批判的だった蜜三郎は、鷹四の「内部の地獄」(四四〇)をようやく理解することによって、自分自身の「新生」の可能性に賭けようとしている。最後に、アフリカの草原へと旅立つ蜜三郎は、自己救済の一歩を歩み始めるのだ。

4 「悲嘆《グリーフ》」のモチーフへ──『「雨の木《レイン・ツリー》」を聴く女たち』

大江は、『「雨の木《レイン・ツリー》」を聴く女たち』に先立つ、八一年五月に、日本英文学会第五三回大会で、「作家としてフォークナーを読む」と題した特別講演を行なっている。大江はその後もフォークナー文学に触れるたび、「女性的なものを通じて」想像力を刺激されたことを強調している〈註3〉。英文学会の講演原稿は、すぐに『文学界』に発表されたが、『村』のユーラ・ヴァーナーと青年教師ラボーヴの関係について述べている。ユーラは、大江の初期の小説『日常生活の冒険』などに登場する卑弥子のような《原初的なエロス》の象徴として捉えられている。『万延元年のフットボール』に登場する蜜三郎の妻、菜彩子もまた《原初的なエロス》としてその冷静な言葉も情熱的な生き方も輝きを放つ光である。大江の語る「女性的なもの」の定義は難しいが、女性人物はもとより、肥沃な大地、ミシシッピ川の恵み、森の再生力なども含まれよう。

大江は、一九九二年秋、NHK「人間大学」に出演し、一二回にわたり「文学再入門」と題して毎回三〇分ずつ講演している。ドストエフスキー、トルストイ、井伏鱒二、夏目漱石、大岡昇平、バルザックらに加え、フォークナーを取りあげた。大江は、フォークナーは「生涯でもっとも影響をあたえられたアメリカ作家」であることを打ち明け、「無邪気なフォークナー」と題して語った(七一)。

大江は、大学時代に読んだという『野性の棕櫚』の「苦しい立場に落ちた孤独な若者の決意の言葉――《悲しみと無の間にあって、おれは悲しみを選ぼう》――にひきつけられた」(七一)〈註4〉と述べている。そして、「無/死」より「悲しみ」を選択したウィルボーンについて、この「単純で無邪気で、受け身の男性」が「(女主人公の)女性像を情熱的にし複雑にし、きわめて行動的」(七七―七八)にすると説明している。さらに、この男女の関係に、「フォークナー世界の男性と女性との関係の原型」(七七)を見ると大江は言う。ちなみに、『野性の棕櫚』は、大江が《救済》はあるのか、と問いつつ、「攻めこむように読んだ」という「ヨクナパトファ・サガ」と舞台を共有してはいない。

大江の言う、フォークナーの男性と女性の人物像は、彼自身の初期の小説からすでに一貫して描かれてきたが、『「雨の木《レイン・ツリー》」を聴く女たち』にいたって、積極的に際立たせることになった。小説の語り手がハワイの精神病治療の民間施設で見たという「雨の木《レイン・ツリー》」は、かれが書いている小説の「暗喩《メタファ》」であり、友人の作曲家Tさんの音楽のタイトルでもある。宇宙モデルとしての「雨の木《レイン・ツリー》」の物語は、「悲嘆」の気分につきまとわれつつ書いていたものだ、と恐らく小説のなかで初めて、フォークナーの名前とウィルボーンの「悲嘆《グリーフ》」を具体的に持ち出している。大学時代の友人、高安カッチャンが、一九五七年春に、ヴァージニア大学におけるフォークナーの質疑応答に出席していた、という設定である。そして、ウィルボーンの言葉が英語で引用される――「... between grief and nothing, man will take grief always」(四〇)。やはり小説を書こうとしている高安は、「自己破壊的な人間」(三九)とされるが、かれが突然、病死したと知らせてくるのは、高安の妻、ペネロープである。彼女は、語り手/作家の小説に卑小化されて書かれたと思われる高安の屈辱を払拭するべく、情熱的に作家に抵抗し、「高安カッチャンとの至福の時の思い出」(一五七)について知って欲しいと、烈しく挑戦してくる。

『「雨の木《レイン・ツリー》」を聴く女たち』後半部において、レイプ殺人犯となって縊死する高校教師の妻(中学教師)は、夫は真犯人の身代わりになったのではないか、と勘ぐり、必死で夫の汚名を晴らすべく、事件と関わっているらしい男を追う。なぜなら、夫には「本当に行きづまっている人間がいたら、不思議なくらい自分を犠牲にして、その人を救おうとする、そういうところがあった」(二七七)からだと主張する。彼女の主張のなかで、聞き逃してはならない言葉は、窮地にいる人を「救おう」とする夫の振るまい方であろう。この連作集は、このように男性が、「自分の生命を犠牲にし、汚辱のなかでわれとわが身を破壊する仕方」(二八六)で死に、その妻が亡き夫の人間的で崇高な生き方をほかの人に説得しようとする女性たちの物語となっている。

この小説には、谷間も森も登場しないが、フォークナーの「悲嘆《グリーフ》」を基軸にして、「核の大火」(一九八)

による人類破滅の危機意識をも描き込み、悲惨な終末に対抗する勇敢で情熱的な女性たちの献身と贖罪、および、以後、大江の小説の重要な「暗喩《メタファ》」となる樹木、宇宙樹とも呼ぶべき幻の「雨の木《レイン・ツリー》」と再生のモチーフ、「自己救済」（一八六）、「大いなる日」（二〇四）〈註5〉にまで言及される点において、大江文学の未来を予言する希望の書ともなった。

5　結び

フォークナーの「悲嘆《グリーフ》」は、『懐かしい年への手紙』（一九八七）第一章のタイトルとして「静かな「悲嘆《グリーフ》」」と冠されているのをはじめとして、繰り返し登場人物の自己救済への乗り越え点となる言葉である。この自伝的小説において、大江はKちゃんとして登場し、「僕は少し前から、自分の一番根幹にある感情は、「悲嘆《グリーフ》」だと感じてきました」（一二）と述べて、若き日にフォークナーを読んで感動した、ウィルボーンの言葉――「無／死よりは悲嘆」を選び、シャーロットの記憶とともに生き続ける決意――を長い間、作家の内側に住まわせていたことを告白している。

フォークナーは、一九五五年のインタヴューにおいて、「『サートリス』を書いてから私は、小さな郵便切手ほどの私の故郷が書くに値すること、そして生涯かけて書いても書ききれないだろうということに気づいたのです。……故郷の土地は、さまざまな人びとの黄金の金鉱を切り拓いてくれ、私はそのようにして、私だけの小宇宙を創造したのです」（*LG* 二五五、傍線筆者）と述べた。

そして、大江は、『万延元年のフットボール』において、森の谷間を舞台にし、一〇〇年前の一揆と戦後間もなく虐殺された親族の事件と現在を同時的に捉える鷹四の野望と苦悩を描いた。『壊れものとしての人間』において、大江は、『響きと怒り』という言葉を用いて、「子供らの想像力にかかわるかぎり、あの戦時のある日、ある時刻、われわれの谷間を、明治初年の一揆の荒れくるう人間、事物、声、叫喚、そして炎までがしめつくし、米騒動のありとある動きと物音、「響きと怒り」が埋めつくしたのである」(二二)と述べ、フォークナー文学に呪縛された自身を嬉々として認識する。

大江は、のちに、大江健三郎同時代論集五『読む行為』(『壊れ物としての人間』が収録された)の、「未来へ向けて回想する——自己解釈(五)」において、「森にかこまれた谷間の村は、僕にとってもっとも普遍的な、この世界の原型、僕にとっても宇宙モデルをあらわしていたのである」(三三一)と述べた。さらに、「森のなかの閉じられた小世界において、およそ人間の世界におこりうることはなんでもおこりえたし、そしてその宇宙モデルの外縁をすっぽり覆っている広大な森は、かぎりなく魅惑的でかつ恐ろしい、生と死のそれぞれの母胎が共存する、暗闇のような場所と直感されていたのである」(三三二)と加えるとき、大江の森の「小世界」は、フォークナーの「小宇宙」に連結しうるだろう。

フォークナーの「小さな郵便切手ほどの故郷の土地」から、大江は森を舞台に、柳田国男の「懐かしい村」を創りだす作業にとりかかる。奴隷たちの血に汚れた南部の土地に、贖罪と許しと救済と再生に向かう力があるのか。大江は、ハワイで見出した「雨の木《レイン・ツリー》」に救済と再生を託している。やがて、大江は、『懐かしい年への手紙』にいたるいくつもの森の物語のなかに、傷ついたものの癒しと罪の許しと人間の再生を確認するに至る。大江は、フォークナーを皮切りに、樹木をメタファとして、ウィリアム・ブレイク、W・B・イエーツ、ダンテなどの詩に導かれて、文学による救済を信じ書き続けたのである。

【註】

1 『野性の棕櫚』は、一九九〇年、その原題『エルサレムよ、我もし汝を忘れなば』(*If I Forget Thee, Jerusalem*)に戻された。

2 『響きと怒り』の日本語訳は、平石貴樹・新納卓也訳による。

3 『文学界』第三五巻七号、一九八一年、一四九頁、『世界』第四七八巻、一九八五年、一三六―五二頁などを参照されたい。

4 日本語訳は、フォークナー全集一四(冨山房、井上謙治訳、一九六八年)が使われている。

5 『燃えあがる緑の木』第三部「大いなる日に」(一九九五)において、魂の救済に向けて人びとが唱和する声――"Rejoice!"(四一二)――を響かせて閉じられる。

【引用文献】

Faulkner, William. *Light in August*. (*LA.*) New York: Vintage, 1990.

——. *Lion in the Garden: Interviews with William Faulkner, 1926-1962.* (*LG.*) Ed. James B. Meriwether and Michael Millgate. New York: Random House, 1968.

——. *The Sound and the Fury.* (*SF.*) New York: Vintage, 1990.（フォークナー、ウィリアム『響きと怒り』平石貴樹・新納卓也訳、上下巻、岩波文庫、二〇〇七年。）

大江健三郎『壊れものとしての人間』講談社文芸文庫、一九九三年。

——『懐かしい年への手紙』講談社、一九八七年。

——『万延元年のフットボール』講談社文芸文庫、一九八八年。

——「無邪気なフォークナー」NHK人間講座「文学再入門」テクスト、日本放送協会、一九九二年、七一—八〇。

——『燃えあがる緑の木』新潮文庫、一九九八年。

——『読む行為』大江健三郎同時代論集5、岩波書店、一九八一年。

——『「雨の木《レイン・ツリー》」を聴く女たち』新潮社、一九八二年。

加藤典洋「解説　万延元年からの声」大江『万延元年のフットボール』四五八—七三。

古林尚「大江健三郎年譜・著書目録」『群像』特別編集「大江健三郎」、講談社MOOK、一九九五年、二六〇—七五。

第一一章

雨宿りの名残り
――フォークナーと倉橋由美子

花岡 秀

1 はじめに

だれにとっても、いつまでも頭の片隅に居座り続けている作品があるのではなかろうか。倉橋由美子の『夢の浮橋』はそのような作品の一つである。夕立を遣り過ごすため、雨宿りにふと立ち寄った書店で、このタイトルに惹かれ、買い求め、その夜のうちに一気に読み終えたことだけは記憶にある。それまでの倉橋の作品、『パルタイ』、『婚約』、あるいは『聖少女』、『スミヤキストQの冒険』などとはまったく異なる作品の趣に驚くと同時に、その妖しげな世界に即座に向き合えなかったために、その余燼が未だに消え去ることなく残っているのかもしれない。余韻や残響の揺曳を楽しめればそれでよし、としたいものだが、一方で消えることのない余燼のからくりが気にならなくもない。無粋は承知の上で、少し倉橋の世界を覗いてみたい。

2　ヨクナパトーファ・サーガの影

『夢の浮橋』は一九六九年に雑誌「海燕」に連載され、翌年に中央公論社から出版された。物語の時代背景は学生運動華やかなりしころの一九六〇年代に設定され、親子二代にわたるスワッピングとインセストへの憧れ／宿望に彩られた、穏やかならぬ世界が描かれている。物語は、大学生である牧田桂子と一足先に大学を卒業した宮沢耕一の関わりを軸に展開する。桂子と耕一が、京都での逢瀬の際、それぞれの母親が夫ではない男と一緒のところを見かけたのを端緒に、両家に纏わる「裏側の世界」（一九）が詳らかにされていく。桂子と耕一の両親の長年にわたるスワッピングが明らかとなり、二人の関係はにわかに兄妹の可能性を秘めた妖しげな様相を帯びることとなる。「裏側の世界」の事情を知った二人は、周囲の反対もあって、結局結婚をあきらめ、それぞれ違った相手と結婚することになるが、さらに驚くことに、別の相手と結婚をした桂子夫妻と耕一夫妻が新たにスワッピングの関係を築き始めようとするところで物語は閉じられている。

『夢の浮橋』で女主人公として登場した桂子は、実は、それ以降いくつかの作品に登場することになる。とりわけ『城の中の城』（一九八〇）、『シュンポシオン』（一九八五）、『交歓』（一九八九）の三作は、結婚後、山田桂子となった桂子の後日談となっている。いうならば、『夢の浮橋』に始まるこれら四作は、桂子を中心とした物語となっているのである。『城の中の城』は、『夢の浮橋』からほぼ一〇年が経過した、一九七〇年を過ぎたころ、二児の母となった桂子が、大学教授である夫の信が自分には無断でキリスト教に入信したことを知って、夫に棄教させるべく奮闘し、意思を貫徹する物語である。世界中が不穏な空気に包まれ動揺する二一世紀の初頭を時代背景とした『シュンポシオン』は、初老となった桂子や娘、孫娘からなる山田家、耕一の息子を中心とする宮沢家、さらにかつては政財界に君臨した入江氏らが繰り広げる「饗宴」が描かれる。時間的には『城の中の城』の後日談である『交歓』は、一九八〇年ころ、桂子が四〇歳の誕生日を迎える時期が物語中の現在となっている。出版社を経営していた父の死後、出版社社主として経営を切り盛りし、夫である山田信の死後は政界入りを目論む大物、入江氏との親交を深めていく桂子が描かれている。さらには夫君の教え子らとの怪しげな関わりが桂子の多様な「交歓」に彩を添えている。

これらの四作を概観すれば、時間的には一九六〇年代から一九八〇年代、例外的な『シュンポシオン』を入れれば二一世紀初頭までのほぼ半世紀をカバーする、桂子を軸とする親子四代にわたるサーガが浮かび上がってくる。ふとサーガという言葉が出たが、反射的にウィリアム・フォークナーのヨクナパトーファ・サーガが頭の中を過ぎり、苦笑いしてしまう。しかし、単なる苦笑いを越えた奇妙な共鳴が聞こえてこなくもない。そもそも、一つの虚構の世界を構築するだけで飽きたらず、さらにその世界を異なった時間帯から再構築しようとすること自体、作家のただならぬ想いを示唆しているし、共鳴を起こす振動数も一つならず存在しているように思われる。

『夢の浮橋』の中心的なモチーフとなっているのがインセストとスワッピングである。牧田桂子と宮沢耕一の間に漂うインセストに対する憧れ、あるいは怪しげな陶酔は、物語を展開させる推進力を生み出すと同時に、その世界に錯綜した陰影を投げかけるものとなっている。桂子と耕一は、偶然同じ日にそれぞれの母親が父親とは違った男と逢引しているところを目撃し、その後両親たちの間でスワッピングが行われていた事実を知る。二人の結婚に双方の両親が反対するにいたって、自分たちが異母兄妹の関係にあるのでは、という疑念はさらに深まることになり、結局はそれぞれ別の相手と結婚することになる。しかし物語はそう単純ではなく、両親のスワッピングが始まったのは一〇年ほどまえからで、桂子が生まれてからのことであり、さらに、桂子の母親は結婚早々耕一の父と駆け落ちして、一騒動あったことが語られるだけで、二人のインセストの可能性に関しては、作品は最後まで確定的な事実を示すことなく閉じられる。

インセストといえば、すぐさまフォークナーの『響きと怒り』におけるクエンティンとキャディ、あるいは『アブサロム、アブサロム!』におけるチャールズ・ボンとジュディスの関係が想起される。妹キャディのドールトン・エイムズによる処女喪失という現実を受け入れることができず、「ぼくはインセストを犯しました、お父さん、あれはドールトン・エイムズではなくぼくでした」(*SF* 七九)と父に語り、最後は入水自殺したクエンティン。自分を捨てた父サトペンの認知を求めて、異母兄妹であるジュディスとの婚約を破棄することなく突き進み、ジュディスの兄ヘンリーに射殺されるボン。インセストは、『サートリス』(『土にまみれた旗』)における兄ホレス・ベンボウと妹ナーシサをはじめ、その他のフォークナーの作品にも繰り返し現れるモチーフであるが、その多くに、南部の重い歴史と現実が幾重にも屈折しながら色濃く影を落としていることは、「それじゃあ、きみが我慢できないのは黒い血と混じりあうことで、インセストではないんだね」(*AA* 二八五)とヘンリーに語りかけるボンの言葉に集約されている。

一方、「大人のとも子どものともちがった世界で、いわば悪い夢の世界」(『夢の浮橋』六九)で、結婚ということばを「改めて投げたり投げかえされたりすることが考えられない」(一一二)微妙な関係を継続してきた桂子と耕一は、突如垂れ込め始めた異母兄妹の可能性という暗雲にもさして狼狽する様子も見せず、結局それぞれが自分に見合った相手と結婚する。桂子は、耕一が自分を妹と知ったうえで恋人にしていたのでは、と仮定して、「妹と知って恋人にする男の心の厭わしさ」と「むしろそんな病に狂うほども自分に心を向けてくれる、その男の心に心をゆだねたい」(一六五)という思いの間で気持ちを乱しはするが、二人の関係を「軽やかな遊び着のように着たり脱いだりしていたい」(一八四)ものとして捉える余裕を忘れることはない。

さらに物語は怪しげな様相を帯び、結婚後、まり子と結婚した耕一に思いを馳せ、「山田やまり子もふくめた四人であの橋を渡って、世界の裏側へ踏みこんでいることにも気づかずに、子どものように遊ぶことはできないものだろうか。それができれば、と桂子は夢心地で」(二四二)考えるようになる。果たせるかな、山田、宮沢の二組の夫婦は、京都でスワッピングを実行するところで物語は閉じられている。桂子にとっては、それは、「swapping といった野暮なことばとは無縁の、優雅な関係」(二五三)であり、「虚無の裂け目をまたぐ橋」、「二人に分れた自分の、ひとりを現実のほうに残し、別のひとりを夢のなかにはいっていく心地で渡らせることのできる橋」、「普通の人間の目にも虹がみえるようにみえて、存在しているのに、だれにも渡ることのできない橋」(二五五)を渡ることであったに違いない。桂子、耕一ともに両親が踏んだ轍を再度踏むことになり、桂子と耕一の関係は、『城の中の城』でも再びふれられることになるし、『交歓』でもその関係が続いていることを読者は知ることになる。

3　インセストとスワッピング

フォークナーと倉橋では、描かれるインセストのベクトルの大きさはともかく、その向きがかなり異なっていることはいうまでもない。没落貴族の末裔として、南部の歴史の重さに喘ぎながら時と対峙し、奔放な妹キャディの処女性にあくまでもこだわり、屈折したインセスト幻想を抱くにいたったクエンティン、トマス・サトペンが陥った異種混交という南部における奈落の現実に突き動かされるかのように異母兄妹であるジュディスとの結婚に突き進むボン、どちらのインセストもいわば重い過去を背負った現実へと向かっている。一方、倉橋の描くインセストは、「夢」の世界でのことであり、「着たり脱いだり」できる「軽やかな遊び着」のようなもので、現実や過去のしがらみから遠ざかろうとするベクトルとして捉えられるものであろう。同じインセストを描いてもそのベクトルはフォークナーと倉橋ではまったく異なるものであるが、それにしても倉橋のこのモチーフへのこだわりは気にかかる。

インセストとスワッピングという穏やかならぬ男と女の関わりが、『夢の浮橋』の世界を紡ぎ出す鮮やかなより糸となっているわけであるが、とりわけインセストは倉橋の初期の作品から繰り返し取り上げられてきたモチーフでもある。少女とパパとの父娘、さらに語り手である少年と姉とのインセストが描かれている『聖少女』（一九六五）、双生児の姉弟、KとLの関係を扱った「悪い夏」や「蠍たち」を収録した『悪い夏』（一九七〇）、あるいは、義母と息子の錯綜した関係を描いた、『反悲劇』（一九七一）に含まれる「河口に死す」などは即座に想起されるものであろう。しかし、グロテスクで陰鬱な空気を漂わせていたこのようなモチーフも、『夢の浮橋』ではその趣が一変する。身構え、忌避したくなるような気配は薄れ、むしろ妖しげで、妖艶とさえ感じられる香りを醸し出し、その世界に読者を誘き寄せかねない趣を湛えているといえよう。この差異は一体どこから生じているのであろうか。

倉橋はその創作活動のかなり早い時期から、「スタイル」というものにこだわっていたが、どうやらこの「スタイル」がこの差異と深く関わっているらしい。倉橋のいうところの「スタイル」の意味は、以下の一節から端的に窺い知ることができる。

《スタイル》（中略）これを《文体》と呼んでもいいのですが（中略）わたしはもっと広い意味で、小説の形式に関する問題をすべてふくめたものを、わたし流に《スタイル》と呼ぶことにしたいと思います。すなわち小説の《なにを》に対して《いかに》のほうがわたしのいう《スタイル》になります。（『わたしのなかのかれへ』二九一）

さらに、一歩踏み込んで、「小説を面白くするのは「何を書くか」よりも「いかに書くか」である」（『あたりまえのこと』一九五）と、創作に関する基本的な姿勢を明らかにしている。作家のことばを鵜呑みにする危険性を差し引いても、倉橋の「スタイル」へのこだわりは『夢の浮橋』を考える上で、一つの指標を提示してくれる。

そもそも、だれもがまず『源氏物語』の五十四帖、「夢浮橋」を想起する『夢の浮橋』というタイトルが、この作品を「いかに書くか」という倉橋のこだわりを如実に物語っている。薫と浮舟、そして匂宮の縺れた絡みとの関連の詮索などを越えて、このタイトルそのものが作品の雰囲気の基調を規定するものとなっている。それは物語の世界に分け入るまえから、読者を平安朝時代の風雅で幽艶な世界へと誘う。さらに作者が、桂子と耕一の逢引、二人の両親のスワッピングの舞台を古都、京都に設定している点も、心憎いまでもの配慮といえよう。また、各章には、「嵯峨野」にはじまり、「雲の峰」、「中秋無月」、「花野」、「霜夜」などを挿みながら最終章の「夢の浮橋」へと、たゆたう時間の流れに支配された虚構の世界を示唆する、瀟洒なタイトルが附されている。このような作品の舞台の設定は、いわば、読者を非日常的な異次元の時空間へと誘い出し、現実世界で強いられる緊張感を溶解させる。スワッピングに関しては、物語中でも、「アプダイクは最近 Couples を出したでしょう。これがおもしろいのよ。swapping の問題もとりあげているわ」（四一-四二）と、卒業論文の作成に絡んだ学生のことばとしてさりげなく埋め込まれているが、倉橋自身の言及も興味深いものである。

この小説で例の特別の「交換」を書いてみる気になったのは、アプダイクの『カップルズ』に刺激ないしは「教唆」されてであったかもしれない。（中略）アプダイクの小説には余り感心しなかったので、これとは別の優雅で腐敗した関係を書いてやろうと意気込んだことはあるかもしれない。（「作品ノート」、『倉橋由美子全作品8』二二三）

この一節からも、倉橋がスワッピングも「優雅」に描こうと意気込んでいたことが読み取れ、その「スタイル」へのこだわりが窺い知れる。

さらに、このタイトルが、新古今集の中の藤原定家の一首、「春の夜の夢の浮橋とだえして嶺にわかるるよこ雲のそら」と深く関わっているらしいことは、倉橋自身のことばからも読み取れる。倉橋は、「わが愛する歌」という一節で定家のこの歌にふれ、次のように語っている。

「夢の浮橋」とはまことにみごとなことばで、これは勿論、「宇治十帖」の「夢浮橋」を思いださせる。このことばのなかには、浮舟も薫も、かれらの夢も、すべてが封じこめられていて、これはいわば想像力の壷である。この壷のふたをあけると、想像力を酔わせる煙のようなものが出てきて、「余情妖艶」とか「幽玄」とかいうのはそのことをさしているのかもしれない。（『わたしのなかのかれへ』三九〇）

まさしく、『夢の浮橋』というタイトルは読者の「想像力を酔わせる煙のようなもの」ではなかろうか。倉橋は、巧妙に、『源氏物語』のうえにさらに定家の歌までをも重ね合わせ、読者の現実感覚や理性を酔わせ、麻痺させ、「妖艶」で「幽玄」な霧で包み込まれたスワッピングやインセストの虚構の世界へと誘っているのである。かくして、インセストやスワッピングといった躊躇や戸惑いなくして向き合うことが難しい世界へ読者は巧みに招き入れられることになる。

インセストへの憬れと怪しげな陶酔は、『城の中の城』や『交歓』でも桂子と耕一の関係を通して描かれるが、さらに二一世紀初頭という未来に時間を設定した『シュンポシオン』にまでもその影を引き摺ることになる。作品中ではすでに初老の域に差し掛かった桂子の孫娘、聡子と、耕一の息子、明が紆余曲折を経ながら婚約へといたるが、明が山田、宮沢両家のそれまでの関係を系図にしてみるくだりは印象的である。

先程引いておいた明、聡子の名前を結ぶ点線が二本の実線に修正されていた。二本線は婚姻関係を表すのに明さんが使った記号である。明さんの父の耕一氏と桂子さん、耕一氏の父と桂子さんの母、いずれも点線であるが、ここで初めて、明さんの宮沢家の方と、桂子さん、聡子さんの方とが婚姻関係で結ばれる形になる。(『シュンポシオン』三九九–四〇〇)

この一節を読んで、ふとフォークナーの『行け、モーセ』の中の「デルタの秋」が頭の中を過ぎる。山田、宮沢両家の関係を確認すべく系図を書こうとする明と、マッキャスリン農園の土地台帳をたよりにその複雑な家系を調べながら、マッキャスリン家に纏わる恐るべき罪を知るにいたる若き日のアイクの距離は、それほどかけ離れたものではない。アンクル・アイクの農園放棄によって今では農園を受け継ぐにいたっている女系のエドモンズ家の末裔ロスと、マッキャスリン家の始祖、オールド・キャロザーズの近親相姦に端を発して続いている黒人の家系のこれまた末裔の女、テニーのジムの孫娘との関係は、たとえ法的な婚姻関係のもとではなくとも、間接的にマッキャスリン家の白人の家系と、いわば裏／闇の黒人の家系が再び交わることを意味した。もちろん、あのアイクの、怒りと虚しさ、哀しみを響き渡らせる、「たぶん、ここアメリカでも、千年か二千年もすれば、（中略）でも、いまはだめだ、いまは」（*GDM* 三六一）という衝撃的なことばをまつまでもなく、二人が婚姻関係を結ぶことはなかったが、たとえ呪われた罪に端を発した血が薄まり、時間が経過しても繰り返し立ち現れる／描かれるインセストの影は、倉橋が『シュンポシオン』においてまでも描こうとしたその影と奇妙に重なり合う。

4　ブラックボックス

それにしても、倉橋がインセストやスワッピングといった穏やかならぬモチーフを繰り返し取り上げたのはなぜだろうか。やはり、この謎は気にかかる。作家が自らの作品について語ることばを鵜呑みにすることの危険性は承知のうえで、再度、倉橋のことばを引いてみる。倉橋は、エッセイ集『わたしのなかのかれへ』の中で、なんと「インセストについて」と題して語っている。インセストは、「わが国語の辞書からは抹殺したいことばのひとつ、いやしくも教養ある紳士なら日常口にすべからざることばであるかもしれませんが」、「とにかく世間には近親相姦の事実が性生活の隠微な悪性腫瘍として少なからずひそんでいることだけはたしかです」とことわったうえで、「わたしが近親相姦を小説に描くのは、これをいかにして聖化するか、という課題に魅力を感じるからなのです」と、一見明快に語る。さらに、近親相姦は人間が「社会」から「自然」（動物、獣）まで下降しようとする「悪」ではあるが、同じ「悪」でも、人間が「社会」から上方へ、「天国」、つまり「死」に向かって脱出しようとするトリスタン＝イズー的エロスの存在をも指摘する。そして、この「悪」のベクトルが反社会という方向をもつと同時に「反自然的」でもあり、エロス（愛）と近親相姦とは「社会」の「上界」および「下界」をなす「悪」であるという独特の見方を展開し、「近親相姦を聖化する」とは、近親相姦にエロスの翼をあたえ、「社会」から「死」にむかって飛翔する情勢に転化せしめることだと語っている（二五四-五五）。

倉橋独特のインセスト論であるが、なぜインセストを聖化しなければならないのか、という点に関してはよくわからない。それよりも、ひとつはっきりと見えてくる点がある。それは、やはりここでも、倉橋が「いかに書くか」にどこまでも執着している姿勢である。インセスト、あるいはスワッピングがたとえ「悪」であっても、それらを「別の優雅で腐敗した関係」として描きあげようとする意気込みこそ、『夢の浮橋』にはじまる桂子を核としたサーガを支えるキーストーンになっているように思われる。フォークナーではないが、危うく厄介な問題を扱った虚構の世界は、そのキーストーンが取り去られればたちまち崩れ落ちる怪しげな世界でもある。しかし、どこまでもその世界を「余情妖艶」あるいは「幽玄」の薫りを漂わせて存続させようという倉橋のこだわりは、さすがである。

依然として解けぬ謎、「なぜインセストを聖化しなければならないのか」、あるいは「腐敗した関係」であるスワッピングを「優雅」な関係として描かなければならなかったのか、という疑問は、結局、倉橋が重きを置かなかった「何を書くか」という問題に辿りついてしまうのかもしれない。だとすれば、この謎に迫ることは、作家のきわめて個人的なブラック・ボックスの仕組みを解き明かそうとするようなもので、徒労に終わることは目に見えている。それを承知で、せめて覗いてみるぐらいのことはしてみたい。

倉橋は、明治大学在学中に「雑人撲滅週間」、「パルタイ」を学長賞奨学懸賞論文・創作の創作部門に応募したのをきっかけに、文芸春秋社から『パルタイ』(一九六〇)が刊行され、芥川賞候補にもなって華々しく文壇に登場した。『パルタイ』をめぐっての平野謙と丹羽文雄との論争、『暗い旅』(一九六一)を海外文学の模造品と断じた江藤淳との確執をはじめ、デビュー当時から文壇を賑わせていたが、創作活動の早い時期から、倉橋は、「正統派の小説に対する破壊作業でもあるような一群の小説、つまり《ヌーヴォーロマン》と呼ばれる新しい小説」(『わたしのなかのかれへ』一九七〇)に対する興味、志向を表明していたことは注目に値する。たとえば、『暗い旅』に関しては、「この小説の原理は断片の混合であり、モザイクの手法であるが、ビュトールから借りたのは二人称の形式よりもむしろこの意識の断片を並べていくというやり方であった」(「作品ノート」、『倉橋由美子全作品3』一三九―四〇)と手の内を明かし、『パルタイ』や『婚約』(一九六一)についても、カミュやカフカからの影響を率直に語っている(『磁石のない旅』九八)。この倉橋の、既存の小説を「破壊」するような「新しい小説」への傾斜は、私小説をはじめとする日本の現代小説への抵抗あるいは反撥と表裏一体をなすものであった。私小説が、作者と読者との変則的な関係のうえに成り立つ、「いかがわしさ」すら伴ないかねない危険性を孕む形式であることを説いた、「評伝的解説――島尾敏雄」(『毒薬としての文学』一九二―二〇五)を読めば、倉橋の私小説に対する見解は一目瞭然である。また、倉橋の現代小説への批判的立場は、「芥川賞その他をもらったりもらいそこねたりしている今日の純文学」は、「大人が暇つぶしに、というより暇をつぶしてまで読んで楽しむ種類の小説でもなく」、「いたって素直に少年の日の自分のことを書いたり、少年の目でまわりの大人を眺めたりするのを特徴としている」、「比較的若い素人が自分の気持ちや体験を綴ったもの」(『あたりまえのこと』八七)、と断ずることばを引けば十分であろう。要するに、既存の小説がもつ「スタイル」への反抗が、とりわけ初期の作品の底流に脈打っていたといえよう。

倉橋の「新しい小説」への傾倒と日本の現代小説への反発と微妙な和音を奏でているように思われるのが、彼女の現実に対する姿勢というか、距離のとり方ではなかろうか。「わたし自身についていえば、他人と世界にたいする和解は生まれたときから失われていました」(『わたしのなかのかれへ』一〇〇)と過去を振り返り、「今まで生きることをうちきらなかった理由は、実生活のかわりに、虚の、つまり贋の生活に魅せられていたから」で、「小説という虚の世界をつむぎだして、そのなかで繭のなかの虫みたいに、悪い夢を見ることに執着してきた」(四一)と語る倉橋に、現実に対するある種の抵抗、さらにいえば、拒絶を読み取ることは、あながち見当はずれではあるまい。

こうした一連の言辞を背景に据えてみると、「結局何が私に小説を書かせたかと言えば、怒りではなかったかと思います。(中略)何かに怒って抗議するというような怒りではなくて、愚劣なものに腹を立てて嗤うという種類の怒りです」(『毒薬としての文学』一二四)と、自らの創作の源泉を吐露した倉橋のことばは、にわかに現実味を帯びてくる。「愚劣なもの」が如何なるものであったのかは知る由もないが、「破壊」しなければならないと思うような小説、その小説をも含めた現実がそのなかに含まれていたことは想像に難くない。そうだとすれば、「何を書くか」にあたって、インセストやスワッピングをとりあげた理由が推し測れなくもない。

今日、一般に純文学とみなされる小説であってもその大半は通俗小説である、とみなし、「その《スタイル》も《技術》も一般市民のあいだに普及した結果、家庭の主婦でも簡単に小説をつくりあげる時代となりました」(『わたしのなかのかれへ』二九五)と手厳しい判断を示した倉橋にとって、現代小説に対し自らの位置を明確にする方法は、「いかに書くか」の重要性を顕示することであったに違いないし、「悪性腫瘍」や「腐敗」とみなされる男女の関係を「聖化」し、「優雅」なものとして描くことは、うってつけの手段であったに違いない。さらに、幼い頃から決して和解することのなかった「他人と世界」、現実社会を背景に据えれば、そこに潜む「性生活の隠微な悪性腫瘍」であるインセスト、あるいは「腐敗した関係」であるスワッピングを優雅で聖なるものとして示すことは、既成の倫理観や価値観を根底から揺り動かすという、倉橋に少なからず愉快な思いをもたらしたのではなかろうか。つまり、少々意地悪く、倉橋にとっての「嗤う」べき「愚劣なもの」に現代小説と現実社会を重ね合わせてみれば、「何を書くか」にあたって、インセストやスワッピングをとりあげた理由がにわかにおぼろげな影をとりはじめるように思われるのである。

5　おわりに

ここで、再度、桂子を中心とするサーガに立ち戻れば、このサーガが、「他人と世界にたいする和解」をなし得ず、「実生活のかわりに、虚の、つまり贋の生活に魅せられ」た倉橋によって紡ぎ出された「小説という虚の世界」だとすれば、その規模は異なっても、フォークナーの、「アクチュアルなものをアポクリファルなものへと昇華させることによって」(*LG* 二五五)創造されたヨクナパトーファ・サーガと決して無縁ではなかろう。

倉橋が、作家を「小説家という創造主」(『あたりまえのこと』三〇)、「小説では神にあたる作者」(『磁石のない旅』二一七)と表現したことを思えば、自らが創造した虚構の世界を「私自身の宇宙」と呼び、『アブサロム、アブサロム!』に附した、自らの手で描いた、ミシシッピ州ヨクナパトーファ郡の地図に、「ただ一人の所有者にして領主」と明記し、その世界の中では「神のように人間を動かすことができる」(*LG* 二五五)と語ったフォークナーとの距離は、見かけほど遠くはない。現実を拒絶してその「かわりに」創造された世界も、現実を「昇華」させることによって作り上げられた世界も、その底に拒絶あるいは昇華しなければならなかった、奈落の「現実」が不気味な口をあけていることには変わりがないからである。

【引用文献】

Faulkner, William. *Absalom, Absalom!* (*AA*.) New York: Vintage, 1990.

——. *Go Down, Moses*. (*GDM*.) New York: Vintage, 1990.

——. *Lion in the Garden: Interviews with William Faulkner, 1926-1962*. Ed. James B. Meriwether and Michael Millgate. (*LG*.) New York: Random House, 1968.

——. *The Sound and the Fury*. (*SF*.) New York: Random House, 1984.

倉橋由美子『あたりまえのこと』朝日文庫、二〇〇五年。

——『倉橋由美子全作品3』新潮社、一九七六年。

——『倉橋由美子全作品8』新潮社、一九七六年。

——『磁石のない旅』講談社、一九七九年。

——『シュンポシオン』新潮文庫、一九八八年。

——『毒薬としての文学』講談社文芸文庫、一九九九年。

——『夢の浮橋』中央公論社、一九八四年。

——『わたしのなかのかれへ』講談社、一九七〇年。

第一二章

「切手ほどの土地」
——フォークナーと中上健次

田中敬子

1　はじめに

中上健次（一九四六–九二）は、自らの故郷である紀州、熊野を舞台に多くの作品を書いた。そして短編連作集『千年の愉楽』や「秋幸三部作」と呼ばれる『岬』『枯木灘』『地の果て 至上の時』などの小説で、中本の一統や、浜村龍造とその息子秋幸を巡る人々を何度も登場させている。紀州サーガと呼ばれるこれらの物語を展開する過程で、彼がウィリアム・フォークナー（一八九七–一九六二）の作品に大きな影響を受けたのは間違いない。しかし中上は、最初から故郷を舞台にフォークナーのヨクナパトーファ・サーガに類するものを作ろうとしていたわけではない。作家として出発した当初、中上は一九六〇年代カウンターカルチャー全盛の東京にやってきて、大学受験を目指すとしつつ、文学修業に励んでいた。その頃書かれた「海へ」は、彼の文学の原点というべき兄の死に言及し、繊細な皮膚感覚で外界を受け止める散文詩のようだが、そこにでてくる故郷の海はギリシャ神話の海にも連なる。ベトナム反戦の学生運動を背景に、鬱屈した怒りと焦燥感のなかでジャズやドラッグにのめり込む主人公を描いた「JAZZ」、「日本語について」など、初期の大江健三郎を思わせる作品も残している。大江自身フォークナーの『アブサロム、アブサロム！』などの影響を受け、『万延元年のフットボール』で自分の故郷になぞらえた村を基盤として設定していることを考えれば、中上も大江の後をたどってフォークナーに至ったとも言える〈註1〉。

故郷を模した大江健三郎の村落共同体は、大江が中央に対する周縁を考える拠点として重要な意味を持つ。その共同体は、実は作者のたくらみによる虚構であるが、虚構という作者自身の明確な認識があっても共同体の存在感はゆるがない。たとえ大江の主人公が共同体のなかで孤立しても、そこは彼が本来、依って立つ場である。それに対して中上がフォークナーに嗅ぎ取ったのは、共同体に属しているはずでありながら自分はそれを裏切っている、という居心地の悪さ、共同体に属しきれない違和感、距離感であろう。同じ反社会的行為をしていても、大江の主人公たちが体制社会に抗して抱く強烈な自意識、故郷に対して抱く定点意識とは違い、自らの共同体に同調しえないあぶれ者の後ろめたさが中上やフォークナーの登場人物には強い。『土にまみれた旗』で、第一次世界大戦から故郷ジェファソンに戻るが、結局そこを出て試験飛行中に他所で死ぬベイヤード三世、ハーヴァード大学で「僕は南部を憎んではいない」と叫ぶクエンティン・コンプソンなど、フォークナーの作品に登場する人物の多くは、故郷との空間的、精神的ずれを絶えず意識している。

中上も、幼少時代の過酷な境遇に比して高校卒業後は、大学をめざすという名目で東京に行く余裕が生まれ、故郷との距離ができた。しかし彼の初期作品には「一番はじめの出来事」や「眠りの日々」など、兄の自死や複雑な家庭環境なども執拗に書かれている。兄を死なせて生き残っている自分、故郷の地縁血縁のしがらみに対し、一人だけ高等教育を受けるために外へ出て、言葉による表現で生きていこうとする者の負い目、孤独は、中上の作品ではしばしば突発的な暴力となって現れる。「灰色のコカコーラ」で立小便を見とがめられて相手をアイスピックで刺す予備校生の「ぼく」や、「一番はじめの出来事」で、気違い輪三郎と呼ばれる故郷の男の眼を潰したり彼の小屋を焼く幻想を見る少年は、後の作品に登場する、そこだけワープした磁場を漂わせる無頼の放浪者たちを予見させる。

中上健次は日本で、部落出身のマイノリティとして自らを意識していた。一九世紀末に生を受けたフォークナーは、零落したとはいえアメリカ南部白人支配者階級に属しており、狭義には差別する側に属していた。しかしアメリカ合衆国内の南北対立では差別される側の意識もあり、彼を文学へと駆り立てたものの一つは漠然とした喪失感であった。『響きと怒り』冒頭、目的がわからないままラスターの二五セント硬貨探しに同道するベンジーは、さまざまなものを失っているという自覚さえも普段はおぼろである。自分が喪失しているものは何なのか、ベンジーを筆頭に、小説を書くことによって探るフォークナーは、その過程で自らの故郷に対する精神的なずれ及びその理由を発見していく。

フォークナーには南部の奴隷制、中上には被差別部落の問題があり、差別を構造化した社会は、彼らの故郷に対する屈折した思いの大きな要因の一つとなっている。フォークナーは南北戦争で南部が敗北した原因や南部が失ったものを探るために、具体的に曾祖父あたりの世代まで過去を遡る。一方、中上の場合は何かを喪失したというよりも、彼の故郷の共同体は元来多くのものを拒絶されてきた。よって中上は、日本の差別構造にかかわる天皇制と天皇中心の言語文化を生んだ古代以来の日本文学そのものを問う。日本の古典文学や語りが差別の構造となっている、と彼は考える。フォークナーは手紙や伝聞などを通じて近過去に亡くなった人々の息遣いをなぞり、その声や行動を蘇らせて南部の歴史と自らの立ち位置をまず探ろうとする。それに対して中上は、古代からの神話、民話、説話文学、古謡といった日本語の物語形式の陥弄に敏感である。彼は、自分の言葉が天皇制の語りのなかに絡めとられることを常に警戒する。その意味で中上は、見かけの口語性と違ってフォークナーよりもよほど理屈っぽく、常に自分の書いた文章を批判的に修正する。

一方フォークナーは、過去の亡霊を喚起するとともに南部の問題を次第に、合衆国の建国精神やアメリカ大陸の政治経済体制、さらには聖書やギリシャ神話の世界と結びつける。彼は自らの喪失感の原因を、南部のみならず世界とも関わる問題として広げ、追求していく。中上はフォークナーの文学空間のそのような自在な伸縮に惹かれている。故郷と国家、そして世界との関係を考える言葉の実験を続ける点で、中上はフォークナーと関心を共有している。

一九八五年日本で開かれた国際フォークナーシンポジウムの講演で、中上は「フォークナー、繁茂する南」と題して「北」が暗示する先進性、合理性に対して「南」がもつ原始的な生命力を評価した。彼は『八月の光』に見られるような「錯綜する交通」(五四〇)、延伸する力、また自分と周囲を結びつけ、絡めていく言葉の力をフォークナーに感じとったのである。その前年に中上は日本アメリカ文学会で「フォークナー衝撃」と題して講演したが、当時彼は一九八二年に『千年の愉楽』、一九八三年に『地の果て 至上の時』を出版し、それまで執筆をつづけていた短編集『熊野集』も一九八四年に出版した〈註2〉。すなわちこの時期、中上は一方で地縁血縁の濃い「路地」の若者たちを寿ぎ永遠化するような語りを『千年の愉楽』で完成させながら、他方『地の果て 至上の時』でその共同体の解体を書いた。また『熊野集』では、現実の路地解体と同時進行形をとったルポルタージュ的エッセイと、紀州を舞台に今昔物語をほうふつとさせる奇怪な物語を並置させている。このような語りの多様性は、フォークナーの特徴でもある。『響きと怒り』や『アブサロム、アブサロム!』での声の書き分け、『サンクチュアリ』での簡潔で奥行きの狭い二次元的な文体があり、さらに『八月の光』や『行け、モーセ』では、リアリスティックかつ息の長い、からみつくような文で世界が構築され、展開される。中上にとってフォークナーは、さまざまな語りの実践によって世界との対し方を探り、また愛憎半ばする故郷を物語る意味とすべを検証する先達だった。

2　路地の神話化と解体

中上は、彼自身を思わせる主人公を第一人称ではなく三人称の「秋幸」と呼び、故郷である「岬」の風景の前に立たせるようになって作家としてのスタンスを確立したといわれる〈註3〉。フォークナーはもともと自らの体験をそのまま物語化することはなく、初期の詩作においても、ピエロやフォーンのようなマスクをつけなければ自分の思いを表現しなかった。中上は一人称から距離をとる文体を獲得することで自分のアイデンティティや存在の危機を客観化し、書くべき世界が見えてくる。彼は『枯木灘』(一九七七)で主人公の秋幸に腹違いの弟を殺させた。それはある意味、彼の異父兄が再婚した母の家に押しかけてしばしば脅迫したこと——異父弟である中上健次を殺すということ——をフィクションで具現化したのである。さらに『千年の愉楽』では、夭折する中本の若者たちを衆生の業苦を引き受ける仏のように描いた。渡部直己に言わせればそれは、若くして自ら命を絶った兄の鎮魂を行ったのである(渡部 三六–三七)。一方フォークナーは、妹を持ったこともなく、のちに最初の娘(アラバマ)を失う自分が『響きと怒り』でキャディという女の子を書いたと述べている(*ESPL* 二九三)。フォークナーの場合、何を喪失したのかがわからずに、欠如をまさぐる過程で言語化した喪失のイメージが、のちに彼が実人生で失うものを奇しくも先取りすることがある。『標識塔〈パイロン〉』(一九三五)の飛行士の墜落死も、弟ディーンの飛行機事故を暗示するようなイメージとなった。フォークナーが透視者であったなどと言うつもりはないが、過去から、または未来に向かって自分を捉えて離さない欠如や喪失感、存在の不安といった強迫観念を言葉で具象化する、または言語化して超えようとする強烈さは、この二人の作家の文学空間を特徴づける。

四六歳で亡くなった作家に「最盛期」という表現は似合わないが、三〇代後半の中上健次は創作力が爆発したかのようである。秋幸三部作の最終作『地の果て 至上の時』では、リアリズムを基調として当時の日本社会を背景に、父子の葛藤と路地の運命が大きなテーマとして描かれる。一方『熊野集』

では、時代がかった物語ばかりでなく現代が舞台の短編でも、過剰な性や暴力によって幻想的な異界がしばしば出現する。登場人物が怪物的な他者と遭遇する異次元的な空間は、彼らの情念の噴出ばかりでなく、熊野という地霊によっても招き寄せられるように見える。そこには、権力と欲望をめぐるどす黒いエネルギーや自分とは何かという不安が、フィクションとして未消化なものを含めさまざまな形で渦巻いている。それに対して、あえて説話を思わせる「物語」形式で中本一統の男たちの運命に一定の視点を与えたのが、短編連作『千年の愉楽』である。物語全体の主人公であるオリュウノオバは路地の産婆として、そこで生まれた美形の荒くれ者たちの激越な一生をすべて記憶している。彼女によって『千年の愉楽』は、生と性と死の混沌のなかにも曼荼羅図を思わせるおおよその統一が与えられている。以下、中上が最も多彩な作品群を生みだした一九八〇年代前半に発表された『千年の愉楽』と『地の果て 至上の時』を中心に、まずは中上の「路地」の永遠化と解体について考えてみたい。

（一）『千年の愉楽』

正式な僧侶ではない毛坊主の礼如さんの女房であるオリュウノオバは、『千年の愉楽』において中本の若衆の無頼な生きざまを見続けるが、彼女は決して彼らを否定せず、ありのままを受け入れる。彼らの暴力も野放図な性もあっけない死にざまも、オリュウノオバには自分たちのために「清らかで澱んだ中本の血をもった若衆が苦しんでくれている」（九六‐九七）と映る。一晩だけ花をつける甘い香りの「夏芙蓉」（七）やその蜜を吸いに来る金色の小鳥のさえずりが、「高貴な汚れた中本の血」

（一二六）とともに繰り返し言及される。それによって『千年の愉楽』は、生の苦しみを引き受けてくれる仏のような若者たちをたたえる神話となる。オリュウノオバは口伝えに路地の物語を語り、そのすべての記憶の集積から彼らの運命を予測する巫女のような存在だ。秋幸が初めて主人公となる『岬』（一九七六）前後に発表された中上の短編には、路地を舞台として自分の暴力性を持て余す荒くれ者が多い。「蛇淫」（一九七六）のように、両親を殺害して現世の愛憎に蠢く主人公もいる。しかし『千年の愉楽』において、小悪党である中本の男たちは、自ら犠牲となって人々の業苦を救済する選ばれたものとして、オリュウノオバの記憶の中で昇華される。

四方田犬彦は『貴種と転生・中上健次』を『今昔物語』冒頭の天人五衰の記述から始め、三島由紀夫の『豊饒の海』の最終巻『天人五衰』と絡めて『千年の愉楽』を論じている〈註4〉。四方田が指摘するように、中上は確かに三島の天人五衰のテーマや『今昔物語』を意識してこの作品を書いたであろう。だがこの連作短編には「六道の辻」や「天人五衰」など仏教説話を思わせる題名のほか、「天狗の松」のような伝奇的な題や「ラプラタ綺譚」にあるように南米の大河の名前も使われている。中上は三島由紀夫の美学を意識的に否定しつつ、フォークナーと同様「アポクリファル」（*LG* 一五五）なものをめざす。「アクチュアル」なものから始めてより高いところを目指すが、仏教の正典ではなくあくまで外典としての語りの雑多な性質、胡散臭さに彼は文学の活路を見いだしている。また主人公の男たちは、二四歳で自死した中上の兄と同じ歳で半蔵が死に、死亡した年月日が定かでないオリエントの康も、オリュウノオバによって釈迦の入滅と同じ日に二四歳で死んだことにされる。日本で古くから伝えられた説話文学と、オリュウノオバの記憶と土地言葉、さらに死んだ兄の人生を作中人物に転換して昇華させようとする中上の思いが、熊野という土地の歴史空間と作用して独特の伝説世界を作り上げている。

しかし『千年の愉楽』最後の短編「カンナカムイの翼」(『文藝』一九八二年四月号初出)では、オリュウノオバは観察者より積極的な役回りとなり、産婆として取り上げた達男と交わる。彼女はそれを後悔せず、達男を疎んじた実母の代わりとなってきた自分が、親が子を抱くように達男を抱いて何が悪いと強弁している。『千年の愉楽』はその最終短編によって、子宮からこの世に送り出した子をまた子宮に迎え入れ、母系世界の連環を完成させる。「達男」という名前は、ひっくり返せば「男達」であり、オリュウノオバは彼女が語ってきた男たちすべてをその子宮的世界に迎え入れる、といってもよい。

とはいえ、最初の短編「半蔵の鳥」では仏の慈悲をたたえるばかりであったオリュウノオバは、彼女の死も語られる最終短編ではかなり戦闘的になっている。達男は和人のアイヌ差別に怒ってアイヌの若者と連帯しようとするが、それに共感するオリュウノオバは共に闘いたいと思う。また達男のことで、亭主の礼如さんに対してばかりか地獄で弁解しなければならなくなっても「赤鬼青鬼に舌でしゃべりつづけるしかない」(二一七)と思う。彼女の務めは語ることであり騙ることである。彼女はもともと路地の噂話に通じ、人をからかうのを楽しんでいるが、達男との関係はずっと続いていたかのような話もわざとしてみせる。事実と虚偽をないまぜにして笑いのめし、言葉で言い抜ける生き方は、仏教説話を超える方向性として『千年の愉楽』の最後の短編に示されている。彼女は産婆として「生命が本当だと信じ、命さえ増えていけば不具であろうと白痴であろうとかまわない」(二二二)と言い続けてきた。しかしここに至ってオリュウノオバは、自分のその言いぐさも、一途に仏を信じる礼如さんに対する悪意、裏切りであるように感じる。すべてを肯定しあるがままに受け入れてきたはずの母系世界は、それを導く巫女的存在のオリュウノオバとともに変形、先鋭化しつつある。

オリュウノオバは、『千年の愉楽』では床に伏して死を待っている。彼女は「路地そのもの」であり、彼女が死んでしまうと産婆であった彼女の記憶も共に消滅して、生まれてきた子らの場所はなくなって「永久に場所をもたない流れ者になるのだ」(一四八)。オリュウノオバがそう思うのは『千年の愉楽』のなかの「天人五衰」だが、この作品は一九八一年二月号の『文藝』にまず掲載された。中上は同時期『地の果て 至上の時』を執筆し始めていて(高澤 三三六)、路地解体は現実にも彼の小説でも進行していた。しかしオリュウノオバの通夜が言及される「カンナカムイの翼」で、オバはアイヌの話を聞き、路地と似ていると思う。路地は、搾取されるマイノリティがいる場所として世界中に遍在する。「ラプラタ綺譚」(『文藝』一九八二年一月号)でもオリュウノオバは「どこでも路地のようなものはある」(一九六)と考える。路地は新宮では消えたとしても北海道や南米にまで広がっている。また「カンナカムイの翼」では達男とアイヌの若者が最後に入れ替わる。達男はアイヌの若者と行動しながら、自分は路地の人間であり、そう簡単にはアイヌになれないと感じていた。しかし死んだ達男の代わりに、アイヌの若者が達男として路地に帰ってくる。それは達男が死んで龍になるばかりか、新たに生まれ変わって路地が続く伝説と解釈することもできる。とはいえ、路地がグローバル化する可能性、路地の若者が他の土地のマイノリティの若者と簡単に交換可能になるのは、はたして全世界の少数派の共闘としてすべてめでたいことなのだろうか。

南米へ行ったオリエントの康や新一郎、また北海道へ行った達男など、路地を出てあちこちへ散らばった若衆たちは、路地が解体された後の中上作品中の男たちの行方を暗示する。路地解体後を描く『異族』は、荒っぽい筋書や主人公たちの放浪にみられる平板な反復行動に、作者の語りの意図された貧しさを見るべきなのだろう〈註5〉。だがステレオタイプ的、機械的な反復の貧しさへ足を踏み入れる手前にとどまり、冥土でも鬼たちを相手にしゃべり続けるオリュウノオバは、身体性、母性とは別に、浮遊する言葉の担い手としても貴重な反抗精神を示している。『枯木灘』や『地の果て 至上の時』では「夏ふよう」と表現されている花は、『千年の愉楽』では字も読めないオリュウノオバとは無関係に「夏芙蓉」と記される。現実にはないこの花が仏花の蓮や沙羅双樹の花をより強く連想させるように、『千年の愉楽』のオバの語りは事実の束縛からかなり自由である。またオバは、タンゴのレコードから流れてくる女の甲高い声から日本語を聴きとり、受け取った葉書のスペイン語のメッセージを知ろうとする。さらには遠洋漁団向けのラジオの天気概況を家で聞きながら、同じラジオから流れる気象情報に耳を傾けているであろう船中の路地の男たちを想像する（二一〇九）。彼女は身体から自由な語りをめざすと同時に、時空間を超えて散種された路地の男たちの想いをさまざまな表現手段によって結びつけようとする。『千年の愉楽』の世界は路地的世界消滅の危機をはらみながら、物語ることへのオリュウノオバの信念によって成立している。

「カンナカムイの翼」では、オリュウノオバの死の際に集まった路地の人々が彼女の昔の行動や考えを思い出して話す。それは彼女亡き後の路地の語りの模索ともいえる。だが中上はオリュウノオバの退場後、路地出身の新たな語り部を育てて『千年の愉楽』の物語を継承させることはしなかった。中上が再び路地の若者たちを系統的に取り上げた『奇蹟』(一九八九)では、精神病院に収容されているトモノオジの幻想に生前のオリュウノオバが現れ、しばしば彼に議論をふっかける。だがタイチがむごたらしく殺されたという知らせに接して、タイチの親代わりであったトモノオジの絶望は深く、『奇蹟』でのオリュウノオバの神話化能力には限界がある。

(二)『地の果て 至上の時』

『地の果て 至上の時』は、『岬』『枯木灘』に続き主人公竹原秋幸をめぐる地縁血縁の葛藤の最終章となる。この小説では、秋幸が異母弟殺しで三年間服役してから出所する一年前に、オリュウノオバは亡くなったことになっている。また秋幸は、刑務所にいるうちに面会人から故郷の路地が消滅したことを聞かされている。オリュウノオバの死と路地の消滅はほぼ同時であった。秋幸は『枯木灘』で自分が「路地の秋幸」(四五一)だと認識しているが、彼が戻る場所はもうない。しかも渡部直己が指摘するように、『千年の愉楽』では、オリュウノオバの思い出に秋幸はまったく登場しない(三〇―三一)。秋幸の母の人生を描いた『鳳仙花』で、オリュウノオバはフサが浜村龍造の子を産んだことを知っている。しかし秋幸は『千年の愉楽』の世界からは締め出されている。路地が原始的な母の支配する世界であるなら、彼は『地の果て 至上の時』でそこへ帰る道を閉ざされている。

秋幸は『枯木灘』までは、土方として土を相手に作業することに専念し、紀子という恋人はいてもどこか禁欲的な雰囲気を持っていた。彼の周りには実父龍造の絡みつくような視線、長子である秋幸を所有したいという欲望があり、一方、秋幸に自死した異父兄郁男との相似を期待しつつ警戒する母や姉たちの視線があった。龍造は路地を買占め、更地にして資本主義社会に組み込むという近代化によって路地への復讐をしつつ、一方で父子の血縁を重視する保守的な父権社会意識を持つ。それは路地を基盤とする母や姉の、母系家族と対立する。双方の所有欲に挟まれた秋幸は、そのどちらをも跳ね返す自我の証しを自然との交感、特に風や光や土と接触する皮膚感覚に求めていた。しかし『枯木灘』で異母妹であるさと子と交わり、それを告白しても父に衝撃を与えることができず、むしろ自分たちのほうが龍造の傲然とした受け止めに衝撃を受ける。その結果、秋幸は最終的に龍造の息子で異母弟の秀雄を殺してしまう。紀子を妊娠させたまま刑務所に入る秋幸は、刑務所送りになった龍造がフサにしたことを繰り返し、また兄の郁男が抱いていた弟殺しの願望をはからずも実行することになった。「郁男の代わりに秋幸は、秋幸を殺した」(四五七)。秋幸とさと子の性交も、秋幸にとっては龍造への反発だけでなく、フサと先夫の間にできた兄妹、郁男と美恵の近親相姦的な願望を実行した行為となる。

『枯木灘』で秋幸は、父母双方の息子についての欲望にあらがいつつ絡め取られ、父の行為、もしくは同じ母から生まれた異父兄の行為を反復してしまった。もちろん、彼が異母弟の秀雄を衝動的に殺したのには、父龍造を倒したいという彼自身の欲望が潜んでいる。しかし秋幸は誰にも干渉されない彼独自の生を生きたかった。秀雄殺しは、まとわりつく血縁の拒絶とその継続性が均衡し爆発する頂点ともいえる。それに対して『地の果て 至上の時』では、秋幸は父を忌避するよりもすすんで龍造と一緒に仕事をすることを選び、父の地位を脅かすような言動によって龍造に迫り、対決する。だがその物語は、新たな若き挑戦者による王権奪取、という古代神話を再演するモダニズム的な話ではない。この小説には龍造の朋輩であるヨシ兄の息子、鉄男がいる。彼はまだ一〇代でチンピラ達のリーダー格だが、秋幸が龍造を殺すのをけしかけるような言動をとり、最後にはそれがなかなか実行されないことにしびれを切らしたように、自ら父のヨシ兄を射殺する。鉄男は不良ながら詩人で、森の木を守っている男を倒せというメモをピストルとともに秋幸に託している。「〈森の中には一本の樹が茂って、その周りをもの凄い人影が昼間はもとより、多分は夜もおそくまで徘徊するのが見えた。手には抜身の剣をたずさえ、いつなんどき襲撃を受けるかもしれないという様子で、油断なくあたりをにらんでいる〉」(二七二)。それはさながら『金枝編』のイメージだが、秋幸はその挑戦者として実際に父を殺しはしない。いや、父殺しの欲望はありながら、逡巡するうちにその相手が勝手に縊死してしまう。秋幸はその場に行き合わせ、「違う」(四一六)と叫ぶのだが、何がどう違うのか、すべてがどこかずれて「違う」冗漫さがこの小説を覆っている。

『地の果て 至上の時』の読みにくさは文体、筋の進行の緩慢さ、輻輳する筋、登場人物の多さ、彼らの似たような、しかし少しずつ違うアクションの反復など、いろいろあげられる。なかでも文体は長文の途中で主語が代わることがしばしばあり、これが学生のレポートであれば、ひどい悪文として必ず減点されるような代物である。この傾向の文体は『千年の愉楽』にも散見され『奇蹟』になるとさらにひどくなるので、必ずしも『地の果て 至上の時』に限ったことではない。だが衰弱しつつあるオリュウノオバの視点を取り入れた『千年の愉楽』や、アルコール依存症のトモノオジからの視点が多い『奇蹟』ばかりでなく、秋幸を主人公にした『地の果て 至上の時』でも中上はこのような文体を選んだ。それは日常会話の中ではいかにも起こりうることで、この小説にはその場のコンテクストでのみ了解可能な省略された会話文も多い。しかし他方、登場人物たちは必ずしも秋幸だけに限らず、突如哲学的な意見や鋭い社会批判を述べることがある。土地言葉や日常会話の曖昧性が充満する中、放尿や生理、性交、ミイラ化した死体と町の噂話、浮浪者の空き地占拠と、土地開発、資本主義による搾取、父権社会、差別構造、弱者抑圧の実態が並列される。情報過多の異なる文脈が無理やり一つの文でつながれ、読者はそれを理解するのに幾度も主語を変換して文の構成を立て直さなければならない。文脈が予想していたのとは異なる方向へ勝手に転換し、異なる他者の行為が幾重にも重なって、単なる悪文のはずが重苦しい複雑な現実として迫る。フォークナーも悪文で知られるが、関係詞で文を長々とつなげたり、否定語を連ねて不在のイメージを羅列して幻のように見せる技の文学性とは違い、中上の文体は口語の厚顔無恥な破格と説話文学を彷彿とさせる語りのリズム、土地言葉、書き言葉からずれた極めて意識的な掟破りを併せ持ち、それらが螺旋的に連結して路地をめぐる重層的な反体制的世界を作り上げていく。

　また登場人物は話の筋の絶え間ない差異と反復に似て、その性格やアクションが異なりつつ重なり合う。龍造とヨシ兄は朋輩だが、ヨシ兄に言わせれば、龍造は自分に似ているヨシ兄を恐れ憎んでいる。だが秋幸には、ヨシ兄たちが空き地を占拠しているのが龍造の差し金なのか龍造への反発なのか、定かでない。龍造は様々な策を弄して成り上がり、地位も富も得たが、一介の浮浪者であるヨシ兄の無頼や気ままさをうらやんでいる節もある。ヨシ兄と鉄男の親子は、愛憎相半ばする龍造と秋幸親子の相似形だが、鉄男の父殺しという、より直截的な行動と結果を伴う。ヨシ兄は、龍造は自分と似ている息子の秋幸も憎んでいると言う。実際に秋幸は、龍造にたきつけられた鉄男や義兄の文昭に命を狙われそうになったことがある。秋幸自身、父と似通った自分を意識して龍造と一緒に裸踊りまでやってみせるが、父を極悪非道の男として憎んでもいる。一方、差別される側の痛みがわかるはずの路地の連中が、他所者の龍造を徹底して蔑んできたことも秋幸は理解し、路地の人間の自堕落さ、ずるさにも気づいている。

　このように主要登場人物だけをとっても彼らは反発し合うとともに似通っており、秋幸の龍造に対する感情もずっと揺れ動いている。龍造は秀雄を殺した秋幸を憎んで抹殺したいのか、それとも長男の秋幸に殺されることでむしろ自らの生を全うできると考えているのか、あいまいなままである。「わしは一たす一は一じゃし、二ひく一は一じゃと思とる」（二二八-八）と主張する龍造は祖父以来の浜村の血に執着する。彼は一番自分に似ている秋幸に殺されることで、壮年の絶頂期にあって飽和状態の自分を決定的に秋幸に結びつけ、父としてのアイデンティティを確保したかったのかもしれない。一方秋幸はシシ狩りの時、龍造が傷ついた犬を邪険に扱うのを待って射殺しようとする。しかしそのような口実を考え出さないと撃てないということは、父に対する徹底的な敵意が不足していたということだろう。龍造は元の秀雄の部屋で、扉を閉めると真っ暗闇となり防音装置が施された書斎で縊死する。秋幸がそれを見て「違う」と叫ぶのは、自分が殺すはずだったというのか、それとも龍造にはあくまで憎むべき悪役として生きていて欲しかったのか。秋幸と母を捨てた実父は秋幸が憎み、そして乗り越えなければならない存在としてそこにあるべきだった。しかし龍造自身は秋幸に殺されるほど息子に恐れられ憎まれる存在になれなかった。龍造は、路地の連中に対する復讐として抹殺した路地を、資本主義社会に売り渡しもせず放置して、初めて自分の人生を空洞と認識する。

浜村龍造が、放火など悪辣の限りを尽くして手に入れた路地を空き地のままにしておくのは、彼を疎んじた路地への復讐というよりも、すべてが無意味で空洞だと彼が認識したためだろう。語り手は「意味はむしろ秋幸だった」と言う。秋幸は、路地はヨシ兄のような浮浪者が夢見るジンギスカンの草原のようであってよい、誰の所有でもなくして共有にしようと「意味の亡霊のように」（三七五）考える。龍造には、空き地をヨシ兄が占拠し続けようがしまいが、もうどちらでも良い。彼は長男の秋幸に殺されることで息子と一体化したかったはずだが、そのような血の執着も無意味になったのではないか。ヨシ兄は鉄男にピストルで撃たれて血を吹くが、秋幸が目撃していることを知りつつ縊死する龍造は、血の流出もなく父権の崩壊を自ら執り行う。秀雄が残した音楽テープをすべて消去し、消去しきれなかった観客の拍手の音だけを残して龍造は暗闇の中で死ぬ。「蝿の王」と呼ばれた龍造はサタン、悪魔の隠喩だが、空虚への拍手のなか、ローマ法王に漫画のメッセージで共闘を持ちかけるという奇怪な遺書を残した龍造は、自ら執着した父権社会に意味を見出さなくなっている。

成り上がりの成功者として血縁に執着しながら最終的に秋幸の手を借りずに死ぬ龍造は、近代父権社会からも資本主義社会からも抜けてしまい、秋幸を一時的に茫然自失に追いやる。龍造の遺体が、下ろされてから鼻血を出したという話を秋幸にした男は、龍造がその時まだ生きていたかもしれないとにおわせる。しかし血に染まったヨシ兄に対して、申し訳のように鼻血を流して蘇生していたかもしれない龍造というイメージも、近代父権社会のアンチクライマックスにすぎない。秋幸は、龍造が考えついた浜村孫市という先祖をわがものとし、秀雄を殺し、父の命を狙うそぶりを見せて龍造に反逆してきた。しかしこののちは自分で生きる意味を見つけていかねばならない。おそらく秋幸によるものであろう路地跡の空き地の放火は、彼にとって、龍造の過去の放火を単なるポーズとして反復して父に別れを告げる行為である。またモンたちが感じたように、ジンギスカンを夢見たヨシ兄を弔う行為であるとともに、路地消滅の儀式を意識的に行う行為でもある。路地の母性はオリュウノオバの死によって終わっている。現に秋幸の母フサは気性が激しく、家出した紀子とその（秋幸の血を引いているはずの）子供を家に入れることを拒否した。オリュウノオバの三回忌にはほんのわずかな身内しか集まらなかったことも、『地の果て 至上の時』の最終部に記されている。秋幸は龍造が放置した路地跡をわざわざ放火して、母系の路地消滅を自らが行うこととして意味づける。秋幸は路地跡の枯れ草が風にそよぐ音を聞いて何度か心が騒ぐ。しかし彼がそこに火を放って焼き尽くすのは、昔のように光と風との交感に身を任せて生を確かめる、という単純な至福はもはやないことを示すためでもある。すべてを無として縊死した龍造に対して、秋幸はあくまで人生に意味を問う「意味の亡霊」として、新たに生きることの意味、真実の探求に旅立とうとする。

3 『地の果て 至上の時』と『アブサロム、アブサロム！』

しかしながら秋幸は、そのような探求の困難さも認識している。この小説はフォークナーの『アブサロム、アブサロム！』を意識した個所がいくつもある。町の噂を惹起し、後継ぎの息子にこだわる成り上がり者の龍造はトマス・サトペンを思わせる。秋幸は、捨てられた息子として父を糾弾し近親相姦も辞さないチャールズ・ボン、さらにはサトペンの所業を追求し、再構築しようとするクエンティン・コンプソンにも似る。クエンティンとシュリーヴがサトペンを物語ることによって南部奴隷制の悲劇を浮き上がらせるように、秋幸も龍造を通して差別の根深さや資本主義権力の横暴に直面する。しかし秋幸は、龍造の過去を探っても龍造の人生を新たに語ろうとはしない。龍造が子供時代からいかに貧窮し、さげすまれてきたかを知り、彼が殺したといわれる佐倉がちゃんと生きていることを確かめても、秋幸は間違った噂を訂正したり龍造一代記を語ったりはしない。秋幸は書くより語るより感じる人であり、それは中上が『枯木灘』で強調した秋幸の「がらんどう」（三二七、三三九）の特徴につながる。それは『アブサロム、アブサロム！』でクエンティンが自らを「がらんとした広間《ホール》」（AA

七）、多くの幽霊が巣食う兵舎と感じるのにも少し似る。しかし同時に秋幸は自らの繊細な共感性に対抗するかのように、一人で黙々と考えを突きつめ、語らずに行動にでようともする。

中上は『地の果て 至上の時』で、なぜフォークナーへしきりと目くばせするのだろうか。龍造は「切手ほどの自分の土地」、と何度も繰り返す。佐倉の屋敷へ入っていく秋幸はスイカズラの香りをかぐ。龍造に殺されたと噂されていた佐倉はしなびた老人として生きているが、秋幸の佐倉との出会いは、一見、サトペン屋敷で老いさらばえたヘンリーを発見するクエンティンのようである。また佐倉は、自分が使っていた男たちにレスリングをさせて誰が一番強いか競わせたことがあると述べる。それは黒人奴隷たちに格闘技をさせて、自らもそこに加わったサトペンと似ている。フォークナーのような小説を書きたいと述べていた中上にとって、これらの言及はフォークナーへのオマージュとも言える。だが一方で、路地解体の小説を意図する中上には、「切手ほどの土地」（*LG* 二五五）であるヨクナパトーファを愛でてその所有者を名乗るフォークナーを反復しつつパロディ化することも必要だった。

『アブサロム、アブサロム！』のサトペンは、南部荘園主に成り上がるために南部白人社会の掟を忠実に守る。最初の結婚で生まれた長男に黒人の血が疑われるとすぐにその結婚を解消してしまい、決してその子を息子と認めない。それに比べると龍造は、秋幸が異母弟殺害者であっても私生児であっても、長子である彼を自分の組に迎えたがる。秋幸とさと子の近親相姦を聞かされても動じず、さと子が白痴の子供を産んでやると息巻いても、その子にやるだけの土地は十分あると応じる図太さがある。サトペンも龍造もどこの馬の骨とも知れぬ流れ者として軽蔑されているが、堅実な家庭の娘と結婚して支配階級に成り上がるサトペンに対し、龍造は出身の有馬の土地に浜村孫市の石碑を建て、最終的に織田信長に刃向かった孫市を先祖と称して、独自で起源と家系を作り上げる。

龍造はまた、佐倉の番頭として路地解体に動き出すが、佐倉は大逆事件に連座した医師の親族であり、路地の住民のために尽くした医師を見限った路地に恨みと反感を持っていた。それに対し龍造は、路地でさげすまれたとはいえ、佐倉のようなしかるべき口実もないまま、容赦なく路地解体を実行する。その結果、彼は体制側の地位と権力を手に入れて佐倉を凌ぐ権力者となる。龍造のわかりにくさは、彼の黒幕となった佐倉自身が、先に指摘したように、フォークナーのサトペンにも彼に刃向かった息子ヘンリーにもなぞらえて書かれていることにもよる。佐倉は天子様に刃向かう親族の反逆精神に連なり、かつ資本主義社会の利益にさとい。龍造は、その佐倉よりさらに体制社会の価値基準を徹底して侮蔑し、自らの欲望を実現してきた。主従関係にあった二人の生き様は似ているがずれがあり、隠遁して生き延びる佐倉は、龍造の死の闇を増幅させる。

『アブサロム、アブサロム！』でサトペンはウォッシュ・ジョーンズに殺され、ボン殺しの罪を償うために戻ってきたヘンリーは火を放たれたサトペン屋敷で死ぬ。一方『地の果て 至上の時』では龍造は縊死し、佐倉は屋敷でひっそり暮らす。そして秋幸は路地跡の空き地に放火して姿を消す。中上の作品では男が火と連想されることが多いので放火という結末はありうる。しかし『アブサロム、アブサロム！』ではサトペン家の罪の精算を一挙に図り、一家消滅を顕示するクライティのサトペン屋敷放火があるのに対して、中上の小説ではサトペンに似た男の自死と空き地の放火、というアンチクライマックスが用意されている。

中上は、『アブサロム、アブサロム！』の結末でクエンティンらのサトペン物語が完成するとともに、混血のジム・ボンドのうつろな声が響くことをよく理解していただろう。秋幸が決して龍造の物語を新たに語ろうとしないのは、よく推敲された合理的な物語の完成が必ずしも問題解決を意味しないからだ。クエンティンたちが語り終えたサトペン物語は南部社会の人種差別を糾弾する。しかし他方でそれは、サトペンに強く異議を唱えても、結局父の意向に従った息子たちの悲劇と南部社会の掟を再認することにもなる。秋幸の前で縊死する龍造は、父との対決のみに意味を求めることはもはや路地消滅の解決にならないことを示している。

『地の果て 至上の時』から逆に『アブサロム、アブサロム！』を照射してみれば、クエンティンたちの作り上げたサトペン物語はよく出来すぎた悲劇と疑うことすらできる。サトペンは女の子を産んだミリーに雌馬の話をして侮辱し、ミリーの祖父である貧乏白人ウォッシュ・ジョーンズを怒らせて殺害の動機を与える。今まで敬愛していたサトペンの非人間的な言動を見聞きして、故郷南部がどうして戦争に負けたのか、ウォッシュ・ジョーンズにもつくづくと合点がいった、とクエンティンたちは語る。だがこの時、荘園存続のために純血である白人の息子をずっとほしがってきたサトペンが、ジョーンズの怒りも半ば見越して皮肉な感想を述べ、自らの殺害を誘発するほどに人生を投げていたとは考えられないだろうか。南部白人社会の荘園主となりその存続に命をかけてきた男は、最終的にそのばかばかしさに倦み疲れ、殺害される危険を回避しなかったのかもしれない。サトペンはミス・

ローザに男の子が生まれたら結婚しようと申し込んだことがあり、女児を出産したミリーにも、やはり侮辱的で無神経な言葉を吐いた。とはいえジョーンズは追手たちに殺されてしまうので、彼がサトペンを殺して孫娘と赤ん坊も殺した事実以外、ジョーンズの心境はすべてクエンティンとシュリーヴの想像でしかない。ジョーンズがサトペンの言動を聞いて怒りに震えるのはわかる。しかし奴隷制の非人間性に比べれば、サトペンの女性蔑視は南北戦争で南部が負けた理由としてはもの足りない。クエンティンとシュリーヴは傲慢な父権体現者の悲劇としてサトペンの最後を語ってしまっている。サトペンはあくまで南部白人父権制のイデオロギーに忠実でなければならない。荘園の正当な継承者を求め、混血の息子をもう一人の息子に殺させた男が到達した虚無が、サトペンに自ら死を求めさせたという可能性は、クエンティンたちの物語では無意識のうちに遠ざけられている。

4　結び——秋幸の行方

中上は死の直前に再び秋幸について書きたいと考えていたようだが、その詳細は不明である。しかし『異族』での故意に平板な語りに中上が満足しなかったとすれば、秋幸が再出発すべく戻る場所は、『千年の愉楽』や『地の果て 至上の時』以降に路地について書かれた『奇蹟』の最後であろう。『奇蹟』は路地解体を、おもに父権の崩壊と朋輩関係の堕落、路地から見離されていく若者たちの末路として描いた。新宮界隈のやくざたちの勢力争いはせいぜい新聞の三面記事止まりの卑小な世界だが、タイチやイクオは暴力や性の過激さによって路地からも疎外されて孤立していく。ここで生前のオリュウノオバは彼らに対して依然としてそれなりの包容力を発揮している。しかし彼らの後ろ盾となっていたはずのトモノオジは、刹那的に生き急ぐ若者たちの前で無力である。オリュウノオバがもつ説話的な語りの影響力を受けて、トモノオジは最後に仏の掌に乗って自分とタイチが極楽に行く幻想を見る。と同時に、もうひとりのトモノオジは、タイチの仇を取りに行くと息巻いている。そのいずれもがアルコール依存症の男の幻覚の可能性があるが、タイチのために何もしてやれなかった後悔に苛まれるトモノオジが、自らを陸に上がったクエとみなすほどの絶望の中にいることは確かだ。

『奇蹟』の最後におけるトモノオジの慚愧と痛恨は、全く違う場面、文脈ながら、フォークナーの『行け、モーセ』の「デルタの秋」でアイザック・マッキャスリンが直面した現実の衝撃とどこかで重なる。アイクは祖父の土地台帳の意味を読み解く力を持ち、奴隷制を憎み、サム・ファーザーズを手本として原始的なユートピアを思い描く理想家でもあった。しかし遺産相続拒否も虚しく、『行け、モーセ』の終わり近くでロス・エドモンズの愛人である混血女性を拒絶するアイクの限界は明らかだ。彼自身がそれをどこまで自覚していたかは定かではない。しかし理想の場所であるはずのキャンプの簡易ベッドで一人寒気を覚える老人は、自らの人生の失敗とヨクナパトーファという南部白人共同体社会の呪縛を漠然と悟っているだろう。サム・ファーザーズや熊のいる太古の森の神話はもはや助けにならない。それはオリュウノオバの路地神話と同様、もう消滅している。一方トモノオジはもともと無頼のヤクザだが、朋輩関係存続と勢力均衡を理想としつつそれがあだとなって、タイチも路地も守れなかった。アイザックもトモノオジも、それぞれ出身の共同体社会でやるべきことを間違っていたという現実を前に愕然としてたたずんでいる。
秋幸が『奇蹟』の最終局面でトモノオジの幻滅に立ち会ったとしたら、オリュウノオバ的な物語の慰撫を回避してどのように前に進めるだろうか。中上もフォークナー同様、自分の以前のテクストを批判的に乗り越えようとするので、たとえ秋幸が戻ってきても、路地消滅後の世界で単純な父系と母系の二項対立という語りの図式は取らないだろう。そもそも秋幸は、オリュウノオバの回想の中で一度も言及されたことがない。つまり彼女の曼荼羅的な路地神話からは疎外された存在である。自らの切手ほどの土地の世界に別れを告げたとき、中上は路地外部の放浪も路地への帰還も困難であることは、もちろん承知している。しかし『アブサロム、アブサロム!』の結末でジム・ボンドの咆哮が、クエンティンたちが語った物語は虚無に至るかもしれぬと警告しているとすれば、『地の果て 至上の時』で行方をくらます秋幸には、反転して「意味の亡霊」としての役割がまだ託されている、とも考えられるのだ。

【註】

1 中上がフォークナーを意識するようになったのは、直接には柄谷行人の示唆によるといわれる。柄谷は、蟻二郎のフォークナー論に中上は影響を受けたと述べている。川村・柄谷 一五三―五四参照。
2 高澤 三三六―五一参照。
3 浅田彰は一九七四年の短編「修験」での三人称への転換(二一五)、また渡部直己は三人称の「彼」から固有名詞

「秋幸」への転換に注目している（一四、二二一―二二六）。

4　四方田　一一―二三、四五―五六参照。

5　『異族』は「熊野集第二部」と銘うって一九八四年に雑誌連載が開始されたが、二度にわたる長期中断ののち一九九一年完結編として再開されるものの、一九九二年未完のまま放置して終わる。高澤（三四三、三六八）、四方田（二一三―一四）参照。

【引用文献】

Faulkner, William. *Absalom, Absalom!* (*AA.*) New York: Vintage, 1990.（フォークナー、ウィリアム『アブサロム、アブサロム！』藤平育子訳、上下巻、岩波文庫、二〇一一―一二年。）

――. *Essays, Speeches and Public Letters.* (*ESPL.*) Ed. James B. Meriwether. New York: Modern Library, 2004.

――. *Lion in the Garden: Interviews with William Faulkner, 1926-1962.* (*LG.*) Ed. Frederick L. Gwynn and Joseph L. Blotner. New York: Random House, 1968.

浅田彰「中上健次を再導入する」『群像日本の作家24――中上健次』二二一―二三四。

川村二郎、柄谷行人「対談中上健次・時代と文学」『群像日本の作家24――中上健次』一四九―六七。

『群像日本の作家24――中上健次』小学館、一九九六年。

高澤秀次『中上健次事典――論考と取材日録』恒文社21、二〇〇二年。

中上健次『枯木灘』『中上健次全集三』集英社、一九九五年、二四三―四八七。

――『千年の愉楽』河出書房新社、一九八二年。

――『地の果て 至上の時』『中上健次全集六』集英社、一九九五年。

――「フォークナー、繁茂する南」『中上健次全集一五』集英社、一九九六年、五三五―四三。

四方田犬彦『貴種と転生・中上健次』新潮社、一九九六年。

渡部直己『中上健次論――愛しさについて』河出書房新社、一九九六年。

第一三章

水の匂い、キャディの行方
——フォークナーと津島佑子

千石英世

1 はじめに

二〇一八年のこと、鹿児島大学では、津島佑子のことを話しますと返事した。「フォークナーと日本文学」なるシンポジアムに登壇することになったので。だが、じつは私の津島佑子は一九八〇年代半ば、もしくは、一九九〇年代目前で中断している。それまで夢中になって読んでいた。それがふっりと途絶えた。だが、それはそれでいいとおもい続けた。わが津島佑子はそこにあるとおもい続けた。その後、いつのことだったか、なんの拍子か、一九九八年刊の『火の山——山猿記』を手に取ることがあった。通読して作風が変ったなとおもったものだ。これも、それはそれで仕方のないこと、八〇年代の津島佑子でいい。そうおもい続けた。

その後しばらくしてのこと、『火の山——山猿記』を愛読する読者は決して少なくないです、と知らされ、考え込む。では読み直してみたい。となると、それ以後の作品も、となった。津島佑子自身は先年逝去した。巨星墜つという感じで惜しまれつつ逝去されたのであった。その逝去にいたるまでの作品も含めて、と。それでは、鹿児島では、と。

いま、図書館で借り出してきた文芸文庫版『あまりに野蛮な』(二〇一六年刊)下巻所収年譜をひもといている。ひもときながら書くのだが、これは逝去後の刊本のことも伝える最新の年譜といえるのではないか。

その一九六〇年作者一三歳の項、「二月、ダウン症であった兄、肺炎で死亡―中略―兄は人間の見方に大きな影響を与えてくれた」(三五〇)とある。これは、八〇年代のいくつかの作品に反映していた伝記上の記述ではないか。家の前庭にでて手押し車に兄を載せて遊ぶ女の子、といった場面があったような。いま、なんという作品だったかおもいだせないが、たしかあったような。フォークナーの『響きと怒り』の一場面に拮抗する名場面といえると記憶している。

キャディは日本にあらわれ小説家になったのだ。いや、ふつりと途絶える前、私はそうおもっていた。いまも、おもおうとしている。

右は、求められてシンポジアム前に草した「発表要旨」の一部である。ここに引くに際し、改変したところもあるが、津島佑子の作風が、ある時点から変わったと記している部分は変わらない。それはそれとして、変わる前と後で読者の反応の仕方も変わったのか、シンポジアムの発表ではそれを問うた〈註1〉。本稿はそれを改稿したものである。

変化に読者はついていけているのか、変化の前と後では、読者層も入れ変わったのではないか。変わる前を愛読していたひとは、変わった後も愛読していているのか、あるいはその逆は？　まさしくその逆は？

現在の津島佑子評価一般はといえば、変わった後を変わる前にもまして大きく評価している。年譜にみえる数々の受賞歴が一般的な評価を語っているとするならそうなるだろう。この変化は、評価軸の変化とも考えられるが、ならばそれはどこからどこへ移行したのか。八〇年代以降二〇一〇年代まででにすでに三〇年あまりの時間が流れている。大きな時代変遷があった。この変遷に文学の不易流行はどうかかわるのか。

2　津島文学の変容

作歴の長い作家の作風は作を追うごとに変わって行く。初期から中期へ、中期から後期へと。フォークナーにおいてはどうか。私のフォークナー評価の中心は一九三〇年代前後のフォークナーで、私にとっては『響きと怒り』『八月の光』がとくに重要である。『アブサロム、アブサロム！』も傑作ではあるが、この二作とは作風が変化している。『行け、モーセ』はさらにも変化している。フォークナーの作風全般をこのように概観するのは決して私にのみ固有のものではないとおもう。そして、この作風の変化が作品の優劣の判断につながるのでは必ずしもないともおもっている。そうではなく、これは、フォークナー読者である私一個の評価軸の表明になっている。フォークナー作品に、またあえていえば文学作品一般に、あるいはさらに、芸術作品一般に、重厚と安定と清澄をもとめるよりは、危機感と切なさと一瞬性をもとめている人物がいるということだ。トルストイもなかなか良いが、ゴーゴリはもっと良い、こういうと偏頗な鑑賞力との批判を受けるが、およそそんな感じの評価軸なのである。アメリカ文学に親しんできた人物なのでそうなるのかもしれない。

3　初期中期後期

以下、津島佑子の作を一覧にする。

（初期）
『謝肉祭』（一九七一）→『童子の影』（七三）→『生き物の集まる家』（七三）→『我が父たち』（七五）→『葎の母』（七五）→『草の臥所』（七七）→『歓びの島』（七八）→『寵児』（七八）→『氷原』（七九）→『光の領分』（七九）→『最後の狩猟』（七九）→『燃える風』（八〇）→『山を走る女』（八〇）→『水府』（八二）→『火の河のほとりで』（八三）→『黙市』（八四）→『逢魔物語』（八四）
（中期）
『夜の光に追われて』（八六）→『真昼へ』（八八）→『夢の記録』（八八）→『草叢 自選短篇集』（八九）→『溢れる春』（九〇）→『大いなる夢よ、光よ』（九一）→『かがやく水の時代』（九四）

↓『風よ、空駆ける風よ』（九五）

（後期）

『火の山――山猿記』（九八）↓『「私」』（九九）↓『笑いオオカミ』（二〇〇〇）↓『ナラ・レポート』（〇四）↓『あまりに野蛮な』（〇八）↓『電気馬』（〇九）↓『黄金の夢の歌』（一〇）↓『葦舟、飛んだ』（一一）↓『ヤマネコ・ドーム』（一三）↓『ジャッカ・ドフニ 海の記憶の物語』（一六）↓『半減期を祝って』（一六）↓『狩りの時代』（一六）

『謝肉祭』から『狩りの時代』まで、二四歳のデビューから六八歳に至るまでの作歴一覧だ。これを長い作歴といえるのかどうかは措いて、これを分節すると、三期に分けられるのではないか、しかし、三期でいいのか。また、三期でいいとして、線引きはこれでいいのか。これ自体長考すべき問題だが、さしあたって、これで話を進めたい。「発表要旨」にわが津島佑子は八〇年代にありと記したが、それならそれは初期ということになる。初期津島は素晴らしいという思いを述べたわけだが、では、中期津島、後期津島はどうなのかというのがここでの話になる。

津島佑子が、初期から中期へと渡って行く指標となるのは、伝記上の出来事だ。これはどの年譜にも記されていることだが、一九八五年、昭和六〇年、作家三八歳の項に見えるもので、子息急逝のことである。これ以後、作品にはこの出来事が濃厚に反映されることになる。二五歳で第一子長女を得、二九歳で第二子長男を得たのだが、この第二子長男を三八歳のとき亡くされた（九歳の坊やを亡くされたということである）。この伝記上の大きな出来事が、作風に変化をもたらし、津島佑子は、その初期から中期へと渡って行くと考えられる。

ところで、こうした作者の実人生と文学はどういう関係にあるのか、これを文学批評ふうに言い直せば、伝記情報と文学批評はどう関係するのかという設問となるが、これは微妙な問題、しかし、重要かつ困難な問題である。一般論としていえば、海外文学に親しんでいるタイプの読者の目からすると、それも、一〇〇年前、二〇〇年前、三〇〇年前の、時間的にも距離的にも遠い西洋文学に親しんでいる目からすると、身近な近現代日本文学の作家に関する周辺情報は、過剰、という感想も出てくる。さらにいえば、私小説の伝統、あるいは日本的自然主義の伝統のある日本の近現代文学では、作者の伝記情報が鑑賞対象たる作品と入れ違いになっているほどのこともあるのではないかとなる。加えて、こうした過剰は、日本のように、外部はつねに海外にあり、とされる文化圏で、しかも内部はマス・メディアが稠密状態にある文化圏にあってはさらにいや増すということがある。これは、私小説や日本的自然主義の作家にだけ起こる問題ではなく、三島由紀夫などのことも考えに入れてもいえることだが、日本近現代に独特の文化的問題といえるかもしれない。ここでは、実人生と文学の問題は日本文化の特質の一つである、宿命であるという前提で先へすすむ。

これは、英語の批評用語では、「text」の「historicity」と「history」の「textuality」は不可分の一体のものであるということになるが、こんなふうにいうと何だか新鮮なことのように聞こえる。だが、日本近現代の言説においては自明のことかもしれない。そこでこれを逆に古めかしい言葉でいいかえると、津島佑子の文学を考えるとき、ニュークリティシズム的な作品中心主義がすべてではなくなる、作者の実人生、文学者という生き方、そして死に方、それはテーマとして文学批評的に成立する、もしくは結果論としてなら成立する、と前提して先へすすむ。後の行論において焦点となる問題だ。

4　技法の開拓

さて、一方で、中期と後期を分ける指標は何に求められるか、つまり中期の終わり『風よ、空駆ける風よ』と後期の始まり『火の山――山猿記』の間に線を引く指標は何か。それは先のような伝記上の出来事、実人生上の出来事ではなく、創作態度の質的な変化であるといえそうだ。その変化を中後期への境目に位置する右の二作でざっと見て行く。

『風よ、空駆ける風よ』は、概要を一口でいうと、律子と史子という女子中学生二人の成長過程を家庭環境の変遷をからめながら昭和三〇年代の東京を舞台にして歴史的に追うとなろうか。ここで歴史的にというのは、イデオロギー的にということではなくて、「history and manners」において、つまり時代習俗的にという程度の意味でいっている。ただそれをするのに、この作は、一方で女子中学生二人の不安な成長を追う主要な章の流れと、そこに語られている出来事を回想的にコメントする中間章の配置とからなる。つまり、緩い二重小説の体裁をとっている。中間章の挿入は、印刷レイアウトを工夫して視覚的に差異化されているが、これは、すでに、うっすらとフォークナー的外形といって良いだろう。イタリック活字を駆使するフォークナーである。小説の話法、あるいは小説フォームの外形に変化が現れているといえる。

津島佑子の作歴のなかでこうした外形を有する作品が現れるのは、この『風よ、空駆ける風よ』が初めてであるかといえば、例えば、直前の『かがやく水の時代』にはこれは見えない。また、さらにその直前の『大いなる夢よ、光よ』にも見えない。いや、そう不用意には断言はできず、じつは、『大いなる夢よ、光よ』にはかすかな兆候が表れている。この作は、一見一様な地の文で進行して行くように見えるのだが、ところどころヒラカナが多用されるパラグラフが続く。断続的に現れる。印刷レイアウト上の区別はつけられていないが、このヒラカナ多用部分は、子供を失った語り手の血情を語る独白的内容で、一方、漢字仮名交じり部分は、その事件の経緯を時間軸に沿って回想する部分となっている。これをもってさらにさかのぼってみれば、『夜の光に追われて』(一九八六年刊)は、これは子息を亡くされた直後の作だが、その喪失の悲痛を吐露する手記的な独白部分と、悲痛の癒しを求めて平安宮廷物語に言及する部分との二重語りになっている。独白部分は平安古典の作者への手紙の体裁をとり、その古典の作者とは、『夜半の寝覚め』と『蜻蛉日記』の作者なのだが、そうした古典文学の津島流語り直し、ないしは変奏の体裁をとっている。レイアウト上の区別はなく、章ごとに交互に並べられている。

以上をもって、津島佑子の中期には技法的な変化が外形的に確認できるといえそうだ。一九八六年の『夜の光に追われて』から九一年の『大いなる夢よ、光よ』、九四年の『かがやく水の時代』を経て、九五年の『風よ、空駆ける風よ』までの中期津島佑子においては、子供の死をどう受け止めるか、この悲痛をどう超えて行くのかが、技法の開拓と結びついているといえそうである。そしてその技法とは、一方に悲痛の情を叙する独白的手記を置き、一方に悲痛の時間軸をたどる叙事を置く、叙情と叙事の二重構成という形を持つ。

いまここで叙情といったが、叙情すなわち「lyric」という語が待つ「lyricism」、そのキラキラした連想、そうした連想を含む叙情ではなくて、ここではそれを離れた叙情のこと、悲痛悲哀の血情の吐露という意味で使っている。いいかえるなら告白か独白か、いや、懺悔といってもいいかもしれない。というわけで津島佑子中期には、告白的独白とそのカウンターとしての叙事がある。そんな技法開拓があったといえそうなのだ。そうして実現される二重話法が実人生の悲痛と血情を克服することと連動しようとしているのである。

亡くされた子息の名前は「大夢」であったと年譜に見える。また、別の年譜にはそれは家の水場での事故であったと見える。

5　『火の山——山猿記』の受容

そこで、「発表要旨」にいう『火の山——山猿記』のことだ。以上の流れをうけて、これは、技法上の開拓にむけてさらに大きく一歩を踏み出す作品となったといえるだろう。一九九八年刊、執筆におよそ三年を要している大作である。

インターネット上に「読書メーター」という名の、閲覧も投稿も自由にできるウェッブ・サイトがある。こうしたウェッブ上の交流をどのように性格付けすればいいかは不明なところがあるのだが、先に津島文学のわが受容歴を語って三〇年という時代変遷に言及した。この時間経過のうちにこうした読書共同体の出現があったわけだ。

サイトをひらいて『火の山』に関する投稿記事を閲覧してみた。そこには純心でイノセントな反応と映る読後感から、文学的に踏み込んだ読後感まで様々な反応があることが知られた。なかでも、注目されるのは、この小説には作中人物にモデルが特定できると指摘するもの、またこの小説は『百年の孤独』をおもわせる一族年代記であると指摘するもの、また、この小説は複雑な話法からなる作品であり、複眼的な手法が導入されていると指摘するものであろうか。一方、本作がテレビドラマの原案作になっていることを指摘するものもあった。連続ドラマを見て、それが機縁で本作に「挑戦」しましたと語っていた。本作の好評ぶりが伝わってくる。理解ある読者の理解ある感想、技法の開拓は成功していると判断される。

6 『火の山――山猿記』から始まる後期津島佑子

これほどの好評作に対して私のリアルタイムでの反応は鈍かったわけだ。今回読み直してみて、その反応を訂正する必要を感じているが、つまり、なるほどいい作品であるとおもいなおしたわけだが、しかし、何かすっきりしないものが残る。

私の津島論は初期津島で、この初期津島佑子論の視点で中期津島佑子まではカバーできるといまおもうようになっている。だが、この『火の山』から始まる後期津島佑子はカバーできないかもしれぬという自覚が出てきている。いや、『火の山』までは何とかカバーできる、その先は苦しいという感じなのだ。これは作者の津島佑子の問題ではなく読者である私の問題だろうといわれれば、その通りだが、それを承知でいえば、私の初期津島論というのは、「家族の夢」（一九八四）という表題のもので、拙著『異性文学論』（二〇〇四年刊）に収載している。初期短編の緊迫した作風に反応したものだ。その反応で中期津島佑子まで、そして『火の山』まではカバーできる。その先は苦しい、と。

さて、では、『火の山』から始まる津島文学の後期、これはそれ以前の初期中期とどう違っているのか。これを端的にいえば、後期は、中期に開拓された二重小説の技法がさらに大規模に展開されていると、あらためていって良いだろう。

『火の山』から遺作『狩りの時代』（二〇一六年刊）まで全作品を読了できているわけではない。だが、私の読んだものは短編集を除いて、おそらく『火の山』から『狩りの時代』まで、その半数以上が、外形としては、巻末に文献表のついている作品だった。

『火の山』においては、「引用資料」と「参考資料」の二種からなる「文献表」が巻末に見える。『笑いオオカミ』もそうだ。『ナラ・レポート』もそうだ。『あまりに野蛮な』、『黄金の夢の歌』、『ヤマネコ・ドーム』、『ジャッカ・ドフニ 海の記憶の物語』、これらも全て長編で、「引用資料」と「参考資料」の二種からなる「文献表」が巻末に掲示されている。そして、それら「文献表」の内実はといえば、どれも歴史資料や歴史データの列挙といえるものだ。これは叙事の部分と叙情の部分からなる二重小説の技法のうち叙事の部分が、中期作に見られた文学資料から後期にいたって歴史資料にとり替わったということになる。

が、作品に果たす機能は変わらない。中期二重小説の二重性は後期においても変わらず保持されている。ただ、叙事と叙情のありようが変わった。叙事叙情の並列ではなく、叙事に血の叙情を溶け込ませるという技法となった。いや、そういいきって良いのだろうか。

これを溶け込ませきることができれば、二重小説の二重性は解消される。津島佑子後期は叙事的歴史小説に姿を変える。でなければ、叙情に叙事が吸収合併され、叙情的小説、血情吐露の小説となる。いずれにしても二つの渦が一つになるわけだ。

もはや二重であることは終わった。喪失の悲痛を吐露する独白部分を別仕立てに立てて叙事と並列する、あるいは連結的に断続提示する、などという段階は終わった、克服した、ということを意味する。むろんそんな単純な話ではない。溶け込ませるなどというと悲痛の血情が溶解したように聞こえる。それはない。そうではなく、急いで注記すれば、これら後期の長編の実情は、悲痛の叙情を静謐な通奏低音としつつ歴史的叙事の流れに大きく包み込む。加えて補足的にいえば、その通奏低音が、ときに乱れて、テキストのそちこちに間歇的に飛沫となって噴き出す。そしてまた沈静する。これが津島佑子の後期長編の世界である。個人的悲痛を歴史的悲痛につないだとは、津島佑子の後期に関してよくいわれることかもしれないが、それはそれでおおむねその通りと私もおもう。ならば、後期津島のおおむねは、私には高評価という結論になるのだが、一抹の不安、あるいは躊躇も残るのだ。飛沫となって噴き出してくるものが逆に悲鳴となって歴史的叙事を貫通する。歴史的叙事は割れて断片と化する。泥と化す。後期津島にこの方向の作はないのか。あれば私の評価はそちらに傾く。危機感と切なさ、そして一瞬性に傾く。

7　後期津島佑子における歴史文献の引用の方法——ひとつの躊躇

ここで行論を急がず、『火の山』に話題を戻す。この作に対するネット上の反応は良好だった。反応にはこの作のモデルやテレビドラマとの関係の指摘があった。先述したとおりだ。加えて、この作には一族の歴史を語るという一面があり、登場人物も多岐にわたり、そのせいか、付録として人物表と家系図がついている。これも作品の外形の特色といえば特色だが、これは作者の関知しない特色であろう。版元の配慮であろう。この点に注意を払いつつさらにいえば、この付録の家系図をみると「杉冬吾」の位置が「太宰治」で「由紀子」の位置が津島佑子だと知れる。このことは上述のとおりネットの読者も承知している。

なぜこんなモデル問題が、素人に分かるのか。いま、「素人」という耳障りな言葉は意図的に使っているが、この作のモデル問題が「素人」にもわかるというのは、いうまでもなく、太宰が現在の日本文化にあってある種の「cultural icon」になっている、三島由紀夫なみに、あるいはそれ以上に時代の「cultural icon」になっているという文化事象と切りはなせない。

太宰治を近代日本文化における「cultural icon」だとするなら、津島佑子はそうではないにもかかわらず、そしてそのそうではない程度は、現代日本文化における村上春樹がそうであることに比してそうではないというほどの意味だが、にもかかわらず、これらの反応をみると、その線上で津島佑子が「iconic」に受容されてしまう蓋然性が生じているといえそうだ。蓋然性というより危険性といったほうが良いかもしれない。津島佑子が実人生において自身との関連で太宰治への言及があることを許容しなかったというエピソードが伝えられているが、その理由はこのあたりにあると推測される。TV連続ドラマ『純情きらり』の原作者であり、太宰治の次女であると。あるいはあえていえば、愛児を亡くされた悲しみのひとだと。

その情報は『火の山』という小説の受容と評価に影響するのではないか。いや、影響などしない、影響させてはいけない。作品は作品として切り離して評価すべきだ。できる。そして、この切り離しの態度においてすら十分に評価に値する作品、完成度の高い作品、それが『火の山』だ。前者のような周辺情報に惑わせられる態度は芸術的完成を前にしては、まったくもって不純な態度、いちじるしく芸術的公正を欠く態度。作者の走破した芸術的高みを偶然性という悪手で汚染する愚行。

しかし、切り離しの態度においてすら十分に評価に値する、とは、切り離しの態度においてのみ評価に値する、に変容する危機はないのか。切り離すことが読書の約束であり、それが作品の深い理解に通ずると一般化するのであろうか。

「杉冬吾」が「太宰」だ。現代日本の読者はそんなうっすらとした比定を可とする読者共同体に棲息する。私も含めて。作中人物に甲州石原家の人物が比定できてしまう。作中の「有村家」は実は「石原家」なのだ、と。

作者はそうした比定を避けるための虚構化として複雑なテキスト生成の過程を提示するのではないか。その話法は実に複雑だ。もしそうなら、小説における情報の流れとしては本末転倒ではないか。小説とは虚構が現実を産む生成物なのではなかったか。『ドン・キホーテ』の例のように。そういう疑問が生ずる。いやそうではない。甲州「石原家」の歴史が小説「有村家年代記」を産出したのだ。小説は現実を虚構化する試みなのだ。太宰を杉と名付ければ虚構になるのだ。はたしてそうか。「太宰」じたいは虚構ではないのか。

ならば『火の山』はいっそ「杉冬吾」を「太宰治」と名付けて「実名」で書いてしまったらどうなるか。「実名」で書いても虚構は虚構だろう。現代日本というこの情報環境ではなおのこと。

しかし、これをすべて実名で書いたら、作家の「autobiography」になる可能性がある。そうでなくとも「自伝的小説」なのに、なおのこと「自伝」とするのか。小説と自伝を混同するとは、作者の意図をそこなう不純な感想。作者はこの作で「自伝」を書こうとしてのではなく「小説」を書こうとした。それは厳粛な事実である、あるいは先鋭なる意図である、いや根源的な芸術的情熱といわねばならない。それに、ネーミングを工夫するだけで、自伝が小説「fiction」になるものなのかという疑問も出てくる。これは、『笑いオオカミ』以下の津島佑子後期の作品に共通する問題だが、以上がわがひとつの躊躇の中身だ。

とはいえ、津島佑子はこの疑問に一体どう対処しえたか。対処の仕様がなかったといわねばならない。純粋でイノセントなのは、「読書メーター」に集う読者ではなく作者のほうではなかったか。この作において、津島佑子は、中期の告白的代表作『真昼へ』で獲得した主題、すなわち生死の連続と不連続と、そのいずれへも消え行く私と、いずれへも消え行くことなき家族といった主題を、じつに直接的に、じつに純粋に、じつにイノセントに、そしてじつに大規模に展開しているのだ。

ところで、今いったこの「問題」とはどういう「問題」なのか。いい直そう。文学における虚構と現実といった問題なのか、ポストモダンの時代に入った文化経済圏の文化表象の問題なのか。ここではまだ決定しかねる。

そこで再び、フォークナーを振り返る。かれはこうした問題に直面しなかったのか。フォークナーも『寓話』の段階では、すでにノーベル賞受賞者で、その意味で「iconic」な文学者だったといえる。ヘミングウェイのような「popular icon」とまではいえぬとしても、北米合衆国の良心的文学者といった「icon」になりつつあったといえる。とすれば、同様の問題に直面していたかもしれない。フォークナーにおいてモデル問題は起こらないといい切れるのか、それともアメリカ文化では、文学者の実人生（プライヴァシー）への関心は日本ほどかまびすしく語られない、ということなのか。メディアの生態系が日本文化とアメリカ文化では違っているということか。それともこれは、日本的私小説一般の問題なのか。この問題はモデル問題にとどまるわけではなく、「iconic」な作者は「iconic」な作風に到達することを自他において期待し期待されているのではないか、といったメディアと作家の作風、いやメディアと作家の生き方との連関といった問題に及ぶ。これをメディアと作家の死に方といい直せば三島由紀夫の場合が思い出される。これもまた、現在における他者とは何かといった問いにちがいないのだ〈註2〉。

わが津島佑子の場合は、『火の山』において、個人の悲哀から一族の悲哀へと悲哀をつなぐことに成功した。あるいは、家族とは死の共同体にほかならぬという認識に至る壮大なファミリーロマンスを書き上げた。ところが、そのとき、人物のモデル問題がポピュラー・アイコンの問題に変換されて忍び込んできたといえるのではないか。私がこのたび『火の山』を読み直して改めて感じたことはこれである。しかし、躓きの石は簡明で、具体的だ。

杉冬吾は、なぜ絵描きであって小説家ではないのかという素朴な疑問だ。杉冬吾の絵描き設定が、本作の「fiction」のリアリティーを支えることができているかどうかという疑問だ。本作における戦前戦後の画壇の取材は行き届いていて、細部に破綻があるわけではなさそうなのだが、それでも違和感があるということだ。どうも杉の作中でのカゲが薄い。活躍度が低い。むろん、杉冬吾を小説家に設定すると作品世界は崩壊する。しかしどう崩壊するのか、そこに問題が潜んでいるようだ。杉冬吾が小説家に設定されていたらば、本作はメタフィクションになっていただろうと考える。作中それをおもわせる記述が見いだせる。

手記の書き手「勇太郎」は手記における記述対象の「杉冬吾」のことを記述しながら、その手記の読み手である「由紀子」にはこういわせる。「勇太朗おじの記述を読みながら、私には『杉冬吾』の顔と勇太朗おじの顔との区別がつかなくなる」(下 三二〇) とか、「私の思い描く父 [杉冬吾] は、勇太朗おじの声で語り、勇太朗おじの声で笑う」(三二一) とか。

書いているひとが書かれているひとになるとはフィクションの臨界点、薄皮一枚向こうはメタフィクションという世界にほかならない。書いている手が書かれている手になるというエッシャーの絵がメタフィクションの「アイコン」だ。

さらにいえば、杉冬吾を小説家に設定していたらば、太宰治と津島佑子の実人生上の関係がメタフィクションになっていただろうと考える。実人生がメタフィクション化するとはどういうことかといえば、実人生に幽霊の存在を現認するということを意味する。あるいは、フロイトのいうオイディプス・コンプレックスの仮説が、仮説であることをやめることを意味する。だから、仕方がなかったのかもしれない。そこにこだわらなければ、『火の山』は十分称賛に値する労作といえるとおもう。

このときこの問題に対偶関係から参考となるのは、小島信夫の作風だ。小島信夫晩年期の作は、作中人物に実名が多用されるという特色が指摘される。『別れる理由』(一九八二年刊) 以来、作中には実名で登場しているとおぼしい人物が活躍するのだ。むろんそれが実名なのかどうかは、読者の有する予備情報に依存する。「文壇通」ならわかるよ、といった体のものであるわけだ。あるいは、といった体のものであるにすぎない。「文壇通」という聞きなれぬ耳障りな語は、ここでは故意につかっている。近現代日本文化に宿命ともいうべき稠密なメディア情報環境に思いをいたすためだ。

小島信夫晩期における実名使用は、メディアが稠密状態にある近現代日本文化への、あるいは文学への、小説的反応と解することができる。ということは、そのような環境への意図的反抗、いや意図的かつアイロニカルな順応として、その実名使用はあると解される。そうしてその実名はフィクション化される。アイコン化される。神話化されるといっても良い。小島信夫の実名使用の技法は、たんなる「ベタな」実名使用ではないということだが、ということはこうした意図的反応、あるいは意図的対抗のないかぎりこの情報環境にあっては虚構は成立しがたいということでもある。だから、津島佑子が『火の山』を実名で書くということはやはりありえないことになる。

ならば津島佑子は、小島信夫がしたような近現代日本の情報環境への意図的反応を津島佑子なりにしたのかどうか、それを問うならば、それは確かにしたのだ。それが、本作における火の山に関するほとんど実名的ともいうべき資料の提示である。『火の山』における「ベタな」資料引用の部分（有村源一郎著の富士山資料、勇太朗注）の機能はそのようなものと解される。このように『火の山』を解するなら、私のこの作に対する評価は高まるはずなのだが、なぜなら、私は小島信夫の『別れる理由』における実名使用を評価しているのだから、形は違っているが、同様の反応として、別形で、その反応を作中に厳封しえている『火の山』も躊躇なく評価するはずである。だが、躊躇があるという。それはどういうことなのか。

『火の山』は、小島の『別れる理由』とは別形とはいえ、今日の超稠密な情報環境への反応を示しえた。右に述べた通りだ。とはいえ、それが十全に機能していないのでないか。その反応が十全に機能するとき、反応はアイロニーの域に届く。虚実の位置関係が転倒するに至るということだ。そして私の躊躇は消える。

十全に機能しているか否か、それは、右に引いた手記の書き手「勇太朗」が、書かれ手「杉冬吾」に見えるというところがぎりぎりの臨界点となる。そう「見える」のではなく、そう「である」、そうで「あった」となれば、虚実は転倒し、アイロニーは完成する。そして私の躊躇は消える。だがそうはならなかった。杉冬吾が画家であり、勇太朗が科学者であるという設定のせいではないのか。いや、それはそうなりかけている、転倒への臨界点に接近しつつある、という見方も不可能ではないかもしれない。転倒は可能となりつつあると。

火の山をめぐるあの「実」データ、あれをどう評価するかによってそれは可能となる。それによって、一族の歴史という虚構が火の山という「実在」へと、自然へと、転倒して行くからである。その可能性を高めるのが『火の山』に伏せられたサブタイトル「山猿記」にほかならない。有村家一族をなぜ山猿などと卑下するのか。これは、謙譲の美徳のなせる身振りなのか、といえばそうではなく、これもまた臨界点への接近を意図する表現なのだ。

『火の山――山猿記』の射程の最遠は、人生が自然へと、また自然が人生へとおおきく転倒して行くその様を描こうとするところにある。その意味でこれは、島崎藤村の『夜明け前』の平成版といえる。「木曽路はすべて山のなかである」に平行する野心作、この山猿は甲州の火の山を仰ぎ見て「われ山に向かいて目をあぐ。わがたすけはいづこよりきたるや」(旧約聖書詩編一二一)という山猿なのだ。臨界点は見えている。だが、その一点を超越する手前に作はおさまった。時代の限界というべきか。

あの「実」データは叙事なのか、叙情なのか。あの科学的記述にはふかい詩情がある。宮沢賢治の農業化学メモのようではないか。「年代記」、あれは叙事なのか叙情なのか。あの「年代記」には叙情のふかい流れがある。小津安二郎の映画のようではないか。そこが臨界点だ。

つまり、この作は叙事と叙情が連結されて相互に異化しあうことで、臨界点を超越しようとしているのだが、実現されたのは、叙情と叙情が照らしあう二重の叙情世界となった。「実」データの有する実名性、そして実名性の有するグロテスク、そのグロテスクが科学者設定の勇太郎の視野を傷つけることはなかった。自然と人生の対峙と対決は宥和した。

8　ポストモダン期における文化の衝突――歴史のテロルと歴史の観光化

以上に述べた問題は、『火の山』に始まる後期津島佑子に付きまとう問題であるようだ。太宰の「icon」性の問題から発して派生するモデリング一般の問題である。別言すると、作中人物のネーミング一般の問題だ。たとえば、『笑いオオカミ』は優れた作品だが、人物のネーミング自体が小説の重要な主題であるはずなのだが、しかしそれは避けられている。ネーミングの恣意性といった構造主義ふう認識のうちに人物たちは互いの名を呼びあうのだが、そう呼び合えば、そのことで、自分たちはメタフィクションの登場人物になっているのだという自覚を得るはずのところ、しかしそれは避けられている。

『火の山』に始まる後期津島佑子の長編世界は、いかにもポストモダンといえるものだ。どの作も巻末に文献表があり、どの作も先行文献を換骨奪胎するような内容である。パロディー的だ。パロディー的だが、多くの場合、必ずしも喜劇的とはならず重厚なパロディーとなっている。真剣本歌取りともいうべきシリアスな換骨奪胎である。それをする手法はといえば、ネーミングにある。その名にキャラが「合一」をめざすネーミングなのだが、それが成功している場合とそうでない場合があるように観測されるのだ〈註3〉。

　中国哲学に正名と狂言という考え方がある。これは、ある種の世界観、また言語観の表明である。津島佑子における初期から中期へ、そして後期への変容はこの正名の世界、名は体を表す世界、名がその人の皮膚となる世界、すなわち私小説的リアリズムから、名は体を表さない、体が名を捨てる。捨てて根源に存在する体と化す。ゆえに名は仮初のものという荘子的狂言の世界。荘子的相対主義の世界。これは、すなわちポストモダン的相対性の別種のいい方だが、この伝でいえば、津島佑子の変容は正名から狂言への変容だったととらえられる。

　さらに、この名と体の関係の先で、荘子はこんなことをいっていたという。

> わたしの言葉の九割は寓言（ぐうげん）で、他事に仮託して表現する方法、七割は重言（ちょうげん）で、古老の発言に重複させて表現する方法、さらに、卮言（しげん）はそのときの便宜に従う臨機応変の言葉である。これが荘子の文章の表現方法である。無言でいれば、万物に差別無く、斉しいといえる。斉同という真理と斉同という言葉とは同じではない。天倪（てん

げい）とは大いなる一すなわち天均（てんきん）という言葉と同義である。（『荘子に見られる「言葉・書物」論について』）

これは、津島佑子の後期作風と対応している。「他事に仮託して表現する方法」、これが文献表に出ている「参考文献」に相当するだろう。寓言だ。「古老の発言に重複させて表現する方法」、これが文献に出ている「引用文献」に相当するだろう。重言（ちょうげん）だ。さらに、「そのときの便宜に従う臨機応変の言葉」、これが通奏低音とその間歇的噴出、すなわち告白的意識の噴出に相当するだろう。卮言（しげん）だ。かくいうからといって津島佑子が晩年、早い晩年だったが、荘子を読んでいたといっているのではない。そうではなく、本稿そのものもまた、津島佑子の技法の変容を語ろうとして、寓言的に重言的に語ろうとしていることをいっているにすぎない〈註4〉。

後期の津島佑子が各長編に取り上げる参考文献は区々様々だが、共通しているのは、ポストモダン期における文化の衝突をめぐる文献という一点だ。アイヌ問題、被差別部落問題、台湾植民地問題等々だが、同時に、作中の現在時がポストモダン期に設定されていて、そこに生きる日本人女性が、文化の衝突の現場、そしてその痕跡としての観光地を旅する形になっていることが多い。脱植民地主義の思潮拡大以降、最近の社会学がいうダーク・ツーリズムに接続する主題だ。

後期津島佑子の長編は歴史の観光化と歴史のテロル化をポストモダンの技法で喜劇的に描いた、とまとめることができる、としておこう。喜劇的にという形容が正確かどうか、問題が残る。一般に、ポストモダンの技法が作品に成功をもたらす場合、理論的には喜劇的になる確率が多いので、そういっているのだが、喜劇的にという形容には留保がつく。

留保がつくのは、後期の諸作のなかでも、『ナラ・レポート』を優れた問題作だと判断しているからである。後期津島における最高作かもしれないと考えているほどなのだが、これが喜劇的とはいえない。この作は、ネーミングの問題そのものを小説の重要なモチーフとして正面から主題化している点で他の後期津島佑子ポストモダン小説と趣を異にしている。そして、その分、優れたリアリズム小説になっている。ただし、津島流マジックリアリズムである。喜劇的ではなく、また、悲劇的でもなく、津島流に魔術的といっておきたいとおもう。ただしただ一度だけの魔術である。歴史小説でもあり少年小説でもある。しかも、観光とテロルが主題といえる小説である。ナラがそれを受容する場所であるという「spirit of place（土地の霊性）」の要素も大きい。換骨奪胎すべき元資料が被差別部落問題という現在性、切迫性も大きいだろう。歴史と現在を同時に一気に透視をしなくてはならぬ主題であるといわねばならない。そして主人公が少年である点、これが他の津島流ポストモダン小説と趣を異にしてこれを成功作に導いている主たる要因とおもわれる。むろん、この少年主人公モリオを亡息の生まれ変わりととらえるのは、読者の自由だ。この『ナラ・レポート』において、叙事と叙情は見分けがたく溶融しているといえる。小説末尾にいたってはテロルと観光が溶融している。先に、叙情と叙情が照らしあう二重の叙情世界となって臨界点の手前にとどまったのが『火の山』だといった。ここでは、この二重の叙情が鳴音《ハウリング》を発するのではなく、底深い低音、高らかな悲鳴となっている。

叙情が叙事を貫通したのだ。そうして小説が一つのテロルとなった。

9　技法と祈り1

ニュークリティシズム時代の小説論にマーク・ショーラーの「発見としての技法」というよく知られた論があるが、『ナラ・レポート』は、この論の有効性を逆証明する作品といえそうだ。ここまで技法という語を多用してきたが、この古い小説論を思い出しつつ使ってきたのだ。

おばあちゃんに一度だけいわれたことだけど、あなたを誰かに預けてしまうこと、いっそのこと、そうしていたらよかったのか、とも思う。二人も子供を産み、その上、自分ひとりだけで育てなければならないことがわかっていて、二人とも手離そうとは夢にも考えたことがなかったわたしは、愚かしくうぬぼれていただけだったのか。母親になどなる資格がもともとなかったのに、盲目的に欲張ってしまったから、あなたを失うことになったのか。でも、あなたを通じて知った何人もの、お母さんしかいない子どもたちは今でも元気に生き続けている。それは、どういうわけなのか。

―中略―

あなたにつけた名前を、別のものにしていたらどうだったのだろう、とこれも疑いたくなった。といっても、今までの名前以外のあなたはもはや考えられなくなっているしあなた自身もその名前を自分の体の皮膚のようにして成長していたのだけれども。

なぜ、あなたがこの世に生まれてくることになったのか。わたしはあなたが生まれる前の自分の生をも辿り直さなければならなくなる。あなたと出会うためのわたしの生だったのだから。このわたしを母親とする以外に、この世に姿を現すことのできなかったあなたなのだから。

――中略――

なぜ、「わたしの幼年期、わたしの」兄は死んだのか。あなたがなぜ、まだ小さいのに死ななければならなかったのか分からないのと同様に、分からない。(『真昼へ』一七一―七二)。

中期の『真昼へ』のタイトルピースの一部だが、技法としてはどのような技法と名付けることができるのか。マーク・ショーラーのいう技法、主題、仕上がり、「その形式が主題と実に正確に等価である」、これらの批評用語とこの一節は関係があるのだろうか。むしろ批評を超越しているドキュメントのように読まれる。しかし、これもまた小説なのだといわねばならない。日本文学には、あるいは日本文化には、こうしたドキュメントを小説と称する習慣があるということだ。日本的メディア環境にあっては、メディアが小説だといえば小説なのだということでもあるが、ささいなことだが、ここからは何か、ドキュメントが小説になる兆しが読み取れる。この引用は、しかし、このようなことをいいたいためではなく、これが後期津島佑子の出発点であることを『ナラ・レポート』がここにつながることをいおうとしている。「あなた」が大夢で、大夢がモリオであることをいおうとしている。

10　技法と祈り2――ベンジーとキャディ再び

最後に同じ『真昼へ』からもう一か所長く引用する。

ああ、そうするといいわ。解けてひどくぬかるんでいるから、二人とも長靴をはいて出るのよ。それから、ジャンパーを着て、手袋もはめて。

兄は外に出るのはどんな時でも大好きだったし、とりわけ雪には執着していたので、すぐに立ち上がり、玄関に走って行った。私もあわてて、そのあとを追った。上の伯母が私の後姿を見つめているのが分かっていたので、どことなくぎごちない体の動きになっていた。子どもの様子をほほえましく思って、ただ見やっているという見つめ方ではなかったし、不機嫌に睨み据えているというのでもなかった。―中略―

ドアを開けると、ひんやりと寒い玄関になった。兄は一人で、もう外に出て行ってしまっている。玄関の脇にぶら下げてある二人のジャンパーを急いで掴み取り、前日から出し放しになっていた雨靴に足を突込み、兄のあとを追った。兄は門の前にしゃがみこんで、そこに残っていた雪を両手で掻き集めていた。

ジャンパーを着ないと、風邪を引くわよ。ポケットに手袋が入っているから、手袋もするのよ。兄にいいながら、持ってきたジャンパーを手渡そうとした。ちょっと待って。その手をまず

拭いてからにしないと、また霜焼けになるわ。（一八四―八六）

これは前の死者を追想していった場面から数ページ進んで、兄の死を回想している場面。フォークナーの『響きと怒り』のキャディとベンジーの場面に匹敵する美しい場面だ。そして、最後にもう一つ資料を示したい。フォークナー研究者原川恭一の文章の一部。津島佑子への追悼文だ。まずフォークナー研究者にして詩人であった加島祥造への哀悼の言葉がみえ、つづけて津島佑子への哀悼がつづく。「フォークナーと日本文学」を語るとき、見逃しえぬ証言といえるとおもう。津島佑子は若き日、原川のフォークナー原書講読教室に座っていたという。

その彼女と私が出会った最後は二〇〇五年十二月十四日、当時奉職していた武蔵野大学の公開講座の当日である。講師の津島さんは、大勢の聴衆を前にして、約一時間半にわたり「小説の悲しみ」という、実作家ならではの話をしてくれた。

その折に持参した、当時の最新作『ナラ・レポート』（二〇〇四年）にも、署名と年月日が記されている。フォークナー文学を介しての加島さんとの付き合いも長かったが、津島さんとの縁はいっそう長く、これもまた、フォークナーを仲立ちとしてであった。（二三九―四〇）

【註】

1 本稿の前身は、シンポジアムの口頭発表が第一稿であり、その後、これを改定した第二稿が雑誌『フォークナー』二〇号（二〇一八、松柏社）に掲載になった。本校は第三稿となるが、各稿ごとに改訂の手がはいっていることをお断りしたい。

2 ここにいう「ポピュラー・アイコン」、また「カルチュラル・アイコン」とは、ふるく『アメリカのデモクラシー』（一八四〇）においてトクヴィルが、貴族制ならぬ「民主制の諸国」に起こりがちなこととして指摘した「文学産業」（第二巻第一部第一四章）にかかわる文化現象のことである。トクヴィルによれば、デモクラシー下においては「産業の精神」は「文学の中に」入り込み、「増大する読者大衆と彼らが絶えず新たにつくる需要」なるものが出現するという。この「需要」に簡便迅速に、また仮初に応える視覚指標が、ここにいう「ポピュラー・アイコン」、また「カルチュラル・アイコン」にほかならない。

3 小説生成における名前の問題をめぐっては拙稿「奴隷と双子のモダニズム――フォークナーとトウェインと名前と」『9・11／夢見る国のナイトメア』（二〇〇八、彩流社）所収を参照していただければ幸いである。

4 中国哲学における正名と狂言については、井口時男「正名と自然――帝国軍隊における言語と『私』」（『悪文の初志』［一九九三］所収）に教えられた。

【引用文献】

『荘子に見られる「言葉・書物」論について』二〇一七年一〇月八日閲覧、<http://mohsho.image.coocan.jp/sohji-word&book.html>。

津島佑子『あまりに野蛮な』下巻、講談社文芸文庫、二〇一六年。

――『火の山――山猿記』上下巻、講談社、一九九八年。

――『真昼へ』新潮文庫、一九九六年。

原川恭一「旅立の春」『津島佑子の世界』井上隆史編、水声社、二〇一七年、二三九―四四。

「『火の山――山猿記（上）』（講談社文庫）」『読書メーター』二〇一七年一〇月八日閲覧、<https://bookmeter.com/books/22904>。

第Ⅳ部

第一四章

思い出せ、と男は言う

——フォークナーと青山真治

中野学而

1　はじめに——フォークナー的、とは何か

「南部の一四歳の少年ならば誰でも、一度と言わずそうしたいと思うときならいつでも、あの一八六三年七月の日の午後二時が訪れる一瞬前の状況を思い浮かべることができる」(*ID* 一九〇)——『墓地への侵入者』において、天下分け目の銃撃戦として名高い一八六三年七月三日の「ピケットの突撃」の瞬間の直前の緊張を思い浮かべようとする少年チック・マリソンを描き出すフォークナーにとって、故郷南部の〈敗戦〉の事実は、ある決定的な瞬間の〈こちら側〉と〈あちら側〉のあいだで、なにか存在論的に決定的な切断が行われたことに対する明確な意思とともにある。それを言えば、彼の書くほぼすべてのものの底には、サムター要塞への南軍の攻撃によって戦端が開かれた「一八六一年四月一二日」やリー将軍がアポマトックスで降伏文書に署

名した「一八六五年四月九日」など、南北戦争に関するいくつかの特権的な日付が伏流しているとさえ言いうるだろう。〈その前〉の自分と〈その後〉の自分とがまっぷたつに切断されてあり、しかし同時に自分は自分でしかない以上、そこに切断などあるはずがないようにも思える――ゲイル・ハイタワーやクエンティン・コンプソンに代表されるように、〈敗戦後〉を生きるものが〈敗戦前〉の世界にいかに囚われてしまうのか、ある意味でフォークナーはこのような問題系に生涯にわたって固執しつづけたのだし、そのような敗戦にまつわる特定の事件の周囲に何度も立ちかえることによって、『アブサロム、アブサロム!』『行け、モーセ』に典型的に示されるような「南北戦争のさらなる過去」への探求も可能となったのだった。

たとえば、のちに『アブサロム』に組み入れられることとなる短編「ウォッシュ」の貧乏白人ウォッシュ・ジョーンズは、敗戦から五年たったある日の朝、傲岸な大農園主トマス・サトペンの発した孫娘ミリーへの侮蔑的発言を立ち聞きしてしまったことによって、それまで二五年ものあいだ「彼自身の神格」(CS 五三八)とまで崇め奉ってきたサトペンの存在の本質に気付かされる。孫娘を孕ませて子を産ませたにも関わらず、彼女を家畜以下としか見ていなかったサトペン――こうしてウォッシュは、それまですがるように信じてきた栄光のアメリカ南部貴族社会というものが、実はチャチな階級的搾取機構でしかなかったことに衝撃的に思い至るのである。それでも彼は、そのことを結局認めることができない。〈堕ちた偶像〉である目の前のサトペンを草刈り鎌の一振りで殺害すると、事件を知った保安官たちが現場に到着するのを小屋の窓際に座って待ち、まず孫娘と生まれたばかりのその娘を共に肉切り包丁で殺す。そして小屋の内部に灯油をまいて火をつけ、激しく燃え盛る炎と漆黒の闇の鋭いコントラストのなか、銃で武装した包囲網の中に自殺行為的に躍りかかっていくのである。自分をしゃぶりつくした旧秩序を激烈に呪詛しつつも、結局その憎むべき旧秩序のうちにしか自分の生の真実はありえないとばかり、敗戦と同時に旧南部に生きるものすべてが滅び去るべきだったのだと思いつつ死に赴くウォッシュ――この作品にたぐいまれな迫力がこもるのは、執筆の一九三三年の時点から見ればはるか六八年前に起こったことを、あたかもその眼前にまざまざと経験しているかのように――つまり自ら〈戦後〉的観点に拠って立ちながら、まったく同時に〈戦前〉の価値観の根深さにも身を溶かしこみつつ――フォークナーが幻視しているからにほかならない。

敗戦から一九年たった日本の高度経済成長の只中の一九六四年、明治維新以降の日本の近代化を長いあいだ支えながら、すでにエネルギー政策の変換によって斜陽化の始まっていた日本有数の工業都市・北九州市に生まれ、一九九五年の阪神・淡路大震災とオウム真理教による地下鉄サリン事件の翌一九九六年に『Helpless』で映画作家として劇場デビューを果たし、カンヌ映画祭でのエキュメニック賞と国際批評家連盟賞をダブル受賞した二〇〇一年日本公開の映画『EUREKA　ユリイカ』の小説版である三島賞受賞作『ユリイカ　EUREKA』で二〇〇〇年に小説家としてもキャリアを始めた青山真治は、まさにこのようなフォークナー的問題を日本の文脈において引き受けることによって出発した作家である。

2　一九八九年の崩壊／崩御

「一九八九年九月一〇日」に起こった出来事として設定されている青山の劇場デビュー作『Helpless』には、二人の若者が登場する。刑期を終えて出所したばかりのヤクザの安男と、その六歳下の幼馴染の高校生・健次である。二人とも、登場した時点である癒しようのない〈空虚〉を抱えた人物であることが示唆されている。

この二人にはそれぞれ〈父〉（いっぽうは実の父、もう一方は「代理の父」的な存在）がおり、その両者の〈父〉の機能不全を巡って物語は展開する。安男の〈父〉は彼の所属する暴力団の組長で、天皇崇拝者である。安男の服役は、この組長のために行った敵対勢力の事務所への討ち入りが原因だった。安男はその結果「左腕」を失ってもいる。しかし、この組長は安男が出所してくる物語冒頭ではすでに「糖尿病」（一一三）が原因で死んでおり、すでに組自体も解散している〈註1〉。いっぽう健次の〈父〉は、壮年期には「大日鉄」（一一八）の組合運動で指導的立場にもあった実父だが、運動に力を入れ過ぎたことが夫婦間の亀裂となって妻に去られ、現在はむなしく「インターナショナル」のメロディー（歌詞なき空虚な音の連なりである）を口ずさんでは、週二回ずつ病院に見舞いにくる息子に「お前もおれを捨てるんやろ」（一一九）とうらみの毒を吐くだけのアルコール中毒患者となっている。この〈父〉は、物語中盤において、がらんとした風通しばかりよい病室で縊死する。

つまり、それぞれの人物が日本の敗戦後の思想空間の屋台骨を形作ってきたある特定のイデオロギー――保守派（右翼）と進歩派（左翼）――をおおまかに象徴していることは言うまでもなく、それら二人の死は、そのまま物語の現在時としての一九八九年に起こった「昭和天皇崩御」と「ベルリンの壁崩壊」とを寓意することにもなるだろう。日本における戦後の左翼運動がそもそも大きく「(象徴)天皇制」をその仮想敵の代表としてきたのだとすれば、安男(の〈父〉)と健次(の〈父〉)とはほとんど鏡像関係にあると言ってよい。拘束衣によって「左腕」のみならず「両腕」のなかに何もなくなったような気がする、と健次の〈父〉がもらすのも(二一九)、そのような意味において以外ではない。こうしてこの作品は、一九八九年の「昭和天皇崩御」と「ベルリンの壁崩壊」によって日本の思想空間全体にぽっかりと空いてしまったある名づけようのない〈空虚〉を描き出す寓話となる。

失った腕の背広の袖を風になびかせながら出所してきた安男にとって、「オヤジは死んだ」と言う周りのものたちの言葉は簡単に信じられようはずがない。映画版において、安男は言う——

人ンこと利用するだけ利用しとって、ムショ出たら、組はない、オヤジは死んだち、すぐばれるうそしか言いよらん。俺にあわす顔がないけのお、隠れとるだけよ。オヤジが死ぬか、ちゃ……俺が殺しちゃあ。

安男は、「組長は死んだ」と自分に告げるものたちを次々に殺していくのだが、そのような自分に「安男さん、何がしたいん?」と問う健次に対し、「オヤジ、殺す」「殺らな気がすまんのよ。会って顔見て、なし俺見捨てたかち……」(三七)と答えている。ここにあるのは、つまり青山による「ウォッシュ」、あるいは三島由紀夫の「英霊の声」の再演である。命がけで信じた〈親〉に見捨てられた〈子〉の激烈な恨み節――しかし、むろん「オヤジ」はすでに糖尿病で死んでいるのであって、この恨みの矢はどうあってもその真の対象には届かない。しかも、小説版によれば、そもそも安男の本当の恨みの対象――つまり愛の対象――はおそらくこの組長などではなく、実の父である。安男は幼いときに「本当の親に去られ、耳の遠い祖母と小児麻痺が元で知能と足に不自由を抱えた妹の三人暮らし」（一三）のなか苦労している。だとすれば、「組長」その人自身、安男にとっては〈父〉への飽くなき渇望が生み出した一種の「ダミー」以上のものではない。映画版において、画面に登場しないだけでなく言及さえされない安男の実の父は、この物語に深刻な空洞を呼び込まずにいない。

安男はこのあと、追いかけてくる警官隊を待ちながら、山中のドライブインで知能に障害のある妹を道連れに自裁しようとするが、それを健次が「自分の都合ばっかし云いやがって！　自分の都合ばっかし！　したいこと何でもできると思うとんかあ！」（七二）と制止する。安男は抵抗できない。安男の恨みとは、どうあってもナルシシズムに自閉するよりほかない、もとより「理」も「義」もないものでしかないからである。健次がユリをバイクに乗せてドライブインを立ち去ったあと、安男は残っていた弾丸でひとり自裁する。

がらんどうの健次の父の病室。旋律だけの「インターナショナル」。健次の他にはもはや誰も住んでいないようにさえ見える工業団地の窓際。風通しのよい列車内に転がる空っぽの酒びん。全編にわたって登場する工場跡の廃墟、トンネル、人気のない山間のドライブイン。一九九六年公開の

『Helpless』は、一九八九年に生きる現代日本人一般のこころに穿たれた耐えがたい空洞を、このようなかたちで具体的に私たちに確かに伝えてよこす。一九九〇年代以降の現代日本を生きることは、どうしてこれほどまでに空虚でなければならないのか――「［私は］歴史の呪縛に捕らわれている」（『われ』五七）と述べる青山は、『Helpless』公開時のパンフレットで「彼［安男］は、乃木希典であり、三島由紀夫であり、甘粕正彦でもある」（『われ』三八）と書く。こうして日本近代史上屈指の天皇主義者たちとともに時間軸を往来しながら、青山はやがて五五年前に終結した「あの戦争」に焦点を絞りつつ、もういちどこの現代日本の空虚の問題を語り直す手はずを整えていく。ちょうど、フォークナーが『響きと怒り』から『アブサロム、アブサロム！』、さらに『行け、モーセ』へと自らの生きる苦しみの源を求めて時間軸を掘り進んでいったように、それはまさにフォークナー的としか呼びようのない旅となる。

3　一九四五年の黒い穴

二〇〇七年公開の『サッド　ヴァケイション』で完結を見るいわゆる「北九州サーガ」三部作の第二作、つまり『Helpless』の「続編」である『EUREKA』は、身元不明の男によって引き起こされ、警官隊に射殺された犯人自身を含めて七人の死者を出したバスジャック事件で生き残った三人――バスの運転手である沢井真、中学生の田村直樹と小学生の梢の田村兄妹――の「その後」を追う物語である。事件後、経験した恐怖の記憶に加え、生き残ってしまったことの罪障感にも苦しみ、町にいられなくなった沢井は、妻を捨てて家を出て、『八月の光』のジョー・クリスマスを彷彿とさせるように、二年間の放浪生活を経たのち再び故郷に帰還する。兄妹の田村家では、やはり口さがない田舎の共同体の噂（梢が事件時に犯人にレイプされていたのではないかという噂）と子供たちの異変（二人とも家に引きこもって全く口をきかなくなってしまうのである）による家庭内の緊張のせいでアルコール中毒となった父が母に暴力をふるうようになり、やがて母は若い男と出奔、それに父の死が続く、というように、こちらはどこかでコンプソン家の事情を思い起こさせる家族の崩壊劇が進む。親戚からも疎まれる兄妹にはこうして身寄りがなくなり、生活もすさんでいくのだが、やがて彼ら同様に事件のトラウマに苦しむ沢井が二人の暮らすログハウスに移り住み、献身的に兄妹の面倒を見始めるようになる。そこに夏休みの間だけ勉強を見てやるという約束でやってきた兄妹の従兄妹の大学生・秋彦（『Helpless』にも登場する唯一の人物である）も加わっての共同生活のなか、物語の焦点は、沢井の自己犠牲的な献身によって二人の兄妹が言葉を取り戻していく過程にあてられる。付近で頻発する連続通り魔殺人事件とその犯人の捜索とを巡るプロットがこれに絡まるが、結末近くで実は田村兄妹の兄・直樹が一連の事件の犯人であったことが判明、壮大な阿蘇の風景のなか、梢による「その時自分に繫がっていると思えた者」（二八三）たちへの鎮魂の祈りを聞きながら、物語は幕を閉じる〈註2〉。

さて、小説版には、兄妹の勉強の合間に、秋彦がアルバート・アイラー・トリオの「幽霊たち」を聞きながら、通っている東京の大学のゼミの講師に教えられた「あるアメリカ南部の作家」の言葉を思い浮かべる場面がある。

南部とは、人が祈りを捧げるところである。しかし、それは神に祈りを捧げているのではない。彼らが祈りを捧げているのは、神が去ったあとに空いた黒い穴である。(二一八)

いかにも「アメリカ南部的」としか言いようのないロバート・ペン・ウォレンの『洪水』からの一節である。このイメージを媒介として、この作品は前作『Helpless』に巣食っていた空洞――「神」(昭和天皇とマルクス)が「去ったあとに空いた黒い穴」――を批判的に継承しつつ、寓意の強度とリアリティとを同時に格段に高めながら、その「穴」の起源をはるかにさかのぼったあと、ふたたび日本の現実へと帰還してくるのである。

この物語は「一九九二年」から「一九九四年」の出来事という設定だから、あくまでも表層的には『Helpless』の数年後の九州のある田舎町の模様をリアリスティックに扱ったものである。「バスジャック事件」と「少年による連続殺人事件」という一九九〇年代以降の日本で現実に起こった二つの大きな事件――特に前者に関しては事件自体が本作封切り後のことで、事件に使われたバスが本作の場合と同じ「西鉄バス」でもあった――との関連で世間の耳目を引いたことは、この作品にみなぎるリアリティを間接的に証しだてもするだろう。しかしこの物語のリアリティの根拠は、『Helpless』と同じような仕方で、その「寓意的」な関心の中心をほぼ間違いなく「一九四五年八月一五日」に持っていることにこそ求められる。それは物語の端緒となるバスジャック事件の日付が小説版『ユリイ

カ　『EUREKA』によれば「一九九二年八月一三日」であり、事件の三人の「生き残り」のひとりであって本作の中心人物となる沢井真が事件後に町を出て行くのがそこから「四日目」の朝、つまり八月一六日の朝とされていることにまずはうっすらとほのめかされる。「一九二八年」というアメリカ南部における特定の年の「復活祭」の一日を中心として南部史の「始まりと終わり」を幻視する『響きと怒り』を強く想起させながら（これはまさに「仲の良い兄と妹」の話なのであり、彼らの家の庭にはあの不思議な「ベンジーの墓」によく似た「盛り土」と鉄パイプによる四つの墓さえ作られている）、この物語においては、すべてが「ポツダム宣言受諾」を告げる「玉音放送」が流れた日本の「始まりと終わり」の日、つまり日本史上最も特権的な日付のひとつである「一九四五年八月一五日」の周辺に円を描くように配置されているのだ——その中心だけは執拗に空無化したまま。

映画版『EUREKA』についての『カイエ・デュ・シネマ・ジャポン』での座談会記録において、レオス・カラックス監督の『ポーラX』（一九九九）について青山は次のように述べているが、このような文脈においては、これはまさに『EUREKA』にこそふさわしいコメントであるように思われる。

『ポーラX』を僕が高く評価したのは、一番最初の爆撃の音が、延々と体に残って、爆音の残響が映画を決定づけている感覚があって、現代を生きるというのはこういうことなんだと。それは個人的にも感じていたことだったんですが。（「盲目的」六四）

青山にとって「現代を生きる」こととはすなわち、「一番最初の爆撃の音」を「延々と体に残」すことである。そうであれば、つまり『EUREKA』における「一番最初」の破壊的事件としてのバスジャック事件とは、決して突発的かつ理不尽な暴力などではなく、まずは過去の私たちの現実世界において実際に起こり、いまだに様々な意味で私たちにとってトラウマティックなものであり続けているあの「玉音放送」の、あるいはそれ以上にトラウマティックとも言える「あの爆撃」、つまり同年八月六日と九日にそれぞれ広島と長崎を焼いた「原爆投下」の隠喩ともなる。

このことは、映画版冒頭、バスジャック事件の起こる前、家のある丘の上から手を振る母に見送られつつ通学のため西鉄バスに兄妹で乗り込むシーンで、兄の田村直樹が大友克洋の『AKIRA』――「新型爆弾」により壊滅した東京を舞台とする――に一心に読みふけっていることにすでにほのめかされていよう。そう思えば、事件の舞台となる「第三セクターが造って潰した」（二七）遊園地の残骸に隣接する殺風景な大駐車場も、「陛下」に「お会い」して「子供を、息子を、返していただく」という戦後賠償要求を皇居前広場でつきつけるバスジャック犯の登場する一九七九年の長谷川和彦監督映画『太陽を盗んだ男』の記憶も絡むことによって、どこかで現実の皇居前広場を彷彿とさせずにはいない。周囲の風景から浮き上がったその異形が数度画面をかすめるだけの洋風の破風づくりのこの遊園地の廃墟化したエントランスビルは、だからどこか遠くで「皇居」とつながりつつ、さらに奇妙にも（むろん偶然ではないだろう）それと似た外観を持つ田村兄妹の住むログハウスをも、ある明確な意味の流れのうちへと誘い込むのである。

4　バスジャック犯は誰か

犯人自身を含み七名の死者を出したこのバスジャック事件の犯人も、やはりある種の名状しがたい無名性と空虚感に苛まれている。沢井の運転する九州の私営バスに乗りこむためにバス停に犯人が登場するときの様子――

その男がどこから来たのか誰も知らなかった。いつからそこにいたのかさえ誰も覚えていなかった。その男自身、自分が誰で、どこから来てどこへ行くのか、はっきり云えるとは到底思えなかったし、それが重要なことだとも思えなかった。自分は透明だった。（中略）

男は公園に続く道の向こうから自分そっくりの者が歩いて来るのを見た。それで三度目だった。すれ違って男は笑った。振り返ると、向こうも声を上げて笑っていた。土産物屋の店先にぶら下がった笑い袋の笑いだった。光がざわめいていた。公園の木々が夏の日を浴びて、濃い葉の色を燃え立たせていた。息が詰まった。このまま空気に蒸発してしまう気がした。それも悪いことはない、と男は思った。それが自分のもって生まれた宿命だとも思った。（二三―二四）

やがて整列乗車で乗り込んだバスのなかで、男は乗客を次々と射殺する。そしておもむろに携帯電話を取り出し、電波受信状況の不具合を気にしつつ、窓という窓にくまなく新聞紙が貼られた薄暗いバスの中から外の刑事に電話をかけ、次のように問いかけるのである――「ねえ、刑事さん、僕が誰だか分かりますか？（中略）クイズですよ、わかったら僕に聞こえるように大きな声で言って下さい」（三二）。

この男はいったい「誰」なのか――映画版では、事件の一部始終がごく普通のサラリーマン風の男によって遂行されることが強調される（あるいは、周到なかたちで強調を排しつつ「普通」が志向されている、と言うべきか）。この「透明」な男が作品に導きいれる空無がいったい何に起因するものか、現実の作品世界のレベルにおいては、映画版においても小説版においても明らかにされることはない〈註3〉。それは男が終始一貫して身元不明の男として紹介され続けることにより、言わば物語中の「黒い穴」となる。バスに乗り込む前に男がすれ違う「自分そっくりの者」とはいったい誰か、この「笑い袋の笑い」はいったい何を笑う笑いか――ある種の禍々しさのうちに、自らの空虚感の来歴がおそらく男自身にとってどうしても明らかにならないことこそがこの事件の真の原因である、と物語が語っているかのようである。

この青山独特の〈空っぽ〉の気分は、しかし当然このエッセイの文脈においては無根拠なものではない。すでに見た『Helpless』を貫く空虚と閉塞とが、そののち『EUREKA』に至るまでに撮られたいくつかの映画作品――特に『WiLd LIFe』や『冷たい血』（ともに一九九七）――を通過し、日本の近代史の暗部を追いかけながら、この男の魂をつかまえてしまっていると考えられるのである。それはひとまず、一九八九年の「昭和天皇崩御」よりも遥かに根底的な「神の死」を意味する一九四五年の「ポツダム宣言受諾」とともに日本人のこころに穿たれた宗教的な「黒い穴」そのものであり、つまりはその後のサンフランシスコ体制のなか平和と経済的繁栄を目指す〈戦後〉的な価値体系によって否定され馴致されてきた〈戦前〉と〈戦中〉の真実でもある。この男がここでこのような大量殺人を犯すに至る――死者の数は『Helpless』の安男の場合と正確に同じである――のは、そしてその理由が自分自身にもわからないのは、平たく言って、明治維新以降、ポツダム宣言受諾、日本国憲法施行まで存在した「大日本帝国」という一つの国家が、中国、その他の広大なアジア太平洋圏で自国の兵士を含む大量の命を破壊し、また原爆や空襲をはじめとする攻撃により自らの〈神〉自身を含む多くの民間の命を破壊されることでその命脈を完全に断っているにもかかわらず、〈戦後〉の「日本国」を生きる私たち自身が、アメリカの絶対的な庇護による「平和」と「繁栄」のもと、そのあまりにも巨大な暴力と崩壊の事実を決定的に忘却しようとすることで今日を生きているからにほかならない。

映画版では、三時間三七分という長さのなか、トラウマティックな〈現実〉に突き放されてあてもなくただようほかないものたちと田舎の共同体の規範に守られたものたちとの間の時間の流れ方の齟齬が、淡々と画面に刻まれていく。二階にある自室の窓際に座る沢井が、遠くフレームの端から端まで夜のあぜ道をゆっくりと流れて消えていくのを静かに見つめる市営バスの車内灯。右上端から左下端までやはりゆっくりと時間をかけながら川面を流れ、やがてカメラの目の前でぴたりと止まる、連続通り魔殺人事件の被害女性のサンダル。三角屋根と円柱形サンルームの田村家のログハウス前に妹の梢が鉄パイプで作ったみすぼらしい四つの盛り土の墓にひっそりと映る十字型の窓枠の影――現実の「皇居」、ましてや「原子爆弾」など、これらのシーンに描かれる禍々しいまでに静謐な福岡県甘木市（現在の朝倉市）の日常世界のどこにも見出すことはできない。だが、物語の表層において突発する暴力の〈由来〉として、その深層構造のうちにそれは確実に存在している〈註4〉。まさにそのようなかたちで、それは現代の日本人すべての霊魂をその存在の深層においてむしばみ、損壊している――「過去などというものはない、すべては今ある」（*FU* 八四）。

おれは誰なのか、分かったら教えてくれ、とバスジャック犯は言う。バスに乗り込む前にすれ違った男がもしもこの男の分身、一種の「亡霊」であるなら、ここでの私たちにはむろんこれらの男たちが何者であるのか分かっているはずである。隠蔽され忘却された暴力は、必ず回帰する。この男たちは、私たちに、思い出せ、と言っているのである。

5 〈戦後〉の〈復員兵〉

事件後、運転手として乗客を守らなければならなかったのではないかとの批判の矢面に立たされた沢井は、周囲に広がる水田の風景の中にある家の二階の自室に寝ころんだまま虚空を見つめ、両足を畳に何度もゆっくりと打ちつけてはこうつぶやく――「生き残ったとが、そげん、悪かとか」（一一六）。

もぬけの殻となって部屋に閉じこもる夫を気遣う妻・弓子の必死の努力にもかかわらず、このあと彼は愛する妻を置いて町を出て戻らず、二年間の放浪生活を送ることになる。のちの別れのシーンで見事な節度をもって示されるように、お互いに深く愛し合った二人だった。まだ若い沢井も、また残された若い妻も、それぞれの仕方で事件のあとを苦しんだ。『八月の光』の牧師ハイタワーと妻とをどこかで彷彿とさせる関係ではあるが、弓子は決して自殺したりなどしない。一年のあいだだけは健気に夫の帰還を待つものの、やがて吹っ切れたように嫁ぎ先の沢井家を出て、都会の福岡で美容師として働きながら別の男性と新しい暮らしをはじめるのである。彼女には彼女の感情があり、欲望があり、また矜持があった。そのことが、事件の後を苦しむ沢井にどこまで分かっていただろうか。

お互い納得ずくの別れを福岡で交わした晩、沢井は飲めない酒を飲む。したたかに酔って電車、バスを乗り継ぎ、家に帰りつくころは前後不覚、引きずられながら運び込まれたベッドの上で梢に労わられながら間歇的に泣き続ける沢井の愛、無念、反省を、カメラはその顔ではなく、背中や足だけをフレームに収めることで尊び、また慰撫する。彼のこころに何が生起しているのか、カメラは決してそれを明らかにしない。それもまたこの作品における「黒い穴」である。

ある種の根源的な〈壊滅〉を生き残ってしまったものは、「その後」をいったいどのように生きることができるのか。なぜ死んだのが自分ではなかったのか、生きていることの根拠そのものが奪われているような不条理と後ろめたさを心に抱え、目を外に転じると、それまで人々に所与のものとして信じられつつ人間〈関係〉の〈善〉と〈悪〉の基準を生活のすみずみに行きわたらせてきた世界秩序が根底から倒壊し、そのすべてが〈悪〉を意味するものとなって醜く横たわっている。過去の自分が〈そこ〉にいる、しかし現在の自分は〈ここ〉にいる、そのあいだの深くて暗い川がおのれを黒くそめあげる。あんなものは忘れてしまいたい、忘れなければとても生きていけない、だから忘れてしまえ、と誰もが言いたてる――しかし、たとえば敗戦ののち足かけ八年のあいだシベリアに抑留され、損壊した心と体をもって復興を遂げつつある祖国に帰って来た詩人の石原吉郎のようなものたちに、血に汚れ、〈悪〉の権化と化してしまった自らの過去を忘れることなどどうしてできただろうか。「復員」から一八年経った時点からシベリアでの自らの体験を回想しつつ、石原は次のように書いている。

私がそのときもっとも恐れたのは、「忘れられる」ことであった。故国とその新しい体制とそして国民が、もはや私たちを見ることを欲しなくなることであり、ついに私たちを忘れ去るであろうということであった。（中略）ここにおれがいる。ここにおれがいることを、日に一度、かならず思い出してくれ。（中略）もし忘れ去るなら、かならず思い出させてやる。（一三〇）

敗戦後の言説空間において「復員兵」は、もっぱら戦後の繁栄を願い実際にそれを生きはじめた人々との対比において同情され、しかし真に慰撫されることのないまま、いわば「繁栄の引きたて役」としてようやくその存在を許された。たとえば一九四九年の黒澤明監督の映画『野良犬』には、最後まで一言も言葉を与えられることのないまま戦後空間の〈外部〉へと放逐されて消えて行く元復員兵の犯罪が描かれる（五十嵐二二五―三二）。彼を捕まえる刑事役の三船敏郎もやはり復員兵なのだが、こちらは、ある正体不明のやるせなさをこの犯人から受け取りながらも戦後空間の〈内部〉へと順応し復帰していくものの代表である。

「普通」のサラリーマン風の男が日常の振る舞いとともに起こした凄惨なバスジャック事件は、事件を経験させられたものがそれまで依拠してきた「日常／非日常」の境界を、彼らが人として生きる倫理の在所を、その根底から崩壊させる。そのような事件を生き残ったあとでどうしても日常の市民生活にもどることができない沢井、直樹と梢兄妹の三人は、まずはそのようなかたちで深刻な亀裂をその存在の根源に走らせたまま戦場から帰還し、戦後社会に厄介もの扱いされた「復員兵」たちそのものである。だが、同時にこの三人が、さきほどの引用で見たバスジャック犯と「自分にそっくりの者」との関係をなぞるような意味で、過去の暴力の記憶を自分たちにまざまざとつきつけてくる「不都合な真実」たる「復員兵」の存在の意味を復興の光のもとで都合よく馴致し、ひとまずは忘却の彼方に沈めることに成功していった戦後の日本人ひとりひとりの霊魂の内奥に潜む「もうひとりの（復員兵としての）自分」の隠喩でもあるのなら、私たち〈戦後〉の日本人は、つまり繁栄の側で日常に適応していようと、あるいは〈戦中〉の暴力と虚無のうちに落魄した生を送ることを余儀なくされていようと、もれなくその胸のうちに敗戦による倫理――つまり、生きる指針――の崩壊という「黒い穴」を開け、自らの〈来歴〉を語るべき言葉を失った〈復員兵〉をもっている。

6 「別のバス」=現代日本の「ノアの方舟」

隠居した老父を養う兄の家族とともに沢井が三世代で暮らす『EUREKA』の沢井家のたたずまいが、
その周辺の稲穂の実る平野の風土も含め、一九五一年の小津安二郎監督の映画『麦秋』を強く想起さ
せるものとなっているのは、まずはこの小津の映画が、日本人がどのように〈戦前〉から〈戦中〉を
通過して〈戦後〉を生きるべきかを、日本の戦後に撮られた数ある映画の中で最も深く問いかけるも
のだったからに違いない。娘の結婚が引き金となる家族のゆるやかな、しかし不可逆的な崩壊に〈戦
前〉の日本の崩壊を重ねるこの映画のラストシーンに関し、映画史家の田中眞澄は次のように言って
いる。
大和の麦の実りの中を花嫁行列が行く。それを見て老夫婦は嫁に行った娘紀子を想う。紀子の結婚は一本の麦の穂に象徴された戦死者省二［老夫婦の次男で、紀子の兄］が仲立ちとなった。死が新たな生命の誕生をもたらすのである。それがすなわち輪廻なのだが、それは間宮家だけに限られない。麦の穂は数知れず、無数の死者の見守る中を花嫁が行く。小津が『麦と兵隊』の徐州会戦にも参戦したことを考えるならば、この麦畑は無数の死者の霊に充ちている。無数の輪廻がある。彼らの死が新たな誕生と無縁ではないという思い。『麦秋』のラスト・シーンは戦死者へのレクイエムであり、［紀子の父周吉の兄のセリフにある］「大和は国のまほろば」を踏まえたとき、小津はここで「国民映画」を作り得たように思う（例えば柳田国

男の『先祖の話』などが連想される）。（四四三）

この見解に対し、さしたる異論はない。ただし以下に見るように、「あの戦争」でひとつの命脈が尽きたこの国の文明の起源を「大和」すなわちヤマト朝廷の都跡、奈良の桜井という土地の記憶のうちに求める小津を、『EUREKA』の青山は、いわばさらに大きく批判的に歴史の射程を広げつつ、そのメッセージの根底で受け継ごうとしているように思う〈註5〉。

沢井は、二年の孤独な放浪生活を経て故郷に帰還し、中学時代の後輩である茂雄の勤める小さな建設会社に職を得る。しかし、やがて情を通じ合った会社の事務員の圭子との淡い関係が、折しも頻発している連続通り魔殺人事件と関連付けられて狭い田舎町の噂になるや、父に修理してもらった自転車でふたたびこの家を出て、沢井以外の事件の唯一の生き残りである田村兄妹が住むログハウスに赴き、やがてそこに加わる従兄の秋彦も含む四人で暮らしをはじめる。母に捨てられ父にも死なれて二人だけで暮らしているという噂のこの兄妹のことが、彼はしばらく前から気にかかっていた。沢井は建設現場で働きながら、家事全般をこなす。言葉をなくし、あらゆる世間的なことから放逐されたようなこの兄妹に、彼は日常生活におけるこまごましたことを教え、導いていく。

しかし、やがて沢井が初めて圭子の部屋を一人で訪れたその夜に圭子が通り魔殺人事件の犠牲となり、沢井も死に至る病魔に冒される（病名は特定されていないが、この病気にはおそらく長崎出身の母を通して原爆が関係している。ちなみに、この作品の前身と言ってよい『冷たい血』には、広島で被曝した母から受け継いだ「先天性の骨髄性白血病」で苦しむ青年が登場する）。最愛の妻との別れがあり、また梢が家の前庭に作って拝んでいた盛り土と鉄パイプの墓を直樹が亡き父のゴルフクラブで破壊する事件も起こる。

事ここに及び、沢井は、自分の運転していたあの西鉄バスではない「別のバス」（二〇九）で兄妹とともにもういちどあのバスジャック事件現場の空虚な駐車場へと戻らなければならない、と決断する。なけなしの金で中古のマイクロバスを購入し、秋彦を含め皆が寝泊まりしながら旅ができるようその内部を改造して、現場へと出発するのである。

野良犬が逃げて行った。雑草もまばらにしか生えない不毛なアスファルトの広がりに、バスは乗り入れた。始まりの場所というにはあまりにも淋しくみすぼらしい風景だった。だがそれが、この土地が、あるいはこの国が長年かけて作ってきたものの残骸だった。他に択ぶことのできない風景だった。

そこが始まりの場所だった。沢井はあの時と同じ場所にバスを停めた。それが何を意味するのか、直樹と梢にはよくわかった。恐怖を克服せねばならなかった。もういちどそこから始めて、違う時間を生き直すための、それは儀式だった。三人にはどうしてもそれが必要だと沢井は考えた。（中略）

そこが始まりの場所だった。この廃墟に隣接する駐車場で、七人もの犠牲者を出したあのバスジャック事件は起こったのだった。二年前の熱い夏の一日だった。三人が生き残った。それが沢井と、直樹と、梢だった。犯人はいまだに誰だったのか分かってはいなかった。(二三一―二三二)

「始まりの場所」――なぜ彼らは事件の二年後、ふたたび「別のバス」に乗ってあの事件の現場、「あまりにも淋しくみすぼらしい」あの「廃墟に隣接する駐車場」へと戻ってこなければならないのか。それはつまり、このバスの内部が、そしてこの駐車場が、あの理不尽で突発的な暴力のうちに、〈戦前〉が〈戦後〉へと変わる切断の面そのものとしての〈戦中〉を最も鮮烈に刻み込んだ領域にほかならないからである。小説版によれば、このバスは甚大な死者を出した一九九一年の「普賢岳」の噴火の際の救助活動に使われたものでもあった(二〇七)。ある種の根源的な切断と崩壊を生き残ったもの、つまりこの場合戦争の復員兵のみならずあらゆる〈戦後〉の日本人は、まずその崩壊の瞬間の真実にもう一度さかのぼり、その意味を自らの〈現在〉に組み込むことが、どうしても必要である。そうしないことには、私たちはともに生きるものとのあいだに真の〈愛〉を築きあげることはおろか、その〈生〉ひとつ支えることさえできない。そうでなければ、それは何らかの深刻な倫理の欠損となって必ず自らを、そして周りのものを、ともに破滅に追いやる。過去の暴力を「思い出せ」、とばかりに殺人を繰り返す田村直樹のように――。

封切り後、この映画の長さ(三時間三七分)に苦言を呈するものは多かった。たとえば、沢井が兄妹のログハウスにやってきて生活をともにする前半の部分はカットし、いきなり沢井がバスでログハウスに乗りつけるという展開であってもよかったのではないか、なぜなら結局バスの空間は家の空間の「ダブり」なのだから、というように（青山「全作品」二七）。しかし、直樹と梢の兄妹が従兄の秋彦や血縁者ではない沢井と過ごすログハウスでの（表面的には）ささやかで平和な日常が、つまり戦争の記憶を封印し自閉することでそれなりの平和と経済的発展を保ってきた日本人の戦後六〇年の隠喩なのであれば、沢井が「別のバス」での旅の意味に真に気付くまでには、兄妹や秋彦との暮らし、情を一瞬通わせた圭子の殺害、さらに愛する妻との別れを含む日常生活の持続の長さがどうしても必要だったはずである。

〈戦前〉と〈戦後〉との切断の意味を知ることは、あの敗戦は日本にとって世界史上の必然として真に根源的な倫理の崩壊だったのであって、〈戦前〉はもう決して〈ここ〉には存在しえない、ということを、いわば私たちの〈生〉の最深部において思い知ることである。だが、それを「なかったこと」のように切り捨て、アメリカ由来でやってきた、新しく普遍的な、だがそれまでの大多数の日本人にとっては縁もゆかりもないさまざまないわゆる〈戦後〉的諸価値を拙速に我がものにしようとすることも、私たちをどこにも導くことはないだろう。あの敗戦においていったいこの国の人々が何を失ったのか、なぜ失わざるを得なかったのか、ゆっくりと時間をかけ、根底的な畏敬と批判との両方にわが身をまっぷたつに引き裂きながら〈戦前〉と向き合おうとするとき、その引き裂かれの苦しみのなかでこそ私たちは、もはや戻らぬ過去において人々がそれぞれの小さな命をかけて信じた価値を真に尊び、また同時にそこにあった言語道断のナルシシズムのおぞましさを想像し、戦争の犠牲を悼み、慰撫し、それを異なる価値に変えるべく苦しんで、つまりは自らの新生が結局はその過去によって支えられるほかないことを自覚しながら、新たな価値のもとで新たな〈生〉を生きるための道を探すことになるのだろう。そのようなとき、初めて私たちにも、人として唯一ありうる仕方で目の前の誰かと向き合い、愛し、もってお互いの〈生〉を全うするべく務める途が開かれてくることにもなるのだろう。そのような本当の〈喪〉の作業を、私たちの〈戦後〉はいまだ持ち得ていないのではないか——。

このようなことは、この作品においては沢井と妻弓子との関係において最もはっきりと示される。妻を愛しながらもある決定的な局面でナルシシズムに支えられていた沢井の愛は、そのナルシシズムゆえにどうあっても滅びざるをえなかったのであり、二度と元には戻らない。しかしその別れにとりすがり、苦しみ、そのなかから別れの不可避性をしぼり出すように思い知ることによって、沢井は自らにとっての妻の存在の意味を自らのうちに育み、生かすことができる。それはすなわち、ともに生き残った田村兄妹とともに「あの事件」をもう一度根底から生き直すことにほかならない。「別のバス」は、このようにしてはじめて、ゆっくりと光を発しながら沢井のもとへとやってくる。

この過去への遡及の旅がなによりも「あの戦争」によって崩壊した一つの文明の根源を探る旅である以上、それは必然的に、やがて歴史的事件としての「あの戦争」をはるかに超え、戦争を支えた根本原理としての天皇制の起源を経めぐり、いわば〈人間〉としての倫理の起源まではるかにさかのぼるような「始まりの場所」の探求の旅となる。この国において普遍性に基づく倫理がほんとうに育ちうるとすれば、その土壌は、そのような旅がその果てで突き当たるぎりぎりの地点においてはじめて見出されるようなものとなるに違いない。先の引用に見たように、一行の出発の際、事件現場となった遊園地の残骸を指して語り手は言っていた――「それが、この土地が、あるいはこの国が長年かけて作ってきたものの残骸だった」。この旅はつまり、『麦秋』の小津が近畿のヤマト王権に見ていた、やがて近代天皇制へと結実することで〈戦前〉までの世界を駆動した「この国」のナルシシズムの根源をさぐり、しかし背に腹の代えられぬ近代化の中で天皇家や国家神道が召喚されざるを得なかったことの意味を軽々と棄却しようとすることも回避しながら、ヤマト王権とは異なる朝鮮半島や大陸の民とのかかわりも深い諸王国がかつて存在したとされる九州の風土を根とし土壌として、その上に新たに自らの生を支えるための「普遍倫理」を育てあげることをめざす旅なのである。

この作品には、耳納連山を遠く見はるかす甘木の光と土地の匂いのなか、ユダヤ／キリスト教の「創世記」あるいは「黙示録」的な「始まりと終わり」のイメージがあふれる。「沢井＝キリスト」のイメージをはじめ、映画の「始まり」において梢の独白で語られる「大津波」のイメージ、バスが坂上に姿を現す冒頭のカットにおける送電線の形、そのバスの経由地名として車の先頭に掲げられ、バスジャック事件が進行中の電光運賃掲示板に明滅し続ける「十文字」の地名――だからこの「別のバス」は、つまり〈壊滅〉後の現代日本をわたる「ノアの方舟」である。青山はいわば、天皇制の起源をも超えて日本列島の創生期にまでさかのぼる古い記憶を土壌としながら、乾坤一擲、この現代日本の空虚のうえに、新たな普遍的倫理をその命と引き換えに探し求める〈沢井真〉という〈預言者〉のイメージを招き入れようとしている。

とにかく沢井は、東へ向かったのが失敗だった、と何の根拠もない理由を自分につけて、来た道を戻り、再び阿蘇に入った。古くに建立された厳めしく巨大な神社の隣の空地にバスを停め、そこにしばらく居続ける、と三人に宣言した。神頼みですか、と秋彦が皮肉を言ったが、笑って無視した。体力的には限界が訪れていた。たしかに神を求める気持ちがないわけではなかった。神がいるなら救ってくれ、とも思いはした。だがそれが無意味だということもまた、百も承知だった。あのバスジャック事件の後、自室に閉じ籠った時、そのことを必死に念じた。だが、結局は自分の足で逃げ出す以外、沢井に道はなかった。あれ以来、沢井は、いま目の前で起こること以外に自分が向き合えるものは何もない、ということを信じ続けていたし、それ以外は自分に無関係だと思おうとしてきた。だがそれこそが神と向き合うことに他ならないということに、沢井は気づいてはいなかった。（二四八―四九）

彼らのバスがこうして経めぐる「阿蘇」という土地は、日本のいわゆる「伝統的」な田園風景とも森林風景とも異質の、いわば人間的なるものの一切を寄せ付けない原初の地質学的エネルギーを感じさせずにいない土地である。そのような場所に建てられたこの阿蘇神社を思わせる「巨大な神社」の

「隣の空地」で、「神」の「無意味」を思い知ることを通し「神」と「向き合う」こと——そのようなかたちで、現代日本においてもかろうじてこのような土地に生き続ける古代の時間の根からしぼり出すようにして普遍的な倫理をつくりだすことにしか、この現代において「日本人」がまともに生きていくことができるようになる可能性はない、と青山は確信しているかのようである。

だがそのようなことが、具体的にどのようにして可能になるのか。

7　〈親〉のない〈子〉たち、〈家族〉という奇蹟

戦後の日本社会の新生の可能性を戦争による「無数の死者の霊」たちの「鎮魂」のうちに見つめ続けた小津安二郎のあとを受けて二〇〇〇年に青山が出発する倫理探求の旅は、こうして、はるか日本人の存在の根源へとさかのぼろうとするからこそ、ささやかな、しかしある切迫性をはらんだ〈家族〉の新生と死者の鎮魂の旅としてこの卑近な現実に帰還してくるものとならなければならない。この作品において〈家族〉こそが現代日本における倫理の新生のカギを秘めるぎりぎりの臨界点とされるのは、必ずしも近代日本における家族の変容のありさまにとりつかれていた小津へ捧げるオマージュとしてではない。この高度に発達し平均化した私たちのグローバル資本主義経済の中にあって、それでもなお古代からなにひとつ変わることなく私たちの〈生〉を最深部で規定する手つかずの基盤的条件こそ、人の誕生とその生育、そして死に深くまつわる〈家族〉という情況にほかならないからである。

人は、いつ、また誰であっても、気の遠くなるような過去から自らの代まで一度も途切れることな

く続く血の流れに貫かれた自らの両親との関係において、太古の時間とともにこの世を生きる。特にフロイト的な世界観を想起せずとも、〈家族〉とは、つまり本当の意味では人がその流れを制御することなどできない〈子〉の莫大な命のエネルギーを前に〈親〉がたじろぎ、それでもそれを〈人間〉の社会規範へと導くべく〈子〉に対してある種の原初的な暴力を加え続けるシステムであり、つまりは常に予想のつかない暴発の可能性を孕んだ激しい闘争の領域である。誰しもにかつてそのように壮絶な闘争があったはずだし、原理的にはいわゆる「成人」後もそれは何ら変わることはない。

その意味では、この作品における「阿蘇」という土地は、あるいは小説版においてバスジャック犯や「別のバス」との関係もほのめかされる「普賢岳」という場所は、そのような人間の近代的な〈生政治〉テクノロジーが遠く及ばない莫大な自然のエネルギーと太古の時を彷彿とさせる領域であるゆえに、まさに私たち自身が〈家族〉との暮らしのなかでいつか馴致しえたと思い込んでいる内なる制御不能の〈生〉のエネルギー、つまり生物としての内なる〈荒ぶる自然〉の端的な隠喩としてある。こうしてこの作品は、そのような莫大なエネルギーをはらむ闘争の場としての〈家族〉の起源である男女の結ぼれの成否のドラマを、天皇制の起源の彼方にまでさかのぼる倫理的新生の可能性を探る旅の中心に見出すこととなるのである。

別居中の妻弓子といよいよ離婚の契約を取り交わしたその別れ際、博多埠頭が遠くに見えるホテルのラウンジの出口で、思いつめたように沢井は弓子にこう問いかける――「他人のためだけに生きるちゅうとはできるとやろうか」（二〇〇一）〈註6〉。二人に子供はなかった。だが、沢井が作品の核心となるこのユダヤ／キリスト教的モラルを自らの存在の根源からしぼり出し、田村兄妹や秋彦とともに新しい〈家族〉として「別のバス」を出発させることができるようになるのは、彼がまさにこの妻とのかけがえのない関係の崩壊を悔やみ、悼むなかで、ひるがえって自らの誕生にまつわる事情、つまりは父母の偶然の出会いと結ばれによる〈子〉としての自らの誕生の奇蹟に思い至ることによってであるに違いない。父母に、そのまた父母に、と果てしなく続く命の連鎖の果てにいま〈子〉としてある自らの生の奇蹟性の認識は、沢井を遠く命の起源へと導きながら、ひるがえって、みずからを〈親〉として目の前の〈親〉のない〈子〉たち（〈隣人〉たち、ひいては私たち日本人自身、とも言うべきであろう）という現実へ向かわせる大きな力となる。

だからこそ、一編のクライマックスは、直樹の殺人未遂現場を沢井がひとりで取り押さえ、直樹の手に握られたナイフの刃を自らの手で包み、切りつけた直樹の腕から流れる血と自らの血とをともに直樹の顔に塗りつけ、自転車に乗せて警察署へと連れていく場面となる。ここでの青山の意図は、つまり目の前に現れている〈子〉の精神の荒ぶれを社会規範からの逸脱として制御しようとするのではなく、むしろそれを〈戦後〉の社会規範、倫理規範の根源的な機能不全を指し示す命の本来の流れとして畏れ敬い、もって〈親〉として徒手空拳で〈子〉たる存在に寄り添おうとすることでしか〈戦後〉の空虚に生きる日本人が新たにモラルを育てうる可能性はない、ということなのだが、重要なのは、この荒々しい血まみれのシーンにおいてなお、やわらかなものであることをやめない沢井の言葉の響きである。小説版によれば、このやわらかなイントネーションは彼の愛した母の郷里、長崎は諫早の方言である。母は彼が中学一年生の頃に交通事故で死んだ娘〈沢井の姉〉の不在を苦しみ、「脳を患」（一七）って入退院を繰り返したのちに死んだのだが、彼がこのようなしゃべり方をするようになったのは母の死の際に見た父の涙に衝撃を受けてからだという。

父は母が死ぬことを予期していた。そして、まだ幼い息子に母をあきらめさせるためにはどうしたらいいか、考えた。そのためにはまず、わざと嫌われることが必要だった。（中略）沢井は、本心を隠して耐えた父の気持ちに同化し、言葉という自分の内部に母を作り上げることで、母を諦めたのだった。つまりその時、同時に沢井の中で母は永遠なものとなったのだ。（一七〇）

映画版では、この事情をはじめ、母に関することはいっさい語られない。しかしこの映画の成功それ自体が、母をいっさい語ることなく、この沢井役をこなした諫早市出身の役所広司の諫早弁の響きのやさしさそれ自体のうちに（もしも識別できるものであれば、そのイントネーションが想起させる「長崎」というこの物語の主題上特権的な土地にまつわるさまざまな記憶——その代表はカトリシズム、そして原爆だろう——も相まって）〈戦後〉にかろうじて生き残る〈慈母〉の声を感じさせることができるかどうかにかかっている、と言ってよい。たとえばログハウスでの生活のなか、兄妹のために台所で食事を作る役所の立ち居振る舞いのうちに、私たちはたしかに生前おそらく幼い沢井をまさにこのように自己犠牲的に育てたに違いない〈戦前〉の女としての沢井の母の面影を見るだろう。彼女はクリスチャンだったのだろうか。被曝の経験はあったのだろうか。もしそうだったのであれば、そのことによって自身のうちに空いた「黒い穴」をどのように耐えていたのだろうか。突然の娘の死は、それをどれほど耐え難いものとしたのだろうか。いずれ、踏み迷いつつ兄妹のまっとうな成長におのれのすべてを賭けようとする沢井の「自己犠牲」の愛の根幹は、この母を通し、そこに生きていたに違いない〈戦前〉の儒教的「良妻賢母」イデオロギーをもすべて否定し去ることなく、キリストの存在の深奥にゆらめく慈しみふかき〈母〉マリアの面影に支えられている。

また一家の次男としての沢井は、二年ぶりの故郷への帰還の翌日に二人で散歩に出た際「全部「長男の」義之に任せ」て「隠居」したと言う父とのあいだに、〈父権〉を正統に継承する「長男」では結びえない種類の「同盟関係」のようなものを結んでもいた（八九-九〇）。兄妹のログハウスに移り住むべく家をあとにするときに乗る自転車は、父がそれを見越してわざわざ沢井のために修理してくれていたものだった。そのとき父は「息子を見ず、後ろ手に組んで胸を張りじっと立っていた」。語り手はこう言う――「軍隊式だな、と沢井はなんとなく可笑しかった。そういえば、父から戦争の話をなにひとつ聞いたことがなかった」（一三一-一三二）。かつて三池炭鉱の技師だった父は、「戦後の空気に逆らうまいとするリベラルな一面も持ち合わせていた」（一七）。

こうして「次男」である沢井は、「リベラル」な〈戦後〉の父子関係の一般論として長男が〈父〉（つまり語りようのないあの戦争を駆動した価値体系）を正面から捨て去らざるを得ないところ、むしろ〈父〉の〈戦前〉を理解しつつ批判的に継承し、また実の母のやわらかい方言をしゃべることで〈母〉

の〈戦前〉をも自らのうちに生かしつつ、古い家を出る。この物語は、〈戦中〉の切断の意味を、〈家族〉の問題としてその底流を流れる莫大な〈自然〉のエネルギーへの畏怖の念とともに掘り下げていくことで、その臨界点からひるがえって、〈戦後〉の新しい倫理規範を、実の父母、また生まれ育った風土の記憶に支えられながら、必ずしも血縁関係を基盤としないつながりにまで広がってゆく、ユダヤ／キリスト教的な〈父性〉と〈母性〉の両方の原理を一人の内にあわせ持つような存在として見出している。

8　おわりに――ディルシーの方言

もはや紙幅は尽きている。青山のこのような姿勢と、たとえば祖父母をはじめ親族にクリスチャンの多かった正田美智子と皇太子明仁との「一九五九年の結婚」（加藤典洋）によって生まれ今に続く新たな象徴天皇制のあり方との差異を、あるいは明治の新渡戸稲造、内村鑑三などによる「武士道」とキリスト教接続の試みや、敗戦直後の高木八尺、田中耕太郎などによる天皇制とキリスト教接続の試みなどとの間の異同を見定めることは、上記のような阿蘇の風景、あるいは土木工事と「古墳」発掘の国家的禁忌との関係などを描き込む（九五‐九七）ことで「この国」の天皇家的な歴史解釈の「外部」を示唆するこの作品と、中国（大陸）との海を介した人のネットワークを射程に入れつつ、北九州平尾台の「カルスト台地」で「この国」の「みんなが隠したがっとる秘密」を暴いて「ぜんぶぶち壊しにしちゃる」とうそぶく後藤という人物をはじめ、一九一〇年の大逆事件に連座した新宮のモダニストたちを彷彿とさせる人物たちを擁するサーガ最終作『サッド　ヴァケイション』との関係についての考察同様、他日を期すほかない。天皇制を激烈に批判しつつ、なお「日本人の生活に必要であったら、必要に応じた天皇制をつくるがよい」「人間から神を取り去ることはできない」（五二四）とも言った坂口安吾とのひとかたならぬ類縁についてもひとまず措く。このエッセイの目的は、「この物語をちゃんと伝えることこそ私の使命である（中略）というくらいの意志をもって臨んだ」（「歴史としての〈情緒〉」一八六）とまで言う青山の執念が、現代日本に新たなモラルが生まれうる条件とその一つの可能性を、福岡県の田舎町の時空を生きる「沢井真」という人物の方言の響きのうちに聞きだそうとしていることを確認しておけばそれで足りる。

ここにいたって、フォークナーの読者は、キリストやマリアと同じく、この『EUREKA』での沢井像を作り上げるにあたって青山が念頭においていたに違いない、ある馴染み深い人物を想起しているることだろう。『EUREKA』全体に流れる通奏低音としての『響きと怒り』の倫理的中心、血のつながりはなくともコンプソン家のモラルを一手に支える異邦人の〈慈母〉ディルシー・ギブソンのことである。復活祭の朝、非情な時の流れを感じ取り、「惑星同士の並び位置」によって「あらゆる時と、不正と悲しみ」（*SF* 一八八）が音と化したかのようなうめき声をあげて泣き続ける三三歳の精神障害者ベンジー・コンプソンの頭をやさしく撫でるディルシー、アフリカ大陸から新大陸へと広がった奴隷制とその遺産を耐え抜き、生活の一切の面倒をみる家政婦として南部支配階級の末裔たるコンプソン家に自らを捧げつくしたディルシー——のちにインディアンと黒人の混血の狩人サム・ファーザーズと大熊オールド・ベンの死によってその太古からの命を終えるミシシッピの森を『行け、モーセ』に描き出すことになるフォークナーもまた、復活祭の説教を聞いた後の彼女の「おら、始まりと終わりを見ただ」（一九四）という涙まじりのミシシッピ黒人方言のなかに、すでに自らの故郷南部のみならず、この地球全体の過去から未来のすべてを貫くような新しい倫理の胎動の音を聞こうとしていたのではなかっただろうか。

【註】

1 以下のこの作品に関する引用ページ番号は、すべて二〇〇二年出版の小説版『Helpless』による。

2 映画版と小説版とでこの結末には多少の差がある。小説版では、直樹の犯した殺人は一連の事件の一部のみである。以下、この作品に関する引用ページ番号はすべて小説版『ユリイカ EUREKA』のものである。

3 小説版では、一九九一年に起こり多数の死者を出した「普賢岳の噴火」（四三）と何か関係があることが示唆されつつ、福岡県朝倉市周辺に伝説として残る「昔、死んだ」「異邦の王子の生まれ変わりのよう」である（八八、九七）とも言われている。

4 映画監督の吉田喜重によれば、原子爆弾が落ちた瞬間を映像として「描くことは不可能であり、それを拒絶することから始めざるを得ない」（八〇）。

5 前田参照。

6 沢井のこの言葉は、現代アメリカ社会の中で生きる「同化ユダヤ人」としての生のみならず、ユダヤ民族全体の筆舌に尽くしがたい苦難の歴史の意味を、異邦人の若者フランク・アルパインとの疑似親子関係のうちに一瞬で現前させるかのようなバーナード・マラマッド作『アシスタント』の〈慈父〉モリス・ボーバーの言葉——「私は君のために苦しむ」(Malamud 三〇七)——を思わせる。青山が実際にマラマッドを意識していたかどうかに関わらず、いまだ長い歴史とアメリカ文明との接合の問題に悩み続ける現代日本人の未来像に関する可能性の一つを、伝統的倫理と近代原理とを見事に折り合わせながら生きるモリスのような世界中の「同化ユダヤ人」たちが示していることは疑いえない。大嶋参照。本論は、小林秀雄から「思い出すこと」の重要性を学んだ(二一八—二二二)と述べる大嶋に拠っている。

【引用文献】

Faulkner, William. *Collected Stories of William Faulkner*. (*CS*.) New York: Vintage, 1995.

——. *Faulkner in the University: Class Conferences at the University of Virginia 1957-1958*. (*FU*.) Ed. Frederick L. Gwynn and Joseph Blotner. Charlottesville: U of Virginia P, 1995.

——. *Intruder in the Dust*. (*ID*.) New York: Vintage, 1991.

——. *The Sound and the Fury*. (*SF*.) Ed. Michael Gorra. 3rd ed. New York: Norton, 2014.

Malamud, Bernard. *Bernard Malamud: Novels and Stories of the 1940s and 50s*. New York: Library of America, 2003.

青山真治「青山真治、全作品を語る」『映画芸術』五〇巻五号(二〇〇〇年)、四—一八。

——『サッド ヴァケイション』(DVD)ジェネオン・エンタテインメント、二〇〇八年。

――「盲目的な飛行は『EUREKA』で着地する――青山真治インタビュー　パート2」『カイエ・デュ・シネマ・ジャポン』一五号（二〇〇一年）、五二―六六。

――『ユリイカ　EUREKA』角川文庫、二〇〇三年。

――『われ、映画を発見せり』青土社、二〇〇一年。

――『EUREKA』（DVD）ジェネオン・エンタテインメント、二〇〇八年。

――「『EUREKA』、歴史としての〈情緒〉」『ユリイカ』三三巻二号（二〇〇一年）、六八―一〇〇。

――『Helpless』角川文庫、二〇〇九年。

――『Helpless』（DVD）タキ・コーポレーション、二〇〇〇年。

五十嵐惠邦『敗戦と戦後のあいだで――遅れて帰りし者たち』筑摩選書、二〇一二年。

石原吉郎『石原吉郎詩文集』講談社文芸文庫、二〇〇五年。

大嶋仁『ユダヤ人の思考法』ちくま新書、一九九九年。

加藤典洋『日本風景論』講談社文芸文庫、二〇〇〇年。

坂口安吾『坂口安吾全集』第一四巻、ちくま文庫、一九九〇年。

田中眞澄『小津安二郎戦後語録集成――昭和21（1946）年―昭和38（1963）年』フィルムアート社、一九八九年。

長谷川和彦『太陽を盗んだ男』（DVD）ショウゲート、二〇〇六年。

前田英樹「『麦秋』の大和」『ユリイカ』四五巻一五号（二〇一三年）、三一―三七。

吉田喜重・諏訪敦彦「映画と広島、そして希望」『ユリイカ』三五巻六号（二〇〇三年）、七八―九四。

第一五章

サーガという形式

——フォークナーと阿部和重

諏訪部浩一

1　はじめに

ウィリアム・フォークナーと阿部和重——この二人はもちろん異なる時代、異なる場所に出現した小説家であるわけだが、彼らを一つの論で考えるという作業は、現在ではそれほど意外な営みには感じられないだろう。いうまでもなく、前世紀の終わり頃から大作『シンセミア』(単行本としての公刊は二〇〇三年)に取りかかった阿部が、以後、故郷の山形県東根市神町を舞台とした、「神町サーガ」と呼ばれる物語群を次々と発表しているからである。

神町サーガをスタートさせるにあたって阿部の念頭にフォークナーのヨクナパトーファが置かれていたことは、ある対談において作家自身が認めている事実なのだが(『対談集』一三〇)、しかしその言葉を参照するまでもなく、『シンセミア』では田宮彩香が「棚から適当に取り出した『八月の光』

を立ち読みするふり」(Ⅱ二〇一)をするのだし、『ピストルズ』(二〇一〇)のサトウさん(シュガー)は「おもちゃのピアノでゾンビーズの“A Rose For Emily”を奏でながら」、ヒーリングサロン・アヤメを自分達の「サンクチュアリ」と形容する(一二九)。阿部の作品に多少なりとも親しんでいる読者なら、こうした細部がたまたま書かれたとは絶対に思えないはずである。あらゆる細部に「意味」をこめようというのが、第一作の『アメリカの夜』(一九九四)から継続する、この作家に一貫したスタンスであるからだ。

こうした創作姿勢はそれ自体として、「すべてがあるべきところにある」というフレーズで閉じられた『響きと怒り』の作者のそれを想起させるところであるし(*SF* 三二一)、阿部作品にはフォークナー作品と同じく、すべてを「あるべきところ」に据えたいと強く願う「ロマンティック」なキャラクターも数多く登場するのだが、最初に断っておけば、本稿の目的はこの二人の作家の類似を確認することではないし、ましてやフォークナーが阿部に与えた影響の深度を測定することでもない。二〇世紀前半のアメリカ南部と二一世紀の日本という、まったく異なるコンテクストにおいて活動する二人の作家がそう簡単に似ていていいはずがないだろうし、それはすなわち、阿部の立場からすれば——今日までともに小説を書こうという作家なら誰しもフォークナーの深い影響下にあることは、ほとんど疑いようがないにしても——先行作家にやすやすと「影響」などされてはならないということでもあるだろう。

事実、というべきか、阿部は二〇〇五年のインタヴューにおいて次のように述べている。

……神町という、僕がここのところ中心として出している舞台がまずありまして、そこで起きている色々な出来事があるんだけれども、それぞれの神町が部分的に重なりながらも、世界としてはまた別個に在るみたいな、何かそういう虚構の空間を造ることが、実は僕が今考えている最大のテーマでして、フォークナーの「ヨクナパトーファ」も物語世界の舞台としてあるものですが、あれともまた違うものとして、神町というものを提示していきたいという野心があるんです。一つの舞台なんだけれども、実は一つじゃないみたいな形で、話はあちこちで部分的に繋がるんだけれども、だからといって全く地続きでもないという、そういう虚構の空間。

(『対談集』三六九―七〇)


ここで言及されている「虚構の空間」が具体的にどのような形を取るのかについては、神町三部作の完成を待たねば十分に論じられないかもしれないが、当面の文脈で強調しておきたいのは、フォークナーとは違うものを書くのだという、阿部の小説家としての強い自意識である。実際、先に触れておいた『シンセミア』と『ピストルズ』からの例にしても、前者においてはあくまで「適当に取り出した『八月の光』を立ち読みするふり」がなされるだけなのだし、後者においては「エミリーへの薔薇」は曲名であり、『サンクチュアリ』は普通名詞として使われている。阿部をフォークナーと並べて読むというのは、こうした「ズレ」を受け止めるということである。

そこで本稿においては、フォークナーとは異なる時代、異なる場所に出現した阿部和重という小説家が、ヨクナパトーファを念頭に置きつつサーガ形式を採用したときにいったい何が起こったのかを、ヨクナパトーファを念頭に置きつつ考えていくことにしたい。スノープス三部作を締めくくる『館』という作品をヨクナパトーファ物語の「要石」と呼ぶ大橋健三郎は、「フォークナーの生涯を賭けてのこの達成は、その危うい微妙さの中に語るべきことはほとんどすべて語りつくした、稀有な、壮大な達成であり、それが彼以後どのようになってきたか、今後どのようになってゆくかは、もはやフォークナーが遺産として残した今日の私たち自身の課題であると言わなければならない」と書いているが（二一八）、阿部という現代作家はこの「課題」に対し、いったいどのように応接しているのだろうか。

その「課題」はもちろん多様であり得るはずだが、ここで本稿の問題意識をいくらか限定しておくなら、それは「「書くべきこと」がない状況において、作家はどうするのか」ということになる。私見では、フォークナーが——近代小説というフォーマットにおいて——「語るべきことはほとんどすべて語りつくした」のは、『館』においてというより『アブサロム、アブサロム！』においてであったといえるようにも思われるのだが（それは『館』を「要石」と考えることと矛盾しないはずである）、ともあれ「語るべきこと」が語りつくされたあとの時代——それを「ポストモダン」と呼んでおくこともできようが——に誕生した阿部は、「語るべきこと」を持たない作家として登場したというのがここでの作業仮説である。

そうした観点からすると、やはり「サーガ」という形式が問題となってくるように思える。周知のように、先輩作家シャーウッド・アンダソンの助言に従って「小さな郵便切手ほどの故郷」を舞台にした作品を書き始めたフォークナーは、それが書くに値する主題であるばかりか、どれほど長生きしてもそれについて書きつくせないことに気づいたと回顧している（*LG* 二五五）。この発言は、一義的には「語るべきこと」の発見についてのものであるわけだが、同時に気づいておかねばならないのは、それがスノープス三部作を完成させようとしていた一九五五年、つまり「語るべきこと」を語りつくしつつあった（あるいは、すでに語りつくしてしまった）時期の述懐であるということだ。

おそらくは「語るべきこと」を失いつつあった（失った）からこそ、フォークナーは「語るべきこと」などいくらでもあるとしてヨクナパトーファの起源について回想せねばならなかったのだろうし、功成り名を遂げた小説家によるそうした振る舞いは、フォークナーが後期作品においては自分の作り上げた神話に「淫したと見ることができる」（平石 一七〇）ことと整合的だといっていいだろう。実際、『町』と『館』によるスノープス三部作の完成とは、とにかく完成させなくてはならないから完成させられたというトートロジカルな現象のようにも思えるし、そうであるとすれば、フォークナーに「語るべきこと」を与えたサーガという形式は、そこに至って彼に「語るべきこと」がなくなってしまったことを露呈させることになったともいえるのである。

フォークナーにとって、「語るべきこと」とはもちろん「南部」であった。そのこととサーガ形式との関連性は、ヨクナパトーファ（ジェファソン）の発見により始まる「メジャー・ピリオド」の小説がそうであるような意味で、その前後の作品が「南部小説」とは呼びがたいことから確認されるだろう。それでは、阿部の場合はどうなのか。神町を舞台にした彼の作品群は、「山形小説」ないし「東北小説」と呼べるようなものではあるまい。だとすれば、神町の発見は、彼に何をもたらすことになったのか。その点を考えるために、まずは『シンセミア』以前の阿部作品に目を向けることから始めなくてはならない。

2　語るべき根拠の不在

阿部和重は、「語るべきこと」を持たずに出発した作家である。『アブストラクトなゆーわく』(二〇〇〇)というエッセイ集が「面白くない」ものとなった最大の理由を「書くことがない」ことに帰しているのがわかりやすい例といえるだろうが(『対談集』一六四)、阿部の作品には「どうしてもこれについて語らねばならぬ」という意識ないし気迫といったものがストレートに出てくることはない。例えば「ひきこもり」や「ストーキング」といったいかにも現代的なトピックが扱われていても、そうした社会問題に対して、彼がどうにかしたいと思っているようにはとても見えないし、それは別言すれば、そういった現代的な「トピック」は作品の「主題」ではないということだ。

そのような阿部の初期作品で「主題」となっているのは、一つ「メタ」のレヴェルに据えられた問題、つまり「「語るべきこと」など持ちようがない」という問題である。『アメリカの夜』や『ABC戦争』(一九九五)における、蓮實重彦——本稿の文脈で強調しておくなら『物語批判序説』の著者——の文体を思わせる極めて自意識の強い、饒舌な語り口を見てみればいい。前者から引用しておけば——。

哀しい男の話をしよう。その男は、中山唯生という。唯生のなにが哀しいと、はっきりいえるわけではない。「哀しい」とは、ほとんど嘘にちかい言葉である。だから「哀しい」というところには、どんな言葉をあてはめてもよいのであろう。だが、ここで「哀しい」という言葉がすでに選ばれた以上、私は唯生の話をとりあえず「哀しく」語ってみることにする。そうしなければならないという確かな理由など、おそらくない。……つまり私は、なんら正当な理由もなく中山唯生の話を「哀しく」語ってみるつもりなのだ。が、にもかかわらず、理由もなくなにかを語ることが不正であるのかどうかを、はっきり「こうだ!」と示す自信が私にはない。私は、ここですでにおのれが不正をおこなっているのかどうかもわからない始末である。(一四–一六)

語らねばならない理由などなく、語ることが正当な営みである理由もない——こういった「語ること」への批評的な自意識は、近代小説の起源に直接関わる意識であるといっていい。近代小説とは、作者という「普通の人間」が、登場人物である「普通の人間」について、読者という「普通の人間」に向けて書くジャンルとして——「神」ないし「特別な人間」を扱う叙事詩とは異なるものとして——誕生したのであり、それゆえに「語ること」に「根拠」などないことを、いわば宿命として抱えつつ生まれたジャンルなのだから。

しかし、近代小説が「ジャンル」として制度化され、洗練を経るということは、その「起源」や「宿命」が忘却されるということでもあった。つまり、「自我」を備えた「個人」が「特別な人間」とされ、文学的な主題になったということである。これはもちろんロマン派的な転回／錯誤と呼ぶべき事態なのだが、だからこそ「語るべきこと」を持たないことに強く意識的な作者によって書かれた『アメリカの夜』という「小説」の主人公は、そうした「特別な人間」と自分を考えたがる人物として提示される。

……彼なりに自身を特別視することの不毛さというものを実感してもいて、にもかかわらず、それをやめずにしかもいっそうつよく「特別な自分」を確信してしまう唯生の意識は、いくらか屈折したものたらざるをえない……。中山唯生とは、そんな男である。どんな男なのか。いま目前にあきらかなのは、その男は「特別な存在」などではなく、それを憧れている、その意味ではまことに「普通の人物」であるという、単色で描かれたのっぺらぼうな彼の表情のみだろう。（三三一三四）

このようにして、「特別な人間」であることを望む中山唯生は、それゆえに「普通の人間」であると語り手によって相対化されるわけだ。

このように図式化して明らかになるのは、二〇世紀前半、すなわちモダニズム時代のアメリカ小説との近似性である。例えばF・スコット・フィッツジェラルドの『グレート・ギャツビー』とは、ジェイムズ・ギャッツという「普通の人間」がジェイ・ギャツビーという「特別な人間」になろうとして必然的に失敗するのを、ニック・キャラウェイという語り手の視点を通して描出する小説であった。あるいはもちろん『アブサロム』を想起してもよい。トマス・サトペンの壮大な「デザイン」は、クエンティン・コンプソンとシュリーヴ・マッキャノンの語りによって「ただ孫が欲しかっただけ」(AA一七六)のパセティックな老人の話として相対化され、しかもその過程で、妹への愛を「特別なもの」と信じようとする(そのために自殺までする)クエンティンの物語までもが相対化されてしまう。「叙事詩」的な「特別な人間」であろうとするのは時代錯誤であり、そのような時代錯誤な振る舞いこそが「普通の人間」であることを露呈させるという主題を「小説」において展開するというのは、「ロマンス」の長い伝統に「アイロニー」というモードを加えて持つことになったモダニズム期のアメリカ作家達、そしてとりわけフォークナーが、得意としていたスタイルであったといっていいだろう。

もっとも、「ポストモダン」の時代に書こうとする阿部の場合は、一見したところでは、話がもう少し複雑であるように思えるかもしれない。事実、というべきか、先の引用でも示唆されているように、中山唯生はギャツビーやサトペンとは異なって自分が「特別な存在」ではないかもしれないという疑いを抱いているのであるし(彼が『ドン・キホーテ』を愛読するのは当然というべきだろう)、しかも「語り手」は唯生の分身として設定されている。つまり、アメリカン・モダニズムの作家が登場人物達の関係性を通して示唆した主題が、『アメリカの夜』では一人の人間の内的葛藤として提示されているのである。

だが、この「複雑さ」は「〈核〉となる〈自分〉の存在などはじめから信じてはいない」ことを示唆するという意味で（伊藤「〈おわり〉なき闘い」一一九）、一方においてはポストモダンの時代に「小説」を書くという意識の誠実な反映であるにしても（そのような作家の登場を多くの批評家が歓迎したのは当然だろう）、同時にそれ自体としてはポストモダン的な意匠に過ぎないと、ひとまずはいっておかねばならない。ある主題を登場人物達の関係性を通して示唆することと、それを一人の人間の内的葛藤として提示することでは、そもそも前者の方が小説の書き方として高度かつ有効なものであるように思われるからである。実際、『アメリカの夜』の語り手には、唯生のロマンティシズムを相対化する以上の役割が与えられていないといっていいだろうし、それでは「主人公」と「語り手」を「自我の分裂」として提示してみたという以上のことにはならないように思える。

したがって、『アメリカの夜』の「複雑な語り」は、その語り手がニックやクエンティンのように「語るべき理由」を負わされていないために、むしろ作品世界を単純化・縮小化してしまうことになるのだし、それについては『ABC戦争』の場合も同様である。かつて故郷で起こった高校生の抗争を、その経験が書き留められた〈手記〉を読みながら追体験していく語り手は、最後に〈手記〉の書き手に向かい、どうしてそんなものを書いたのかと問いかけるのだが——。

彼は、よしてくれよ、きみがそれを知らないわけはないじゃないか、語り手であるきみがだよ、まったく、きみはご丁寧にもこの話の冒頭でそれをすでに述べているはずだろ、それをぼくにおしえてほしいって？　冗談だろ、とまず返してから以下のように言葉をつづけた。……あのころきみはこっちにいなかったから気になるんだなとぼくはおもったけど、そんな好奇心だけでぼくから根掘り葉掘り昔話をききだそうとしていただけじゃあないみたいだね、どうやら。いったいどうするつもりなの？　ねえ、「不良学生」たちの〈戦争〉だとかなんとかでっちあげてさあ、きみはそれを書いてどうするの？　それを書くとなにかいいことでもあるの？　そうだ、きみはどうして高校を途中でやめたんだい？　なにか耐えられないようなことでもあったの？　ねえ、どうなんだい、きみこそ例の宙吊り状態というやつに耐えられなかったんじゃあないのか？（一四三―四四）

このように問い返され、語り手はいかにも適当な応対をするだけで、物語は終わることになる。〈戦争〉の場に居合わせた〈手記〉の筆者が、その経験を書き留めたことには「理由」が不要であるように思えるが、そうであるがゆえになおさら、語り手がどうしてこの物語を語るのかはわからない。ここから翻ると、語り手の饒舌ぶりは、物語を語る「理由」や「根拠」を問われたくないからなのではないかとさえ感じられるのだし、モダニズム小説であればその隠された「動機」を読み取れるように書かれることになるはずなのだが、『ＡＢＣ戦争』は語るべき「理由」や「根拠」の欠落が、いささか唐突に前景化されて閉じられる。ここではもちろん、「例の宙吊り状態というやつに耐え」ることが読者に要請されているわけだ。

だが、いみじくも「例の宙吊り状態」という表現が用いられていることからもわかるように、それはもはやコンヴェンションでしかないし、阿部はそのことを強く意識している。その意識が透けて見えてしまうところが、阿部の初期作品を、真摯なものではあっても、やはり底の浅いものとしているといわざるを得ないだろうが、だからこそ阿部は「厚み」を作品に加えようと、工夫を重ねていくことになるのだ。例えば、「高校を途中でやめた」という『ABC戦争』の語り手は、作者自身の姿をどうしても思い起こさせるだろう。中山唯生が作者と同じ誕生日を与えられ、映画の専門学校を出ているという設定にしても同様であるし、語り手が「シゲ」ないし「エス」と呼ばれるというのは、読んでいて赤面せざるを得ないほどに「あからさま」である。あるいはまた、「ヴェロニカ・ハートの幻影」(一九九七)において、「映画を撮るとかいっていたくせにいまはどういうわけか小説を書いている」男が言及されることを想起しておいてもいい(『ABC』一一七四)。

私小説でもない限り、登場人物に作者自身のイメージを重ねなくてはならない理由など本来はないはずであるが、まさにその「理由のなさ」が「語るべき理由などない」という主題を補強することにはなるし、そうした「必然性」のない「補強」のやり方は、語り手の自意識(あるいは「語り」への自意識)で閉じられてしまう作品に、「現実」への風穴をあけることにもなる——その「現実」は、やはり自意識の霞に覆われた、ぼんやりとしたものでしかないにしても、である。こうした文脈においては、「語るべきこと」をまだ見つけていなかった若きフォークナーが、『蚊』という登場人物達の喜劇をアイロニカルに描いたモデル小説に、「嘘をつくのを職業としている」(*Mos* 一四五)とされる「フォークナー」という人物を紛れこませていたことの意味が了解される一方、この類似は阿部の(そしてフォークナーの）初期作品があくまで「初期作品」であることを示しているといえるかもしれない。フォークナーの場合は、そのタイミングでアンダソンからの助言を得て『土にまみれた旗』（と『父なるアブラハム』）の執筆に取りかかり、大きな方向転換が生じることになるわけだが、阿部は話題作となった『インディヴィジュアル・プロジェクション』（一九九七）でそれまでのやり方をさらに徹底させ、それによって初期作品の「浅さ」を乗り越えようとする。映写技師オヌマの日記という形で進行するこの小説は、オヌマが多重人格者であるようにして提示されるのだが、それがエピローグではおそらくマサキと思われる人物へのレポートであったという可能性が示唆される――が、こうした「宙吊り」に関してはもういいだろう。この結末に関して、阿部自身が「草稿の段階で、いったいこの日記はなぜ書かれなければならないのだろうという疑問にぶち当たったんです。当然何か根拠がなければならないだろうというところで、あの最後が出てきたということはあります」（渡部一七八）と述べているのは興味深いが、エピローグ一つで語るべき「根拠」が「形式」的に処理されるというのは、むしろ「語るべきこと」の不在を強調するように思われる。

それよりも注目に値するのは、書かれている物語に、もう一つの物語を「メタナラティヴ」としてかぶせるという手法である。一九九六年の渋谷に、一九三二年のカレンダーをオーヴァーラップさせることによって、「私塾」に属していた過去を持つ「オヌマ」や「イノウエ」といった名前にはもう一つの意味が付与され、作品には立体感が与えられることになる。ただし、このような技法も、それ自体としては、平たくいえば「どうでもいい」ものである。小説はパズルではないし、それが精巧な

「パズル」であればあるほど、作品はむしろ閉じていく。だからこそ、あらゆるエピソードに「意味」を読みこむことができる『響きと怒り』が、ほとんど完璧な「ロマンス」ではあっても、「小説家」フォークナーはさらにその先へと進んでいかなければならなかったのだ。

したがって、『インディヴィジュアル・プロジェクション』のテクニカルな達成を、過度に評価することは慎まなくてはならない。阿部の小説が常に――近作の『クエーサーと13番目の柱』(二〇一二)や『□』(二〇一三)、そしてもちろん伊坂幸太郎との合作『キャプテンサンダーボルト』(二〇一四)に至るまで――良質のエンターテインメント作品としての資格を備えていることを、それが部分的に説明するにしても、である。実際、一九九六年のあらゆる人物・事件が、一九三二年のそれらに厳密に対応しているわけでは(たぶん)ないのだから、ここで新たに採用された技法は、「語るべきこと」を持たない作家が、その作品世界に「厚み」を加えるべく編み出した戦略であるとまず理解されるべきだろう。一九九六年の渋谷という町の背後に(あるいはその時代の閉塞感を体現するような主人公の背景に)、一九三二年の「日本」における不穏な雰囲気を感じさせることができれば、ひとまずよいということである。

だが、おそらくはまさにそのようにして初期作品の「浅さ」を技術的に――あくまで小説家として――乗り越えようとしたからこそ、ここで「日本」という「メタナラティヴ」が発見されることになったのだし、これは確かに阿部作品に「厚み」を加えることになったように思われる。事実、同様の手法は田宮家を中心に据えた『シンセミア』においても使用されることになるのだし、そう考えてみれば、それと同時期に書かれた（神町サーガに組みこまれる）作品が『ニッポニアニッポン』（二〇〇一）——タイトルを見ておくだけで、それが持つ「メタナラティヴ」は明らかだろう——であるのは、いかにも相応しく思えるだろう。念のために確認しておけば、この「メタナラティヴ」は『ABC戦争』において既に示唆されてはおり、例えば「N国」という表記が用いられることによって「日本」の存在が意識されることになるわけだが（アルファベットを用いなければ、「日本」に自然に言及することは難しいだろう）、『インディヴィジュアル・プロジェクション』ではその「メタナラティヴ」が動いているように感じられ、そこが小説の「厚み」に直結するのだ。

この「メタナラティヴ」の「動き」は、かなりの程度、語り手オヌマの内的ドラマが、「オヌマ」と三人の分身達（「カヤマ」、「イノウエ」、「マサキ」）の葛藤を通し、小説前景で展開されていることによる。これは『アメリカの夜』における語り手と唯生の関係を変奏したものと見なせるが、第一作においてはその関係がもっぱら「語るべきことの不在」への自意識を前景化する直接的な手段であったのに対し、ここでは四人（？）の関係性がストーリーを駆動させている。既に示唆したように、エピローグでは「語り」の「根拠」がそれ自身を脱構築するような形で示唆され、オヌマの内的葛藤としてのナラティヴがマサキへのレポートという形で説明されるように見える一方、それゆえにその内的葛藤自体がいったいどうして生じているのかが「宙吊り」にされている。したがって、この小説も「語るべきことの不在」への自意識を放棄してはいないのだが、重要なのは、それでもオヌマの分裂した自我が、統合されずに物語が終わること、つまりストーリーの水準において、登場人物達が語り手の自意識に回収されないままに終わるということである。結果、この小説は「公爵夫人邸の午後のパーティー」（一九九五）や「鏖（みなごろし）」（一九九八）などと同様に優れてスピーディーな「活劇」となり、初期の代表作と呼ばれるに相応しいものとなった。

『響きと怒り』の三人の語り手達がそれぞれイド／エゴ／スーパーエゴに相当しているというカーヴェル・コリンズのよく知られた説を想起しておいてもいいが（Collins 二〇一一―一〇）、初期作品において不安定な自我――語るべき根拠を持てない自我――にこだわり続けていた阿部は、内的葛藤を複数の人格に分散させることの小説的有効性に、ここで開眼したのではないだろうか。ストーリーの水準に〈他者〉となるキャラクターを配置することの必要性を実感したといってもいい。そしてそのように考えてみれば、続く『プラスティック・ソウル』（単行本としての出版は二〇〇六年）でアシダイチロウとヤマモトフジコという二つの独立した自我を融合するような語りを案出しようとして失敗し、それとは正反対の方向に進んだのもほとんど必然のように思えてくる――もちろん、六〇人もの主要人物を擁した『シンセミア』がそれである。初期作品における出口のないポストモダン的な自意識の牢獄を、閉塞感漂う共同体にスライドさせることにより〈註1〉、阿部作品は一気に厚みと広がりを獲得した。

3　共同体の発見

神町サーガの第一作となる『シンセミア』が阿部のキャリアにおいて文字通り画期的な小説となっ

た理由は多いが、本稿の文脈において最初に指摘しておきたいのは、ある共同体を舞台として設定し、その住人達の悲喜劇を描くというスタイルが、必然的に登場人物達に安定した「アイデンティティ＝内面」を与えるということである。『ABC戦争』の語り手が過去の〈戦争〉にこだわる理由や、『インディヴィジュアル・プロジェクション』のオヌマが分裂した自我を抱えることになった原因が宙吊られているのと対照的に、『シンセミア』においては、田宮博徳と中山正といった主な視点人物はもとより、その他大勢のキャラクターにもリアリズム的な奥行きが与えられることになった〈註2〉。

それまでのほとんどの阿部作品とは異なり、『シンセミア』の登場人物達が漢字表記のフルネームを与えられているのは、単に小説の長さに要請された特徴ではない。『シンセミア』以前の作品では名前とは記号に過ぎなかったが、共同体に根ざした「人間」にとって、名前は「自我」と不可分の関係にある。このことは、「非ヨクナパトーファもの」に登場する『標識塔〈パイロン〉』の記者や『エルサレムよ、我もし汝を忘れなば』の「背の高い囚人」といった固有名を持たない面々が、共同体から切り離された、寓話的・象徴的な意味合いの強いキャラクターであることからも理解できるだろう。あるいは、『ニッポニアニッポン』の鴇谷春生を想起しておいてもよい。一作では「サーガ」になり得ない以上、『ニッポニアニッポン』は「神町サーガ」の展開を決定づけた重要なテクストであるのだが、その主人公が名前へのこだわりによって自我を形成していくことは、神町の出身として設定されたという事実から切り離せないはずなのであり、それは『グランド・フィナーレ』（二〇〇五）や『ピストルズ』において、鴇谷家が転居を余儀なくされる――共同体から追放される――とわかるときに確認されることになる。

共同体に住む「個人」にとって「名前」が重要になるのは、それが「家」という制度、つまり家父長制度と結びついているからに他ならない。ヨクナパトーファの歴史とは、代が変わるごとにサートリス家、コンプソン家、マッキャスリン家といった「名」のある一族が衰退していく「悲劇」(そしてスノープス一族がそういった旧家をグロテスクに模倣しながら上昇していく「現実」)の歴史であり、登場人物達の「個性」はかなりの程度、そういった「家／名」によって担保されているといっていい。例えばヨクナパトーファ・サーガ第一作となる『土にまみれた旗』においては、主人公の(あるいは少なくとも主人公の一人である)ヤング・ベイヤード・サートリスが明確な原因を特定しがたいメランコリーに苛まれるが、それが小説的なリアリティを獲得するのは、彼が没落を運命づけられた「サートリス家」の末裔だからなのだ。

ヨクナパトーファの歴史が「家」の歴史であることは、フォークナーの作品が「南部」を「メタナラティヴ」としていることと通底している。ヤング・ベイヤードが自殺的な死を遂げることも、キャディ・コンプソンが家から追い出されてしまうことも、そしてアイザック・マッキャスリンが遺産を放棄することも、「(滅びゆく)南部」というメタナラティヴとの関係で「意味」を与えられることになる。こうして「個人」の経験が持つ「社会」的な「意味」が「語るべきこと」となったからこそ、小説家フォークナーにとって「南部」の発見が決定的な転機となったのであり、それは取りも直さず、彼の作品の強度はそれが「南部小説」であることと不可分だということでもある。

では、神町サーガの場合はどうだろうか。『シンセミア』の神町に暮らしている人々の「個性」は、田宮家、麻生家、笠谷家といった町の大物一族との関係性においてまず規定されることになるし、それは（大雑把に分類すれば）田宮家が「情報」を、麻生家が「暴力」を、そして笠谷家が「政治」を担当して共同体を支配してきたという経緯と密接に繋がっており、したがって、そこに「歴史」という主題が浮上することにもなっている〈註3〉。これはヨクナパトーファ小説の場合とほとんど同じ構造であるといっていいだろう。だが、その上で強調しておかねばならないのは、ヨクナパトーファと神町が与え得る「意味」の相違である。奴隷制という原罪を持ち、南北戦争に敗れ、後進地域であり続けていた二〇世紀前半のアメリカ南部は、いわばそれ自体として複雑な「意味」を持っていた。サザン・ルネサンスと呼ばれる南部文学の勃興は、「南部」自体が喚起する強烈な「意味」があってのことだといっていい。その「意味」とのせめぎ合いのうちに、「南部人」は複雑な「自我」を近代小説に相応しい「主題」として形成していったのだ。

それに対して、「山形」は（あるいは「東北」は）、そういった強烈なイメージをそれ自体として持たない。ありていにいってしまえば、誰も「山形」に興味などないのだ——そこに住む人々でさえも、である。

彼らはただずっと、暇を持て余していたにすぎない。工業地帯の拡大してゆく地元の変貌が留まることはないものの、娯楽産業はまだまだ不足しきっていた。もっと沢山の、手っ取り早い欲望の捌け口を彼らは必要としていた。「果樹王国」などという、安手のお伽話みたいなキャッチフレーズを掲げた土地に暮らしながら、純朴な東北人を演じて上質の農作物やら風光明媚な自然環境やらを提供し、観光客らを適当に悦ばせ続けることなんぞには、彼らはとっくの昔に飽き飽きしているのだ。(Ⅰ九一)

このような「山形」は、フォークナーにとって「南部」がそうであるような意味においては、「語るべきこと」とはなり得ない。あるいは別のいい方をするなら、それはフォークナーにとって第二次世界大戦後の「南部」がそうであったようなものとしてある。一九三〇年代のフォークナーにとっては(そして大不況下のアメリカにおいては)、滅びゆく南部に身を寄せるという時代錯誤的な身振りがまだリアリティを持っていた。だが、「古きよき南部」を徹底的に解体する『アブサロム』を書きあげ、第二次大戦も終わると、その時代錯誤自体が時代錯誤になっていく。そして「滅びゆく南部」がいまさら「語るべきこと」ではないということになったとき、フォークナーの「南部小説」は「小説」が拠って立つところを失ってしまったのである。

しかしながら、阿部は「語るべきこと」を持たないことへの強い自意識とともに出発した小説家である。したがって、「山形」が「語るべきこと」ではないことを、小説家としての阿部の不運であるとか、戦略ミスなどと考えるべきでは断じてない。あえて「山形」を舞台にするということが、ポストモダン——ポスト・フォークナーといってもいい——の時代に小説を書くというときに対峙すべき宿命であると、阿部はわかっているに違いないのだ。だから『シンセミア』においては、相対化され、批判されるべきものとしてさえ「ノスタルジア＝神話」は存在しない――そもそも「神町」といういかにも思わせぶりな地名でさえ、「新町」という名前が濁ったものに過ぎないのだから。近代的な共同体としての神町の起源、すなわち「パンパン町」が「パン屋」によって支配される町となった過程についてはジャーナリスティックな文章であらかじめ説明＝脱神話化されるのだし、田宮家が持ってきた影響力は、「家柄」という（曖昧であるがゆえに）強固な基盤を持ってはいない。それは「情報」や「暴力」を操る「行為」にわかりやすく基づいているに過ぎないのだ（だから権力を手放そうとする田宮明は、その権力自体にたちまち破滅させられる）。

こうして物語／町の中心――表面上はただのパン屋である（しかし唯一のパン屋でもある）という意味では「不在の中心」というべきか――である「田宮家」の権力に「根拠」がないことを露呈させるというのは、『シンセミア』が「山形／神町」の背後に「日本（神の国？）」を「メタナラティヴ」として措定していることと深く関係しているのだが、それについて詳述する余裕はない。だがそれでも、『ABC戦争』や『インディヴィジュアル・プロジェクション』においては主として作品に「厚み」を加えるための技法――悪くいえば、小手先の技術――に過ぎないように見えたものが、『シンセミア』では物語の内容を深く貫いた形で活用されていることは指摘しておきたいし、それがまさしく「共同体」を「語るべきこと」ではないものとして「発見」したという逆説に由来することも強調しておけるだろう。

しかし、それにしても、共同体の起源を、「サーガ」の開始と同時に脱神話化してしまうというのは、極めて大胆な振る舞いであるように見える。『アブサロム』というヨクナパトーファ・サーガ第六作においてそれを成し遂げたフォークナーは、まもなくスノープス三部作へと向かい、「新南部」へと本格的に切りこんでいこうとするのだが、ブランクのあとで書かれた後期作品は、自らが作りあげた「ヨクナパトーファ」という世界に自閉しているという印象を与えざるを得ないもののようにも思われる。それはその「世界」を俯瞰するような視点から提示される『村』が（フォークナー作品の特徴でもある）複数の主人公を持つポリフォニックなものであったのに対し、『町』や『館』が（『墓地への侵入者』や『駒さばき』や『尼僧への鎮魂歌』を加えてもいい）ギャヴィン・スティーヴンズを重ねて起用することで「中心」を持ってしまったことに徴候的に現れているといえるかもしれない。

「書くべきこと」を書きつくしたフォークナーには、もはや「要石」を——サーガの「中心」に——置く以外になかったのだろう。だが、繰り返して述べているように、阿部はそこから出発した作家であり、神町サーガもまたそこから始まっている。「自意識」にこだわってきた阿部のような小説家にとって、この「始まり」がある種の解放感を与えたことは間違いない。「作品というのはもはや一作で完結し得るものではないという考えに囚われだしてもいる」（『対談集』三二八）と阿部が述べているのは、それぞれの作品が互いを相対化することができるというサーガ形式ならではの特徴を理解しているためだろう。だから『ニッポニアニッポン』にしても、『グランド・フィナーレ』にしても、そして『ミステリアスセッティング』（二〇〇六）にしても、『シンセミア』以前の阿部作品には見られないような叙情性を湛えることが可能となった。『シンセミア』の直接の続編としての『ピストルズ』が、二組の父娘が和解を果たす物語として読める小説であることを想起しておいてもいい。ある物語において主人公がいかにも「物語」の「主人公」らしく成長したり、癒されたり、理解されたりするように見えても構わない——その「物語」は別の「物語」に開かれており、相対化され続けるのだから。インターネットを「ここから先がぜったいにあるという形式」と呼ぶ阿部が、「小説もそのように終わりのないものとして書きたい」と思うのは（『和子の部屋』一〇四）、サーガという形式に出会ったことと深く関係しているはずだ。

だが、サーガとはいつまでも「終わらない」ことを可能にする形式である一方（死ぬまで書き続ければいいのだから）、やはり批評性を失ってしまったサーガは「終わったもの」というしかないだろう。サーガを「終わらない」ものにするためには、「要石」を置かず、常に旧作を乗り越えていくことが必要なのである。フォークナーの全盛期には、そのような批評性が至るところに感じられた——「女王ありき」でエルノーラをサートリス大佐の娘として設定し（『土にまみれた旗』で提示された「サートリス神話」への批判）、『アブサロム』でクエンティンの近親相姦願望を瓦解させ（『響きと怒り』のロマンティシズムへの批判）、『行け、モーセ』でアイクの醜さを露呈させてしまう（『八月の光』における、黒人の血が混ざることが「悲劇」だというイデオロギーへの批判）、というように。しかしこれらはどれも、「南部」という土地が語られるべき＝解体されるべき「意味＝神話」を持っていたからこそ可能であったともいえるだろうし、それはすなわち、その「解体作業」が自分の小説家としての足下を切り崩す作業でもあったということである。

このように考えると、阿部がサーガ第一作でその「解体作業」をおこなってしまったことが、やはり危険な行為だったようにも見えてくる。解放感に身を浸したまま語り続けていると、いつの間にかサーガに絡め取られることになってしまいかねないのだ。だが、阿部はこの危険性にも、おそらく十分に意識的である。サーガという「終わらない」ことをひとまず可能にする形式を手に入れた阿部が「神町三部作」に言及していることは、それを「終わらせる」つもりでいることを示唆するように思える——おそらくは、「終わらせる」ことがそのまま「終わらせない」ことに通じるような道を模索しているはずなのだ。

その「道」がいったいどのようなものになるのかは、三部作の完結を待たねばならないだろうが〈註4〉、ここでは現時点における最新作（第二部）である『ピストルズ』の「終わらせ方」を見ておくことにしたい。この小説は石川満——『シンセミア』では神町の書店員として無名で登場していたが、サーガの発展の結果、石川麻弥（鴇谷亜美の親友として『グランド・フィナーレ』に登場）の父という重要性を与えられている——の手記という形で進められており、その中心となるのは彼が菖蒲家の次女あおばから聞いた一族に関する物語である。だが、「補遺」と題されたエピローグにおいては、それまでの話全体が、ヒーリングサロン・アヤメによる石川の精神治療であったと述べられている。この「オチ」は一見、石川の語りから「根拠」を奪うもの、つまり「例の宙吊り」であるように思えるかもしれない。

しかしながら、そのように了解してしまおうとすると、そうした「オチ」があっても、この小説を読んできた経験がいささかも損なわれないと気づかされることになる。つまり、菖蒲一族が一子相伝による「秘術」の使い手であることには変わりがないし、『シンセミア』で起こった事件によって石川が極度の厭世家となっていたことにも、そして彼が娘との和解を果たしたことにも変わりがないのである。石川の物語は、そして彼が語ってきた菖蒲家の物語も、まさしく彼の語り＝意識に収斂されないからこそ、真実であることを深く保証される――かくして『ピストルズ』のエピローグにおいては、それまでの阿部作品に繰り返し現れた「宙吊り」自体が「ズレ」を与えられているのであり、ここには「終わらせない」ことで「終わらせる」というダイナミズムが見事に働いているといっていいのではないだろうか。

そしてこのダイナミズムは、『シンセミア』と『ピストルズ』という小説のあいだにおいても機能している。一九五一年に起きた「郡山橋事件」は、神町における特権的な事件として『シンセミア』で詳述されるものだが、それは『ピストルズ』において実は菖蒲一族が引き起こしたものであると説明される。しかしながら、だからといって集団ヒステリーがなかったということにはならないだろうし、ましてや郡山橋事件がなければ「パンの田宮」の排斥も起こらなかったかもしれないなどとはいえない。仮にその事件がなかったとしても、共同体が「パンの田宮」を排斥しようと思えば、別の「物語」が召喚されたはずである。だとすれば、あおばの話が、神町はその事件を「原罪」として抱える必要はない――「語るべきこと」などではない――と示唆したとしても（そうして「物語」を「終わらせた」

としても）、それが神町を「原罪」から自由にすることにはならない（「物語」は「終わらない」）。しかも、郡山橋事件の「影の首謀者」（三三八）とされている菖蒲瑞木が（しばしば形容されるように）「とち狂っていた」とすれば、それは人間を運命に翻弄される存在として描く『シンセミア』のノワール的世界観には、むしろ相応しいとさえいえるだろう。

そもそも「原罪」とは、『ミステリアスセッティング』でハムラシオリに託されたスーツケース（小型核爆弾）のように、不条理に与えられるものなのだ——というのはフォークナーも『尼僧への鎮魂歌』におけるナンシー・マニゴーの嬰児殺しで示唆しているテーゼである。だが、フォークナーがそのような「普遍的」な問題を扱ったことが、「語るべきこと」としての（奴隷制を原罪として持つ）「南部」を語りつくしてしまったことの反映であるとどうしても思えてしまうのに対し、阿部の場合は、「語るべき根拠」を最初から持たない作家が、それゆえに逢着することになった特権的な問題であるように思える。事実、というべきか、語るべき正当な理由などないという自覚とともにキャリアを開始した阿部は、近作においては罪悪感、すなわち「語るべきこと」があるという意識を、「語り手」に強く持たせるようになっている。彼らが抱く罪悪感の源はさまざまであるし、さらには神町サーガの展開とともに「ズレ」が導入されることも予想される（「根拠」に斜線が引かれる可能性もある）のだが、それでも『ピストルズ』の石川、『グランド・フィナーレ』の沢見克実、そして『ミステリアスセッティング』の「爺さん＝Z」というように、そうした「語り手」が次々と採用されていることは注目されていいはずだ〈註5〉。

そしてこのように考えてくると、フォークナーのサーガが「歴史」から力を得ていたのに対し、阿部のサーガが「偽史」へと向かったのも当然のように思えてくる。別言すれば、本稿の冒頭で引用した発言で、阿部が神町を「虚構の空間」と呼んでいたことの意味が（部分的には）理解できるように思えてくるのだ。共同体に暮らす人間のアイデンティティの核に罪悪感を埋めこむような歴史など、「現実」の山形にはない（少なくとも、アメリカ南部のようには知られていない）。だが、それがなくても、人間とは勝手に、つまり無根拠に、アイデンティティを獲得してしまうものなのだ。初期の阿部はそのことに苛立っていた（その苛立ち自体は、現代作家としてもちろん正当なものである）。それゆえに、「語り手」は語ることへの自意識をあからさまに言語化し、それを持てない人間、つまり例えば「芸術」に携わっている自分の「個性」を無邪気に信じてしまっている「『アメリカの夜』の人物どもには魅力がない」ことにもなっていたわけだ（伊藤「淫靡な戦略」三〇）。しかしながら、サーガという形式を採用し、「共同体」を発見した阿部は、いわば図式を反転させるに至った。登場人物達の魅力を損なうことがないまま、「偽史」によって「物語／自我」の「無根拠性」を露出させられるようになったのである。この「反転」には、阿部が小説家としての自意識を持ち続けてきたからこそ果たし得た深い成熟が、看取されるといっていいだろう。

4　おわりに

本稿においては、阿部和重という作家がサーガという形式にどのようにして出会ったか、そしてその出会いが彼の小説に何をもたらしたのかを素描してきた。ヨクナパトーファの発見は、フォークナーに「語るべきこと」としての個人（南部人）と社会（南部社会）を与えた。同様のことは、例えば中上健次が紀州を発見したときにも起こっただろう。しかし阿部による神町の発見は、確かに彼にも「個人と社会」を与えはしたものの、それが持つ「意味」は——それが「語るべきこと」をまったく担保しないという点において——大きく異なっていたわけである。その「異なり」はフォークナーとは時代も場所も異なるところで書かねばならないという現実を、阿部が宿命として引き受けてきたからこそ生じたものであることを、本稿の議論が示唆できていればと思う。論じ残したことはもちろん多いだろうが、阿部を「ポスト・フォークナー」の作家として読むための足がかりとしてはひとまずこれで十分としておき、神町サーガの完成を待つことにしたい。

【註】

1　阿部自身が示唆しているように（『対談集』二七三）、『シンセミア』はノワール小説的なところがあるが（不況期に書かれるに相応しくというべきか——フォークナー作品でいえば、『標識塔〈パイロン〉』が、やはり不況が最悪の時期に書かれている）、それはかなりの程度、この「閉塞感」によるものだろう。阿部作品のノワール的性格については、例えば池上冬樹による指摘を参照。

2　例えば、阿部の作品において女性人物の役割が飛躍的に上昇したのは、この文脈で理解できるだろうし、それは拙著で論じたように、『響きと怒り』で作品世界を完成させたフォークナーにも起こったことである。なお、『シンセミア』の前半と後半で男女の優劣が完全に逆転することについては、阿部自身がインタヴューで触れている（「『シンセミア』ガイド」二一）。

3 『シンセミア』の「歴史」に関しては、例えば蓮實二三四-四七を参照。

4 『Orga(ni)sm』と題された第三部は、『文學界』二〇一九年六月号で連載が完結した。『ニッポニアニッポン』というハンフィクション小説を書いた「阿部和重」が登場しているなど、本稿の文脈においても興味深い点が散見されるが、連載終了の時点で本書はゲラになっており、考察は控えざるを得なかった。

5 本稿とは視点が異なるが、渡邉大輔は、『インディヴィジュアル・プロジェクション』以降の阿部作品において、〈他者〉への語りかけが繰り返し現れることを指摘している（三〇二-〇四）。

【引用文献】

Collins, Carvel. "The Interior Monologues of *The Sound and the Fury*." *William Faulkner: Critical Assessments*. Vol. 2. Ed. Henry Claridge. East Sussex: Helm Information, 1999. 198-212.

Faulkner, William. *Absalom, Absalom!* (*AA.*) New York: Vintage, 1990.

——. *Lion in the Garden: Interviews with William Faulkner, 1926-1962*. Ed. James B. Meriwether and Michael Millgate. (*LG.*) New York: Random House, 1968.

——. *Mosquitoes*. (*Mos.*) New York: Liveright, 1997.

——. *The Sound and the Fury*. (*SF.*) New York: Vintage, 1990.

阿部和重『ABC戦争plus 2 stories』新潮文庫、二〇〇二年。

――『阿部和重対談集』講談社、二〇〇五年。

――『アメリカの夜』講談社文庫、二〇〇一年。

――『和子の部屋――小説家のための人生相談』朝日新聞出版、二〇一一年。

――『シンセミア』全四巻、朝日文庫、二〇〇六年。

――「『シンセミア』ガイド――メイキング・オブ「神町」」『文藝』四三巻二号（二〇〇四年）、六―二二。

――『ピストルズ』講談社、二〇一〇年。

池上冬樹「〝パルプ・ノワール〟との親和性」『文學界』五九巻三号（二〇〇五年）、一二六―三一。

伊藤氏貴「淫靡な戦略――阿部和重の〈核〉なき闘い」『群像』六〇巻一〇号（二〇〇五年）、一七―四五。

――「〈おわり〉なき闘いへのエール」『文學界』五九巻三号（二〇〇五年）、一一七―一九。

大橋健三郎『フォークナー――アメリカ文学、現代の神話』中公新書、一九九三年。

諏訪部浩一『ウィリアム・フォークナーの詩学――一九三〇―一九三六』松柏社、二〇〇八年。

蓮實重彦『魅せられて――作家論集』河出書房新社、二〇〇五年。

平石貴樹『小説における作者のふるまい――フォークナー的方法の研究』松柏社、二〇〇三年。

渡邉大輔「コミュニケーション社会における戦争＝文学」『サブカルチャー戦争――「セカイ系」から「世界内戦」へ』現代小説研究会編、南雲堂、二〇一〇年、一八五―二一八。

渡部直己『現代文学の読み方・書かれ方――まともに小説を読みたい／書きたいあなたに』河出書房新社、一九九八年。

補遺

「故郷の土地」と外なる世界
——ウィリアム・フォークナーと日本作家たち

大橋健三郎
平石貴樹 訳

一九五五年八月下旬来日したウィリアム・フォークナーは、日本を離れる直前、「日本の若者たちへ」と題したメッセージ文を残した。だがそこに込められたかれの真意を、当の日本の若者たち、特に作家志望の者たちが、本当に理解したかどうかは疑わしい。例えばフォークナーは、戦後日本の人間的状況を南北戦争後のアメリカ南部の状況と比較し、忍耐と不屈の精神をもってすれば、「南北戦争後の優れた文学の復興と同様のことが、ここ数年のうちに日本でも起こるだろう、すなわち、諸君の廃墟と絶望の中から、世界がその言葉を聞きたいと望むような日本人作家が現れ、日本限りの真実ではなく普遍の真実を語るようになるだろう」と述べたが、若い日本の作家志望者たちは、こうしたフォークナーの言葉に深く感謝しながらも、要は、先般自分たちの国を征服、占領した強大国を代表して、ある著名な作家が、温情ある激励をよこしただけだと、受け取ったのではないだろうか。日本の文学状況と南北戦争後の南部の状況との間にいったいどんな関係がありうるのか、かれらはまったく見当が付かなかったに違いない。当時かれらはまだ、その比較を理解するほどアメリカにもアメリカの文学にも通暁してはいなかったのである。

しかしながら、それから三〇年を経て振り返ってみれば、「優れた文学の復興」と言うべきものが日本では現実となり、ノーベル賞作家も一人現れて、国際社会における日本文学の「普遍的」受容も果たされてきた。この「復興」がフォークナー自身を満足させえたかどうかは知る由もないが、ちょうどこの時期、厳密にはフォークナーがノーベル賞を受賞した直後の一九五一年から来日した五五年までの間に、フォークナー文学の衝撃は日本の主要な若手小説家の中にはっきりと認められるようになったし、それによって、フォークナーの南部と戦後日本との比較は、戦後日本文学の進展を考える上で、きわめて高い有効性を持つに至ったのである。

フォークナー自身が認めるように、本当の芸術家は「どんな所からでも盗み出し」、その捕獲品をおのれの芸術に融合させるのであってみれば、どのような文学的影響も、全面的であったり自明であったりすることはなく、日本におけるフォークナー文学の影響もまた同様であることは言うまでもない。だが、まことに意義ぶかいことに、その時期以後、きわめて多くの重要な作家たちが、エッセイにおいて直接フォークナーに言及したり、フォークナーに影響を受けたことを自認したり、さらには自らのヨクナパトーファを小説世界に打ち立てようとしたり、あるいは作品の背景となる土地をヨクナパトーファに近付けたりし始めたのである。顕著な例としては、早くも一九三〇年代にフランス語訳を通してフォークナーを読み、特に技法面で深い影響を受けた福永武彦が、戦後、物語時間の不連続や内的独白などのフォークナー技法を採用したモダニズム的作品を発表し、多くの若い支持者を得た。福永はさらに、一九五六年以後発表された三作の短編作品において、「寂代《さびしろ》」「弥果《いやはて》」と名付けられた北海道の奥地の架空の小村に、一種のヨクナパトーファのごとき舞台を設定し始めた。第三作が最終的に未完となってこの試みは中断されたが、後にも述べるように、本来地方色の作家でも農民作家でもなくモダニズムの作家であるはずの福永さえもが、フォークナーの先例に倣い、日本の土地に深く根差した空間を設定しようと試みた事実は、彼我の作家の想像力の働きに、たとえ遠縁ではあっても、どこか重要な類縁があることを確実に物語っている。地理的にも歴史的にも文化的にもこれほどかけ離れた二人の間に、本質的な相違があることは言うまでもないし、その相違はおそらく、福永がフォークナーに深い共鳴を覚えながらも上の試みを中断するに至った理由を説明するだろう。だが、それにもかかわらず、この両者の奥底には、まさにフォークナーが来日の折りに直感的に予言した通りの、本質的な共通性が潜んでいたに違いないのである。

福永ばかりではなく、顕著な類縁の例はほかにも見出すことができる。それらについて議論を深めることが本論の目的であるが、その前に問題の重要性を明確にし、後の考察を容易ならしむるためにも、日本の文学土壌においてフォークナーがどのように受容されてきたかについて、最初期から歴史的転回点となった上記の時期まで、簡単に歴史を辿っておきたい。

フォークナーが、おもに作品のフランス語訳とフランス文人による批評を通じて、モダニズム的な前衛作家として日本の文学界に初めて紹介されたことは、まことに当然だったと言わねばならない。戦前の一九二〇—三〇年代の日本においては、アメリカ文学はフランス文学ほどに読まれていなかったし、モダニズムによる新文学の波は、もっぱらフランス経由で日本に移入されたからである。福永以前には、詩人春山行夫がフォークナーを日本に紹介しており、一九三二年のエッセイ「ウイリアム・フォクナア」においてかれは次のように述べている。

我々の好むアメリカ文学は、シベリア経由で我々に到達する。もつと早く言ふと、世界の流行のやうにパリから我々に送られて来る。ウイリアム・フォクナアはアメリカの作家であるが、パリから輸入された作家である。フランス語で読むことができるアメリカ作家である。(『ウィリアム・フォークナー』〔南雲堂〕二巻一号に再所収)。

春山のフォークナーについての知識は主としてフランス文芸誌に由来したものと思われる。『NRF』誌は三二年一月に「乾燥の九月」の翻訳を掲載したし、また同じ月には『コメルス』誌が「エミリーへの薔薇」の翻訳を掲載している。ただし春山が当時『死の床に横たわりて』の原書初版を読んでいたことは間違いない。

もちろん、フォークナーは本質的に豊かなモダニズム的要素を湛えていたし、それはそれで、新しい文学的刺激を常に西洋に求めていた当時の日本の若い詩人や小説家に、衝撃と啓発を与えたことは想像に難くない。だが不幸にして、三〇年代に諸外国同様日本においても、モダニズムからマルクス主義へ文学動向が突然変化し、また二〇年代のリベラルな風潮が三〇年代以後次第に圧政的な軍国主義に移行したために、西洋諸国の文学の新趣向を吸収する動きは沙汰やみとなり、特に敵国アメリカ文学との直接の交流は阻害され、大戦の期間中には完全に遮断されることになった。三二年九月、自ら編集する雑誌に龍口直太郎訳「エミリーへの薔薇」を掲載した春山も、情勢の変化にはおおいに驚かされたに違いないが、やがてかれ自身関心を外へ移し、かくしてフォークナー作品の紹介は以後長期間、中断されたままとなったのである。

それゆえ福永武彦が、あの大戦末期の最も陰鬱な時代においてさえ、「マチネ・ポエティク」の同人たちとともに、フォークナーを原文やフランス語訳で読み、影響を受けることができたということは、まったく一種の奇跡であったと言わねばならない。この時期東京大学の奥まった小部屋で、かれは密かに胸を高鳴らせつつ、フランス語版『死の床に横たわりて』やアンドレ・マルローの序文付きの『サンクチュアリ』、三八年、三九年に『NRF』誌に発表されたサルトルの『サートリス』論や『響きと怒り』論などを読み、ジョイスやヴァージニア・ウルフに魅せられたのと同じようにフォークナーに魅せられていった。それゆえ、敗戦によって戦時期の抑圧から解放された福永が、自身の作家としての本来の意欲を表明したことは当然だった。かれは最も重要な先達、あるいは理想の一人としてフォークナーを再受容しつつ、かれによれば日本文学が当時淫していた、環境や風俗や生活の個別の細部を描いてそれで終わり、という文学を脱却し、「普遍性」の文学、細部においても「世界的なもの」や「原型的なもの」を内包するような文学を創造したいと望んでいた。事実、その後まもない五一年に、かれは「フォークナー覚え書」という洞察に富むエッセイを書くと同時に、フォークナー的な技法や主題を彷彿させる一連の作品を出版し始めたのである。

一方その間に、日本におけるフォークナー受容史の決定的な転回点というべき、五〇年代初期の、フォークナーの影響が作家たちにおいて克明かつ深刻になり始める時期が訪れていた。フォークナーは五〇年に四九年度ノーベル文学賞を受け、その五年後には来日している。日本の作家たちは、概してこうした現実の文学的事件そのものには興味を示さないので、それらによって直接影響を受けたわけではないと言わねばならないが、出版社はノーベル賞報道に刺激されてフォークナー作品の翻訳を出版し始め、フォークナー英語の難解さに辟易していた多くの作家たちが、翻訳を通じてようやくかれの作品に近付くことができるようになった。『サンクチュアリ』と『野性の棕櫚』の翻訳は五〇年以前に出版されているが、『響きと怒り』(五四)、『アブサロム、アブサロム!』(五八)などが諸短編とともに続々と出版されたのは五〇年以後のことである。

フォークナーを読む熱意を持つ作家たちの多くは、英語原文でも読もうと試みてきたと考えられはするものの、こうした翻訳がかれらに及ぼした効果は言うまでもなく甚大であった。とはいえ最も重要な問題は、フォークナーの翻訳が当時広く利用可能になったというだけのことではない。この作家への深い共感、それは現代の人類全体に通底する、人間の基本的な状況に対する自覚から生じたものであって、それがなければ日本の作家たちとても、これほどまでにフォークナーに影響を受けて、上述のようにその影響を自認したり、自らのヨクナパトーファを打ち立てようとしたりすることはなかっただろうと思われるのである。

若い日本の作家たちがフォークナーにあれほどの共感を覚えた重要な理由は、かれらが戦後一〇年間の間、無秩序と価値の紊乱に直面した、その事情と、フォークナーが急速に変化する一九二〇、三〇年代において、片や自ら生まれ慣れ親しんだ南部の伝統的、因襲的社会と、片やその外側の、広大で圧倒的な世界、かれにとって愛憎あい半ばする世界との、はざまに捕らえられた事情とがまさに相同し、フォークナーのモダニズム的な小説作法が、かれら自身の世界との関係を散文形式で表現していく上で最適の手段であることを、かれらが見出したということなのである。この場合、最初の吸引力となり最優先されたのが技法であって、主題ではなかったことは認めねばならないが、それで話が済んだのでもまたなかった。初期作品では主としてフォークナーの技法上の革新性に学んだと見える福永でさえもが、皮相な技法の紹介者などにあらず、技法を通じて常に、この「箍《たが》の外れた」戸惑うばかりの混乱の世界のただ中に立つべく、堅固な地盤を捜し求めていたのである。上述の、一種のヨクナパトーファとして二つの架空の町を打ち立てようとしたかれの試みは、じつに、現実の大地に根差した基盤の上に有機的な想像世界を樹立する試みにほかならなかった。

ただし、福永はその試みを中断した。フォークナーの深南部が南北戦争に続く価値の転倒にもかかわらず、なお作家の想像力を強力に保障したのにひきかえ、福永は多くの同時代の日本作家たちと同様、大戦の敗北によって突然文化や価値観の崩壊と混乱の中に放り出された時、立脚すべき堅固な地盤も共同体も、強力な伝統も庶民の連帯も、何一つ見出せなかったからである。依拠すべき「母なる大地」を持たぬまま、福永は最終的には逆の極端に走って、根無し草の社会の根無し草の人間の「愛と死」という、やや抽象的な主題を追求していくことになったが、それでもかれは最後まで、かれが「風土」と呼ぶ真実の故郷を、ほとんど終末論的な相貌のもとに探求し続けたのだった。それでも、少なくともかれは、まさにフォークナーがアメリカにおいて独自の方法でなしたごとくに、日本というかれにとっての「小さな郵便切手ほどの故郷の土地」と、その外側の、主として西洋世界からなる広大で圧倒的な世界との間の深い溝を埋めようと試みた。だがフォークナーでさえもまた、常に立つべき堅固な基盤を見出しえていたわけではないのだ。かれもまた、『響きと怒り』や『野性の棕櫚』において、抽象的な「愛と死」の主題という逆の極端に走り、それに終末論的な極限性と真迫性を与えたのではなかったか。

しかしながら、言うまでもなく、彼我の相違は類似よりも大きい。福永のように、自らの流儀に従い自らのヨクナパトーファを打ち立てようとした日本の若い作家たちは、戦後生まれの中上健次をおそらく唯一の例外として、失敗を運命付けられていた。もう一人の例は井上光晴である。一九五〇年以降の小説作品において井上は、かつて自分が働いた九州の小さな炭坑地帯について執拗に書き続け、その小さな田舎に象徴的に具現される、矛盾、摩擦、不条理に満ちた戦後生活の現状を剔抉し、おそらく『地の群れ』を書いた時期までには、その田舎をフォークナーのヨクナパトーファに擬《なぞら》えるようになっていた。かれはさらに、頻繁な視点の転換などのフォークナー的技法を取り入れ、物語を細分化し、人間の混乱した心理や、世界の混乱の中での人間の実存を表現しようとも試みた。だが結局のところ、井上の炭坑地帯はフォークナーのラファイエット郡ではなかった。それは何よりもまず、前者が衰退産業である炭坑業を特徴としていたのに対し、後者は農業を社会・経済的背景とする地域だったからである。井上に与えられたものはただ、人々がいわば真空の中で争い、自己破壊的に衝突しあう不毛の土地ばかりであって、フォークナーが目の当たりにしたようなあの共同体——緊密な人間関係を保ち、その絆を急速に失いかけながらもなお作家が依拠しうる、どこか強烈な精神力を備えたあの共同体ではなかったのだ。井上はその事実を認識し、まもなくフォークナーの影響を脱しようと奮闘し始め、現在から過去へさかのぼるフォークナーの想像力の常用型あるいは「公式」(井上の用語)を批判し、その公式は「生きる力を求めようとする読者を必ずしも充足させるとはいえない」(『第三作品集』四巻、一五四頁)とまで述べるに至った。このような意味において、井上はフォークナーよりもサルトルに近付いたと言うことができ、おそらくかれ自身もそう意識していただろう。かれは、この点ではサルトルも同じだが、「忍耐」や「勝利」の思想に窺われるような人間の未来に対するフォークナーの信念を、認めることがなかったのだった。

だが、それにもかかわらず、フォークナーを批判したその同じエッセイにおいて、井上はこうも書いている。「しかしたとえば同時代の作家たちの浜辺や湖畔を一周して、ふたたびクマツヅラの匂いを嗅ぐと、どうしようもなく落ち着く。ああ文学の故郷に帰ってきたのだな、という思いがそうさせるのだろう」。そしてフォークナーの想像世界に対するこうしたノスタルジアは、他の多くの日本作家も共有している。それは単なるノスタルジアなのではなく、作家の想像力がそこに立脚すべき堅固な基盤に対する憧憬であり、飢餓感でもあるのだ。逆説的なことに、フォークナーはかれの虚構の世界におけるこの基盤を、井上が批判した当の「公式」を通じて創造したのであり、その「公式」こそは、井上の批判にもかかわらず、必ずや「生きる力を求めようとする読者を充足させる」、ある人間的な力を内包していたのである。

想像力や人間的な力を産み出すこの堅固な基盤は、文明に対する自然の諸力——自然と文明の対立は、フォークナーの今一つの重要な想像の類型であり、それがかれの芸術作品に深い象徴性をもたらしている——へのフォークナーの深い洞察に由来する。その力は、大森林、大河、あるいは大地そのものといった自然の物理的現象の中に看取され、またフレンチマンズ・ベンドの住民や、ヨクナパトーファ郡の黒人たちのごとき、「母なる大地」に深く根差しつつ、素朴な力をもって生活を守り抜く人々の中に看取される。そしてここに、因襲的な村の共同体が周囲の文明の破壊的な力に拮抗する、という象徴的構図を長い間真摯に追求し、そうすることによって戦後日本の人間存在の状況を深い浮き彫りにおいて描く、驚嘆すべき作品を著してきた一人の作家がいる。大江健三郎である。

大江の膨大な作品群の中から厳密な意味でのフォークナーの影響の痕跡を突き止めることは難しい。かれは精力的かつ多彩な作家であり、日本外国を問わず様々な作家、例えばアメリカでは、フォークナーのほかにノーマン・メイラーやソール・ベローなどから滋養を得てきた。しかしフォークナーの場合には、かれはいくつかのエッセイにおいてフォークナーへの賛辞を表明したばかりでなく、かれの小説作品のいくつかの中には、フォークナー的な人間や世界の見方、書き方の深い木魂をわれわれははっきりと聞くことができるのである。

例えば『万延元年のフットボール』において、大江は二種類のフォークナー的、あるいはフォークナーを彷彿させる手法をきわめて効果的に用いている。その一つは今も触れた村共同体の設定であり、田舎の村の共同体は、表面上現代化された文明の奥底に隠された、保守的で因襲的な日本精神を象徴している。もう一つは現在に対する過去の時間要素の混入であり――「万延元年」すなわち一八六〇年は小説の出来事のちょうど一〇〇年前に当たる――それが現在の出来事に歴史的展望を与え、意味を深めるのである。「フットボール」は、二つのゴールの間を蹴られて行き来するごとく、これら二種類の歴史的時代の相互互換性を表す。この作品の主題は日本人、とりわけ現代の、伝統的な価値観と新しい産業化や機械化の板挟みになった日本社会の、目立たぬ片隅に暮らす若者たちにとって、何が究極的な「根」となるかを見出すことであり、主人公となる兄弟たちの姓「根所」は文字どおりそれを意味している。大江によれば、こうした「根」は、かれ自身の故郷をモデルとした作品中の「大窪村」のような小さな田舎には、かつて存在したし、またいまだに存在して、現代に拒絶された若者たちに力と活気を授ける可能性をなお秘めている。そうした力と活気は、象徴的な「森」に囲まれた共同体の人々の中に根付いていると考えられ、同時に破壊も創造もする自然こそが、真の救済と癒しを、少なくとも自らの新世界を打ち立てようと試みるための力を、人々に与えると理解されるのである。

大江は「フォークナーのように巨大な作家がなしとげたことは、われわれの具体的な規範とはならない」と留保を付けて述べているが、かれのフォークナーに対する深い共感はあくまでも真摯であり、表面上の相違にもかかわらず、両者の間にはどこか打ち消し難い類縁性が、あるいは少なくともどこか共通の人間的素地があると思わずにはいられない。

しかしフォークナーは、僕に、そのもっとも血なまぐさく過酷な、恐ろしい部分においてもなお、ひとつの救済の印象をもたらす。それはまずフォークナーというひとりの個人的偏向にみちた小説家の、アメリカ一般へ深くおろした根の、あきらかな存在感ということに由来するというべきであろう。アメリカ南部が単にアメリカのひとつの地方というより、いわばアメリカそのものであり、少なくともアメリカのふたつの顔のひとつであるという印象を、僕は、アメリカ旅行で得てきたが、フォークナーの南部こそは、まさにアメリカの総体であって、フォークナーに、おのずから、国民文学者の光彩をあたえる。この、ひとつの国の全体に深くたくましく根差している作家というイメージが、まず僕に、ひとつの救済の印象をもたらす。(『同時代論集』七巻)

いささか驚くべきことに、フォークナーに対して深い共鳴を覚える現代の他の二人の作家たちは、ほぼ一貫して、日本の田舎に設定された舞台背景のもとで小説や短編を書き続けており、そのうちの一人は、書いているその田舎に自ら居住してさえいる。そしてこの二作家が、主題においても文体においても好対照をなすということもまた、まことに興味深いのである。藤枝に住む小川国夫は、この町の周辺地域に暮らす人々について小説を書きながら、どこか大江健三郎に通底するような、現代日本の生活の歴史的運命を象徴する物語を創り上げている。例えば美しい作品『試みの岸』においてかれは、山岳地域出身の若者が、巨大な自由空間によって輝かしい未来を約束するかに見える海の力に魅了される悲劇を描いている。その約束は幻想に過ぎず、若者はいわば運命の罰を受け、全財産を投じて買った船から金属類をすべて盗まれ、執念深く犯人たちを追跡してそのうちの二人を殺害し、投獄されて完全な絶望に陥ることになる。

ここでは、狭く閉ざされた「東海の岸」が、暗黙のうちに、期待と危険、善意（創造）と悪意（破壊）に満ちた広い外部世界——海や自然の諸力によって象徴される——と対照されている。小川はカソリック教に親しんでいるので、『試みの岸』の題名にはカソリックの象徴性が込められているにせよ、その象徴性が究極的にもたらすものは、罪や救済といった宗教問題ではなく、現代世界における人間の危機であり、現代の産業文明に包囲されて人間や自然がその本質を今にも見失おうとしている姿は、ヨクナパトーファと外の世界との関係に似たところなしとしない。そして小川自身、フォークナーと自分自身との共通性に十分に気付いている。かれはエッセイにおいていく度か、短くではあるがフォークナーを論じたことがあるが、それればかりでなく、一度などは『響きと怒り』のベンジーやクエンティンの章にも似た内的独白の技法を、きわめて効果的に用いている。即ち、『試みの岸』の第三部「静南村」において、入水自殺する女主人公が、自らの報われぬ愛の顚末を内的独白によって、現在といくつかの過去の出来事とを錯乱のように織り交ぜながら語るのだ。小川がフォークナーの技法を応用して自らの想像世界に取り入れた事実は、両作家がたまたま部分的に近しかったというばかりではなく、フォークナーの主題と技法が普遍的に適用可能であることをも意味するはずである。前述の日本文学の将来についての予言からも窺われるように、おそらくフォークナーは、つとに現代世界の文学状況を予測していたのであろう。

だが、主題を離れて小川の文体を見るならば、それはむしろ流暢闊達な「語り」へ向かう多弁性よりも、「抑制」や「沈黙」へ向かうフォークナーの寡黙な一面のほうにはるかに接近している。この点では小川はフォークナーよりもヘミングウェイに似通う——ただしフォークナーは、ベンジーの章に見るように、ヘミングウェイ的な簡潔な文体をものすることもできたのだった。ところが一方、フォークナーの影響という観点からわれわれがここで取り上げる中で最も若い作家、中上健次は、徹底的な物語の語り部として明確にフォークナー的であり、小川とは鋭い対照をなしている。そればかりではない。『枯木灘』においてかれは、故郷である紀伊の新宮とその近郊を自らのヨクナパトーファとして設定したばかりでなく、ちょうどフォークナーが『アブサロム、アブサロム！』の完成時におこなったように、地域の地図を描いたり、諸作品に繰り返し登場するいくつかの家族の家系図を描いたりもした。そうした地域に暮らす家族の物語を、中上は次々に語り続けるが、かれらは、コンプソン家あるいはバンドレン家のような、家柄の上下は別として農業地帯の出自の家族なのではなく、小さな田舎町の事業主や労働者たちであり、自分たちだけの狭い閉ざされた社会に暮らしているのだが、中上はかれらを、現代の危機に瀕した日本人の内面の真実を照らし出す、きわめて象徴的な人物像に仕立てている。こうした人物たちは、外の世界の大きな変化のうねりとの暗黙の対照をなしながら、この地方都市の特定の限られた地域とその周辺に閉じ込められている所為《せい》で、日本人が耐えなければならない普遍的な、物心両面の危機の状況を、それだけ深く表現するのであり、それはちょうどフォークナーの象徴的な人物たちが、外の世界とその長い歴史の中での真の人間状況を映し出すのと同様である。例えば『枯木灘』において、主人公の若者と生みの父親との確執は複雑で、父親がほかの女性に生ませた息子の一人を、主人公は父親に対する抑圧された憎悪の結果殺害することにもなるのだが、この父親はトマス・サトペンのような悪魔的人物であり——この比較は中上自身が記している——遠慮がちで優しい、内向的な日本人の心の奥に常にひそむ、破壊的でもあり創造的でもある容赦ない力を表現していると考えられる。

そしてさらにこのことは、中上作品において次第に顕著になってきた神話生成の傾向を指し示している。実際、マルカム・カウリーがフォークナーのヨクナパトーファに読み込んだのと同じ意味で、中上は自らの「神話的王国」を創造しようとし、ある程度までそれに成功した。こうしてかれは旅行記『紀州　木の国・根の国物語』においてこう述懐した。

紀伊半島、紀州とは、いま一つの国である気がする。

まさに神武以来の敗れ続けてきた闇に沈んだ国である。熊野・隠国《こもりく》とはこの闇に沈んだ国とも重なってみえる。その隠国の町々、土地土地を巡り、たとえば新宮という地名を記し、地霊を呼び起こすように話を書くとは、つまり記紀の方法である。

何度も言うが単なる観光旅行でもないし、風土記でもない。むしろ、アメリカの作家ウィリアム・フォークナーが、ミシシッピ州ヨクナパトーファ、ジェファスンの地図をつくり、フォークナー所有と記す方法と似ている。(『紀州』)

冒頭でも述べたが、先の大戦の終結から今日に至るまでの長い年月の間で、フォークナーが若い日本の作家たちに影響を与えた唯一の外国作家なのではない、ということを、ここで今一度想起せねばならない。日本で翻訳され、議論され、日本の文学に衝撃を与えてきた欧米の作家の数は膨大である。サルトル、カミュ、ヘミングウェイ、ノーマン・メイラー、ソール・ベローなどのそうした有力な作家たちに比較した時、フォークナーは、奇妙なことに、日本の批評家によって最も議論されることが少なく、どの時点でも、日本の文学潮流の焦点の位置を占めることがなかった。だが、それを言うならさらに奇妙なことに、数は少ないにしても日本の実作者たる小説家たちに、現在に至るまでフォークナーほど真剣に、熱心に読まれてきた戦後の外国作家は見当たらないように思われるのだ。日本語訳による『フォークナー全集』が一九六七年に出版され始めたとき、福永、井上、小川を含む多くの作家たちは、批評家たちに混じって、フォークナーの個々の作品に関するエッセイを寄せ、その結果この全集は、日本の作家たちが自らの創作においてなそうとしていることを、外国作家の作品に対する反応を通して鮮やかに映し出す鏡ともなったのである。文学的影響というものがもし本当にありうるのだとすれば、これこそ最も真正な、最も本質的な文学的影響の発露であると考えてよいだろう。のみならず、すでに見たように、日本の作家たちのフォークナーに対する興味は、間断なく続いてきたばかりではなく、フォークナーの技法的革新性についての初期の興味から、より最近の、かれの現代世界に対するヴィジョン全体をめぐる興味へ、深化し、拡大してきた。これまで論じてきた作家たちとその作品を思い起こし、年代順に並べてみるだけでも、明らかにわれわれは、特にフォークナーの来日以後、かれの想像力に対する日本の作家たちの共感と吸収が、深まり広がってきたのを見る思いがする。なるほどこうした作家たちとその作品は、戦後から現代にかけての日本文学全体から見ればわずか数人に過ぎないが、しかし、かれらは日本の重要な作家たちなのであり、その作品は日本文学の主流のただ中に力強く棹さす重要な作品群なのである。

そしてまた、ここでは論ずる紙幅がないものの、何人かの女性作家を含む他の多くの作家たちや批評家たちが、フォークナーとはまったく異なった独自の文体を持ちながらも、フォークナー作品に感銘を受け、それらに対する賞賛と評価をきわめて明確な言葉で表している。かれらの心からなるフォークナー評価は、どこか深い次元でかれらの作品の中に内包されているに違いなく、それはかれらの想像力が他の無数の次元を持ち、広大で自由な世界を作り出す可能性を持つことに矛盾するどころか、むしろそれらを奥底において支持し、しっかりと補強しているように思われるのだ。言い換えれば、近年の日本文学におけるフォークナーの系譜は、ある意味では日本文学全体の系譜をまことに象徴しており、そこではフォークナー以外の影響がそれに混交し、本論で言及した諸作品を含む特筆すべき文学作品群によって織り成される、より大きな一つの潮流を形成しているのだし、かくしてわれわれは、戦後の日本文学がアメリカ南部の戦後文学と同様に発展するだろう、というフォークナーの「日本の若者たちへ」における予言の正しさを、今や認識することができるのである。

一九六二年に死亡したフォークナーは、厳密な意味でわれわれの同時代人ではない。かれの祖国においてのみならず、日本のような外国においても、文学潮流は昔も今も変化し続けている。だがそうした変化にもかかわらず、現代の文学状況にとって根本的重要性を持つかれの何か、かれの作品の何かはなお存続するに違いないし、それこそが、今日と明日の世界においてさらに新しい、意義深い文学を産み出すことに貢献するはずなのである。見てきたように、日本文学における最近の傾向は確実にこのことを示している。

【訳者付記】

本稿は大橋氏の英語論文、Kenzaburo Ohashi, "'Native Soil' and the World Beyond: William Faulkner and Japanese Novelists" in Doreen Fowler and Ann J. Abadie ed., *Faulkner: International Perspectives* (Jackson: UP of Mississippi, 1984) pp. 257-75 の翻訳である。最新の原稿ではないが、基本的な妥当性は現時点でもなお失われていない点、一読してご了解いただけるだろう。なお、日本の作家や作品に関する主として英語読者のための説明や

注の部分を計二ページ分ほど割愛させていただいた。

Title: "'Native Soil' and the World Beyond: William Faulkner and Japanese Novelists" in Doreen Fowler and Ann. J. Abadie ed., *Faulkner: International Perspectives*, pp. 257-75.
Author: Kenzaburo Ohashi

『ユリイカ』（青土社）一九九七年一二月号、〈フォークナー生誕一〇〇年記念特集〉七二－八〇頁。

初出一覧

▼序章
諏訪部浩一「回顧と展望――「フォークナーと日本文学」をめぐって」『フォークナー』二〇号（二〇一八年）。

▼第一章
新田啓子「「歴史離れ」の方途――鷗外とフォークナー」『フォークナー』二〇号（二〇一八年）。

▼第二章
小林久美子「小説と「フィロソフィー」――徳田秋声『黴』とフォークナー『八月の光』」『フォークナー』二〇号（二〇一八年）。

▼第三章
後藤和彦「家・父・伝説――フォークナーの『土にまみれた旗』と島崎藤村の『家』」『フォークナー』一七号（二〇一五年）。

▼第四章
阿部公彦「主観共有の誘惑――フォークナーから谷崎潤一郎、今村夏子まで」『フォークナー』二〇号（二〇一八年）。

▼第五章
大地真介「フォークナーと横溝正史――アメリカ南部と日本のジレンマ」『フォークナー』一六号（二〇一四

年）。

▼第六章

竹内理矢「フォークナーと太宰治――近代と育ての〈母〉」『フォークナー』一八号（二〇一六年）。

▼第七章

笹田直人「武田泰淳とフォークナー――歴史の構想と体現」『フォークナー』一四号（二〇一二年）。

▼第八章

金澤哲「軍隊の描き方――大西巨人『神聖喜劇』とフォークナー『寓話』の方法」『フォークナー』一九号（二〇一七年）。

▼第九章

クリストファー・リーガー「自然とジェンダー、生と死――フォークナーと三島由紀夫の比較研究」（重迫和美訳）『フォークナー』二一号（二〇一九年）。

▼第一〇章　書き下ろし

▼第一一章

花岡秀「雨宿りの名残り――倉橋由美子とウィリアム・フォークナー」『フォークナー』一四号（二〇一二年）。

▼第一二章

田中敬子「「切手ほどの土地」――中上健次とフォークナー」『フォークナー』一五号（二〇一三年）。

▼第一三章
千石英世「水の匂い、キャディの行方——津島佑子再論」『フォークナー』二〇号(二〇一八年)。
▼第一四章
中野学而「思い出せ、と男は言う——フォークナー、青山真治『EUREKA』、母の方言」『フォークナー』一五号(二〇一三年)。
▼第一五章
諏訪部浩一「「サーガという形式——「ポスト・フォークナー」の作家としての阿部和重」『フォークナー』一四号(二〇一二年)。
▼補遺
大橋健三郎「「故郷の世界」と外なる世界——フォークナーと日本作家たち」(平石貴樹訳)『ユリイカ』二九巻一五号(一九九七年)。

編者・執筆者・訳者紹介

＊五十音順

阿部公彦（あべ・まさひこ）
一九六六年生まれ。東京大学大学院人文社会系研究科・文学部教授。東京大学卒業。東京大学大学院修士課程、ケンブリッジ大学大学院博士課程修了（Ph.D.）。著書に『名作をいじる――「らくがき式」で読む最初の1ページ』（立東舎）、『英詩のわかり方』（研究社）、『文学を〈凝視する〉』（岩波書店、サントリー学芸賞受賞）、『幼さという戦略――「かわいい」と成熟の物語作法』（朝日選書）、『史上最悪の英語政策――ウソだらけの「4技能」看板』（ひつじ書房）。

大地真介（おおち・しんすけ）
一九七〇年生まれ。広島大学大学院文学研究科教授。広島大学卒業。広島大学大学院修士課程、同大学院博士課程修了（博士［文学］）。著書に『フォークナーのヨクナパトーファ小説――人種・階級・ジェンダーの境界のゆらぎ』（彩流社）、『アメリカ文学入門』（分担執筆、三修社）、「アメリカ南部の〈国境〉のゆらぎ――『サンクチュアリ』とコーマック・マッカーシーの『老人の住む国にあらず』」『フォークナー文学の水脈』（分担執筆、彩流社）。

大橋健三郎（おおはし・けんざぶろう）
一九一九年生まれ、二〇一四年没。東京大学名誉教授。東北帝国大学卒業。著書に『危機の文學――アメリカ三〇年代の小説』（南雲堂）、『荒野と文明――二十世紀アメリカ小説の世界』（研究社）、『ウィリアム・フォークナー研究』（南雲堂）、『「頭」と「心」――日米の文学と近代』（研究社出版）。フォークナーをはじめ、スタインベック、クレイン、ヘミングウェイ、モーム、ホーソーン他、訳書多数。

金澤哲（かなざわ・さとし）
一九六三年生まれ。京都女子大学文学部教授。京都大学卒業。京都大学大学院博士前期課程修了、同博士後期課程退学。京都大学博士（文学）。著書に『フォークナーの『寓話』――無名兵士の遺したもの』（あぽろん社)、『ウィリアム・フォークナーと老いの表象』『アメリカ文学における「老い」の政治学』(編著、松籟社)。

クリストファー・リーガー(Christopher Rieger)
サウスイースト・ミズーリ州立大学(Southeast Missouri State University)教授、同大フォークナー研究センター(Center for Faulkner Studies)所長。著書に *Clear-Cutting Eden: Ecology and the Pastoral in Southern Literature* (U of Alabama P, 2009)。

後藤和彦(ごとう・かずひこ)
一九六一年生まれ。東京大学大学院人文社会系研究科・文学部教授。九州大学卒業。東京大学大学院博士課程退学。著書に『迷走の果てのトム・ソーヤー――小説家マーク・トウェインの軌跡』『敗北と文学――アメリカ南部と近代日本』(松柏社)、『文学の基礎レッスン』(編著、春風社)。

小林久美子(こばやし・くみこ)
一九七八年生まれ。京都大学文学研究科・文学部准教授。国際基督教大学卒業。慶應義塾大学大学院修士課程修了、東京大学大学院博士課程退学。ミシガン大学アナーバー校大学院博士課程修了(Ph.D.)。論文に「「人間の根源的な状況」について」『フォークナー』第一八号(松柏社)、訳書にラモーナ・オースベル『生まれるためのガイドブック』(白水社)、『ベスト・ストーリーズII 蛇の靴』『ベスト・ストーリーズIII カボチャ頭』(分担訳、早川書房)。

笹田直人(ささだ・なおと)
一九五五年生まれ。明治学院大学文学部教授。早稲田大学卒業。立教大学大学院博士課程前期修了。著書に『アメリカ文化55のキーワード』(共編著、ミネルヴァ書房)、『〈都市〉のアメリカ文化学』(編著、ミネルヴァ書房)。

重迫和美（しげさこ・かずみ）
一九六七年生まれ。比治山大学現代文化学部教授。広島大学卒業。広島大学大学院修士課程、同大学院博士課程修了（博士［文学］）。論文に「『アブサロム、アブサロム！』におけるフォークナーの語りの技法——映画の物語構造との比較」『フォークナー』第一号（松柏社）、著書に「モーセになり損ねた男たちを語り継ぐ声」『アメリカ文学における階級——格差社会の本質を問う』（分担執筆、英宝社）。

諏訪部浩一（すわべ・こういち）
一九七〇年生まれ。東京大学大学院人文社会系研究科・文学部准教授。上智大学卒業。東京大学大学院修士課程、ニューヨーク州立大学バッファロー校大学院博士課程修了（Ph.D.）。著書に『ウィリアム・フォークナーの詩学——一九三〇—一九三六』（松柏社、第一四回清水博賞受賞）、『『マルタの鷹』講義』（研究社、第六六回日本推理作家協会賞受賞）、『カート・ヴォネガット——トラウマの詩学』（三修社）、訳書にウィリアム・フォークナー『八月の光』（岩波文庫）。

千石英世（せんごく・ひでよ）
一九四九年生まれ。立教大学名誉教授。東京教育大学卒業。東京都立大学大学院修士課程修了。著書に『白い鯨のなかへ——メルヴィルの世界【増補版】』『アイロンをかける青年——村上春樹とアメリカ』『小島信夫——暗示の文学、鼓舞する寓話』（彩流社）。訳書にハーマン・メルヴィル『白鯨　モービィ・ディック』（講談社文芸文庫）。

竹内理矢（たけうち・まさや）
一九七八年生まれ。明治大学文学部准教授。立教大学卒業。立教大学大学院博士前期課程、ケント州立大学大学院博士課程修了（Ph.D.）。著書に「森との〈交感〉——フォークナーの「熊」、近代以前のまなざし」『〈交感〉自然・環境に呼応する心』、「フォークナーの見つめた「近代」日本——芸者人形とアメリカ南部」『〈日本幻想〉表象と反表象の比較文化論』（分担執筆、ミネルヴァ書房）。

田中敬子（たなか・たかこ）

一九五一年生まれ。名古屋市立大学名誉教授。神戸女学院大学卒業。大阪市立大学大学院修士課程修了、同大学大学院博士課程退学、リーハイ大学大学院博士課程修了（Ph.D.）。著書に『フォークナーの前期作品研究――身体と言語』（開文社出版）、『「行け、モーセ」と「老い」の表象』『ウィリアム・フォークナーと老いの表象』（分担執筆、松籟社）。

中野学而（なかの・がくじ）

一九七二年生まれ。中央大学文学部准教授。東京大学卒業。東京大学大学院博士課程退学。論文に「過去のない男――レイモンド・カーヴァー、「大聖堂」、アメリカの孤独」『れにくさ』第五号（東京大学現代文芸論研究室）、「「あいつら、六五年に誰一人戻って来んどきゃよかったんじゃ」――「ウォッシュ」、敗戦、近代の声」『フォークナー』第一四号（松柏社）。訳書にミゲル・シフーコ『イルストラード』（白水社）。

新田啓子（にった・けいこ）

一九六七年生まれ。立教大学文学部教授。フェリス女学院大学卒業。日本女子大学大学院修士課程、ウィスコンシン大学マディソン校大学院博士課程修了（Ph.D.）。著書に『アメリカ文学のカルトグラフィ――批評による認知地図の試み』（研究社、第一八回清水博賞受賞）、『ジェンダー研究の現在――性という多面体』（編著、立教大学出版会）、竹村和子『彼女は何を視ているのか――映像表象と欲望の深層』（共編、作品社）、訳書にトリーシャ・ローズ『ブラック・ノイズ』（みすず書房）。

花岡秀（はなおか・しげる）

一九四九年生まれ。関西学院大学名誉教授。関西学院大学卒業。関西学院大学大学院博士課程退学。著書に『ウィリアム・フォークナー短篇集――空間構造をめぐって』（山口書店）、『フォークナー文学の水脈』（監修、彩流社）、『アメリカン・ロード――光と陰のネットワーク』（編著、英宝社）。

平石貴樹（ひらいし・たかき）

一九四八年生まれ。東京大学名誉教授。東京大学卒業。東京大学大学院博士課程退学。著書に『メランコリック デザイン――フォークナー初期作品の構想』（南雲堂）、『小説における作者のふるまい――フォークナー的方法の研究』『アメリカ文学史』『一丁目一番地の謎』（松柏社）。訳書にウィリアム・フォークナー『響きと怒り』（共訳、岩波文庫）。

藤平育子（ふじひら・いくこ）

一九四四年生まれ。中央大学元教授。東京教育大学卒業。東京都立大学大学院修士課程修了。著書に『カーニヴァル色のパッチワーク・キルト――トニ・モリスンの文学』（學藝書林、第二回清水博賞受賞）、『フォークナーのアメリカ幻想――『アブサロム、アブサロム！』の真実』（研究社）。訳書にウィリアム・フォークナー『アブサロム、アブサロム！』（岩波文庫）。

横光利一　12-16
四方田犬彦　293

ら

ラウリー、マルカム　Clarence Malcolm Lowry　248
ラカン、ジャック　Jacques-Marie-Émile Lacan　238
リード、ジョセフ・W　Joseph W. Reed　186
リング、ナタリー・J　Natalie J. Ring　152

ニーチェ、フリードリヒ　Friedrich Nietzsche　23, 28

は

ハート、アルバート・ブッシュネル　Albert Bushnell Hart　152
ハート、フランシス・ブレット　Francis Bret Harte　23
バイロン、ジョージ・ゴードン　George Gordon Byron　23, 49, 98
蓮實重彦　385, 408
ハメット、ダシール　Samuel Dashiell Hammett　132, 204
林達夫　26
原川恭一　340
春山行夫　4, 18, 414-15
平石貴樹　17, 62, 102-03, 136, 149, 384
ファノン、フランツ　Frantz Omar Fanon　249-50
フィッツジェラルド、F・スコット　Francis Scott Key Fitzgerald　387
福永武彦　4, 17-18, 413-15, 417-18, 426
古井由吉　18, 49
ブルックス、クリアンス　Cleanth Brooks　127, 186
ブレイク、ウィリアム　William Blake　248, 266-67
ヘミングウェイ、アーネスト　Ernest Hemingway　204, 328, 424, 426
ベロー、ソール　Saul Bellow　420, 426
ポー、エドガー・アラン　Edgar Allan Poe　23, 132, 187

ま

マルロー、アンドレ　André Malraux　415
村上春樹　13, 326
メイラー、ノーマン　Norman Mailer　420, 426
メルヴィル、ハーマン　Herman Melville　204

や

柳田国男　266, 362

キーン、ドナルド　Donald Lawrence Keene　227, 236
クイーン、エラリー　Ellery Queen　132, 141
クリスティ、アガサ　Agatha Christie　132
小島信夫　5, 17-18, 330-31

さ

坂口安吾　376
サルトル、ジャン＝ポール　Jean-Paul Sartre　183, 248, 415, 419, 426
シーガー、アラン　Alan Seeger　204
シェイクスピア、ウィリアム　William Shakespeare　23
ジェイムズ、ヘンリー　Henry James　14, 22, 104
島尾敏雄　282
ジョイス、ジェイムズ　James Joyce　104, 204, 415
ショーラー、マーク　Mark Schorer　337-38
スタイロン、ウィリアム　William Styron　249
スタイン、ガートルード　Gertrude Stein　104
スタインベック、ジョン　John Steinbeck　51
スミス、リリアン　Lillian Smith　149

た

龍口直太郎　415
ダンテ・アリギエーリ　Dante Alighieri　204, 267
ディケンズ、チャールズ　Charles Dickens　230
ドイル、アーサー・コナン　Arthur Conan Doyle　132, 141
トウェイン、マーク　Mark Twain　24, 341
ドストエフスキー、フョードル・ミハイロヴィチ　Fyodor Mikhaylovich Dostoyevsky　15, 263

な

中上健次　6, 11-12, 18, 286-342, 407, 418, 424-25
中野重治　26
夏目漱石　58, 78, 93, 99, 263

索引

あ

アーウィン、ジョン・T　John Thomas Irwin　238
アーヴィング、ワシントン　Washington Irving　23
有島武郎　55
イエーツ、W・B　William Butler Yeats　267
伊坂幸太郎　393
石原吉郎　360
いとうせいこう　221
井上光晴　6, 17-18, 418-20, 426
ヴァン・ダイン、S・S　S. S. Van Dine　132
ウィリアムソン、ジョエル　Joel Williamson　192
ヴェーバー、マックス　Max Weber　133
ウォートン、イーディス　Edith Wharton　22
ウルフ、ヴァージニア　Virginia Woolf　415
江藤淳　17, 59, 136, 171, 281
エリオット、T・S　Thomas Stearns Eliot　104
大江健三郎　6, 11, 18, 248-68, 287, 420-23
大橋健三郎　3-7, 11-12, 17, 29, 49, 383
小川国夫　18, 423-24, 426
小津安二郎　333, 362-63, 368, 370

か

カー、ディクスン・ジョン　John Dickson Carr　132
カーティゲイナー、ドナルド・M　Donald M. Kartiganer　186
カウリー、マルカム　Malcolm Cowley　425
加島祥造　148, 151, 154, 161, 340
加藤典洋　253-54, 375
カミュ、アルベール　Albert Camus　282, 426
柄谷行人　3, 310
ガルシア＝マルケス、ガブリエル　Gabriel García Márquez　91

フォークナーと日本文学

2019年10月20日　初版第1刷発行

編　者――――諏訪部浩一
日本ウィリアム・フォークナー協会

発行者――――森 信久
発行所――――株式会社 松柏社

〒102-0072　東京都千代田区飯田橋 1-6-1
Tel. 03 (3230) 4813
Fax. 03 (3230) 4857

印刷・製本――中央精版印刷株式会社

装　幀――――小島トシノブ（NONdesign）

ISBN978-4-7754-0262-7